不语的群山

吕志军 著

陕西新华出版
陕西人民出版社

图书在版编目（CIP）数据

不语的群山 / 吕志军著. -- 西安：陕西人民出版社，2025. -- ISBN 978-7-224-15704-8

Ⅰ．I247.7

中国国家版本馆 CIP 数据核字第 2025N50D85 号

出 品 人：赵小峰
策划编辑：彭 莘　晏 藜
责任编辑：王彦龙　刘润天
封面设计：晚诗绿明

不语的群山
BUYU DE QUNSHAN

著　　者	吕志军
出版发行	陕西人民出版社
	（西安市北大街 147 号　邮编：710003）
印　　刷	陕西天地印刷有限公司
开　　本	787mm×1092mm　1/16
印　　张	26.25
字　　数	280 千字
版　　次	2025 年 6 月第 1 版
印　　次	2025 年 6 月第 1 次
书　　号	ISBN 978-7-224-15704-8
定　　价	68.00 元

如有印装质量问题，请与本社联系调换。电话：029-87205094

之地

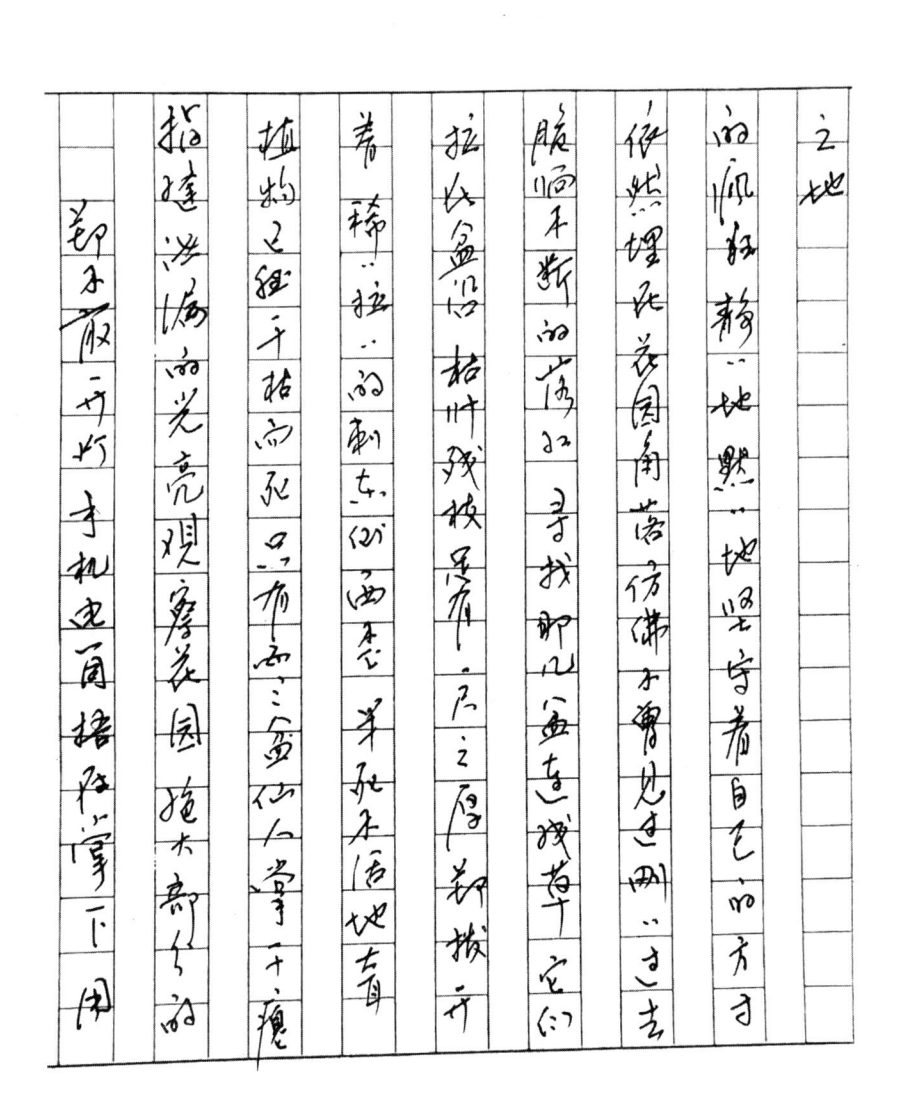

的恬静，地默默地坚守着自己的方寸

依然埋花园角落仿佛不曾见过阳光似去

脆响不断的落叶寻找那心无意残草它们

拉长盆栽柏树残枝呈存广之厚新拨开

著稀拉的叶茎，仍西尧米死不活地青

拉扯之经干枯而死，只有那三盆仙人掌干瘪

挂链路灯昏暗的光亮观察花园植木部分的

却不敢开灯手机电用接阳小掌下用

作者手迹

目录 —— Contents

001 斗牛

018 贼人

043 等一个贼

058 瞧,这漂亮的灵鸟

070 立墙的村庄

085 不语的群山

107 未竟的审判

138 生天

155 变形的别针

174 一个陌生女人的来访

209 怎么可以上电视

382	旅途
358	我是猫
343	我要建个阳光房
334	空瞳
314	失落的方舟
300	天空是个隐喻
283	我们在新地相遇
271	镜子里的美人
245	地摊上的戈多
232	夜来香
219	回旋踢

斗牛

一

"这是你的荣幸！"每次上场，宽厚就说这句话。他低头良久，然后猛一扬手，像剑指敌军指挥千军万马的将军一样吼出这句话，全场爆发出震天动地的欢叫。这文绉绉的语言让一个地地道道的农民一下子有了儒雅和分量。听见这句话我总热血上头，它也让所有观战的人热血上头。宽厚拼死拼活一年打的粮食也没有这句话沉甸甸，以至于葛庄人在做事前也要模仿宽厚说一句"这是你的荣幸"，似乎那样事情才有了意义和价值。他们低头，然后手猛扬指向前方，学得千姿百态。

它凝聚着所有人最大的欢乐。

今天是全新的场面。场地不是野泥潭，而是废弃的村小操场，主席台坍塌，操场也已经成为草场，南方充沛的雨水和足够的温度，使得这些草恣肆野蛮，霸占每一寸空隙。一群人站在草场中央列成四五排，最前面的人手里端着木札。木札是樟木枝横竖交错扎成的，用墩子皮搓的绳紧紧捆住。横木挡在身前，竖木指向前方，长短不一的竖木顶端包裹了红布，既能防止过度戳伤，又有颜色刺激。二三十人持握木札竖杆等待冲击。围住操场的九级环形台阶还在，提醒大家以前这里曾非常热闹，是整个村庄的文化高地与中心。更多的人坐在台阶上，台阶裂开的缝隙里长出草，人头像草籽。

"柱子，这是你的荣幸。"宽厚直直指着红晃晃的木札，话音一落，全场的人山呼海啸，一刹那，村子又活了。

我就是柱子。不同以往的场面让我有些恍惚。以前我面对的是凹地里的墩子，墩子瞪着眼睛，刨着蹄子远远地嘶吼，然后扬起一路的灰或者泥，拖着主人松开的缰绳向我猛冲过来。

现在，墩子的皮扎着木札，藏在红布包裹的竖木后面。

墩子是葛庄的牛，我不是。当村里的年轻人一批批藏进城市的高楼大厦之后，葛庄就慢慢荒芜。某天，新任的村长牛新新看着墩子，忽然有了新主意。以前养一头牛是收成的保证，葛庄和邻近村子一样，虽然也有斗牛的传统，但牛很金贵，春闲偶尔斗牛点到为止，谁也舍不得让牛有个闪失。现在不一样了，拖拉机、收割机、脱粒机，机械大量使用，耕田耙地用牛的地方越来越少。只有些老人舍不得丢下田地，也舍不得放下一辈子的耕作方式还在养牛，农忙套牛犁地耙田，农闲牛就是个伴儿。牛已经和村里的年轻人一样，不多了。

牛新新看着悠闲吃草的墩子一拍大腿：发展旅游业。一梯梯水田虽是风景却不成规模，池塘绿树在多水的南方也并不独特。人们现在缺什么？缺紧张刺激的娱乐啊！葛庄有斗牛传统，曾经拥有最健壮的牛，现在村里也有十几头大水牛，让它们打斗，再宣传宣传，说不定可以建成一个特色村庄。牛村长和村民们一聊，大家一拍即合。

爱热闹的村民先来了一场，牛捉对厮杀，惹得邻近的村子好多人来看，有的也牵了牛加入战团。几场斗牛下来，葛庄成了斗牛村，很多网红来打卡。墩子战胜了所有的牛，因此它成为最壮的牛，有了斗牛大王的骄傲称呼。墩子是网红们关注的焦点，网红在它跟前跳舞、唱歌、带货。斗牛葛庄的名声传得越来越响，远方游客慕名而来，村里土特产销量大增。有些游客为看斗牛，给村民掏些钱，吃住在村民家里。村民富了。

我是宽厚买来的。说宽厚对斗牛不感兴趣是假的，不然我就不会来到葛庄。宽厚原来的牛叫老黑，上了年龄，蹄甲软，第一次上场就被挑了个四脚朝天；第二次和墩子捉对，墩子一个猛冲，撞得老黑当场晕死过去。牛新新说："宽厚，老黑是个夜锤子货嘛，跟你一个尿样。"

宽厚一辈子本本分分种田，有人欺负过他，也是开些不疼不痒的玩笑，但脖子到土了，却被牛新新的话戳了心。宽厚对牛新新说："墩子也有败的一天，你等着。"

宽厚当夜一斧头一斧头剁了老黑，骑着摩托背着钱到处找新牛，看到我的时候，他眼睛瞪圆停住脚步，花一万两千元买下了我。

"这是你的荣幸，我爹就是斗牛士。"宽厚牵着我往草地里走，拍着我的前胛说，"我爹养的水牛一次搞两个，左边一角挑倒一头，甩头再挑倒另一头。"宽厚拍拍我的头指向湖边，那里有头茬野苜蓿，再远点还有高高的蒿草。我低头，舌头卷住苜蓿，一撮一撮往嘴里送。

宽厚摘下草帽垫在屁股下看我吃草。

"柱子，知道我为啥买你不？"

我一点儿都不知道，我的本职是犁地。

"看你的腿。"

和别的牛没有两样啊。

"你的大腿小腿一样粗。有的牛看着壮，小腿和大腿不成比例，只有蛮劲儿；有的牛后腿粗前腿细，爆发力强却不能持久。你的腿是四根柱子。"

我拉犁也很吃力呢，这点我并没有注意到。

"你的主人舍不得给你吃饲料。光吃草咋能长肌肉呢！只长膘。"

我感觉不胖啊。

"斗牛先要长壮，吃得滚瓜圆，重量上去才能有势。你看拳击手，重量不在一级，力量就不在一级。"

我每顿都吃得饱饱的，现在生活多好呀。

"你肚子还没撑开，苜蓿是给你营养的，蒿草撑胃。"

蒿草确实没有苜蓿好吃，扎喉咙。

"多吃蒿草，草筋骨膨胀把胃慢慢撑开，你就能吃更多东西啦。我还得给你灌些中药。"

我不要。现在这样就好，农忙我帮主人耕地拉耙，农闲我吃草撒欢儿。

"我会把你培养成真正的斗牛，打败狗日的牛新新。"

为啥呢？人和人为啥要争勇斗狠？像我们牛一样和平相处不好吗？

"我要让墩子变成木墩子，被人坐在屁股下。"

宽厚躺下，把草帽遮在脸上睡着了。

太阳越升越高，热辣辣地蒸着大地。宽厚热醒了，爬起来伸个懒腰挪到一棵大树下，津津有味地吃着背出来的饭食，喝瓶子里的水，打个饱嗝再次躺下。

我感觉到自己眼睛睁不开，汗水一直往下流，空气潮热让我喘不过气来，刚才还有苍蝇在四周骚扰，现在它们也躲到阴凉处去了。尾巴摇甩带不起一点儿凉风，越发热得厉害，腿开始抖，脑袋木木晕晕的，眼下的阳光比犁地时抽在身上的鞭子还要毒辣。我卧下，一股热浪几乎让我晕厥，我只能又仓皇站起。我想像主人宽厚一样躲进树荫里去，一挣扎绳子割得鼻卷生疼。我使劲儿叫起来，哞，哞——

"别叫，这是斗牛必须经历的！我父亲就是斗牛高手。"宽厚朝我看一眼，翻个身又闭上了眼睛。他仿佛看见了父亲的身影。

哞哞，我不想当斗牛，我不想当斗牛。

宽厚打起鼾声，把树荫睡得更加深沉。

二

加油，加油！斗牛场里喊声震天。这是一片空旷的小凹地，人们站在四周坡垄上俯视场地里逞勇斗狠的打斗，衣服花花绿绿的观众来自天南海北。牛新新拿着小喇叭高喊着："阿黄加油，阿黄加油！"阿黄渐渐占了上风，牛新新又喊："大灰加油，大灰加油！"阿黄被大灰顶了几个跟头，额头戳出几个口子，前腿膝盖磨烂了皮，它顾不上疼痛，扭头慌乱逃向场边。坡垄上的人惊叫着，"哗"地闪出一道豁口。大灰狂追不舍，十几个年轻人拽住大灰后腿上的绳，使劲儿阻止它的追击。大灰这才悻悻停下，前蹄刨着地，鼻里喷着灼热的怒气。

"下面出场的，是大家期待已久、万众瞩目的斗牛明星墩子——"牛新新在喇叭里拉长声音宣布。

宽厚牵着我从场边走过。人们都看着凹地中央，没谁注意到我们。

我怕凹地里传来的声音，挣开宽厚手里的缰绳向前蹿，直到那些声音彻底听不见了才停下。

"呵呵，会习惯的，你会很受用那些欢呼。"宽厚拍拍我的脖颈，把我肩胛竖起的毛捋顺。

我真怕。

"不斗才是可怕。斗，只会迎接一个人；不斗，你要迎接无数人。"

我只想拉犁。

宽厚把我拉到一堵坡前开始训练，指着散发着香味的松软泥土发出指令："顶！"

我要吃草。

"顶！"宽厚不断缩短手中的缰绳，手指甚至伸进我的鼻孔，鼻卷像

刀割一样，我只好把头抵向坡面。

"往里顶！"宽厚继续命令，把我的角推向坡泥。我迟疑着，屁股上挨了几鞭子。

我把角插进泥土。

"这就对了，继续！"宽厚再次掐住我的鼻卷，推着我撞向坡面。

我感觉到泥土的阻力，屁股上又是几鞭子，啪啪啪响亮而疼痛。我趁机撩了口草。宽厚一把扯掉那几根可怜的草，又抽了我几鞭。屁股上凸出一道道鞭棱。

我一次次把角插进泥土，泥糊在了角和额上，溅到眼皮里，眼睛睁不开。又是几鞭子。

"从下往上顶！"

"从上往下顶！"

宽厚不断纠正我的姿势，不断抽打我的屁股，顽皮的牛虻也不敢落在我的屁股上。

为什么不让我犁地？

"犁地是你的本分，打斗是你的宿命，没有谁能躲避。"

斗牛隔几天就会上演一场。斗伤的牛会轮空养伤，伤好了再被牵进斗场。越来越多的人涌进葛庄，葛庄的鸡蛋、野菜干、竹笋、稻米酥、糍粑都卖空了。村民从别村买来鸡蛋、野菜干，再卖给前来休闲的游客。原先空落落的村庄，如今每天人头攒动，热闹非凡。村里那些因屋主迁往城市而空出来的房屋都住满了人。有节目时客人看斗牛，闲暇的时候或是一个人，或是一家人，或是一对情侣，在田塍间溜达散步，看稻秧在风中微微摇摆。有些人掇只凳子，在池塘边垂钓。有树荫的池塘，有人跳进水里游泳；更隐蔽的池塘，胆大的干脆脱得赤条条地泡澡。

阳光藏进云缝下的田野，是戴着各式各样帽子、墨镜的游客的天堂，他们津津有味地品评着每一头斗牛，品尝着葛庄村民绞尽脑汁做出的各种菜肴。

宽厚每天牵着我从斗牛场走过，每次他都要在场边驻足，让我熟悉人们的呼喊叫好或者尖声惊呼，适应牛角磕碰的沉闷声响，以及败阵后仓皇的出逃和胜利者豪壮的引颈号叫。

"你在练牛吗？"牛新新问。

"我放牛。"宽厚不露声色道。

"有人要花五万元买墩子，你说我卖不？"牛新新明知故问。

"卖。"宽厚心不在焉地答。五万已经是正常牛价的五倍了。

"你个傻子，我能卖吗？墩子给村里带来几十万元的收入，你一辈子都挣不了这么多。你看这些游客，那些个网红，都瞅着它呢！"牛新新还想说葛庄今后的发展，宽厚把我牵走了。

"宽厚，你家糍粑也卖空了，我不要你感谢老子。"

宽厚把我拴在一堵沙石墙前，缰绳留够一个冲刺长度，他扣住我的鼻卷往沙墙上撞："顶！"

顶上去，我的角生疼。

"从左到右顶！"

真的很疼，犄角有一种挫裂感，怕要断了。

"继续！"宽厚的鞭子又来了。他一下一下抽打，我一下一下冲击，沙墙被剡出一个又一个坑。

晚上我头疼欲裂，卧在圈里一动也不想动。宽厚拿了竹筒，灌满熬得黏稠的药汤塞进我的喉咙。苦涩沿着喉管一直蔓延到百叶，像火燃烧，热辣瞬间跑遍全身。接着又是一筒。宽厚的手臂在我喉咙里伸展，足够深，以便汤药一星半点也不洒掉。

"不吃怎么能行呢？你打不过他们。"他把嫩嫩的苜蓿放在我嘴边，一点儿一点儿给我喂。我知道这是他在方圆几里地寻找到的最好的苜蓿，但我没有胃口，胃里的药汤一阵一阵翻上来，苦涩让我没有任何食欲。

宽厚抱了柴草在圈门口拢了火烟，烟雾把圈笼罩住，半只苍蝇蚊子都进不来。他蹲下来，蜷着五指，仔细梳弄我的毛，从头到背，再到肚子，最后连尾巴毛也一根根捋顺。他用拳头轻轻砸着我的额头，从中间到两边，慢慢铺展开来，敲完，又从两边折回中间。

我勉强吃了几口。

"这就对了。"宽厚温柔地说，"你看肚子大多了，身子像山墙了。等到腿壮得像你的名字，你就可以出战了。"

我强挣扎着吃苜蓿，压住胃里翻腾的药汤。烟雾里宽厚眼睛潮潮的，他跪到后面去，抚摸着我屁股上那些鞭棱，轻轻抚着，抚一遍，眼睛潮一层。

"柱子，对不起。"宽厚说。他的手轻了，停下了。他趴在我身上睡着了。

我咀嚼着苜蓿，天地安静，只有这沙沙的反刍声。

我一连病了七天。太阳下的暴晒和不断的撞击，使我躺在地上奄奄一息，一度我感觉自己已经死了。每次睁开眼，不是因为宽厚灌药，就是因为他趴在我身上的重量压醒了我。他弄来各种好吃的轮番放在我嘴边，看到我嚼几口，他会高兴得跳起来。

"我把你的屎拿给医生看了，中暑，还有脑震荡。"宽厚说。他的五指插进我的毛里来回摩挲着，抹去眼角淌下的水，又来抚摸我敏感的鼻子。"气息不烫了，你能挺过来的，你是我的荣耀。"我摇摇尾巴，屁股干干爽爽，分明是清洗过的，拉了几天肚子，现在我很饿。

"吃吧，我买了最好的饲料拌的苜蓿尖子。"

我摇摇晃晃站起来。

"我不会看错的，我学会了父亲所有的本事，你是最好的胚子，你会让墩子乖乖趴下。吃饱了咱们走！"

宽厚解开缰绳，扬着鞭子赶我出圈。

太阳依然毒辣，我晕得厉害。明晃晃的地面一圈一圈的热浪上腾，仿佛要把我浮在空中，飘到云端去。

我不想走。

"你必须走，扛不住灾难怎么成强者？我可不想你败坏父亲的名声，让狗日的牛新新小瞧。"

我被赶到一处石墙边，宽厚扣住我的鼻卷往石墙上撞。

"前腿爬低，后腿蹬地，屁股夹紧。"

"眼睛上看，盯住对手，角尖朝前。"

"怕疼怕晕你不是好牛！"

宽厚的鞭子雨点般落下来，啪啪啪，抽打得阳光乱晃。

三

我是在一年后和墩子战斗的。那之前我打败了阿黄，斗倒了大灰。阿黄脖子被穿了个窟窿，大灰的一只角被折断。之后阿黄再没有上过斗场，大灰则被葛庄人改叫独角灰。

牛新新说："宽厚，你的柱子斗不过墩子。"宽厚说："柱子确实斗不过墩子。"牛新新说："墩子至少比柱子重两百斤，个头高了一拃，柱子别想夺冠。"宽厚说："斗场上也说不定呢。"牛新新说："宽厚你别练柱子了，葛庄斗牛很有名了，墩子是咱们的摇钱树，要维护它的好名声。"宽厚说："我是尿尿样，但柱子不能尿。"牛新新说："你想想你父亲。"宽厚说："我日里夜里都在想我父亲。"

宽厚怎么想的我不知道，但他确实给我说过他父亲，他父亲的牛以一敌二，没有对手。

牛新新牵着墩子站在凹地的那头。墩子虽然看起来很安静，但鼻孔里已经在呼呼喘气，只要眼睛上的蒙布揭开，全场山呼海啸般的呐喊声会让它变身一头战争机器，这是几十场斗牛验证过的。

牛新新在喇叭里不停交代拉绳的人："它追赶败牛,一定要拉住,扯住它的后腿。"又对坡垄上的游客喊,"你们注意啊,注意啊,牛奔过来赶紧闪开,伤了谁都是不愉快。"游客一阵骚动,好像牛已经奔他们而去,他们不由自主地后退,甚至有人一脚踏空跌下坡垄,引起哄堂大笑。

牛新新把喇叭交给别人,牵着墩子往凹地中央走了几步,墩子前蹄刨地,碎石子乱溅。

我站在宽厚旁边。宽厚低着头,梳弄着我脖颈的毛。墩子已经拔腿飞奔,宽厚把手举向空中,猛地向前一挥,喊出那句石破天惊的话:"这是你的荣幸!"

墩子撒蹄而来,呼呼的风声几乎让它的毛飘扬起来,蹄下携沙带泥,转瞬已到眼前。

我刚低头,"嘭"的一声闷雷已然炸响。

那猛烈的撞击几乎让我晕厥过去,脑袋里一片空白。可是没有时间喘息,墩子的力量源源不断地抵上来,压迫得我的腿像拉到极限的弓,只消弹一指头就会崩断。

墩子的犄角宽大而厚重,庞大身躯压上来乌云遮天。我感到如山墙塌陷的沉重和危险,扣进地面石缝的蹄甲几乎被撕裂。

墩子扭转着脖子,它的角越来越紧卡住我的头颅,要把我压到地底里去。

"记住,意念是最重要的力量。"宽厚说。宽厚鞭打着我的屁股,迫使我抵住坚硬岩石不退半步。

我不想。

宽厚的鞭子抽下来,落在我的腰背、后腿上,他抽打一下,我就抵进一寸。岩石咔咔作响。

现在,墩子的角尖插进我的脖子,有烧火棍捅进炉子的疼痛和锐利。

宽厚不止一次地打磨我的犄角,它们锋利如剑,可是墩子的尖角先我一步插进我的脖子。

"记住,顶不住的时候,猛然侧撤。"宽厚说,"它不是逃跑,而是重新进攻。"

我轰然侧撤。墩子冲过来,重重扑跪在地,这让它怒火中烧,抬身更猛烈地冲撞过来。一座山自天而降。

"柱子!"宽厚惊叫一声。

我把头贴向地面。

墩子和我的头再次磕碰,又是一声闷雷。

我知道自己要败了。

"瞧见树上的节吗?"我想起宽厚把我拴在树上,鞭子把儿一下一下敲着那个眼睛一样的节,"盯着它!"

我不想。

"它就是敌人。它在瞪着你,满眼仇恨。"

没有。

"它是进攻的指挥。眼睛看见才知道了丑恶,才生了欲望,才有了欺凌和占有。"

我看不见,也不懂。

"剜掉它你就赢了。剜掉它!"

"用左角剜它!"

"用右角剜它!"

宽厚鞭打着我,似乎那树节真是不共戴天的敌人,要将它置之死地才解恨。他说:"你要更狠,才能制服敌人。"

为什么要仇恨?

我的问话宽厚听不见。

整整半年,我都在和那颗"眼睛"较劲儿,树上的洞越来越大,树最终死掉了。宽厚又找了另一棵,它又死掉了。

宽厚随时随地训练我。走在路上，他说："看，眼睛。"

田塍上确实有一颗眼睛，我俯头把它挑了出来，是一只田螺。

宽厚指前方："眼睛。"

岩石上一双眼睛正在眨巴，我一个猛冲，把它挑飞了，是只蝴蝶。

我和墩子的头抵在一起，侧头抽出犄角的当口，我的角尖插进墩子的眼眶。我能感受到那稍纵即逝的柔软，接着是犄角挂住眼眶骨头的摩擦声和墩子低沉吼叫带来的震颤。

我的角继续往上挑，把墩子的头整个扭向半空。

它的角松开了，山一样的重量轰然卸掉。

"哪里最薄弱柱子你知道吗？眼睛！无论牛还是其他动物。眼睛是世界的窗户，也是敌人的要害。太多的人因看见而相信。"宽厚看着被我剜烂的"眼睛"说。

我呢？

"我们要因相信而看见。"

墩子在地上翻滚，鲜血檐水般淌下来，一颗眼珠挂在腮帮子上。

我在寻找墩子另一只眼睛。牛新新扑上来，拿着木棒朝我猛打。墩子腾起四蹄逃走，牛新新抱住它的脖子将它拖向人群之外。我的后腿被绳索紧紧绊住。

"柱子——"人群的尖叫声、欢呼声瞬间淹没了牛新新的哭喊和墩子的号叫。

四

我在疯狂进食，隔几天一场的斗牛消耗巨大，而战斗前的食物尤其关键。宽厚准备的食物丰富多样，有的食物里还掺杂了中药。我的体格不断增强，但所有的人都不认为我是凭体格强壮赢得比赛，他们说宽厚给我施展了魔法，不然怎么能像街头格斗者一样专拣致命要害处出手？葛庄很多村民要拜宽厚为师，学习他练牛的本领。宽厚一一拒绝了。

牛新新也来找过几次宽厚，不过不是为了拜师，他说："宽厚你不能把所有牛眼都挖了，地是要种的，牛还要犁地拉耙，客人要的也只是乐呵。"宽厚说："你不要来找我，斗牛活动是你推动起来的。"牛新新说："旅游业好不容易搞起来，大家都富了，葛庄声名远播。柱子现在是名副其实的斗牛王，它把其他牛顶倒就可以了。"宽厚说："顶不顶倒那是牛的事。"牛新新说："我观察了，柱子面对对手，只要你一个手势，它就会挖眼睛，这个你完全可以阻止。你不能学你父亲的样。"

"放你娘的屁！"宽厚勃然大怒，把面前的桌子一把掀翻。

我在田间碰见阿黄、独角灰，它们远远躲开了。墩子失去的一只眼睛上戴上了眼罩，它拉犁总是跑偏。偶尔也会远远站着，看我疯狂地顶石头，石子在角下迸裂四散。牛新新不再打磨墩子的角，仿佛一夜之间他和墩子都丧失了锐气。墩子的叫声不再高亢响亮，声震山岳，而是悠远绵软，阿黄和独角灰听见了，远远地回应，哞——哞——，声音渗进缕缕炊烟，回荡在湿热的空气里。

"柱子，你知道我父亲吗？"

我当然不知道。

"他是绝顶的驯牛师。"宽厚攥着我的鼻卷防止我冲向墩子，他知道我一直惦记着它的另一只眼睛。"父亲的牛不如你强健有力，却所向无敌。父亲是懦弱的人，见所有的人都点头哈腰，仿佛那样才能得到别人的尊重。父亲有求必应，甚至无求也应，他总是在别人吃饭、休息的时候，套着自己的牛给别人犁地，给村人拉回粮食。母亲说，你要歇气，牛也要歇气。父亲扇了母亲一巴掌叫母亲滚。母亲为这个和父亲吵过闹过，可是一到别人面前，母亲会说，你家还有啥活，叫我家死鬼干去。村人说，不不不，我那二亩地明天就忙完了。父亲真的在第二天把那二亩地搞完了。父亲的牛是村里最勤劳耐苦的。有时人从旁边过，会给它一鞭子，觉得它挨那一鞭子是天经地义；有时拉车，别人从自己车上扛一袋谷子扔到父亲车上，父亲把谷子送到人家场面，满面堆笑地离开。这种情形一直持续到父亲的牛被顶翻在地。"

墩子一只眼睛戴着眼罩，好着的另一只眼睛乜斜我一眼。我想挣脱宽厚的手，宽厚的手指伸进我的鼻卷。墩子拽着牛新新一路小跑离开了。

"他们说，顶它，顶它，顶死它！牛是父亲的命，一家人靠着它犁地种稻子收获口粮，父亲不能因为一个闲暇的娱乐失去自己的牛。顶死它，顶死它！那些话语让父亲心痛，好像他和自己的牛再怎么忍辱负重也换不回别人逗乐的快感。其他的牛在休息的时候父亲的牛在劳动，它比那些牛羸弱，就像懦弱的父亲一样。"

宽厚松开我的鼻卷，我一角挑翻了一块土坎，那里蹲着一只田螺。

"柱子你知道父亲的牛的名字吗？小黑，父亲的牛叫小黑，老黑的父亲。父亲从那时开始驯牛。他说小黑，你看那些微笑的眼睛，那是深不可测的井。你要斗牛，就斗那双眼睛。父亲的驯牛成功了，小黑挑翻了所有的斗牛，它专抠对手眼睛，村里大多数参与打斗的牛成了瞎子，父亲也成为村里共同的敌人。"

"但母亲至死不知道卑贱了一辈子的父亲为什么是别人的敌人。有一天母亲等不见父亲和小黑，后来发现他们淹死在井里。"

谁干的？我伸舌头撩路边的草。

宽厚的背影在夕阳里蒸腾，被水蒸气扭来拐去，俨然像一个怪物。

"打败别人我一点儿也不快乐。"宽厚说。

五

墩子莫名地走路打晃，牛新新并不在意，他一度认为墩子是久不上斗场闲的，人闲生是非，无事老得快，牛和人一样。他甚至寻思让墩子再斗几次，重新焕发它的斗志和状态。只要对手不是柱子，墩子依然是场上王者。但是他很快坚决打消了这念头。

墩子的头越来越低，最后完全耷拉下来杵在地上，拽都起不来了。牛新新意识到问题的严重，请来兽医诊治，兽医认为墩子是吃了某种不干净的草，中了慢性毒。葛庄的田野长着洋地黄，这种草全株覆盖短毛，叶卵形，有毒。也有种叫箭毒羊角拗的灌木，花黄色，有紫色斑点，全株有毒。墩子说不定误食了洋地黄或羊角拗的叶子。但灌了多服败毒的药汤后，墩子不仅没有好转，反而躺在地上奄奄一息了。

牛新新借来一辆货车，拉着墩子去动物医院，一做CT，确诊为脑瘤晚期。

"怎么会呀，它可是斗牛王，身体那么强壮。"牛新新不相信兽医的诊断。

"正是剧烈的碰撞导致牛脑畸变，而牛眼受伤慢性发炎，又加剧了脑瘤发展。"兽医说。

"那怎么办？"牛新新搓着自己的手。

"拉回去吧。"医生摇摇头，"活着杀了，还能卖点肉钱。"

牛新新不死心，又跑了几家动物医院，结果是一样的。有一家医院看他治疗的意愿坚决，说头部穿刺也许有用，但费用很大，对一头濒死的牛来说似乎也没有意义。牛新新指着墩子说："怎么没有意义？它是葛庄的财神！花再多的钱也治！"

医院给墩子做了头部穿刺。墩子似乎有了精神，次日还站起身来，挂着吊瓶在院子里走了一圈。牛新新高兴得哇哇叫着，提着液体瓶子手舞足蹈，惹得很多人围过来看热闹。

"这就是牛王，它怎么能死呢！"牛新新骄傲地对围观的人说。他搂住牛脖子又摸又抚，亲吻着墩子。

可是墩子的病情急转直下，第四天它永远合上了那只独眼。

有人说，没人会吃死牛的肉，你怎么不趁它没死就杀了？牛新新对着那人就骂："牛苦了一辈子还要吃它的肉，你还是个人吗？"那人愤愤地说："牛又不是你儿。"牛新新扑上去要打，被人好不容易拉住了。旁人不敢再插嘴。

牛新新抱着墩子的尸体一路回村，墩子被放在地上的时候，人们才发现牛新新的腿盘着僵住了，搬弄好半天才恢复过来。

牛新新剥了墩子，尸体裹了竹笆埋在它以前最爱吃草的那片山坡上。每天傍晚，牛新新会在新土旁边踟蹰，或呆呆坐下，直到夜半。七天后，牛新新把牛皮鞣制，割成细细的绳。牛皮绳在南方潮湿的环境里经久耐用。

宽厚常拉着我路过这片坡，我也喜欢这里茂盛细软的草。宽厚把我拴在树上，放开长长的绳，自己坐下抽烟。我几次靠近这两个男人，试图听听他们说些什么，可是他们并不说话，只是各自吐着烟雾，偶尔看一眼那堆新土，或者望远天的云。夜凉下来，牛新新起身回家，宽厚牵着我悄无声息地跟在后面。

葛庄的客流越来越大，周末或者小长假，家家房间爆满，得提前预订。我的周围全是人。

"这就是柱子，斗牛王。"美丽的网红姐姐扭着身段，对着镜头介绍我。

"您知道吗？这头牛会抠眼，没有哪个对手敢给它一丝机会。"游客大多了解我的特长。

游客兴致勃勃地聊着我，有胆大的要上来摸我，我打个喷鼻，他们吓得咯咯笑着逃开去。他们看累了，走远，可是不一会儿话题又回到我身上。

"明天我们斗它。"他们早早回去睡下，养足精神上斗场。

荒废了近十年，空空如也的学校操场又派上了用场。牛新新用墩子皮拧的绳捆扎了凹字形牛札，他给宽厚说："把木头剁钝，再包上红布。"宽厚说好。现在牛新新说什么宽厚都答好。这是我从来没有想到的，他像是重新回到了过去带老黑的年月。他拉着我走,把我拴在树上任我剜树,或是卧着反刍,他不再向我挥动手臂,发出神秘的指令。有别的牛从旁边经过,他早早跳起来,把我鼻卷扣住。

牛新新说:"宽厚,我们把操场做斗牛场。"宽厚说好。牛新新说:"我们让游客参与进来。"宽厚说好。牛新新说:"你每天负责把牛札绑结实。"宽厚说好。牛新新趾高气扬地在喇叭里喊:"宽厚,你吆喝牛王冲锋。"宽厚还是低眉顺眼地回:"好。"

"宽厚,你的牛是个㞗锤子货嘛,跟你人一个㞗样。"牛新新看着我对牛札冲击几次便丧失了兴趣,在喇叭里骂宽厚。

人群躲在牛札后面,嘻嘻哈哈笑着,我冲向他们,前边的人把牛札向地,抵挡我的进攻,后面的人整个一个蝎子摆尾向着反方向摆动。我头撞得木札嘭嘭响,角挑着,把他们掀得前仰后合。他们肆意地笑着,大声地喊着:"来啊,来啊,你顶啊!"

"这是你的荣幸!"宽厚终于发出了信号,大家知道最猛烈的高潮要来了。宽厚把头高高扬起,手臂猛地挥向木札。

四周台阶上的人站起来,全部伸长了脖子,瞪圆眼睛齐声嘶吼着:"冲!冲!冲!"他们几欲冲向场地,一同推动那木札给我最猛烈的抵挡。

"这是你的荣幸!"

我早已和宽厚熟稔无比,就像他的亲儿子一样明白。

我拔蹄昂头,向那片欢乐的海洋咆哮而去。

一扭头的当口,那根蹭掉了红布的樟木露出尖锐的锋芒,迅雷不及掩耳地插进我的肚子,直至心脏。在樟木穿过皮肉的刹那,我真切地记着,这是宽厚用来打磨我犄角的工具,他细细把它磨砺了一夜。

贱人

一

我想他的时候他已经死了。整整五年，不是死了还能是什么？按照他的说法，一个人五年不联系，肯定是死了。

我应该给他打个电话，或者写一封信，如果现在这种方式还存在的话。可是我没有，我只在心里想他。我试着拨电话，忙音，后来再拨，是一个女人接的，她生气地警告我打错了，别再骚扰她。其实我写过两封信，都石沉大海。这对我来说不啻很大的打击。

这一点儿都不是他的风格。我追娜娜的时候，他不理睬我，也没有持续这么久。

娜娜是我们的同学，大眼睛，高鼻梁，瓜子脸，樱桃小嘴，两个小酒窝，一笑倾城，再笑倾国，三笑勾魂。哭起来梨花带雨，要人命。追求她的人一火车拉不完。全校的男同学像夏天的苍蝇，都往我们班跑。就连最难熬的高数课，班里的过道都坐满了人。最受欢迎的课是小说影视赏析，老师总有看不完的禁片，后来老师把课堂调到阶梯教室，仍然人满为患。娜娜病了，躺在宿舍，阶梯教室就剩了我和苏鹏，加上老师，像三毛的头发。

"贱人。"苏鹏看着我说。

"贱人。"我盯着他的眼睛。

教学片是《查泰莱夫人的情人》，康妮和克利福光着身子在雨中追逐。

苏鹏敲着椅背，发出空旷的声音。

我也踢踢椅背，咚咚的回响，里面掺杂着康妮的呻吟和克利福的吼叫。

"贱人，你追不追？你不追老子追了。"

"你追老子就追，你不追老子也不追。"他的回答超级贱。

我追娜娜，加入了苍蝇大军。

苏鹏不理我了。

娜娜还在床上，我已经跑完三圈操场，五圈女生宿舍楼。楼道很通畅，一眼望得到头，一楼就有这个好处。一般是第六圈的时候，门口就有了热水瓶，一排儿六个。这是她们宿舍女生的杰作，可以放心，等她们起床的时候，热水瓶的开水就满了。这是她们的有意恩赐。

我提着热水瓶去打水。坚持跑步很有效果，胸肌大了，肌腱壮了，六瓶水越来越轻飘，刚好在她们伸完懒腰，打呵欠清空浊气时，返回门口。跑第十圈的时候，娜娜仪态万方地出来。我撑起一把伞，把苍蝇挡在外面。

一笑倾城，再笑倾国，三笑销魂。

我挨了一顿打，后来又挨了几顿。不是砖头从暗角飞出，就是几个蒙面人的拳打脚踢。我后脑勺至今有一块儿疤，每次梳头要刻意地以手遮盖。

"我知道是你。"我说。

"我也知道是你。"苏鹏说。

以前看他贱，嗑瓜子乱吐壳，吃过的香蕉皮故意放我脚下。一年后看他更贱，嘴唇上胡子乱戳，说话时腿不停抖动，手插在胸口处，不放进口袋，一副流氓样儿。

"是你指使的？"我说。其他人不会清楚我的行踪，我的行踪是习惯

的延续。习惯是他最熟稔的东西之一。

"咋了？"苏鹏腿抖，手也抖。

"你可以明着来。"我扬起小钵样的拳头。

"有必要吗？"他对我一年跑圈的成果视若无睹，毫不在乎。

"贱人。"我说，"没有下次。"

"贱人。小心。"他屁股抖动着，手揣在胸口走了。

他拿的刀吗？娜娜问我。我想了一下，觉得有可能，十个他都不是我的对手，他的胡子怎么乱戳，也戳不过我一拳。凶器给他的只是心理优势。弱者都是这样给自己撑腰的。

大三的时候，苏鹏主动找了我。

"贱人。"他真的打了我一拳。

"贱人。"我回了他一腿。

"哎哟，你弄疼我了。"他蹲下去，抱着右腿揉。

"说，为什么？"我不依不饶。

"我叫人打过你一次。就一次，谁骗你，死。"

"还有呢？"我又踢了他一脚。这下他揉左腿了。

"我太脆弱了。"他说。

"你的脆弱关我屁事。我要的是爱情，爱情你懂吗？我后脑勺穿了个洞，鼻梁被打歪，我只要爱情，是不是她的菜和你有甚关系？爱情，懂吗？"

"我怕你受不了，自杀。"

我一拳打过去，把他打进怀里。"你他妈的，我没哭你哭什么，鼻涕扯多长，胡子扎得我脸疼，孬种，贱人。"

那之前，娜娜刚和我分手。

人在江湖飘，怎能不挨刀，报应总是来得太快。苏鹏也免不了一顿打。

荷尔蒙发飙的时候，怎么解决失恋的亏空？

"我不相信你没动过娜娜。"苏鹏贱贱地笑。

"我只是伞兵。"我也卑贱地回。

"走。"他把胡子捋顺。

我们一起走。因为有几个人从娜娜对面的楼顶上飘下去了,学校管得严多了。我们披着夜幕的外衣,那样可以隐身。

"龟儿子玻璃。"苏鹏骂。

他要松我的手。我使劲拽着,一松,我就上不去了。

"给力。"蹬着墙,我像失速的风筝,左右摇摆。

"给老子站住。"他又骂了一句。

他脱下黑外套,叠了,铺下。"好了。"

我们跳下去,他扯着衣袖,外套落了地。

我们去网吧。灯火通明,烟雾缭绕。后来我有了儿子,告诉他,你可以看电视,可以玩小霸王游戏机,甚至可以泡妞,但如果去网吧,老子打断你的狗腿。

那天晚上,我和苏鹏戴着耳机,抽着两毛钱的双鹅香烟,在电脑前摇头晃脑。我认识了魂斗罗,舞刀的杨志。苏鹏说他结识了叶玉卿和李丽珍。

我们站在一块布片和一支钢笔面前,苏鹏又开始抖腿。我实在看不过眼。他这个毛病得治。

"我打伞从来不抖。"我给他示意。

"妈的,形势逼人啊。"他给我腹语。

布块儿是他的半截袖子。钢笔是我的伙计,平时插在左边口袋里,锃亮的笔露在外面,晃人的眼。这都是大学生的标配。

它们在我们面前一改循规蹈矩,变得耀武扬威。

"是你的吗?"辅导员问。

"是你的吗?"系主任问。

我们都在心里跑马,嘴上不吭声。瞅瞅苏鹏,他的胡子倒是有点蓬乱,

也有点颤颤巍巍。

"叫他们进来？"辅导员问。系主任点点头。

苏鹏大叫起来，他的眼睛瞪得像铜铃。见过农人杀牛吗？把牛四蹄捆住，几个人按在身上，杀牛人举起斧头，"嘭"，砍一下。牛吼起来。再砍一下，斧头弹起来，牛哭。再砍，牛眼睛睁大了，不再吼了，也不挣扎了，就那么睁着眼睛，看见斧影落在脖子上，一下比一下深。

"你们，你们怎么能干这种丢人的勾当？"苏鹏的爸爸扇了他一个耳光。我想，不就是游戏吗？和李丽珍交流一下，对年轻人来说也不算丢人吧。

"器材室失窃了，现在交回东西还来得及。谁带的头，承认了可以走。""押"着父亲的保卫科长循循善诱。

"是他教唆的。"苏鹏看看科长，目光落在我身上。

我立马也指着他："放屁，明明是你先说起的，当时翻墙还是你第一个上的呢。"

苏鹏哈哈一笑，然后说："老师，其实是我带的头。"

这下，本来放松了些的苏鹏爸爸的眼睛睁成了铜铃。

我记得苏鹏的父亲和保卫科长对苏鹏的男子双打。苏鹏的脑壳缠了几圈纱布，我给他买了几个星期的药。

"你交代了吗？"

"交代了。"

我至今也没搞清楚那天到底是谁牵的头，但是清楚地知道，辅导员说学校没有查到盗贼。那半只带血的袖子，始终牵引着保卫科的视线。

临近毕业，我有大把的时间，尽情挥洒天之骄子最后的疯狂。先是去了武夷，半片山，玩一天；又爬上了东岳，一览众山小；后来还到了新疆，在天山南麓牧场驻扎了半个月。

"和山杠上了。"苏鹏说。

"和钱杠上了。"我笑。

"你想去哪儿？"

"莫斯科。"

"为什么？"

"十月革命的一声炮响，给我们送来了马列主义。共产主义的接班人，你不想去朝圣吗？"

"当然，我想去拉萨，那里不要护照。"我说。

"我已经向党总支申请了。"苏鹏很严肃的样子。

"……"

"我兑换了些卢布，还附了请求血书。"

"批了吗？"

"批了。"苏鹏给我展开一张纸，真的是院里的文件纸，下面有两个红红的公章，红眼睛一样瞪着我。

"我瞧瞧。"

苏鹏背过手去。我抢。这下看清楚了："原则上同意苏鹏同志前往莫斯科，鉴于持有卢布较少，待日后再行申请。"

"你兑换了多少卢布？"

"所有的钱，五百。"

哈哈哈哈，我笑了。我感觉自己饥肠辘辘。

"你家有钱。"

"我家开矿，明年要开公司勘探。"

摸了摸自己口袋，疯狂的代价是，我只有两个钢镚了。

"你不知道老子刚从天山回来吗？老子和你聊共产主义已经前心贴后背了。给我钱！"

苏鹏扔过来一叠卢布。我扔回到他头上。

"别急，有一碗方便面。但是我也饿了，咱俩吃。"

苏鹏麻利地撕包装，料袋打开，口水都要下来了。开水泡上，我瘫倒在香味里。我想起一个皇帝老儿，或者是刘邦兵败西走陈仓途中，或者是慈禧携光绪向西安逃难途中，总之快饿死了，有人递过一碗面糊糊，喝一口，那叫一个香，一碗喝完，那是真他妈的香。我现在就是难中的皇帝。

"怎么吃？"我问。

"一人一口。"

"谁先吃。"

"我。"

我有耳闻，那次"双打"之后，他爸爸果断减少了供应，他原先有吃有喝，还有闲散银两去拜访叶玉卿和李丽珍，现在银根紧缩，只供口粮。临近毕业，各种求职材料打印、照片冲洗都已是勉力支撑，那些同学聚会、夜摊酬和、分别在即的隆重纪念，都作为重点民生项目，单独申报列支，不像我还有旅游等额外的供应。

想想他为我挨过男子双打，面好歹也是他泡的，我答应了。

果然同是天涯沦落人，他说吃就吃，像变魔术似的用叉子卷啊卷，越卷越大，纺锭一般。

"你，你！"我咬牙切齿。

"我，我。"他嬉皮笑脸。

他卷着，挑衅地看我。

"你踩踏我的底线？"

"咋了？我的面。"

我恨不能一拳攮死他。

他一口，三分之一下去了。

我气得一拍他脑袋："你给老子留点啊。"他立马还了一下，脑袋都被他拍蒙了。

"你急什么啊，剩下的都给你。"

二

毕业是没人签署的分手令，说分就分了。那年我二十四岁，他二十四岁多俩月。

我进一家文化企业，他回老家山西，在临汾一个煤矿当工人。

"我是干部身份，你咋是工人？"我问他。

"我是工人，也是干部身份。"他说。他没有告诉我，那次翻墙事件给他的处分在分配中显现出了威力。就是这个工作，也属于照顾，毕竟他是大学生。

我是喜欢单位的。

办公室四个人，头儿四十岁，女性，不能叫徐娘半老，而是风韵正好。职员甲，二十七岁，直发如瀑，到腰。职员乙，二十八岁，离异独身，波浪头，鲜红的唇。职员丙，当然是在下了。

"踏破铁鞋无觅处，那人却在灯火阑珊处。"我偷笑。

"一入桃花源，春深不知处。当心。"苏鹏说。

人事处把我介绍给她们的时候，她们都不说话，头儿斜倚着办公桌，直发女手搭椅背，波浪头腿交叉着。她们起立欢迎，鼓掌热烈，眼神乜斜。

"正好一桌麻将。"人事处领导扔下一句，意味深长地走了。

我们处室的工作是临检，统计，报表。

我每天去得比较早，是在学校跑圈留下的习惯。拖地，擦桌，烧水。然后对着窗子吐纳，抡胳膊。浑身微汗，直发来了，一股丁香味。过一会儿，波浪到了，一股玫瑰味。最后是丹蔻味。

"你用的薄荷皂？"头儿在我对面，耸了耸鼻子。

"是……"

"草莓皂。"波浪抢先。

"……"

"可能是南方的皂角，加了一点点柠檬。"直发靠门，风正从窗子向门口对流。

"……"

"怎么有柠檬？柠檬有浓烈的酸涩，这个滑溜溜的。"

"所以是加了那么一点点。"

"看吧，我用的就是这一款，新加坡工程师从草莓中萃取了精华素，和皂基结合，形成独特味道，时尚男人专享。"波浪"嗞"地拉开坤包，拿出一块香皂。

"既然你喜欢，就送你了。"她扔过来，我赶忙接住。

直发把身后的布包打开，里面有几个苹果。"姐，尝一下。"她依次递给头儿，波浪，我。我赶忙接住。苹果小巧圆实，煞是可爱，红红的皮像直发的脸，我握在掌心，舍不得吃。

"吃吧，还有。"直发似乎看出了我的心思。

"哟，看。"头儿指窗外。

白云飘起来了，高些的树伸上来，枝叶随风摇曳。窗台一角的兰草长得旺盛，密密匝匝铺散开，宣示着生命的欢愉。另一角的文竹静静默默，蛛网样的枝叶并不随风，君子一般。一切与往常无异。

"什么？"我问。

"没啥，我好像看见姓丘的走过。"

"姐真会开玩笑，咱单位哪有这个姓。"

头儿站起身。"听见吆喝了，那个卖醋的来了，我中午要吃酸汤面。"

晚上回到斗室，看陀思妥耶夫斯基的《罪与罚》。自翻墙事件起，这本书就不离我身。这是译林出版社出的，第五个版本了。拉斯柯尔尼科夫的狂妄和省思与我一拍即合。我想，我并不孤独，至少这世上还有一个名人和我同伍。人能有几个朋友呢，一辈子也许就那么一个半个，风雨同舟，如影随形吧。

拉斯柯尔尼科夫的忏悔让我有些羞愧。因为我看见他躲藏的房子和我的一样。而我也似乎很喜欢他的自大，也许是味道让我有了幻想，或者厌恶。

"喂，帅哥。"头儿的声音。

"头儿，有什么吩咐？"

"快来，红烧狮子头，我的拿手绝活。"

"哎呀，我刚吃过了。"我的确很遗憾。想想自己吃狮子头的次数少得可怜。在农村没听说过国宴，大学里一份要五块，是四份菜的钱，尝过一次就忘不了。不知是哪个混账说的，三月不知肉味。我吃一次，就是三个月不想吃其他的。

"哥，你在干吗？"直发的电话。

我犹疑了一下，好像她比我大，我不喜欢问女人年龄。女人都是鲜花，鲜花没有年龄。但同事和我说过，女大三，抱金砖。她抱着金砖，肯定比我大。

"姐。"我回。

"一下把我叫老了。"电话里有些怨气，仿佛嘟着嘴。

"小姐。"我重回。

"你没有刷牙吧！"这次是恼怒了。

我意识到惹祸了，再回："小姐姐。"

"电影，去吧？"

"我正在和小丽看呢。"俄罗斯文学最大的障碍是人名，个个比人寿命长。我叫丽扎韦塔小丽。

"……"嘟嘟嘟。

"在和谁煲粥？难打得很。"波浪线一样的声音。

"穷人。"我把书扔到墙角。

"你看这个破电脑，破电脑。"那边是噼噼啪啪的拍打声。

"我学过,但也仅仅是DOS语言,不比你知道得多呢,老姐。"我说的是真话。

那边不说话,还是噼噼啪啪。我听见"啊"的一声惨叫,阿廖娜死了。

"要不,打麻将?"

人事处的干部真是个预言家。

二十六岁的生日,这个令人愉悦的日子。我根本啥都不用买。桌子上摆着蛋糕、蜡烛、头箍、鲜花,也不知道谁泄露了我的信息。

正在吃饭,门卫打来电话,说有人找。我问谁,说是一个男人。

"叫他进来。"

黑了,瘦了,胡子更乱更长了,像个讨债的农民工。

"你也不说收拾一下。"我对苏鹏说。毕竟是我的大喜日子,何况美女环伺。

"尽想着赶路。"苏鹏说。确实,火车从临汾过来,需要十二个小时。"我都哐当散架了。"

我切了蛋糕。他闻了闻,一根指头戳进去,在嘴里咂摸。"真香。"

"是真他妈香。贱人。"趁他不注意,头一按,先糊他一脸。他嘿嘿笑着,舌头一圈,奶油进了嘴,"饿死了,昨晚上半夜起来赶车,一碗面要十八块,抢钱呢。"

他狼吞虎咽,两碟子菜转眼不见了。我把桌子转盘又拨了拨,给他碟子里夹菜。

"上酒。"他说,从地上的口袋里扯出酒瓶。

几个美女摇头。

"喝。"他先倒了一杯,"嗞儿"一口干了。脸上起了红云。"你们也得干了,不然对不起我路上的几十个小时。"

她们还真听话。脸上也起了红云。

"这不就对了,朝霞灿烂。"

"还有什么礼物？我们见识见识。"头儿踢着脚下的袋子。

"喝酒。"苏鹏说。

波浪去解袋口的绳子。

"别介。"苏鹏拦。

"真是铁公鸡也会拔毛啊，你还给我买这么贵的东西。"不看怎么能行呢，我随着起哄，美女们更来劲儿了。

"真别介。"他脸色更红。管他呢，千里送鸡毛，就是鸡毛，也是无价的。

"你会喜欢的。"他实在拦不住了，冲我邪魅一笑，在众目睽睽之下拆开了袋子。

"贱人。"我真是蠢。

"别说哥们不够意思，一个月生活费全花在这上面了。"他说。

直发捂住了眼睛。

然后全单位人都知道了：检测处有个变态男，买了一个充气娃娃。

"我们部门本来没男人敢来，这下你坐实了证据。"

我得了鼻炎。说起来活该，办公室不用我打扫了，开水不用我烧了，她们抢着比谁来得早。人事处的人说，还是要多招些帅的，检测处就是活榜样，人勤快得花都被浇死了。

可是我无福消受，味道过敏，进了办公室不停地打喷嚏，在美女跟前有损形象。还有，我严重失眠，数羊数到一万都睡不着。眼圈黑了，胡子也爬上来，怕是难找媳妇了。

"这个作纪念吧。"在我辞职告别的时候，直发塞给我一把飞利浦剃须刀。

"可惜了，人才。"头儿很惋惜，我看见她眼圈真的红了。

"你朋友真有意思。"波浪说。她使劲握我的手。我洗了好几次手，不然手一伸就打喷嚏。

我没有告诉父母，隔一段时间就打个电话，像是往常一样。城市看着大，其实工作并不好找。就像水里的鱼，它在眼前游，伸手却抓不上来。找工作也像处对象，你看着合适，人家瞧不上。人家瞧上，你又嫌人家。

浪荡了半年，手里的积蓄空了。举目无亲，天气冷下来，房租催得紧。辗转到另一个城市，又是租房安顿，交半年的房租。买几张都市报在屋里仔细地看信息。不知道各位有没有过连续吃两个月的水煮白菜？我可以对着毛主席语录发誓，真的……开始是滑溜溜的，煮得硬一点儿，有嚼头。再是滑不溜溜的，煮软一点儿，显多。再往后，顾客走了，摊子散了，捡回来的叶子真的煮不香。连馒头都发不起来。

苏鹏打来了电话，我支支吾吾。总之一切都好呗，谁不是连滚带爬地挺着？工地上虽然不能保证天天有砖背，但还是可以有白菜的。面包会有的，牛奶会有的，一切都会有的。我想起苏鹏的卢布，以及他想去的莫斯科。莫斯科不相信眼泪呢。

"是不是又被甩了，语气这么颓？"苏鹏问。

"滚你大爷的。"我给了他一拳。墙真硬。

午夜时分我在床上翻来覆去，不知道明天该喝西北风还是东南风，也不知道该不该灰头土脸地回家。太冷，得买一床棉被。

正在这时，手机收到了一条短信，银行卡到账六千块。随后苏鹏给我发来信息：目前只有这么多，不够过几天再给你打。

还不够？一月工资也才二三百块钱。

"我又没问你借钱，贱人。"我眼眶湿湿地想说谢谢，结果还是骂了他。

"别他妈横，要还的！"他回道。

我还是没有抓到鱼。鱼身有黏液，比水煮白菜还滑。

"快点滚过来。"苏鹏命令。

我能说什么呢，当拉斯柯尔尼科夫要杀人的时候，总有一把斧头在手边。有斧头，他才能遇见好姑娘索尼娅。

苏鹏是幸运的。人生就是坐电梯，刚才你在上面，一个转身，你又到了下面。以前他是工人，不是干部。现在他是车间主任，我是他的食客。

我天天在他那儿蹭吃蹭喝，他那时春风得意，带我去各种饭局。"这狗日的单位，耍命。先好好享受。"我们去吃四川火锅，喝啤酒，吃东北梭边鱼，大柴棒子架火，还去KTV霸麦。

"狮子头管饱。"苏鹏说。

我再次离开是在一次饭后。

那是他们同事聚会，近十个中层喝酒。我坐在他旁边。开始是喝酒，猜拳，然后是猜拳，喝酒。大家脸都是猪肝颜色。

"你是干哪一行的？"某个年长的同事问我。

"无业游民一个，在我这儿住半个月了。"我还没来得及，苏鹏就回答了。

那个同事立马给了我一个鄙夷的眼神。

苏鹏扯过酒瓶，递给我杯子。"管甚，不能少喝酒。"

"现在的年轻人好高骛远，不是啃老就是蹭朋友，以后怎么养活自己吗？"同事说。

苏鹏猛然站起来，一杯酒泼过去，腿抖手抖的毛病又犯了，嗓门还放得贼大："他蹭的是老子，老子抱怨两句是应该的，他蹭你了吗？你有什么资格教训他？"饭局陷入尴尬，大家不知如何是好。

我知道这个贱人喝多了，我知道我这个贱人该离开了。

三

重回出发的城市。我算明白了，无论哪里，都是埋爷的地方。如那些小草，只要有阳光和水分，就阻挡不了它发芽。不管是高山还是谷地，春风所至，绿意葱茏，哪里有低贱与尊贵之别？失意的时候，我读《查泰莱夫人的情人》；得意的时候，我读《罪与罚》。

搬砖并没有想象的那么难，至少，它没有像康妮对付查泰莱爵士，或者拉斯柯尔尼科夫躲避警察那么难。

两年后，我成了砖厂的中层，带领着几十个工人战酷暑，斗严寒。

我成了家。打电话，苏鹏也成了家，生了白白胖胖的女儿。

"狮子头伺候。"他说。这个我相信，凭他的翻墙本事，他完全可以顿顿狮子头。

砖厂的事业蒸蒸日上。我也可以顿顿狮子头了。白天在厂里，工人们和泥，拉坯，切割，烧制，他们脊油滚滚，开着荤素的玩笑，我给他们计件。

经济发展太快，一群一群的人出去，一群一群的人进来，游鱼一样，钱都变成一栋栋的楼。我们把一座山挖空，又挖空一座山。最后，买砖都要批条子了。不停有人找我，塞烟，塞茶，就为了多拉几车砖。

"你要驻厂。"厂长说。

"我要回家，有老婆孩子。"我强调。

厂长手按着圆滚滚的肚皮，左转三圈，右转三圈。"工资再涨。总之你要驻厂。"他语气强硬不容争辩，就像把旁边的女人强行塞进自己的汽车一样。

我住进两间办公房里。下班，工人一个一个，泥鳅样钻进夜幕的淤泥里去了。几溜儿灯泡，把夜幕烧出一个个窟窿眼儿，把我也烧成了筛子，回忆从每个孔洞里往外涌。

风声呼呼的，在树梢上呼喊，地上的烟头，跳着迪斯科把墙壁撞得咚咚响。

我在风里想那个贱人。尽管淡远是友谊的基调，但自己仍控制不住望向思念泛滥的夜空。

我们的联系越来越少，每次打电话，不是他急匆匆，就是我急匆匆。一次出差路过临汾，想请他吃个饭，不巧他却有事。等到第二天，厂里叫魂一样，我只好赶回。

再后来，发现电话不通了。忙音，忙音。贱人，我挂了电话就骂。

我意识到那次他是故意不见的，不然，再晚，他也会踩着玻璃碴子来。他成心躲我，难道是我在某个不经意的瞬间把他得罪了，比如那次和他们同事的喝酒？还是我没有还他的钱？

我应该要还钱了，这是天经地义的，这是难中的炭火。谁给家里种了花草，不期望有满鼻的花香？就像男女总归要合二为一，不然总是你找我，我找你，着急。

我想，真的要还钱了，不然我就死了。死在朋友的心里。

念想在虚空里成灾，排队列阵，可是，倏忽五年，却是他死了：电话那头变成了一个女人，信件泥牛入海。

"贱人。"我得空就骂。

"你该去了。"妻子说。她知道我们的故事，包括那个叫娜娜的女人。我忍不住跟她说过。

"是的，我该去了。"

我请了假，厂长说："你想好了，这是厂里最忙的时节。"

我说想好了，人会疯的。不是谁随便有五年，不理不睬。我生要见人，死要见尸。

"你是不是有了女人，不然这么铁心？"厂长拿他的肚子想我。

"是的。"我说。

到临汾，不再需要十二个小时。四个小时就到了，高铁通了，苏鹏给我过生日的受罪时代一去不返。

临汾不大，街面不宽，倒也干净，创卫的好处就是街道不像以前了，有人不停地打扫，洒水车来回地跑，地面总是湿漉漉的，湿了心情。

"倒闭了。"一个人给我说，"煤矿瓦斯爆炸，死了好几个。"

心一下子揪起来，呼不出气来。我艰难地到了旅社，狗日的地面滑了我几跤，膝盖破了，胳膊肘衣服裂了。

旅社老板叫老板娘拿了针线，给我打补丁。伤口不大，两张创可贴就能止血。

我在旅社睡了两天，妻子不停地打电话，睡不好。一会儿醒，一会儿迷糊，人民币和卢布轮换着飘。

我以原厂址为中心，画了一个两公里的圆，又画了一个五公里的圆。在画三十公里圆的时候，有了收获。

我想起母亲说的话，"贱人命大"。是的，为啥祖辈给我们取名狗娃猪娃？名字越贱，命运越好。我又信起命运来。

当你相信命的时候，命运真的会来敲门，那么奇妙。我像往常一样，提着包包出门，因为装得太满，两根火腿肠掉了出来。老板在大厅闲逛，看见了。他已经注意我好几天了。

"干什么去，还要带吃的？"

"我找人。"捡起火腿，继续往外走。

"现在人贩子很多，多少家庭就此散伙。我建议逮住判死刑，一律敲头。你的是男娃女娃，多大？"

"我找的是成人，三十五岁。"要跨出门了，三十公里的圆不是小面积。

"成人？干什么的？"

我说了苏鹏的厂名。

老板说，你等等。他喊老板娘："找你们厂的人。"

这才是"蓦然回首，那人却在灯火阑珊处"吧！

"你不知道有多惨，血肉模糊，两个寻上来，只有一条腿骨。还有……"老板娘眼圈泛红，说不下去。她是厂里做饭的。

我腿抖了，像某个人。

"你找的人名字？"

"苏鹏。"我不抱奢望了。

"安全科科长啊？倒血霉了。"是啊，我手也发抖了。

"责任是工人操作不当。苏鹏是极其负责的领导，他上任后，没有出过事故。但是六条人命，总得有人背锅。"

我喜出望外，只要人还在，只要人还在！人是多么卑微啊，我们一再降低着要求，一再拉低着底线，那样面对苦难，心里总归好受些。

"听说他在摆摊过日子。"

再次见到苏鹏是在一个出租屋里，仿若我当年所住的地方。我几乎没认出他来，短短的五年时间，他好像老了十岁，头发掉完了，头顶却没有那种灯泡般的亮。一切虚拟在头发里，消失了。

见到我，他愣了愣，然后笑着说："怎么着，是不是在哥们身上看到了沧桑的味道？"

我问他到底怎么了。他的口吻很随意，说出来的事情却让我震惊，先是工厂倒闭，他受了处分。祸不单行，家里又失了火，房子被烧得住不了人。后来老婆检查出乳腺癌，每个月的治疗费都要数千元，他尽力地去工作和打夜工，勉强撑着这个家。

"为什么要瞒着我，你他妈到底有没有把我当朋友？"我终于发火了。

"去买酒。"他对老婆说。

"你戒了几年了。"老婆犹豫着，面露难色。一根头发从她头上飘落。

"酒还是要喝的。"

"嫂子——"我挡。

"我有那么老吗？"她的笑并不消沉。

"不管大小，我都要叫嫂子。"嫂子去了。不知为什么，看着嫂子，我感觉到了一种踏实。

"你还是老样子。"酒开了，他喝了一口。

"看，老子有钱了，不想再当欠债人了。"谁说酒是香的，我会攮他个半死。酒是真辣。

"贱人。"苏鹏笑了。

我把钱和准备的一包金银首饰递给嫂子。孩子急着要试，嫂子带她去了另外的房间，不一会儿，传出臧天朔的歌声，孩子学唱。奇怪，女孩子学这破锣嗓子。

"你喜欢康妮还是索尼娅？"

"我喜欢现在，像重回了大学。"

"还记得娜娜吗？"

"怎么了？"

"她出国了。"

"天要下雨，娘要嫁人，随她去吧。"心头隐隐一跳，我故作轻松，干了杯酒。

"嫁给了一个美国人。毕竟我们都爱过。"

我瞪大了眼睛。"贱人。"我骂，谁让他现在才告诉我。

"我当时真的想打你一顿。"

"贱人。"我加重了语气。

"正是因为把你当朋友，所以才要瞒着你，几年间，我已经失去了很多东西，不能再失去你这个朋友。"他平静地看着我。

晚风拂过寂静的夜，臧天朔的嗓子在吼"朋友啊，朋友"，我觉得喉头哽住，很想给他一巴掌，又很想给他一个拥抱。

四

"你得加班补上。"老板抚着肚皮说。他的话让我有些不爽，即使他给我又涨了工资。

砖厂的生意越发火爆。中国真的是产生暴发户的地方，土坷垃都能造就亿万富翁。一块砖从五分起涨，一毛，两毛，三毛，四毛。墙里都是钱。

老板的肚子越来越大。女人怀胎十月，肚皮长一个周期，老板的钱包只用一个季度就能转一个来回。这和他换女人的周期大致相当。

"砖还能跑到各个城市，我却只能守着这间破屋子。"我说。

"给你配个女秘书？"老板淫邪地露出牙齿。

过了年龄，没那爱好。

手里攒了钱，就有了欲望——买房。房价噌噌噌往上涨，一天一个样，像老板身上的膘。周围的朋友大都有了新房，有的在大城市也购置了。狡兔三窟。

我也动了心思。跑了几个楼盘，看中了两套。一套一百平方米，每平方米五千元，一套一百三十平方米，每平方米五千五。我说买小的，以后还可以换，钱也不凑手。妻子要大的，说眨眼儿子就大了，得有自己的空间，父母上了年龄，也要考虑接过来。

"接哪边的父母？"我问。

"你说接哪边的父母？"她瞪着眼珠子答。

听儿子的，买大的。

一下子拿几十万可不是鸡下蛋。凑来凑去缺口还有十万。

"借。"

"问谁借？"

"他爷他奶，亲戚朋友。"妻子说。

"问他外爷外婆借吗？"

"我借两万。"

好吧。不能问父母要钱，我只是嘴上怼妻子。哪家老人不是勒紧裤腰带过日子？我有办法。

奥迪开进来的时候，我迎了上去，恰好老板满脸喜色，我开了口。五万对我来说不是小数字，对老板只是毛毛雨。

"嘿嘿。"老板进了办公室，坐下泡茶，"你看我抽烟不？"

"不抽。"

"知道为啥不？"

"健康，环保。"

"没钱。"

我知道开口借钱难，但不知道拒绝会这么干脆。

"我预支工资总可以吧？！"砖厂这几年来赚得盆满钵满，我没有功劳也有苦劳，那间破房子我都睡出了感情。老板在外面张花天李花地，我是守家的奴才。每一块砖头里都有我的汗水。

"你知道我明年还干吗？"

这个理由没有想到，新鲜。可傻瓜也不会把一块肥肉扔了吧？

摔门出来，我竟然一时半会回不过神。

"吃喝嫖赌可以，借钱不行，伙计。"身后老板的声音软绵绵的坚硬。

"再给，老子也不要。"

回家，妻子说借到了一万多。"你朋友多，剩下部分，考验你的时候到了。"

我偏不信。捋了捋，父母说是给一万，那是顶破天了；砖厂有几个关系近的，可以开口，大概两万；工人都是挣下苦钱，不考虑；同学有混得不错的，两万。

还得问老板。

猛劲儿吸了口气，咳嗽几声，清好嗓子，我推了门。老板正在批条子，一个工人垂手站在大板桌旁。

"这是班组几天的加班费。"

"这张呢？"

"干完了吃饭，八个人不到二百。"组长语气软塌塌的，像挤空了肉的葡萄。

"吃甚屁饭？加班费没包含饭钱？那你把加班费退了！"

"就一次。"葡萄连皮也塌下去了。

"你们上次没吃？你们下次还吃？嗯？"老板的笔在桌上敲得嘣嘣响。组长走了，朝我吐了下舌头。

"你有什么事？"

"我申请回家住。"我换了话头。

"不行，奖金里有驻厂的补助。"老板很严肃。

能说什么呢，我感觉瞬间我们之间的"伙计"坍塌了。不是吗，他是老板，而我只是来挣工资的。平时我们之间是一个肥肥的肚子，软和亲切，这时候隔着一页烧透的砖，铁硬冷冰。

"问问以前的同事。"妻子做饭，提醒我。她说的是直发波浪她们。

"离开她们我才娶到你。"我实话实说。

"要不，告诉苏鹏一声？你给他的可是三万，还有一包首饰。"

苏鹏当年资助了我六千，我还给他的的确是三万。

可是，这不是一码事。

"你就知道对别人好，现在咱们有难了，却要逼着我向父母伸手。"妻子语气里有了怨。

"做人不能这样……"

"那要咋样？三万就是几张纸？那是你的钱，也是我的！你给我买过一双三万的鞋，还是给我置办过一件三万的首饰？"

"你咋不讲道理呢，我们……"

"啥叫道理，十几年了，你还念叨着那个女人，美国，你去呀！"

"你……"

"我说的不是事实吗，你们兄弟友谊有多厚，你们恋人感情有多深？"

我意识到这不是钱的问题了。不说话，把头转向窗外。外面黑漆漆的，玻璃反射着我孤狼一样的眼睛。

我不是没有想到苏鹏。只要我开口，他就是拆房卖地也会给我，甚至

更多。但不是这个理。那是我感谢他的，就像他资助我从没有期望我归还一样。何况他在难中，和我不一样的难中。

我很奇怪，女人的思维和男人差别如此之大吗？她知道我和娜娜的故事，她甚至开玩笑："我以为你和苏鹏是基友，原来你们是情敌。"可是，这对她来说，竟然像是切菜剁了手指。

是的，她是女人，女人是感性动物。

借钱没有进展。我不说话，妻子也不说话。搬回家里住。躺在床上，我想起康妮，她在雨里欢快地跑。床头吵架床尾和，这是夫妻的宝典。康妮的手暖和温柔，像蛇，在克利福身上游走。

"走开。"妻子说。

"我道歉。"

"你在外面住了一年，你想谁？我在哪里？"她把我的手甩开。

"我，和风说话，和夜纠缠，风里有你，夜里有你。"我把手搭过去。

"你想吧，女人就是衣服，想脱就脱，想扔就扔。你想吧，男人给你吃给你义气给你不厌其烦地寻找的勇气。你想吧！"

手被拽开，她翻身下床，钻进别的房间去了。

一旦窗户纸破了，各个窗户都要破。这是破窗效应。风从窗户里涌进来，又把我捅成筛子，比驻厂的星星烫在夜幕上的窟窿还多。

康妮和查泰莱是夫妻吗？他们是一张床上的鸳鸯吗？是，可是因为性，康妮跟克利福在雨中欢愉。

砖厂上热火朝天，一挖机一挖机的红土，在搅拌机里被挤成泥，哧溜哧溜地从泥条机中喷出来。砖坯在工人手里，玩具般倒来倒去，再塞进窑里。火熊熊燃烧，把他们的胸膛、脊背烤出腥臭的汗气，煤炭灰覆盖住他们的头发、眉毛和脸颊，仅留两只眼珠骨碌碌地转动。

拉砖的四轮车、翻斗车、卡车络绎不绝，奔丧一般。老板不知道和女人死哪里去了，只有这无休无止的声音聒噪着，折磨耳膜。我摸起一页砖砸向砖堆，碎屑乱飞。裂了缝的两半，惨兮兮的再也不能复原。

"主任，怎么了？"组长跑过来，哈着腰。

"老子想把这些狗日的踢塌了。"

五年了，我再次到了临汾。我相信那里有一间屋子可以盛装所有，也能分解我的所有。

敲门，陌生人探头出来。这家人住进来已有三年。

"搬走了。只有一个包袱，想着他会回来拿，却一直没有。"房东老太太慈眉善目。

在灰尘里打开，是几双旧鞋，几副破洞手套。还有一个本子。

生活还是如此。苏鹏写日记的习惯，我也知道。

可是这个本子空白着，就像我现在的脑海。

我再也见不到他了，拉斯柯尔尼科夫的斧头又开始砍，钝钝地响。

最后一页竟然有字，分明是他的笔迹：

各自安好。

他知道我会来，踏着玻璃碴子也会来。为了保证房东不扔掉这个包袱，他装了其他东西。

可是他有我的电话，为什么不直接告诉我？换电话也不告诉我，为什么？

各自安好。

最后的话，锯着日子让他失眠让我咀嚼。这是他给我的忠告。四十不惑，他比我早熟。

苏鹏走得无影无踪，我彻底打消了联系他的念头。永不再找。

各自安好。

苏鹏把最好的东西封存，永远保鲜。

我还是会偶尔想他。出租屋就像一个地标，遇到不顺与龃龉，总有一束光从那里照亮，晕染天宇。这是所有人际关系的真谛。它使我相信昼是

白的，夜是黑的，善美是真的。我坚信这一切。

他真是死了。

"贱人。"我狠狠骂道。

骂完，我快活起来，朝新房走去。

等一个贼

院门关好，小锄头上的泥巴除净收拢，院地清出的草洗了，绿嫩嫩地摆上水泥场，把凳子挂在屁股墩上，碰上堂屋门，灭屋檐灯亮睡房灯，褪下蓝布裤褂，枕上红色塑料绳捆绑的棉裤枕，扯过被子裹住腰腿。头顶的灯绳一拽，咯嘣一声，窝进黑暗。

不用开关，就用灯绳，趁手。

"东西安稳了。"张克俭给暗夜里的自己说。

屋顶是儿子刷白的，墙上女儿贴过壁纸，被子红绸面白里，枕头是黄翠花用塑料丝搓的红绳捆绑的。现在都是黑的，只有张克俭的眼珠子圆圆瞪着，泛出浑浊的微光，白内障猫眼般，把黑暗戳了两个窟窿。

黑暗像水一样漫过，把小窟窿慢慢、慢慢淤满。

"东西安稳了。"子女进城后，张克俭就这样说。他被黑暗吞噬，连梦也没有一个半个。

张克俭很奇怪自己不做梦，以前他梦见自己买了自行车，二八加重，飞鸽牌的，他给车杠车把车架细密地缠软塑料绳，如果能行，他连辐条也想缠个花花绿绿，让一村人围过来看。张克俭梦见自己和黄翠花去地里摘

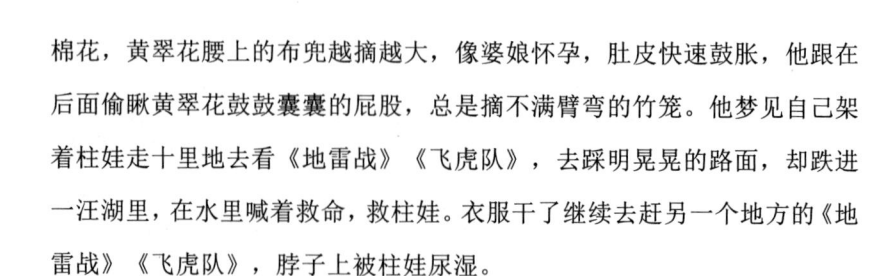

棉花，黄翠花腰上的布兜越摘越大，像婆娘怀孕，肚皮快速鼓胀，他跟在后面偷瞅黄翠花鼓鼓囊囊的屁股，总是摘不满臂弯的竹笼。他梦见自己架着柱娃走十里地去看《地雷战》《飞虎队》，去踩明晃晃的路面，却跌进一汪湖里，在水里喊着救命，救柱娃。衣服干了继续去赶另一个地方的《地雷战》《飞虎队》，脖子上被柱娃尿湿。

柱娃进城了，张克俭和黄翠花说自己做的梦，黄翠花说："你啷个老糊涂了，柱娃现在开着汽车上班，住的高楼洋房，啷个还尿你，尿也是尿马桶。"

张克俭说："我真梦见了，柱娃儿子给柱娃媳妇尿了一怀。"

"你说的哪个儿子？儿媳妇又生了一个，我才看大送进幼儿园去了，那幼儿园啷个好看……"

"有咱村里幼儿园好看？"

"你说啷个话嘛，柱娃儿子上的市里最好的幼儿园，啷个进门费都要六万元，你一辈子给我攒的几个钱？"

张克俭没进被窝藏住脸，说："柱娃媳妇给买的枕头太软枕着做梦哩，我爱硬枕头。"

"啷个我还是把青砖换回来？"

张克俭打了黄翠花一拳。黄翠花开箱子翻，翻了几条柱娃儿子退下的衣服，新新的舍不得，于是扯出一条张克俭的旧棉裤卷了捆扎住，塞在张克俭脖下。

张克俭说："裤面穿绒了，合适。"可是枕头绳子才揉绒，一天半晌了黄翠花还不起床，一摸，黄翠花像要捎给柱娃的馍馍一样，身子都凉了。

黄翠花走了，张克俭再也不做梦了。他拽灭了灯使劲想，还是半个梦都没有，只有一双猫眼样的眼珠子烫出黑夜的窟窿，夜窟窿越来越小，小得也要看不见了。

又开始做梦是最近的事，很奇怪，张克俭想来想去也想不出原因。人是奇怪的，做梦是奇怪的，很多事一辈子也说不清楚。张克俭听见有脚步声，很欣喜自己又恢复做梦了。他看见老李走过来，到床边把灯扯亮吆喝着说："你还睡，尻蛋子都晒焦糊了。"张克俭想回答，看见的却只是黑。老李吆吆喝喝拉他套车去上公粮。

老李就爱上公粮，谁让他没白没黑和老婆捣做，一口气生了八个，走个亲戚像赶了一溜串猪羊。他不上粮就没钱买油买盐。

"龟儿子一戳戳进去，我晒得干嘣嘣的粮才给个二等。龟儿子牙是猪牙还是狗牙，我咬出的是脆渣渣，他咬出的是噗沓。"

"我一等粮就比你的多了两块钱。"张克俭劝。

"两块？我扯两丈布，还不做几套衣裳？你看你看——"老李随便抓一个儿女揉到张克俭面前，"这还叫衣裳吗？尻子都在外面，咋个上学校？"

"你吆喝啥啊，他们没有车还是没有房？老大是省物资局处长，老二是教书先生，老三是副镇长，最不济的老七，做生意一年也能挣个二三十万元。"

老李拳头攥一把张克俭，"你咋光说好听的，我老八你咋不说？"

"老八在天津上大学，你还想咋？"

老李把脚往地上一蹬："想咋？一年学费三万，生活费两万，哥你说我这五亩地一年就是刨六季，能刨出五万来？"

"你不能，他上面的七个哥姐能。"

老李嘴一撇："你可是站着说话不腰疼，谁家不是一本难念的经？"说罢转身就走了。

张克俭看见老李不是穿着儿子退下来的皱皱巴巴的酱色西装，而是一身黑衣服，没边没棱，没腰没腿。他想和老李说说柱娃，可是老李头都没回一下。

老李才走，朱香椿抱着孙女进了门。"乖乖，叫爷爷。"

张克俭拉着脸说："东西个爷爷，你把我叫叔哩，你孙女咋个叫我爷爷？"

朱香椿摇着孙女手，孙女手攥着拨浪鼓，卟咚卟咚卟咚咚。"你还老封建，城里人见了黑头发的叫叔叔阿姨，白头发的叫爷爷奶奶。"

"黑头发的还有哥哥姐姐，白头发的还有太爷太婆，你叫我太爷！"张克俭道。

"爷爷的白胡子像山羊，爷爷是山羊生的吗？"

朱香椿笑得弯腰，把孙女溜下地。"你爷爷就是山羊生的。"

孙女又问："奶奶白毛毛，奶奶是绵羊生的吗？"

"嗯嗯啊，你婆娘家在绵羊窝。"张克俭说。

朱香椿把孙女的拨浪鼓拨过来。"不许胡说，我的娘家在朱家寨，我是你外婆。"

张克俭给朱香椿倒了水。"你在城里住得惯？"

朱香椿说，住不住得惯由不了自己。"我女子不是东西，和婆婆合不到一搭，人家叫娃自己吃饭，她说人家不管娃；人家用勺勺喂娃，她说人家把娃嘴戳了。他们上班走，人家累了睡会儿，娃尿了裤子，她进门就叨叨人家把娃不当娃，那么小的人，那么嫩的皮肤，经得住尿渍吗？人家买了纸尿裤，她又嫌人家买的便宜，把娃大腿都勒红磨烂了。人家受不了走了，我就得顶上受罪。"

"你不哄得好好的，看你这乐的。"

"叔你再蹇寒碜我了，女子是自己养的惯，我这是打碎牙还得咽进肚子。"

"你抱回来，我帮你照看。"

"叔你再不敢说这话，那就是要了女子的命了，班不好好上，一会儿一个电话：乖乖吃了吗？乖乖睡得好吗？乖乖裤子干着吗？外人听着这是命根子。回到家抱一会儿就把娃往我怀里塞：'妈你抱会儿，我胳膊疼死了。妈你带她下楼遛遛，我去睡会儿。'我这当娘的是生了大的还'生'

了小的？左右都是打自己脸，快七十了还得受着！我给谁说去？"

孙女玩了半天张克俭的胡子，厌了，"奶奶去外外去外外。"拽奶奶。张克俭眼见朱香椿被拽进一栋高楼，陷进黑暗里。

张克俭看见的是黑，听见的是脚步声，窸窸窣窣。

他的眼睛昏花模糊了，耳朵却灵敏起来。他听见脚步从大门踅进来，侧身进了堂屋，在堂屋里四处摸索。桌子上铺着塑料格子布，布上有一把斧头，他白天才搭了砥石将它磨得光亮锋利。

槐树起了花开得繁茂，一根枝丫伸到檐口，起风挂瓦，他准备明天端梯上树，砍掉那根斜枝。枝丫根段溜直，截下晾干能做锄把；顶段有弯曲，恰好可以做根拐棍，走路时不能总在屁股墩上挂个凳子。

斧头旁边是一只洋瓷碗，柱娃媳妇买的细瓷碗已经摔碎了几只，这只洋瓷碗是公社时候用的，从柜子里翻出来，将竹筷搁在上面很般配。晚上，为了剜净院地里的草，碗筷都没来得及洗，肯定会有老鼠舔舐残羹冷炙。

东墙旁边是皮沙发，柱娃雇车拉了回来，上面铺了隔布，出去游转累了或者中午太阳晒乏，可以在上面靠会儿。张克俭不喜欢在沙发上睡觉，睡觉有床，而靠着不能解决腰背的困乏，因而他觉得沙发实在多余，上面只是随手扔着伞、镰刀，甚至捡拾回来的半截砖块。西边倚墙靠着自行车。柱娃说这辆车子可以进博物馆，风雨五十年，是父亲的伙伴，每根辐条都是岁月的见证，它载来了柱娃兄妹，也载走了女主人黄翠花。

新装修的房子敞亮通透，它又实在有碍观瞻，柱娃意思是张克俭喜欢车，可以给他买辆新自行车挂在墙上，以便他在儿女进城后的日子可以睹物念旧。

"你把我扔了可以，扔它不行。"张克俭极力反对。

闲暇时他会拿砂纸打磨锈迹，擦抹瓦圈和轮毂，早些年还曾买了新辐条，把断了缺了的辐条全部换掉补齐。近些年他干不动了，也会偶尔在车身上靠一会儿，陷入莫名其妙的情绪。或许他会想起从山里驮炭，暖和一屋的冬天；或许他会想起载着黄翠花赶集，给她千挑万选买一截花布的日子；甚至想重新骑上它，去看看爱上粮的老李和他的八个子女，还有为女儿带孩子心里有苦的朱香椿。可是张克俭只能想想，然后长叹口气窝进被窝里去。

另外一间堂屋，一间睡房，都有家具，但张克俭几乎不去，一个院子足够他折腾。他更多的时间是坐在院门口，门开大，眼瞪圆，看远处，以及更远处。

门口的人越来越少，张克俭的耳朵却越来越灵敏，能捕捉任何声音。

脚步声不是老李，不是朱香椿，更不是柱娃和黄翠花。

屋里进了贼！张克俭想。

张克俭听见脚步的挪动，进了那个他几乎不去的屋子，又从里面出来，折回到堂屋，悄悄推开半掩的睡房门，又退出去。

"东西安稳了。"张克俭说，他也给脚步声说。

是的，是贼！

抓住他！

他听见脚步声突然跑出去，把洋瓷碗上的筷子碰落下来。张克俭喊了声"老鼠"，然后遗憾地重新陷入黑暗，跌进寂静里。

张克俭每天起得很早。老了没瞌睡，赖在床上假装也不行。昨天剜的嫩草蔫了。张克俭想把草收起来喂猪，才想起猪早没有了，猪圈鸡圈都拆了，变成宽阔的水泥场面。围墙是石柱栅栏，豪华气派，却凉冰冰的。

张克俭端了凳子坐在院地，甩动小镬头深深地翻土。一条蚯蚓扭曲，他捏住，把它扔到远点的地方。几只白色虫子急急爬出来，他轻轻刨平前面的土坷垃，让它们从容地逃走。他细细捏碎土块儿，均匀地铺撒开，又用弯把小锄犁出小沟。待沟两边捏摸得整齐划一，他把那些嫩草重新摆进沟里，埋上，端盆接了水浇过。

看到斧头，张克俭想起昨天计划的活计。他把斧头别在腰间，就像年轻时候进山砍柴一样。他吆喝着一帮弟兄呼啦啦进山，专拣端正直插云天的松树砍，砍倒，咔咔咔剃光枝丫，嘿呦嘿呦扛到山脚，赶着牛车拉回来盖房子。四间正房，两间偏厦，住一家人，他给黄翠花说。他不知道自己进了多少趟山，砍倒了多少松树，当一排房子高大地站起的时候，一村的人都来放鞭炮，吃上梁酒席，黄翠花嘴都笑歪了。现在，跟他砍树的兄弟狗子、猪娃、山羊都不在了，房子拆了，起了新楼。一切抹平了，就剩这棵老槐树。

准备砍槐树刮檐的枝，张克俭扛梯子，第一次竟然没扛动；第二次嗨了一声，动了，差点摔倒。他把斧头拔出来狠狠扔在地上。

张克俭看着梯子生气，看着看着到了中午，心里一直盘旋着：那个贼，抓住他！

康茹噗沓噗沓走进院子。

康茹是老王头的老婆，养了三儿两女。

"老张你吃了吗？"

"吃了。"张克俭看着梯子。

"谁惹你不高兴了？"

"没有谁。"

"那你还不吃饭？"

张克俭指指碗："碗里有饭。"

"我要走了。"

"你干啥去？"

"移民搬迁，镇里给了一套房，自来水煤气灶热水器都齐活了，让去镇里享受。"

"嗯，我知道。"

"村里没几个人了，柱娃接了你好几次，你也该走了。"

"嗯，他妈殁了柱娃就接我走，我这院子咋办呀？"

"我的庄基交了，人得往好处去，镇上人多好说话，还有养老院。"

"你啥时候走？"

"我今个下午走，车一会会儿就来了。"

"你急着死呀？明天走！"张克俭生气了。

"车都说好了。"

"明天走，我叫柱娃回来接你。"

"不了，麻烦。"康茹临走又说，"村里这两天有个蓬头男人，走来走去的，你晚上把门关好。"

张克俭焦急等天黑。胡乱做了饭，吃了收拾房子，他把沙发上的塑料袋收了，树枝抱走，斧头塞进柜子底，隔布叠好，把桌子挪到沙发旁边。

买好沙发柱娃发现没有茶几，张克俭说："我不去城里，你们偶尔回来一趟，要茶几供谁？不要。"于是把桌子挪过来配了沙发。

张克俭烧了一壶水灌进热水壶，拆盒拿出柱娃媳妇买回来的茶具，置在水壶旁。翻出女儿扔掉的一个钱包，把箱底攒的一些钱装进钱包里，拉开拉链放在桌头，旁边又散了几颗糖果。临睡前点上一根敬神蜡，用纸卷了纸筒，围住蜡烛头，使得这盏灯火不像电灯那样明，也不像暗夜般黑，恰如城里宾馆墙根的夜灯。

张克俭裹住自己窝进被窝。既然贼进了屋，就要抓住他。

村里的夜没有一颗星星，屋里的一星蜡烛朦胧住一村的寂静。张克俭静静地等。昨晚筷子滚落，他喊了声"老鼠"，贼是夜里的老鼠，他知道贼不会空手而归。

张克俭眼睛瞪得圆圆的。他听着，听着，门缝里的烛光越来越暗淡，终于，两个混沌中的小窟窿被黑暗填没。

张克勤进了屋。张克勤是张克俭的弟弟。

"哥哥。"张克勤坐在床边叫。

"哎。"张克俭回应。

"你吃了吗?"张克勤问。

"吃了。"

"你睡得好吗?"

"好。你咋回来了?"

张克勤随女儿去了北京,女儿说:"爸爸,北京是首都,我不可能经常回来看您,您就跟我走吧。"

"我知道我一去就回不来了,哥哥,我不去。"张克勤对张克俭说。

"你去吧,庄基地都卖了。"

"我是个不孝的,把祖产弄没了。"

"有我守着呢,放心走吧。"

张克勤现在却回来了,"我想你啊,想咱们庄子啊。"

"你咋回来的?"

"飞回来的。"

"你又没翅膀。"张克俭笑了。

"我从火葬场烟囱飞回来的。"

"弟弟你的手呢?"张克俭猛然坐起来,他握弟弟的手,却只握到两截袖管。

"在这儿呢。"张克勤指自己的腿,那双腿跟他进山砍树被砸断过。

"弟弟!"张克俭去摸腿,也是两截裤管。

"我很好。哥哥你好吗?"

"我好,我想你,想爹,想娘,想柱娃和他妹妹。"

"你想黄翠花吗?"

张克俭想说话,喉咙堵得厉害,发不出声。

柱娃伸手过来摩挲他的喉咙。

"柱娃?"

"哎。"

"你干什么呢？"

"工作，每天忙不完的事情。"

"你车里拉的啥？"

"给你买的米，面，油，菜，还有城里最有名的糕点。"

"你吃。"

"我吃过。"

"你吃。"

"你吃！"

"给我妈吃。"

"给乖孙子吃。"

"啷个一起吃。"黄翠花抱着孙子说。

张克俭挡住众人，他听见脚步声，贼终于来了。

贼悄无声息地推开院门，蹑手蹑脚地进了堂屋，犹疑一会儿，他听见均匀沉重的鼾声，终于在沙发上坐下。他剥开一颗糖扔进嘴里，香甜让烛光显得柔和而温馨。他熟练扯出钱包里的钞票，津津有味地数起来，嘴里轻声附和：一，二，三……

张克俭清晰地听见贼的声音，他向众人压压手，做出"嘘"的警告，悄悄说：听，他在数，四，五，六……

张克俭冲过去，贼却飘走了，把张克勤、柱娃和黄翠花都带走了。

天又亮了。张克俭坐在院门口，院门大开着，镰刀菜刀锯子斧头圈住他脚，像一窝狗娃，仰头看他手里的拐杖。这是他见过的最合适的树枝，把儿弯曲，恰好握手，稍下有一处凹，累时放另一只手；身子溜直，指向地面，挨近地皮的下端，分出小小三个叉，牢牢抓地。天意！张克俭心里赞叹，拐杖在手里捋来捋去。剁去握手和分叉处的多余，细细削去树皮，镰刀慢慢刮削，两端茬口变得圆润，身子变得细腻光滑。

槐树的味道四散，冲得张克俭满眼泪花。以前他爬上树捋槐花，黄翠花早早扫了地,等槐花铺了厚厚一层,掬了冲洗,热水焯了,和面粉搅拌,撒了调料,再搅拌,上笼屉蒸。不多时,槐花麦饭的香味从各个瓦缝蹿出,吸引来一村的人。老李提了筐子,朱香椿挎着笼子,都来揽地上的槐花。不一会儿,槐树被欢声笑语淹没了。张克俭坐在树杈上嘿嘿笑,看着厚厚一层白渐渐没了,地面重新显露,他才扑通跳下,圪蹴在树下卷烟丝。

"啷个今天像过节。"黄翠花说。

"就是,像过节。"

后来,张克俭会在每年花盛时节爬上树,扑落一层白白的槐花,大声问:"你烧好水了吗?"

"早好了,啷个等着呢。"黄翠花在厨房远远地应。

"那你还不掬?"

黄翠花于是张开双臂来掬,一怀一怀的槐花,一锅一锅地焯。焯过的槐花黄了,蔫实了趴在簸箕里、竹席上,风得干干的,爆米花一样。黄翠花把它们装了一袋又一袋,边装边号,这是给柱娃的,这是给他妹的;这些给老李,他家吃饭的嘴巴多;这点给康茹,老汉死得早,她一个女人家,扛那么大麦捆,造孽呢。

张克俭伸拐棍拨拉槐花,拨到了球球的腿上。球球生下来圆乎乎胖墩墩,都说这娃是福命,谁承想十三岁还不会说话,身体一个劲地横长,真的长成了球。待到十四岁才能说话,也是含混不清,好在村里人明白他连喊带比画的意思。

"球球。"

"大爷。"球球嘴里说话,手不停比画着,指张克俭的拐棍,"你打我。"

"没打你。"

"你打我。"

"我拨拉槐花。"

"槐花在哪儿？"球球四下里找，目光落在头顶槐树上。他扯张克俭的拐棍，"我打。"

张克俭用拐棍压住球球的脚，指凳子。

球球拉凳子坐在张克俭面前，"你打呼噜了。"

"我没打。"

"你就是打呼噜了。"

"我静静的，安稳。"

这个球球爱较真，尤其和张克俭，爷孙没大小，一天不和大爷张克俭顶牛就闲得慌。球球说大爷我给你割稻子，稻子穗穗散了一地；大爷我给你掀车车，张克俭越拉越重，是球球在往后拽；大爷修房我给你上瓦，没走几步一抱瓦跌碎了，好几顿的口粮钱。那时张克俭烦得，踢他；现在，张克俭盼球球天天来，球球就是不见人。

"大爷你真的打呼噜了。"

"我真的没打。"

"你真的就是打呼噜了。"

"没打。"

"打了。"

"嗯，我好像打了。"

"我也要拄拐棍。"

张克俭想起来，这个父母已经离世的"孙子"，走路摇摇晃晃，是该拄拐了。

"你多大了？"

"五十多，大爷。"

"哪有，你还是个娃。"

"大爷，真的，五十三。"球球伸出三个指头，又来扯张克俭手里的拐。

"另给你做，"张克俭不丢手说，"这本来给我，现在给康茹，康茹昨天迁走了,她不知道,这根拐杖越用越轻快。"

球球生气地走了。

张克俭想晚上,想那个贼,他一遍遍在心里重复:我一定要抓住他,绝不放过!

晚上,张克俭点了蜡,桌上撒了糖果,又往那只女儿扔掉的钱包里装了钱。他在屋里四下走,最后把钱包塞在西边房间空着的床下。要修新房,腐木烂瓦旧床旧柜都扔掉了,这床是新买的,席梦思,柱娃和媳妇回来睡,现在床上遮了罩布,布上是厚厚的灰。房门先是合着,黄翠花走后张克俭把门打开,再也没有关过。张克俭跪下,把钱包塞在两指宽的床地缝,又觉得太过隐蔽,把一张钱扯出一角,露在外面。

"东西都安稳。"张克俭窝进黑暗。

黑夜静得一丝风都没有,仿佛能听见槐花嘣嘣绽开的声音。因为白天爬树砍树,张克俭躺在床上,才感觉胳膊腿儿腰身都是酸疼的,眼皮也坠得厉害。

他疼痛而舒心地等着,等着。

黄翠花从外面寻猪草回来,满脸的汗,放下挑担,瘫软在屋檐下,张克俭端水出来,黄翠花已倚着土墙睡着了。

"你打呼噜了。"张克俭摇她。

"我没打。"黄翠花强睁开眼睛。

张克俭胳膊掏过她的腿,把她抱到床上。

柱娃开车回来了,柱娃媳妇下了车,柱娃俩孩子下了车。柱娃从后备箱搬东西,米,面,油,蔬菜,还有滑滑车。

"这是菜,这是菜。"张克俭指着院地一块块的绿色,嘴上很生气地斥责。

"我买的有机菜,无公害。"柱娃说。

"我种的有害?"张克俭显得更生气了。

黄翠花和柱娃媳妇帮忙拿东西，张克俭一把把柱娃小儿子举到空中，"乖乖高不高？"

"爷爷我要下来。"孩子在手里挣扎。柱娃大儿子很快搬了梯子爬到树杈上坐下，晃荡着腿给弟弟招手。小的却不敢上，张克俭夹住两肋，帮柱娃小儿子爬梯子，爷孙俩也坐上树杈。

"跌了！唧个爷吔。"黄翠花踩住梯子脚，在树下喊。柱娃和媳妇笑得咯咯咯咯。

张克俭听见柱娃进了堂屋。柱娃没有看见钱包，心不在焉地剥了颗糖塞进嘴里，举着蜡烛四下里找，又放下蜡烛，打开了手机电筒。张克俭能听见他在掀桌布，拉开抽屉，在桌子下面扒拉。

然后柱娃进了席梦思房间。

"柱娃。"张克俭喊。

"哎。"

"你又打牌输了？"

"我没有打牌。"

"那你找钱？"

"我给娃找学费。"

"你没有工资？"

"这点钱还不够塞牙缝，两个儿子，上学，培训班，艺术班，还得给他们攒买房钱，娶媳妇儿……"

"谁让你修村里的房？"

"你们要住啊。"

"柱娃，你是败家子，谁还在村里扔钱？都去城里了！"

张克俭举起拐棍，想抽打柱娃，哪怕是做做样子，可是拐棍沉得举不动。他听见柱娃从床底扯出钱包，夹在腋下，关了手机电筒，盘腿坐上沙发，又剥了颗糖扔进嘴里，咕噜咕噜地舔。

"柱娃。"黄翠花进来，给柱娃擦嘴角流下的涎水。

"妈，甜很。"柱娃说。

黄翠花扬起手掌，给了柱娃一耳光，"啷个叫你偷吃，叫你懒，叫你不争气。"

柱娃哭起来，黄翠花也哭起来。张克俭翻个身把头埋进被窝，他不敢哭，他要看庄子。

贼又愉快地溜走了。

太阳出来，张克俭懒懒起了床，拐棍倒在床边地上，他弯腰捡起，腰身一阵酸疼。他慢慢拄拐走出来，走到大门口。远处，雾蒙蒙的一片混沌，更远的地方，天地合为一体，只有槐木拐棍呛人的香气丝丝缕缕悠荡出来。

东西安稳，张克俭看着圆乎乎的太阳嘟囔："啥时候天黑呢？"

瞧，这漂亮的灵鸟

"你又编那些藤子？"

"嗯。"

"一口皮箱也才几十块钱，这些藤子能给你吃还是穿？你看年轻人都出去打工挣大钱了，你个瓜子。"

土墙不回答五婶，目光锁进藤子里去。藤子在他手指间翻来覆去，连缀成片，形成密密匝匝的纹路，在阳光下泛出一片白。

"这是什么藤？"五婶扒拉着饭，坐在屋檐阴凉处问。

土墙也不知道这些藤子叫什么名，他在山林的湖里洗完澡，从水边割回来这些藤子，晾干，去皮，手一下一下地搓，它们黑灰的皮掉了，露出象牙般的白。土墙在手里晃这些藤子，越晃藤子越柔软，最后被缠在手腕上，绕在指尖，比竹篾坚韧，比芦苇秆白皙。那以后他就爱上这藤子了。他用它编箱子，具体点说，是给木头箱子编藤衣。

"你个瓜子，"五婶看见他给箱子编这毫无用处的藤衣就这样骂他，"现在人都用衣柜，又高又大又漂亮，谁还用箱子？就是用箱子也是皮箱，木箱谁还要穿衣服？"

五婶说完这些话，最后都要用"你个瓜子"做结尾。总之，在五婶眼里，土墙就是山墙上那层陈墙皮，又蠢又无用。五婶家山墙上搭着一间偏厦，土墙就住在这偏厦里。眼皮一抬就是土墙，五婶最有资格评价。

"你个瓜子，饭在锅里盖着，吃时你再添把火。"五婶饭碗一撂出门去了。

土墙捏住藤子两头跳绳，腾腾腾，跳一圈数一个数。土墙小心翼翼地让那些藤子恰好从腾空的脚与地面的空隙穿过，不然会伤了藤子细嫩的肉，藤子划出细微的风，给他汗津津的皮肉带来凉爽，最后，皮肉由内而外的热又把这点凉爽吞噬掉。汗珠从他脊背滚下来，背心湿了；滚过臀沟，短裤也湿了。他停下来，手一捋，黑灰的皮粘在掌心，藤子挂面一般从另一只掌心挂下来，随风飘动，细密有韵致。像女女。想到女女，土墙脸红了，他忙去五婶家灶膛里添了把火，让火光遮住脸上的红，浑身的燥热又提醒他，这么热的天，稀饭和醋熘土豆丝有必要加热吗？

"我真的是瓜子，没人要的瓜子。"土墙吸溜稀饭的时候，也附和五婶骂自己。

往日这时候土墙是在山里湖中的。屋后山中有一口塘，夏天雨多，水积聚起来是池塘；冬季天干，池水干涸，就是一片锅底形洼地。村里人叫它瓦瓦湖，意思是瓦片大的一个湖。平素村里人不去，现在，年轻人大都到南方或者省城打工去了。政府给村里装了自来水，挣了钱的年轻人回乡，盖了新房，屋顶装了太阳能热水器，村里剩下的老弱病残吃住方便，更没人愿意费力去瓦瓦湖。瓦瓦湖只有水蛭、水蜘蛛、水葫芦。

但土墙去。他脱掉衣裤赤条条地站在湖边，看藤子在风中摇曳，湖边树木哨兵样站在阳光里，湖面波光粼粼，偶尔有水蜘蛛飞速跑过，也会有一两条小鱼跃出水面。土墙弯腰在湖边的黑泥中刨出一个长坑，躺下，把两边的泥又刨回来埋住自己，只露出一双眼睛。不仔细看，会以为这只是一圈泥，和瓦瓦湖一圈的黑泥别无两样。一只鸟就曾落在他的额头，甚至

啄了他的眼睛，他一眨巴，那鸟才惊飞了。土墙窝在黑泥里，夏天的阳光很毒，直直照射下来，阳光的热量慢慢蒸干了泥巴的水分，本来软和的稀泥变得干燥而坚硬，颜色变成灰白，壳在土墙的身体上。等正面的泥干透，土墙翻身趴下，让太阳把背上、屁股上、腿肚子上的泥也晒成壳。他能真切感受到太阳的烘热，烤炉一样，泥巴一点点变硬，温度一点点升高，那些泥先是柔软可亲的，慢慢变得狰狞而残忍，仿佛要一步步撕裂他的皮肤，给他开膛破肚。他的汗水一层层涌出，湿润最里层的泥，可是还没有挣扎几下，汗水就被黑泥吸干，泥壳刀子一样剡进皮肤、扎进肌肉里去，这时土墙会抽搐，肌肉在泥里嘣嘣地跳动。

灵鸟快来，土墙心里喊。一只麻雀不像麻雀、锦鸟不像锦鸟的鸟飞过来，落在这硬壳上，泥里那些小虫子正在做最后的挣扎，灵鸟毫不费力地啄食它们。

"你怎这么漂亮呢？"土墙说。

灵鸟忙不迭地在他的泥壳上啄，他能感觉到它的喙穿透泥壳扎在他身上的力量，既尖锐又舒服。

"嘭，嘭嘭。"清脆的声音从一片硬壳传出，给全身的硬壳带来震颤。

"我要像你一样就好了。"

灵鸟啄着虫子，飞起落下，一会儿工夫，就把泥壳收拾干净、吃饱了。它站在土墙的额头拍打翅膀，抖落羽毛上的泥土，头颈自由自在地转动，轻微地跳起，笨拙地落下，双爪紧扣住泥壳的纹路，为了减轻身体突然增加起来的分量压迫，它也会把尾部和部分肚皮落下，贴在土墙的眉梢上。

为享受灵鸟身体带来的阴凉，土墙往往要忍受它偶尔拉出的粪便，以便不惊动它，让它更长时间卧在他的眉骨上。

"灵鸟，你有心上人吗？"土墙问。

灵鸟扑棱一下翅膀，算是回答，看见那块会动的泥巴，又伸喙啄了一下，土墙的嘴唇被啄出一个浅坑。

"你肯定有。嘿嘿，我也有。"土墙笑了，脸上的硬壳碎成更多的小块儿。灵鸟受了惊，扑棱棱飞走了。

等土墙站起来的时候，他像一头非洲旱季的犀牛，一层厚厚的盔甲噌噌作响。

"舒服呀！"他叫一声，扑通，扑进湖水里去，水蜘蛛吓得四散而逃，泥壳在他的扑腾里迅速加湿融掉，皮肤上鱼鳞一般的癣斑显露出来，和粼粼波光化为一体。

晚上我可以睡一个好觉了。土墙穿上衣裤。

土墙去砍树。山坡不允许伐树，村长开会时说过，谁敢伐树就打断谁的腿。村长怕伐树伐掉他的乌纱帽。但村长允许土墙伐树，村里就这一个年轻人，偶尔自己用一截木头也得土墙夜间帮他扛回来。

"你这娃要么死在瓦瓦湖，要么死在箱子里。"村长叼着纸烟说。

土墙脸上飞起红，像是赤身裸体站在村长面前。

"泥浆对牛皮癣有用你就洗吧，没人去看你那一身烂皮。"

土墙砍倒一棵水曲柳，把树枝剔净，"嗨呀"一声扛上肩膀。水曲柳凹凸不平的皮磨着他的皮肉，说不出来的舒服。

水曲柳是做箱子顶好的木料，阴干解出板做箱子，柔滑细腻，坚韧抗压，结实耐用。土墙种完庄稼在家没事就解水曲柳板。一般箱子板一厘米厚，他解的板只有半厘米。别人买皮箱装旅途衣服，他自己做木箱盛装渐渐死去的农村的空寂，总之土墙有的是时间。

土墙把水曲柳架在木三角上，拉着细牙锯解板。支吾，支吾，支吾。锯齿在木头里小心翼翼地行走，完全没有电锯解板的那种野蛮和夸张，反倒有种吴侬软语的柔媚，支吾，支吾。他脚压着木头，一手扶木一手拉锯，一拉就是半晌。土墙解板的时候五婶是不睡午觉的，五婶坐在门口石狮子上看土墙拉锯，听锯声。

"土墙，你咋那么会拉锯呢，比秦腔团的二胡都好听。"五婶说着，不由自主地哼起秦腔，和着拉锯声。

在土墙用绳锯给木板割弯角的时候，锯声又变了，哇呜，哇呜，这时候五婶往往眼神迷离，偶尔会拿手抹眼角。

她倒杯水，里面烫了解热败毒的牛打仗草给土墙放在跟前，嘴里嘟囔着："狗日的牛皮癣把娃害的，可惜了你这瓜娃子。"

把板解完，土墙放平拿石头压实，直到板子完全干透。

村长有空也来看土墙做箱子。土墙把水曲柳板固定在木案上，用刨子刺啦刺啦打平，打一阵，拿起来用眼瞄，瞄完再打。刨花越来越薄，最后像纸一样透亮，村长没纸烟的时候，就用这刨花卷了锯末当烟抽，点着从不会熄灭。

"土墙你给我做个凳子。"村长看累了。

"我得先做箱子。"

"你下脚料够了，做凳子，明天屋里来客呢。"

土墙把脚边的窄木条捡起几个，这边凿几下，那边凿几下，斧头哐哐砸，凳面成了。再捡几根木条，左边凿几个眼，右边凿几个眼，哐哐几锤子，腿儿楔进凳面的卯孔里。

村长坐在冒着清香的凳子上面摇一摇，纹丝不动，嘴里说着结实结实，唱着《红灯记》回家去，边走边说："女女来了，带到我家里玩。"

女女是土墙的女朋友。媒婆给土墙介绍的时候说，一米六的个子，波浪小卷卷头发，鼻梁上架着金丝眼镜。拿出照片，前凸后翘，亭亭玉立，左脸上还有颗美人痣。

"好看的都去城市了，你窝在农村，都快四十的人了，去哪里找这神仙一样的媳妇儿？"媒婆对土墙说。

"咋不能，瓜子有瓜福，不信我土墙找不到合适的，缘分没到。"五婶把嘴一撇。

"这不是缘分到了吗？人家三十一，年龄也合适。"

"我这瓜子有皮癣呢，说不成这么漂亮的。"五婶摇摇头。

"你刚才还说缘分呢，又不是给你说儿媳妇，看土墙的意思。"

土墙腼红了脸，眼睛盯着照片上的女子不挪窝。

"看看，人家上眼。是这，我约了时间你们见面。"

媒婆一走，土墙把照片攥了躲进屋子。

"土墙你忘了上回的事了？啊，你这瓜子！"

土墙关上门把五婶的话挡在外面。

土墙把照片捧在手里，看着女子一头的波浪发，他的心波涌起来，像起潮的水面漂着的叶子，忽而跃上浪尖，忽而跌进谷底，浪头不断打过来，让他呼喊不成呼吸不成。他把照片放下，心里却再也放不进一点儿东西，又把照片举起来，在灯下照，想要看照片后面，似乎那是一个立体，前后左右都饱满着，散发出迷人的味道，呛得他连打喷嚏。可是喷嚏打完，他的五脏六腑好像都喷了出去，空得无边无际。他凑近去，那颗美人痣大起来，大起来，终于膨胀得把他的胸腔肚腹又填饱了，五脏六腑重新归了位。

我爱上她了，真的爱上她了，土墙给自己说。

晚上睡觉，土墙把照片放在枕边，又怕折了污了，就弄块儿玻璃压住，整夜亮着电灯，好像一睁眼就能看见这张微笑着、神仙一样的脸。事实上，他真的一夜都没有睡着，就这么看着这张照片，看累了，强迫自己转过头去歇息一下，就这么一会儿工夫，好像过去了几十年，只能又转回头来。眼睛太疼，他就把照片摆在枕头那边。这样周而往复。

"你这瓜子，哭了一晚上吧？"第二天早上，五婶说。

"五婶，我要去见她，我的女女。"

和女女见面后，土墙像变了个人，他一镢头一镢头狠狠挖地，恨不能把稗子野草最细的根须都除尽。日头毒辣的时候，他躺在瓦瓦湖的黑泥里，干了，又涂一身，直到自己精疲力尽，浑身的皮都快要爆裂开来。他整夜整夜地编藤子，那些水曲柳箱子，本来被他打磨得光可鉴人，但他又给它

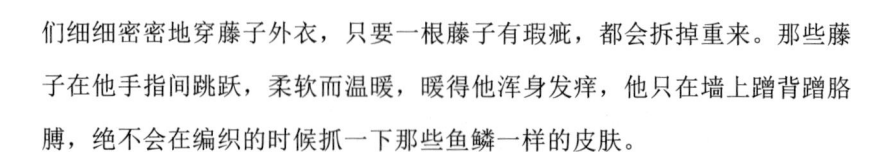

们细细密密地穿藤子外衣，只要一根藤子有瑕疵，都会拆掉重来。那些藤子在他手指间跳跃，柔软而温暖，暖得他浑身发痒，他只在墙上蹭背蹭胳膊，绝不会在编织的时候抓一下那些鱼鳞一样的皮肤。

"你这瓜子，人家追姑娘买花，你追女朋友编箱子。"五婶笑得眼泪哗哗。

土墙去县城更勤了。他头天在瓦瓦湖蒸过泡过，第二天换上干净整洁的衣裤，骑上小摩托进城。大家都知道他的女朋友是城里人，波浪发，有美人痣。

"女女和你看电影了吗？你请女女吃的啥？"五婶问土墙。

土墙光是红脸笑，不说话。问急了就说："带着女女转了公园，请女女在月光轩吃葫芦鸡。"

"月光轩，那可是县城最好的饭店，从门口走我腿都打哆嗦。"五婶眼里露出羡慕的光。

路过村长家门前，村长老远叮嘱土墙，谈恋爱要先拉手。从县城回来，村长会把土墙拦住，问他拉上女女手了吗？好摸不？土墙脸羞成猪肝颜色。

"你不拉手，她能跟你走？手是女人的门帘，掀开了才能进里屋。"

"没……"土墙胳膊遮住脸蚂蚁一样地回答，拽过摩托跑了。

土墙把箱子抱到阳光下，拆了编好的藤子，在藤子经纬里加进灵鸟，觉得不够，再加一只，公的在下面仰望，母的在枝头鸣叫。村里人都说土墙交了个好女人，土墙要成家了。五婶再不提土墙以前的箱子，那些箱子是土墙给前女友做的，有两只箱子还没编上藤衣，女友就消失了。

"我这瓜侄子，还是有瓜福。"五婶说着，脸上笑开了花。

眨眼秋天来了，秋天是收获的季节。土墙是强劳力，别人家扔下的地他都捡到自己手里。一亩地打的粮食挣不了几个钱，但总是收成。土墙也想出去挣大钱，可是人家不要他。

打工工友们累了坐下抽烟喝茶，土墙撩起衣服挠被汗水蜇得又红又痒的皮,那些鱼鳞凸出来,像发胀的木耳一样,挠不了几下,红变成紫,紫里沁着血。这痒无时不在,无处不在,连衣服遮住的地方都是,屁股沟里最严重。土墙不能不挠,各种药都试过,抵不过"五爪龙",只有指甲一下一下抓挠,抓得烂了,挠得透了,这痒才能稍歇——其实也不是不痒,而是那抓烂了的疼把痒暂时虚掩住。

工友们看着他抓烂自己的皮肉,登时从他身边逃离,生怕一星半点的皮屑落在自己身上。集体宿舍大通铺,没人愿意跟土墙挨,洗澡的时候,土墙用过的水龙头也不会有别人去冒险。可是吃饭总得在一个锅里。做饭师傅给土墙碗上套了塑料袋,打饭时勺不碰碗,但其他工人还是有意见。一次土墙去水龙头下洗碗筷,一个工友两铁锤把龙头砸了。

一身的鱼鳞看着吓人,土墙就是那个瘟神。土墙躲在无人的地方哭了几场,哭完了回农村,再也不出去了。

"你这瓜子,一身的力气种地,饿不死你。"五婶在自己的偏厦收留了这个孤儿侄子。

村里年轻人扔下土地都奔城里去了,土墙把他们的地耕种上,足足有二十亩,坡地收得少,平地收得多,一年也能攒下些钱。

"土墙,你要娶媳妇呢,钱不能乱花。"五婶交代。

土墙确实不乱花,除了那辆代步摩托车,他连电视机都舍不得买;那些药不治病,也不买了。土墙攒下钱娶媳妇,给女朋友做箱子,往箱子上编细密绵柔的藤子,生怕不小心磕坏了箱子某个棱角。

"土墙,你这瓜子。"五婶想起土墙以前交的女朋友就这样骂他,"人家给女朋友送花,你给女人打箱子,村长说得对,你要死在箱子上。"

"灵鸟的嘴编得有点短。"土墙不管五婶的骂,指着箱子给五婶说。

"女女叫你编的?"

"女女说我们下次再出去玩。"灵鸟的嘴在土墙手下变长了。

"爪子编得僵硬了些。"土墙给村长说。

"女女喜欢你的箱子吗？"村长停住吸嘴里的纸烟。

"女女说秋季收割了就订婚成亲。"灵鸟的爪子变得铁丝一样筋骨铮铮。

稻子沉甸甸地垂下了头，地像瓦瓦湖一样大小，地里的稻子，需要土墙一镰刀一镰刀刈割。割稻子要看老天爷脸色，一阵急雨，成熟的谷粒打落进泥里，一年的辛苦就没了。越是太阳毒辣，越是收割的好天气，谷粒水分少了，搬运也轻快。二十亩地，土墙日夜兼程地挥镰。他顾不上浑身的刺痒，紧攥着镰刀，一下一下朝稻秆挥。

"你这瓜子不要命了？"

五婶给土墙送饭，看着浑身透湿的土墙弓腰在稻子地里，那些鱼鳞的红紫透过衣服，在布面上凛凛地凸显。她去夺土墙的镰刀。

"女女要八万元聘礼呢。"土墙把她的手甩开。

"咱这规矩是六万，她为啥要八万？"

"我有病。"

"我看你就是有病。"五婶朝土墙屁股上踢了一脚。

土墙割稻子不歇手，五婶叹口气，拔出别在裤腰上的镰刀，也弓下腰去。

稻谷晒干，土墙用摩托驮着，一趟一趟去剥壳，变成白花花的米；又驮进米店，把米换成钱。土墙卖空粮食消停下来坐在五婶面前。

"五婶，还差一万元。"土墙说。

五婶摩挲着那些精美漂亮的箱子不说话。

"不会的五婶。"土墙盯着箱子上的灵鸟说。

"好吧，我再给你。"五婶咬咬牙下了狠心。

"我明年还你。"

村里都传开了，土墙终于要娶媳妇结婚了。

只要有空闲，村长就会来看土墙做箱子。"这是第四只啦土墙，你终于要结婚啦。"土墙给新箱子三面分别编了两只灵鸟，这只分外漂亮。

"靠墙那面还编吗？"村长抽着纸烟问。

"编！"

"编啥？"

"两只灵鸟，领着一群小灵鸟。"土墙脸又红了。

村长喷出一口烟，嘴里啧啧有声："你要成亲，办酒席我给你当总管。"又补充说，"今后我允许你一直在林子里砍树。"

"那是当然，你是村长。"土墙手指抚弄着那些藤子，头都不抬一下。

一个秋高气爽的日子，土墙穿上新买的衣裤，在摩托后架上垫了布，捆绑好那只四面编织了灵鸟的箱子，一偏腿跨上摩托。

"土墙你去交聘礼吗？"村长问。

"嗯。"土墙高昂着头，把摩托油门拧得轰天响。

"土墙，你把钱装好了吗？"五婶问。

"嗯。"土墙拍拍被五花大绑的箱子。

五婶使劲摇，箱子稳稳当当。

"走了。"

摩托向县城疾驶而去，他的衣裤灌进风鼓胀起来，圆滚滚的巨人一般，灵鸟在他身后风中翩翩飞舞。

"这回你这总管可要认真当。"五婶给村长说。

"那还用说，大家都盼着呢，这是村里的大事嘛。"

秋风起来了，土墙再没有去过城里，婚礼也久久没有动静。

"你拉过女女的手吗？"五婶有些担心，问土墙。

"我带着她转公园，她的手抓着我衣后襟。"

"我是问你拉过她手吗？"

"她抓着我衣后襟，紧紧地抓着。"

"你们照相了吗？"

土墙从怀里掏出一个水曲柳木壳，木壳薄如蝉翼，精致小巧，外面编着比箱子上还细密的藤子。土墙小心翼翼打开，里面是那张波浪发、美人痣的照片。

"谁接了你的聘礼？"五婶换了话题问。

"她。"土墙摩挲着照片，眼仁炫着色彩。

"在哪里给的？"

"月光轩。"

"为啥不带你去她家里？"

土墙低了头不吱声。

"你去过她家里吗？"

土墙摇摇头，仔细把照片夹好，又揣进内衣兜，贴在胸口，开始用绳锯锯木板，发出呜咽呜咽的声音。

五婶看着偏厦里穿着漂亮藤子衣的那排箱子，狠狠打了土墙一巴掌，"又被骗了，你这瓜子，不听我的话！"

好长一段时间，五婶不再理土墙，任他睡到中午或是晚上，也不给他留半碗饭。

"我明年还你的钱。"土墙平静地说。

"我一眼都不想看见你！"五婶回答。

土墙过得很自在，他套牛犁了稻田，土块儿耙碎，挑空了尿坑，给地里撒上麦种，又给五婶的地里浇了一遍尿粪，今年的活计算是到头了。

村长不再张罗给土墙婚礼当总管的事，因为他看到报纸上有一则新闻，说警察最近抓住了几个婚恋诈骗犯，他认出照片中的一个是女女。他本来想把报纸拿给五婶看，想到五婶又不识字，就装在心里，只在心里骂，这年头，人想钱想疯了。

秋风刮得越发紧了。土墙还是去越缩越小的瓦瓦湖，把自己埋进泥里，只露一双眼睛在外面，扑噔扑噔地眨巴，看天空里云絮飘过来又飘远。瓦瓦湖里的水已经渗凉，甚至有些冰冷，但土墙裹在泥巴里一点儿也不觉得。

湖水眼看要干，水葫芦会死，那些鱼、水蛭和水蜘蛛也不知道怎么越过没水的冬天。湖边的藤子在风中飒飒作响，它们已经干枯，风过来，它们倒下去；风过去，它们又顽强地挺立起来。

一只灵鸟落在藤梢上，随风一沉一浮。

"你的伙伴都去了南方，你是落单了吗？"土墙问灵鸟。

灵鸟好奇地看着湖边的泥人，叽叽喳喳叫了几声算是回应。

"你谈过恋爱吗？"土墙继续问。

灵鸟飞过来，栖在土墙的额头上，啄泥里的虫子。

土墙站起来，一头扑进湖水，激起一团泥浪。他把自己搓洗得浑身发红，实在没有一丝污垢了才套上衣裤，遮住浑身的鱼鳞。水曲柳木壳掉出来，他慌忙捡起，拂去尘土，对着藤子细密的纹路吹了又吹，深深揣进胸口的兜兜里。

割了一捆藤子，土墙吹着口哨回家。灵鸟在他头顶盘旋，红红的尖喙，绿黄混杂的羽毛，一个扑棱是橙色，一个扑棱是橘色，在深秋的荒芜里美得耀眼。

"你谈过恋爱吗？"土墙问灵鸟，他拽着背上捆藤子的绳索，双手垂下暖暖捂住胸口，深情地对灵鸟说，"我可是谈过了呢！"

立墙的村庄

"你又编那些藤子？"土墙问。

"嗯。"立墙埋着头，手指如飞。

"这些藤子能给你吃还是穿？你看年轻人都进城去了，你为啥不走？"

立墙把编好藤衣的凳子递给土墙，换他屁股下的钢管椅。土墙一脚踢开，"你要死在藤子上？"

"爹你消消气。"立墙搬了凳子坐进太阳，戴上茶色墨镜看书。

"戴上眼镜就是城里人了？你是要气死老子！"土墙站起，气哼哼地拖拉着椅子进屋。

"你去不去？"眼看土墙钻进里屋，立墙知道是白问，径自去了文化站。

五间一层半的洋楼，青瓦白墙，看着气派惬意，门一左一右两个黄铜牌子，一个写着杨庄村文化站，一个写着曲丽县示范文化站。立墙拿抹布把两个牌匾擦了，弧面上漫射的夕阳光芒耀他的眼。门虚掩着，老人们都已离去。立墙把大厅里的沙发垫布扯平捋顺，将靠背椅子重新归位。垃圾筐是净的，水磨石地面上倒是有两三瓣橘子皮和几张糖纸。扫过拖过，去规整书。除了这间聊吧，左边两间是文化书屋，右边两间是棋牌室。

书屋收拾起来容易。开始立墙是担心的，书架高大，书却很少，自己的藏书看着一溜儿，摆上架却少得可怜。国家推行乡村振兴政策以来，文化武装是重要内容，必选书目里的书源源不断地配送进来，五年不到，一间屋子已经堆满，只有一间可以搁书架。钢化玻璃书架原先是透明的，能两边看透，现在全被书籍隔断。书架一再加楔，书架间供读者坐憩的凳子不断被撤走。

文化站借书要登记，但借书的人实在太少，就不再登记，谁要拿回家也行，每种配书都是好多本，不怕缺。即便如此，书还是越来越多，搞不好明年还得撤掉一间棋牌室用来放书。

年轻人都进了城，村里的老人也一个个被接进城去。

"我不进城，教了一辈子娃，还让我去带孙子，没门儿！"只有教书先生刘老师会来翻翻书。

老伴儿要去哄孙子，又担心他一个人吃不好住不好，常督促儿子回来接他。刘老师把新鲜蔬菜和晒的干菜给儿子车里塞满，就是不留自己的座位。老伴儿走后，也没人催了。

立墙抚着书脊，看着这些自己从配送车上搬下，又一一归类放上架子的书原模原样地站立着。

立墙去棋牌室。一间屋里两台自动麻将机，一间屋里三张棋盘，军棋，跳棋，象棋。围棋摆在聊吧，没人玩，撤了。文化站刚建成时，老人们个个喜逐颜开，吃过饭就来站里闲聊，下棋，打麻将。慢慢地，棋牌室进的少了，后来观者与玩者吵了架，连争来抢去的麻将机也少有人玩了，就在聊吧谝闲传，稀稀拉拉的。立墙把麻将推进机器，机子盖上盖，电源线拔了。棋牌室是新梅负责的区域，显然，新梅今天也没有过来。

又检查了一遍电源，确定都关了，立墙锁了门。

天已黑尽，立墙朝灯火里走。四间两层楼房是立场家，他的堂兄，五婶的儿子，都进城了。五婶前年去世，立场一家除了清明上坟，再也不在

村里出现。三间一层半大理石砌墙的小别墅，是石强家，他在南京工作，2018年盖的房，房修好，家里的家具齐全，装了热水器和空调。

"立墙，钥匙给你一把，请你照看着。"石强走时说。

"花了几十万，你还不如租出去呢。"

"租给鬼啊！有个灾祸啥的我就回来了。"石强又给立墙兜里塞一包香烟。

旁边是石强的弟弟石虎的地基，按照石强的想法，父母留了七间庄基地，弟兄俩一人修三间，中间那间搭棚，支一个乒乓球台。石虎城里房贷还没有还完，他这片地只打了地基，算是圈在自己名下。

再往前，都是砖墙到顶的楼房，一律儿锁着门，黑灯。

立墙走过一扇门就喊一声。

"青青娘？"

院子是黑的，睡了。

"海海？"

一只肥硕的老鼠窜进草丛里去。

"慧慧婆？"

半天了，深院里传出一阵咳嗽："哎，你进来坐坐？"

"不了，您早点歇。"

立墙每天要在村里喊一遍，没有应答的，他自己替他们答。

刘老师应该在看书，窗户里影子直直的。立墙没有喊。

再往前，是自己家，立墙听见父亲磕烟锅，可立墙不想急着回家。他继续往前走。月亮爬起来，隐在云缝里，树影斑驳。月亮走，我也走，立墙哼着歌，蟋蟀和着他。露水上了草，悄悄湿了他的鞋。

他想起维特曾经也这么走着，那个家伙，晚上不睡觉想他的绿蒂，翻来覆去地想，都神经衰弱了还想。

"绿蒂是谁？"土墙问。

"维特的女朋友。"

"维特是谁？"

"一个年轻人。"

"城里人吧？不然他有啥子想头？"

"村里人就不能想？"立墙问。

"能，村里人能想瓦瓦湖。"

"新梅？"

立墙喊。

半晌，新梅从朦胧月里出来站在立墙对面，大声说："你巡村哩？"又压低声音说，"你快回去。"

"我想喝口水。"立墙朝屋里走。

"立墙，巡完村赶紧回去，土墙叔身体不好。"新梅在门外大声喊，身后把门关了。

"看把你吓得，我又不是鬼。"

"我怕蛇。"

"我给你编的凳子呢？"

"叔叔你是说那些藤条凳子吗？在卧室床边。"一个小姑娘跑出来指着里屋。

"丽丽回来了？"丽丽在县城中心小学读一年级，住校。立墙拉她过来。

"不叫丽丽，我叫涵月，妈妈给我才改的。"

"呦，这么洋气的新名字。"立墙竖起大拇指。

"叔叔你看我的头发，洋气吧？"

立墙看涵月的发型，两条麻花辫换成了齐刘海压肩直发，可爱得像瓷娃娃一样。

"周末嘛，去接涵月，顺便把她捯饬一下。"新梅手扶在椅背上，看着涵月，灯光下眸子里光点闪烁。

立墙看新梅，发型也换了，波浪形的发丝包围住白皙的脖颈，刘海分开，收在淡淡的眉毛上边。立墙脸有些发红，端水的手有点哆嗦，慌忙往灯影里挪了挪，嘴上说，怪不得你今天没去文化站。

"文化站乏味得很。"新梅把涵月搂住，捉着她的两只小手。

"怎么乏味呢？里边可以下棋打牌，有那么多的书。书是知识的海洋，对吧丽……涵月？"

"慧慧婆喂的两头猪，今年下了一窝猪娃，九只养到半大，卖了也不够饲料钱；青青娘家坡边的地种粮食亏本，今年种了花生，不想花生让老鼠兔子刨了一半，亏得更厉害；海海爷晚上用海海买的洗脚盆，差点给电死，几脚把盆踩烂扔了……有意思吧？"

"有……"

"天天听有意思吧？"

"我爹的故事就有意思。"

"你爹？我买了几十年的药治病，病没治好，钱花完了；我处了好几个对象，他妈的都是婚骗；我编了一辈子藤箱，我真的死在了藤箱上……有意思吧？"

"我爹的藤编可是非物质文化遗产，他的相片挂在文化馆最显眼的地方，咋了，我就是要把它发扬光大！"

"算了，不说了。"

立墙不想和新梅争，像父亲一样的絮叨他也厌烦。他喝水，忍不住又说："你很好看。"

新梅叫涵月去做作业，涵月噘着嘴一步一回头进了屋。

"立墙。"新梅叫，看着立墙笑。

"你坏笑啥？"立墙看着新梅，觉得月亮是明的，花是灿烂的，世界的漂亮的。

"你是哪里来的？"新梅神神秘秘的样子，小心翼翼地问。

"问过五婶,五婶没告诉我。"立墙有些沮丧。

"你白白净净的,一点儿不像土墙叔。"新梅跷起二郎腿笑起来。

"爹说我是他和波浪发的,你不许说出去!"立墙说,"我偷看过娘的照片,我和她一模一样。"

"我也是波浪发。"新梅哈哈笑,前仰后合,又忙捂住嘴,朝里屋看看,"我听老队长说过……"

"说什么?"

新梅却闭了嘴。立墙站起来去拧新梅,新梅躲了。立墙再扑,新梅两只胳膊直直把他撑住。两个人僵立脸脸相对,像极了一尊叫"爱人"的雕塑。

"你快回去,涵月要休息了。"新梅松开手。

"我一点儿都不在意他们的闲话。"

"可是我在意。"

立墙回到家,土墙已经睡了。

太阳照在瓦瓦湖上,波光潋滟,藤子在微风中轻轻摇摆,灵鸟成群结队,一忽儿飞到藤梢,一忽儿飞进水曲柳林,或者俯冲,啄食湖面的水蜘蛛。

"爹,你多久没来瓦瓦湖了?"

"叫爸。"土墙不接立墙话茬,粗砺的手掌抚摸着水曲柳。他很后悔当初没有教立墙叫他爸爸,世事变得太快了。

"我要在斜口这边筑一道坝,把泉水引过来。我计算过,一年的泉水有几十万立方米,整个湖面可以扩大十倍,坡顶上修亭子,藤子围住湖水。假期会有学生来这里研学,平日游客在这里游玩。道边建凉棚,我带着一帮徒弟编藤子。"

"你编箱子吗?"

"还有凳子、梳妆盒、文具包,总之不能浪费这么美的山林湖泊,更不能荒废你的手艺,你的名字写在县城非遗传人名录里呢。"

"这得花多少钱，单靠你？"

"我和石强哥商量过，他愿意掏钱，海海也愿意。"

"那是石强的房在这里，海海爷不愿去城里。"

"村里空房这么多，稍微收拾一下就是农家自助客驿。"

"客驿？"

"小旅馆嘛。"

"城里人吃多了会来？村里人都往城里跑呢！"

"年月慢慢不一样了，城市霾大，这里空气新鲜，鸟语花香。"

"你应该在城里买房，我手里攒了点钱。"土墙嘿嘿笑了，仿佛泄露了一个天大的秘密。

"村庄会重新热闹起来的，现在国家政策这么好，有很多拨款。"

"没人有什么用？！"

"我不是想着引人嘛，聘你当瓦瓦湖湖长，藤编艺术指导。刘老师当文化站名誉站长。"立墙挥着手，目光在山林间逡巡，就像他晚上巡视村庄一样。

"给你交个底，我手头有二十万，你在城里看看房，首付差不多够了。你都二十七了。"

"我不去城里，人的根都在这儿呐。"

"你是犟驴，你想走我的路吗？"土墙揪了一把藤子，忿忿地扔在湖面上，水蜘蛛飞也似的四散逃走。

"这片湖水还可以搞泥疗……"

立墙回头，见土墙已经往坡下去了，一只灵鸟在头上盘旋，土墙挥手赶走了。

"爹。"立墙跟上腰背已经佝偻的土墙。

"我是土埋脖子的人了，每年有两千块钱非遗补贴，养老够了。你还年轻，快去城里吧村长。我很后悔叫你立墙，叫立强也比这个强。新梅人不错，男人急性脑膜炎死了，也是可怜人。"土墙背着手，嘴上叼着烟袋一晃一晃，说话含混不清。

立墙去找新梅，新梅把菜花掰碎焯了，晾晒在场面上。立墙扔下摘的一抱野苜蓿，给新梅说，多新鲜啊，窝浆水。新梅又焯苜蓿，空干水，窝进浆水缸里。

"这些将来都是宝贝。"

"你吃饭了吗？"新梅终于停下来。

"没。"立墙真的饿了。

"我给你下碗面。"煤气灶拧开，新梅三两下端出一碗面来。

"赶快吃，面窝住了，乱瞅啥？"

"你换碗了？"

"洋瓷碗是经摔打，可不好去油污，就换了。"

"白皙得跟你一样。"立墙笑。

新梅端着白瓷碗，筷子在碗里慢慢荡，拨开面上的菜叶子，细声喝汤。

立墙呼噜呼噜吸面条，面底下拨出两颗鸡蛋，白白的让肉末裹住。

"我想和你商量个事。"立墙细致咀嚼着鸡蛋的清香，盯着埋头吃饭的新梅。

"你说。"新梅不抬头，她的脸和白瓷一样细白，热气扑上来，白里透红。

"坡上野苜蓿旺盛得很，发动大家割回来窝浆水。"

"就这事啊？"新梅白了一眼立墙。

"现在生活太好了，山珍野味时兴了，苜蓿窝成浆水，晒干，随吃随取，好吃还实惠。"

"你去割，喂猪都用饲料了。"新梅看立墙吃完了，收拾了碗筷，给他泡了杯茶。

"满山遍野野苜蓿、野缨子（野胡萝卜）、白蒿、蒲公英，这都是宝啊。现在农村除了收割季节，大都闲着，正好务弄这些。你带着大家去采摘，我来往回背。"

"就你劲儿大。"

"还可以请刘老师去丽丽——看我这记性，涵月——学校宣传，周末带学生们到坡上来，认识植物，顺便知道怎么取采食材。"

"我给涵月报了英语和绘画班，她周六也要全天上课了。"

"这么小的人，上恁多的课，咱们那时候连幼儿园都不上呢。"

"一代人跟一代人不一样，现在孩子起步都要跑。说呢，你得给我准备点钱，现在的课外班不得了，一节课你知道要多少吗？三百！"

"啧啧，那得窝多少缸浆水啊！"

"我还想给她报个舞蹈班，女孩子嘛，得有个特长。"

"让她跟我学藤编吧，我把爹的手艺全教给她，这可是非物质文化遗产呢！"

"赶紧拉倒，我都不学好吧。"新梅头摇得风摆藤条一样。

"我说的事你得答应吧？"

"啥事？"

"割苜蓿嘛。"

"我答应也只有我一个啊，海海爷能割，还是慧慧婆能割？你掰着指头算。"

"你带头，还有青青娘。"

"我说吧，还不如买些羊，让它们去'割'，不费劲，羊肥了价还高。"

"这主意好！"立墙高兴得直拍大腿，又想到什么，说，"你还可以帮我个忙。"

"你尽想些不打粮食的事，我不听。"

"文化站不是有那么多书吗，你普通话好，领着大家读读书，不要让大家整天东家长西家短扯是非，我这些天就在读《维特的烦恼》，多吸引人啊！"

"领着老头老太太们读《维特的烦恼》？亏你想得出。"新梅笑得差点背过气去。

"新农村……"

"哈哈哈，你动员你爹来我就读。"

"他不来，我来！"

"我发现你跟你爹一样傻，他被几个婚托骗光钱财，人家代孕生的娃他都当是自己的……"新梅忽然打住。

"你说什么？"立墙猛地站起，茶水泼出来烫了手。

"老队长……什么也没说。"新梅忙不迭地跑回屋里，想提暖水瓶出来，又站住不动。

"我的娘啊……"

立墙喃喃着，瘫在椅子上。

"刘老师殁了，刘老师殁了。"

当文化站站长的事还没有落实，慧慧婆就扯着嗓子喊。

一村的人聚在刘老师的场院里，等刘老师的三个儿女回村。刘老师已经被穿上寿衣，脚朝外，头向神桌，脸上遮上白纸，停放在堂屋。

刘爱党扑向刘老师遗体，绊在门槛上踉跄倒地，也不起身，匍匐向前，一手紧紧抓住父亲穿着新布鞋的脚，拍打着木板嘶喊着："大呀大呀……"

刘爱国早回，跪在瓦盆前烧纸，眼泪下雨一样打在火焰上，瓦盆腾起一阵阵烟，他嘴里不停重复着："大你咋就走了，咋就不等等我退休回来照看你……"

刘爱凤已经哭晕过去，倒在新梅怀里抽搐，新梅掐她的人中，她才慢慢苏醒。

待到晚上，大灯挂起来，刘老师的三个儿女以及他们的子女，都已穿上孝衣。慧慧婆说，一个男人家，把自己的寿衣安顿好了，子孙的孝衣安

顿好了，棺材也早做好了，你们回来就是个剩闲。

刘爱凤的孙女脱了自己的孝衣，在胳膊上戴上白袖箍。

"换回来！"刘爱凤红着眼圈低声呵斥。

"也行，心里哀悼着，孝衣只是个样式。"新梅扯扯刘爱凤劝道。

孙女扭身依偎到母亲那边去了。

刘爱党、刘爱国和立墙商量下葬的事。

"我的意思是大苦了一辈子，葬了，在坟前立个大理石碑，排排场场的。"刘爱党手比画着。

"现在党员都要火化，咱土葬，还要排场……"刘爱国提醒大哥，意思是大动干戈会不会受处分。

"我不怕！"刘爱党挺直了腰说。

"我可不像你……还没有退休。"

"人死了总归要有个去处，后代祭奠也要有个去处。"

"你能，看你这个党员到时能土葬不？"

"我火化了骨灰也要撒在大的脚下！"

弟兄两个争执不下。立墙说："先让老人入土为安，立碑的事你们再商量。"

刘爱国问立墙："村长，我大留下遗言没？"

"没有，"立墙想了想说，"慧慧婆去串门，发现刘老师没见人，门开着，人好好躺在床上，已经走了。唉，你们是不知道，刘老师每天端两只凳子在场里读书。"

"两只凳子？"

"两只，自己坐一只，面前放一只。教了一辈子书，他是不甘心村小学没了啊。"

"可不是吗？村小学撤了，地皮卖给企业，教室拆的时候刘老师挡在挖掘机前，硬是整整两天没挪窝。工程队派人把他抬走，房才拆了，他没跟你们说过？"青青娘双目圆瞪，拳头挥舞着，给刘爱国等学着刘老师的样子。

"是吗？我们一点儿都不知道。"

"自那以后刘老师就再没到学校那边去过，路过都是远远绕开。"说着，立墙揉一把眼圈，揉出一手的水。

村里老了人是大事，大大小小都是刘老师的学生，能回来的壮劳力都回来送别，立场、石强、海海也赶了回来。大家给刘老师上完香磕过头，都在场里坐下，席面和丧事礼程是包出去的，专业公司负责，回村的人说是帮忙，也是聊天谝闲。立场回忆刘老师教书时的趣事，话不到几轮，离村已有时日，各有各的生活已说到尽头，大家小时候谁去瓦瓦湖摸鱼挨了父母的打、谁爬树跌下来伤了屁股的话题也早已索然无味，只好一圈一圈发烟。刘爱党、刘爱国发的是黄壳芙蓉王。村里有规矩，红白喜事席面可以尽劲儿往好做，但给每个帮忙人发的毛巾和烟酒得看平均行情，一般村里人过事发十五元的烟，刘家兄妹都在外面，征得村长立墙同意，提高了档次。大家烟还有半截，立场手里掂着九五之尊，石强拿出软中华，挨个散。软中华才点上，海海又拆了自己的细南京，第二盒发剩下的，连盒塞给了土墙。

"我不抽这烟，没劲儿。"土墙一直吃烟锅，别人给立墙的纸烟，立墙拿回去给他，他也不要。

"怎个不抽？海海拿的都是好烟，给我买的整条，我都舍不得抽。"海海爷骄傲地在兜里摸，摸出一盒白盒云烟。海海赶忙从兜里又扯出一盒细南京给爷爷，觍笑着说云烟都过时了，过时了。

丧事三天逝者入土，入土后家属是不走的，要等头七过了，这样丧事才算隆重。安葬了刘老师，丧事公司撤走，村里又恢复了安静，刘家人除了吃饭散步，就是等头七。石强、海海、立场本来吃过酒席就要返程，硬是被立墙劝住，说有大事商量。

立墙说的大事，是想趁人齐把村里建设的事说说。他进了石强的门。石强已经把院子、房檐下廊道冲洗了，客厅、房间反复拖过。立墙给石强描述了自己开发旅游业和编织业的设想。

"哥，如果瓦瓦湖拦了坝，一道两行的人编着藤子，游人像织布一样，你想想那热闹场面！"

"嗯。"石强应着，给立墙递过一根红好猫。

"哥你不是只抽软中华吗？"

"哪来那么多闲钱？这座房子把我都掏空了。"

"哥你答应过给村里投资的，"立墙想起石强电话里的爽快，"'没问题没问题'，你是不是这样给我说的？"

"此一时彼一时，疫情一起工厂发工资都艰难，好不容易挺到现在，如果有人要，我连这房子都想变卖了。"石强猛吸几口好猫烟，眼神盯住立墙，"要不村里把我房子买了吧，可以当游客接待办，也可以按你的意思改造成农家客驿。这房子可是照别墅盖的，放在城里值老鼻子钱了。"

立墙本来想说你的工厂工人又扩招了，可毕竟脸皮薄没有说出口，便掏出房钥匙还给石强。

立墙又找海海。

"我刚要去找你，正好。"海海身旁立着几个大包袱，海海爷圪蹴在一边闷头抽烟。

"你这是要干啥？"

"我把爷爷接走。七十多的人了，单个窝在村里，万一有个三长两短，我咋给我父母交代？"

"爷爷你真要去城里？"立墙问海海爷。海海爷不吭气。

"咋个不走？刘老师就是例子，他不管去刘爱党家还是刘爱国家，都不会这么早就殁了，城里吃不好住不好还是医疗条件不好？"

"我村里还有地呢！"海海爷把头扭过来，眼睛剜海海。

"还种地？你以为这是以前啊？以前是粮食最值钱，种地就能养活一家人。现在呢，粮食最便宜，十两粮不如一把白菜，两个苹果顶三斤面粉，种粮食穷死你！"

"我就不去，没地种，窝在楼房里，跟坐牢有啥区别！"

"这叫享福，爷。安享晚年，你可以打打太极，看看电影，跳跳广场舞。"

"爷，你去吧，地我来种，总得有人种地。"立墙听这爷孙俩斗嘴，耳朵聒噪，心烦意乱。转身出来，才想起来的意图，但即便开口，又能有什么结果呢？

立墙没有去找刘爱党弟兄，因为安埋刘老师回来的路上刘爱党问过他，刘老师的庄基地不知道现在能值几个钱，他想腾点钱给孙子预备套房子。立场家更不用去了，平时就没有联系。

正是农闲，立墙砍了竹子回来，给场面四周扎上篱笆，场的西角挪栽了两人高的杏树，树下设置了躺椅，旁边立了木架，挂了双人秋千。挖了曲曲折折的渠，引了山泉水，水里下了莲藕，渠上又搭了木拱桥。他去山里转悠，挖了十几个树根，剪了树枝，一一栽进盆里，盆摆在流水曲径边上。场面的空余地方种了草，草丛里放了石墩和石棋盘。

屋里，立墙掀开顶棚露出半边，堂屋上望，形成开阔的二层，边沿加了木质围栏，地面铺了自己编织的藤席，随地可坐。靠墙打制了书架，上面摆放上自己喜欢的书。嫌光线暗，又装了可以自由旋转的罩灯和廊灯。下层，给土墙留了一间通间卧室，装了双制空调和冲水马桶，屋后挖深坑，上覆花草做化粪池。自己的房间也改成通间，半边是席梦思床，半间是沙发和茶几，电视机挂在沙发对面墙上。还有一间，用藤子编织成麻花吊带，从屋顶次第垂下，把房间上空隔成热带雨林，各种花在藤子麻花瓣上绽放，灵鸟在花丛里翻飞。地上中间有书桌，南边靠窗还有一排花盆，里面是高大的芭蕉，叶面反射着光，围住半人高一个假山，山上有水循环，水声滴滴答答。

等施工完毕，三根木头立了院门，上面盖上干藤草，收拢场面篱笆。因是住在瓦瓦湖边，立墙请文化馆老师写了"湖畔"二字，自己对照着刻在木板上，绿漆漆字，淡黄漆底，悬在门上。

"你要死在村里？立墙你这个瓜子！"整整三个月，土墙冷眼旁观，立墙递的烟也被他扔得远远的。

"根在这儿，会回来的，他们都会回来的。"立墙马不停蹄地忙，杏树缓过意，莲藕发了芽，草坪绿油油的。为啥不回来？空气是清新的，草木是喷香的，他们为啥不回来？

"草木多了藏蛇，新梅怕蛇，你这瓜子！"

临近傍晚，立墙去文化站，里面冷冷清清的，门半掩着。立墙拉亮门上的灯，他希望这灯一直亮着。回到家，他听见爹爹土墙梦呓中的翻身声，清晰响亮。他侧身躺下，莫名想打电话，掏出手机犹犹豫豫拨出一个号码。

立墙挂了电话翻身起来，披了衣服，大踏步朝村里的亮光走去。

不语的群山

他用牛车来欢迎我是我怎么也没想到的，不过与连绵的雨天却非常相配。

它扑上来趴在我肩头，舌头老长，潮气喷在我脸上，吓得我浑身发抖，不敢动弹。

"黑子！"他喝一声。

黑子转身跑向他，在他身边摇尾巴，眼睛却一直警惕地望着我。他歉意地招呼我上车。等他坐上车辕，黑子也跳了上来。它就卧在车子中央。这让我担惊受怕，它的头一转向我，我就瑟缩一下。不过很快，它眼里就有了温和，我试探着伸手摸它，它也乖乖的。先前那个庞然大物，渐渐变得柔软起来，我们成了朋友。

道路很滑，行走很慢。其实哪有路呢，只不过是寻树藤少的地方走。

"原先有路。"他说。

牛拉着三个活物显然很吃力，慌不择路地踏着草窠，鼻孔里喷着白色的粗气，偶尔会撩一口路边的草。车子一点儿声音都没有，让我怀疑起古人说的"吱吱呀呀"。车轮陷在泥里，悄无声息地前移。两旁是树，遮蔽

了视野，望过去，空气湿漉漉的，迷蒙着水汽。

"下了两天的暴雨。"他说。

行走了多半天，我问了好多问题，比如你怎么出山？为什么不穿雨衣——车上放的是蓑衣？为什么要住在这样的荒郊野岭？平时怎么吃用？等等。他就回答了这两句。他的沉默和脸上淡远的喜色一点儿都不相符，额头有一道疤痕，反而显得阴森。

也好，我逗狗。黑子举起爪子，和我猜拳捉猫猫，这多少使得旅途有些生机。饿了，手边是一袋烤得焦黄的红薯，香甜可口，那层焦黄的外皮更是让味蕾酥软陶醉。还有几种我也叫不上名的东西，缭绕着烟火味道，淡淡的、糯糯的，黏牙。困了，斜靠着蓑衣睡觉，黑子蜷在身边，我也感觉不到冷。

前面是一条河，浑浊的泥汤里偶尔露出嶙峋石块。

"这是第几条河了？"我们翻了几次山梁，也涉过几条小溪。但我不知道困觉期间，是否还有过。

他把牛轭卸了，黄牛舌卷河边膏腴丰美的草，半边身子没入草丛。他卷起裤腿，把食品袋子和几件衣服搭上肩，拄着棍子朝对岸去，深一脚浅一脚地消失在林子里。

我给两个摄影包和装有杂物的挎包裹上塑料纸。挽好裤管，他已经返回来了。像背食品袋一样，他把摄影包变成褡裢，我跟着他过河。河水温度并不像气温那么低，也许是流淌了一段距离的缘故吧。只是脚下有些打滑，得亏有棍子。他看我在水里摇摆，也不管不顾，自己先上了岸。

眼前是一座废弃的土坯房，泥墙垮塌了半边，屋檩和竹笆黑朽，断茬上面全是暗黑霉点。没垮的半边顶棚还好，有床板和桌子。让人惊奇的是，竟然还有一盏电灯。

"晚上就住这里。"他说着，把东西轻轻放在桌子上，就出去了。河那边有牛还有车。

趁着天还没黑，也是等他，我重新打量这座破房子。场院里尽管长满了草，但踩上去平整坚硬。房屋的地基很厚实，被水冲过的地方露出料石，与上段土墙相接的还有一米高的青砖。窗户是钢筋竖隔栅，横的却是木栅，上面雕着花草。看来房主人勤劳而质朴，因为某种原因离开了这里。其实，农村人离开土地远赴城市是趋势，这样的废弃房只会越来越多。像我这样习惯长途跋涉的人都觉得这里太远，何况这么偏僻：现代社会，牛车，天老爷啊！

他牵着牛过来了。把牛拴在屋檐下的柱子上，牛只要想动弹，四周都有草，不愁吃。

"车呢？"我问。

"我们走过去。"他说。我明白了，有车的道路到此为止。

夜晚很静，我很快就沉入梦乡。

清新的空气让我睡得深沉，第二天是被他摇起来的。他已烧好了水，做了米饭，还有两个菜。牛车上并没有米和菜，这让我好奇。

"这儿放了米。挖的野菜。"他说。到厨房，顶棚是用木杆撑着的，显然是他的杰作。有一堆柴火堆在灶边，塑料布下还有几只碗碟。

"很好吃。"我啧啧称赞。我说的是真心话，米饭香喷喷的，菜里是简单的盐巴和调料，几乎没有油水，但极有味道。牛车上的东西也极其好吃，因此我猜想，他应该是个厨师，用最朴素的东西做出了最典型的烟火味道。

此前一次聚餐，我说要去拍些片子，一个新结识的朋友无意间介绍了这么一个地方。他说坐什么车怎么走就可以到。因为是初次见面，出于礼貌我频频点头。他还问服务员要来纸笔，给我写下车次和简单路线。餐毕也就过去了。可是过了一段时间，工作烦累，和领导干架，片子投稿屡屡被退，频繁的喝酒应酬接待更是让人难以招架。正好有两周的假期，我突然想起这桩事来。

"我去打扰方便吗？"

"老高人不错，他会接待好的。"那位朋友说。

现在我想，就算拍不下好片子，这些简单的美食也可以抵消一路的泥泞了。

"老高，我猜得对吗？"我指他是厨师的事。

"你一开始就会摄影吗？"他反问。被他怼我仍然很高兴，这是他第一次立马回答我的问题，尽管否定句式并不能作为事物的定义判断。

"我口舌很挑剔的，就像对我的相机和照片。"我想乘胜追击，打开他的金嘴玉牙。

老高已经把锅碗洗刷了收在塑料布下，两个摄影机包搭上肩，示意我出发。他不搭腔，一手提了一包吃的，一手拄着木棍走出去。

念着他比我年龄大，我说我的东西我来拿，心疼他。不想出发一会儿我就明白自己错了。他走得比我快比我轻松。

黄牛身上搭着蓑衣，跟在后面。黑子在前面，摇着尾巴带路。

又是一个黄昏，我们到达了老高的家。

和宿过的那家破房子不同的是，老高家场院里铺着青砖，房子的墙是新泥，屋顶和房间顶棚是完整的。

我背好包打算出门。已经在房子里窝了两天，天空一直灰蒙蒙的，说下雨不下雨，说晴天没太阳。每天不是老高"砰砰砰"的剁柴声，就是他扛着或粗或细的木头加固房屋。

"这里的人都走完了，你也该搬离了。"我劝他。他不吭气，把砍回来的树枝锯短，劈开，交叉着一层一层码摞晾起。

"吃水、找食材、用电，都是问题。"老高提出来一个木盒子，哗啦啦翻，找到一把锉，往竹凳子上一坐，把锯夹在腿间，一下一下地锉，锯齿凹痕很快发亮起来。

"窝囊。"我嘴里嘟囔。我不是受不了这天气，而是受不了老高。我在他眼里似乎不存在。除了吃饭,他干着他的,不管我。

他的厨艺一流,每顿我都吃到撑。几天下来,我觉得自己肚子上都有肉了,路途疲劳的消耗早已得到补偿,还过剩。他也不知道从哪里弄的野菜,各种炒法煮法蒸法,吃起来妙不可言。我要求他采野菜带我,他拒绝了。

我是赌气的,人怕不被重视,更怕没有了自由。在人屋檐下,又有什么办法呢。但自己出去总归是他挡不住的。

"不要到水边去。"他说。他把我的大摄影包扯下来,递给我一根棍子。又朝狗叫了一声,"黑子。"

黑子跟着我出发了。

"老高是哑巴。"我对黑子说。

黑子摇着尾巴跑前面去了。

"要是能打电话,我立马叫人接我走,我才不稀罕饭菜好吃。"

黑子回头看我一眼,舌头一吐一吐的,径直往前走了。

我用棍子拨着草,能感觉到,这里有人走过,可是草生命力太旺盛,踩倒了,很快又长直封了路,只有两边树枝被砍伐的痕迹透露出一丝有人来过的信息。我端起相机拍叶子,碰到好看的野花,也拍上几张。都是特写,远景是朦胧混沌的天宇。

黑子停在一处废墟前,绕着废墟蹦蹦跳跳。"漫山遍野,哪里不能尿呀?"我嘲笑它。

我只能等它。像一个单位一样:有的人要往前赶,有的人要朝后缩。往前赶的人抱怨没有帮手,往后缩的人埋汰冒险冒进未必就是正确,总是掣肘到各行其是。

"黑子。"叫了几声没反应,它隐藏不见了。

不管了,我继续往前。

有棵树很高大,枝丫撑起一把巨大的伞,天地都小了。树干满身鱼鳞一般,遒劲苍茫,别的地方都是湿的,只有"伞"下面还有干土。

"这不就是老高嘛。"我心里笑起来。

老高真的让人佩服,在这种环境里刀耕火种。现在的人谁离得了手机,可是这里竟然连一丝信号都没有。他怎么和外界联络?病了怎么通知医院救治?他的营养……

他的身体却很壮实,比我都有力气。

我很好奇他晚上怎么度过,没有电视,没有游戏,连收音机都没有。山里只有风,以及野兽的号叫。如果暴风雨,也只有闪电,一道一道划破苍穹,破旧的泥屋在风雨里颤抖。可是他竟然住得安然。晚上他说"睡吧",把唯一有电灯的房间留给我,自己钻进另一间屋子,钻进黑暗里去。

走走停停,拍了一些照片,没有一张满意的。可不是嘛,世界的宏大都由微小的事物宣示,如一叶之于森林,一个星球之于宇宙。微小的叶脉也透露世界的奥秘。可是人很多时候没有办法从叶脉里看清这个世界,很多人都是这样。

黑子一直没有跟上来,我只好回到废墟旁。

"黑子。"

"黑子。"

黑子从一堆土里探出头来,它在刨着什么。

我过去,它已经在一个坑里了。见到我,它卧下,喘着气,嘴里呜咽着,一脸的悲戚。

我很不解。莫非是有它曾经的伙伴的气味?荒山野岭的,老高是一个人,也只有黑子一条狗。可是,过去的总得过去。我们都必须和现实和解,还有自己。

"黑子,咱们回家。"我催促它。

黑子又刨起来,它弓着后腿,前爪深深插进土里,把土刨到后面去。

渐渐地,一只鞋露出来,然后是一根脚骨。

我睁大了眼睛,害怕地跌坐在地上,相机扔在身边的砖块儿上。

"黑子，黑子。"

我往回跑，黑子被迫跟着我跑起来。

我突然对这里有了怀疑，隐约明白自己可能身处险境。这里只有老高。这里没有一条光明大道。这里一切都灰蒙蒙的。

我掰了一块儿烤红薯，味道也不再是香甜，干涩得噎人。我不动声色，掩饰着自己内心的疑虑——不，是恐惧。

老高看我一眼算是打过招呼，知道我回来了。我故作镇静地进屋去。放下相机包，还在喘气，胸口狂跳。

"吃饭。"老高说。外屋桌子上响着碗筷的声音，但我听起来仿佛有刀斧之音。

挪步出去，老高已经坐定。

稀饭、蒸山药，还有两样菜。

"有收获吧？"老高破天荒地和我搭话。

"还行，就拍了些小写意。"筷子掉了，又捡起来，我的手不由自主地发抖。

老高递给我一根山药，毛茸茸的。我接过来放下，把脸埋进碗里去。

"这个你肯定没吃过。"他夹了一筷子，嘎吱嘎吱嚼起来，"鱼腥草。寒能泄降，辛以散结，主入肺经，以清解肺热见长，又具消痈排脓之效，还能治小便淋沥涩痛。"

我抖抖索索吃了几根，腥膻难闻，一阵反胃，慌忙跑出去，蹲在场边干呕起来。

"会习惯的。"老高使劲拍打着我的后背，"这样的天气，怎么能拍到好片呢？还得等。"

晚上我就病倒了，发烧。老高给我弄了热毛巾敷额头，又熬了不知道是什么的草药。

我迷迷糊糊睡下。

天旷气爽，我正在拍片，突然电闪雷鸣，乌云翻滚，一条恶龙利爪探下，把相机抓走撕得粉碎，不解恨，又张开血盆大口扑我而来。

猛然惊醒，一身的汗。睁开眼，一个黑影正站在床头，一柄斧头在透进窗缝的月辉下隐隐闪着寒光。

"老高！"我叫道。

"不怕，不怕。"老高说。他手里抖着一条蛇，"菜花蛇，不伤人。要是蝰蛇，就得用这个了。"

老高出去，我隐约听见斧头被推入桌下的声音，还有一句："朋友来了，不要再来骚扰。"

我又睡过去了。

老高一进一出，黑子尾巴一样跟着，叫不到我跟前。连狗也讨厌病人。我挣扎着起来，看老高在忙什么，病痛大大减轻了我的恐惧。老高的脚步轻得了无声迹，这增加了我的沉闷。我后悔来这一趟了。天永远是沉默的，老高永远是只闷葫芦。狗不说话。这不是印象里生机勃勃的高山流水。

"你起来了？"老高看见我，回头望望，额头上的疤，像碰伤，又像刀疤。他没有停下铺砖。

场面有些砖松了，一踩上去，泥浆会飙上来。

"没有砖窑，哪来的青砖？"我问。

"捡的。"野草从砖缝长出来，把场面铺展得方格毯子一般。老高把筐篮里的土倒进飙泥浆的砖坑，刨平，把砖重新镶嵌进去。铺完，老高一块儿一块儿踩，直到新旧一样平整。

"你明天走路就稳当了。"他取来檐下挂着的铁锹，舀盆水撩着在砺石上磨，锹刃锋利起来。又磨斧头，昨晚那把斧头方方的尾部，散开的刃面，全部发亮了。

"我吃的什么药？"

"草药。战士教的。"

"战士？"

老高把农具收起来，放回各自的位置上去。

"明天我们去看战士。"

"他在哪儿？"

"黑子说他出来了。"

我莫名其妙，但隐约觉得和我看到的有关。

晚上，我们都睡得很早，但我辗转反侧。

屋檐上有几只鸟飞着鸣啭，睁开眼，果然烧退身轻。

吃过老高做的米饭，我们出发了。

"黑子怎么会说话？"我问。

"它带了气味回来。蛇也是循味来的。"

原来如此。

"我可一点味道都没有闻到。"

"住些日子你就能闻到了。"

我笑了，这个鬼地方，一点都不留人。没有信号，用电也岌岌可危。我好不容易才在电线上接了充电设备，不然相机早关机了。还没有人，凭啥我要长住？

我们深一脚浅一脚地走，手里的锹刚好当拄棍。黑子早跑得没了踪影。

"黑子。"老高叫。

到了。

黑子又在刨，并不探头。

难道这就是战士？我似乎明白了，但更疑惑了。

"黑子。"老高走过去把黑子喝住。黑子卧下，头耷拉着，又开始呜咽。

老高给我摇手。想起脚骨，我远远站着不敢过去，草木腐朽的味道丝丝缕缕，让我又有点反胃。

老高给手心里吐口吐沫，一锹一锹地铲土，旁边慢慢低下去，中间慢慢高起来。新土的味道扩散出来。

他把坟包堆圆拍实，在顶上插上木牌，摇了摇看是否结实。

牌子上写着两个字"战士"。

"为什么不写名字？"

"我不知道。"

"你说他还教你用草药来着？"

老高用衣襟抹了把汗坐下来歇气，黑子紧紧挨着他的腿，他摸它，手有些抖，我把水壶递给他。

"大火烧死的。"老高望着天空，像是自言自语。

"谁放的火？"

"他自己。"

"怎么可能？"我觉得这里的一切都不正常，让我不断碰见匪夷所思的事。

"我来，火已经灭了，灰都凉了。"

"那你怎么知道是他自己放的火？"

"他的腿上有子弹。"

"那也不是烧死自己的理由。"

老高望着战士的坟，陷入沉默。

"为什么不是一个被流弹击中的百姓？"我没话找话。

"他腿上不止一处伤口，眉骨也是缺失的。"

"或者他是逃兵，厌倦了战争？"

老高停下来，努力地在想什么词。这个封闭的地方，久不交流，再好的文化水平也要荒疏了。

"也许是解甲归田？"我提醒。

"对，是这个词。我相信他。战士。"

"可是，这仍然证明不了他是自杀。"

"我看到他时，他腿上敷的厚厚草药已经是一包炭灰。"

"他太痛苦了却无法可医？"

"他没有挣扎，静静享受着大火的吞噬。"

"享受？"我想纠正他。

老高没有回应，站起来，又开始把更远的一圈土往坟边围。

"只要他动一下，伤口就不会有集灰。包扎布完整地裹着，手指触碰才散落了一地。"他喘着气说。

"你要是早点来，也许就不会有这惨剧了。"话一出口我就后悔了，这是道德绑架。

"是啊，他开始是拄着木棍走，后来拖着一条腿挪。最怕阴雨天，雨天里疼得下不了床，那年整整下了两个月的雨，冲断了我们的路。"老高却同意我的观点。不过他又说，"能怎样呢，继续延长他的痛苦，和刘老汉一样？"

"刘老汉是谁？"我又惊异起来。

"他们教会了我沉默。"

返回的路上我们谁也不说话。起风了，林叶飒飒地响，我仿佛听到隆隆的炮声和清脆的枪响，看到一群一群冲锋陷阵的战士。有个战士倒下了，他挣扎着拄枪，却再次倒下。硝烟散尽，他一瘸一拐地踅进深山，独自舔舐自己的伤口。我也仿佛看见有个老人，在大火燃烧过的灰烬里，把战士静静掩埋。

一切都消失在土地里，隐匿进历史的不语群山之中。

我彻底康复了，可老天仍然不给面子。老高不急不慌，换了短裤戴上斗笠去稻田。如果不是他带着我，我发现不了这里还有稻子。一小片一小片的绿，躲藏在大片大片草木之绿里。

"你下来不？"老高问我。

我是插过秧的。有次去拍片子，就是拍插秧的劳动场面。几排农民排着队，一路倒退着，秧苗插进泥里，是泥水里泛着绿的希望。十几个被组织来的记者、摄影家，不停地按动快门。

但我此时突然想给老高拍几张照片。完全不是因为他复古的斗笠，也不是因为这密密匝匝的几乎封住了行间的葱郁。老高在秧田里，秧田在群山里，群山在雾蒙蒙的天宇里。他是那么孤单，又是那么恬然，他专注地把秧苗拨开薅着稗子，一会儿手里便积攒了一把。他黑色的衣服和这满目的绿色，构成了令人过目难忘的图景。我不知道他什么时候来，他也不知道什么时候止，把秧苗伺候着，一季一季，一茬一茬。

我端起相机。他却挡住了脸。

"我不拍你的脸，一脸的疤有什么美的。"我开玩笑。

老高把斗笠取下来，连半个身子都遮住了。

"我想取远景。"我往远处走。

"这稻田是刘老汉的。"老高提着稗子出来说。

我想起他提过刘老汉，问他，他却不说。这时候提我也没有兴趣，只想着自己的照片。快一周了，一张像样的都没有。

"你和刘老汉睡一张床。"

这下我停住了。

"床是刘老汉的，房子也是他的。"

老高就像是一个魔术箱，里面有抖不完的机关和包袱。

"你的呢？"

我又想起他拿着斧头站在我面前的夜晚。

"我来的时候，刘老汉已经不会说话了。"

"为什么？"我不明白，战士是没有姓名的，刘老汉也是哑巴，在他老高面前，这些人都失语了。

"不一样。战士是自己不说，刘老汉是说不成。"

"可是他们住在一条沟里，总会知道彼此的。"

"我后来才接触到战士,他说,你能知道沟里草木的名字吗?从此我没有再问过。"

"你们都是奇人,还住一条沟。"

"是他们。仅有的两个人。"

"你不是吗?"我迷惑了。

"刘老汉睡在你睡的床上,黑子卧在床前。他们就要死了。"老高仿佛又在回忆往昔。

"你杀过……生吗?"老高额头的疤痕发红发亮,他拔出的稗子都被他踩到地头泥里,没梢儿没根儿。我期望解开心头的疑惑,但终究唐突,临时改了词。

"江湖已经远了。"他说。

刘老汉慢慢缓了过来,他可以在老高的帮助下翻过身来,做些手势。

"后来呢?"

"我知道那是回光返照。他虚弱得呼口气都要使吃奶的劲儿。他的呼气是潮湿的。潮湿的呼吸,懂吗?临死前的呼吸。稀粥只能延缓他的死,却挽救不了他。"

"可是黑子活了。"

"狗有三条命。"

"他是什么病?"

"我明白了他的意思,从他挣扎的神态里知道,他很遗憾。"老高自顾自地说话。

"有什么遗愿?"

"他的房。"

老高给刘老汉喂完饭,就开始铺砖,砖已经堆在场边,那些质朴的砖上长满了苔藓,一看就明白是刘老汉从各处收集而来,这里不多的人家陆陆续续都走了,道路被藤刺越封越窄,那些房屋纷纷坍毁废弃。

老高并不用花太多的功夫,因为场面已经很平整,可以见到刘老汉锄夯的痕迹,可是,他眼见得场平了,却无力使它变成砖场。老高花了三天,把砖铺起。他端张圈椅,把刘老汉用被子包了,晒在太阳下。

老高砍了端正的树木,扛回来,一趟粗的,一趟细的,他学着木匠,把塌下来的屋檐顶起,把快要朽断的房檩撑住。

刘老汉笑了。但老高看见他眼里仍存的遗憾。老高见的人多了。他明白,这不是刘老汉心目中的新房,他需要一个承认生命来过的仪式,修一座房是刘老汉的宏大目标。他做足了功课,可是临死也没有实现。

老高割了茅草,和在泥里,涂抹墙面,他抹完一面抹另一面,搭上梯子抹完上面,再抹下面。

"后来呢?"

"终于完工了。我背着他转着看,几条檩换过了,棚顶规整了,前后左右的墙都是新的,结结实实的不怕再淋雨了。"

"我是说刘老汉。"

"我把他放下来,背上是湿的。他死了,死在我背上。他脸上绽开的笑容我现在都记着。"老高捏着斗笠,手指穿透了斗笠的孔。

我很想给老高照张相,他现在的样子,让我想起一尊雕塑,只不过那尊雕塑是手支着膝盖,而他是手攥着斗笠,额头微微向上,让那条疤痕显露出来,在慈蔼的脸上突兀而耀眼。

"我继承了他的所有。他的一辈子也不如你的照相机值钱。"老高阻止了我。

那天我正在睡午觉。山中的无聊是睡眠的枕头。美梦中,老高一声一声地叫。

"快走,快走!"

我翻身下床,扯了摄影包就走。老高在前面带路,飞奔着到了一处山坳。刚架好相机,云开雾散,四山空明。瓦蓝的天空白云舒卷,阳光正从云缝里泻下金光，给云朵缀银绣锦，山野苍翠，有彩色的鸟在枝头盘旋。风过处，花草葱茏，蝶舞馨香。近处团团簇簇风景摇曳，远处层峦叠嶂层次分明，中间是浓墨重彩的绿韵流淌。我不停转换着角度。

老高在我的手舞足蹈里，憨憨地笑，指指点点着。

这一趟，我拍了几百张照片。身上挂了好多伤口，那又算得了什么呢？

晚上，翻看这些精美的照片，心旌摇荡。可是，我发现，美则美矣，却少了些什么。就像一篇散文，描景抒情都有，但没有一抹舞台聚光灯般的亮光，总是平中无奇。

为此我一连几天仍抱憾而郁郁寡欢。

我想，我需要再出去。

乱走中我到过一处，是撼人心魄的至美。在矮坡弱草面前，悬崖才有高大险峻的意义。何况悬崖上还有挺拔孤傲的苍松。那将是一张能获大奖的照片，任谁也不会放过。我需要的是光线，而眼下的雨后初晴，恰是时候。

"真要去？"

"非得去！"我回答得斩钉截铁。

老高披了蓑衣准备上路。

"天晴呢。"我笑他的多此一举，心里想着总要把他取到镜框里做林山之魂，免得辜负了绝美之景。

黑子摇着尾巴欢快地跑过来缠在老高腿间。他撵黑子回去，黑子回去几步，转身又跟了上来。

"黑子！"老高再赶。

黑子看老高眼里有些愠恼，便钻进屋里去了。可没走几步，又跑到我们前面去，再喝也不回头了。

"我抱着它喂了三天，它才活过来，它知道我救了它的命。"老高说。

黑子仿佛听懂了他的话，回头看了老高一眼，满是欢欣和愉快，跑得更欢了。跑一阵儿，驻足候我们一阵儿。

路上，果然白雨唰唰下起来，打得树叶翻转。老高用腋下的塑料布给我遮雨。我伸出大拇指，他视而不见。

"黑子。"他叫。蹲下，撩开蓑衣，黑子钻进去趴在他肩头。

"它跑热了，猛一淋雨会感冒的。"黑子从蓑衣下探出头来朝我吐舌头。很快，老高气喘吁吁。

"歇会儿吧，不差这一会儿。"我劝道。旁边一棵树枝冠庞大，正好避雨。黑子下来，舔老高的脚。老高甩着发麻的胳膊。

"这狗倒是有福。"我摸黑子。

"死过，有什么福，不过的确是个好伴儿。我和泥抹墙，刘老汉瘫在场里都是它给拿水。刘老汉死了，它不吃不喝，差点饿死自己。好长一段时间，它天天去刘老汉的坟头，绕着圈圈刨土。"

我想起它刨战士的情景。"它应该也是战士的伴儿。"

"是它引我见到战士的。"老高的话引起我极大的兴趣。

"有一天它扯着我的裤脚不放，拽我走。走了好远的路，听见一下顿一下的劈柴声。我见到了干柴一样的战士，他的腰佝偻着，喘着粗气。在他打量我的眼神里，我看到了疑惑和威严。'走了？'他问。我不知道他是在问我什么。他停下斧子仔细抚摸着黑子，黑黢黢的手指像干笋一样，在狗毛里来来回回穿梭，不抚遍不罢休的架势。黑子安静地在他的手下，舔他的手。'一个月没来了，我知道。'他说。我明白过来，他在说刘老汉。'你瘦了。'在得到我肯定的回答后，他的眼神黯淡下去，黯淡下去，直至被垂下的满是褶皱的眼皮盖住。他摩挲着黑子，像抚摸一段岁月。我注意到，他的腰背似乎更为佝偻，头发在微风里颤抖。"

"我告诉他刘老汉最后的情形，他只是默默地听着，一言不发。在这个过程里，他的眼睛始终盯着我，生怕漏掉一个字，眼神却渺远而空洞。我能感到，刘老汉走了，这大山里唯一的伴儿走了，他的忧伤深过峡谷，厚过重岭。战场上他死过一次，听到刘老汉过世的那一刻，他又死了一次。

自杀我是料到了的,只是没有想到那么快。这个世上他已经了无牵挂,他的魂早走了。"

我陷在老高的沉默里。

"要拍,你拍拍它吧。"老高的手指岔开,轻柔舒缓地戳进黑子的毛发里,"临终路上,是它在不能走动的战士和刘老汉间穿针引线互通问候。"

"现在它是你的伴儿。"我脑海里泛滥着黑子在山林里穿梭的情景,过去是在两个孑身老人之间,现在它寸步不离地跟着老高。

"不,是我的命,它和熊瞎子对峙过,和野狼厮打过,为了主人从不畏惧。"老高说,"走,雨停了,天色这一亮,比你要的光线更好。"

到了地方,悬崖就在眼前,壁立千仞,刚才的白雨湿了突出的棱角,更显得峥嵘嶙峋,那棵劲松虬曲蜿蜒,努力向上攀援,猛然跃上了崖顶,粗壮的枝干插入湛蓝的天空,挺拔桀骜的样子让人肃然起敬。

我拍照,老高帮我拿着其他器材,步步紧随。我想,他要是有那么一刹那在我前面,我也会把他捕进镜头,现在这不仅仅是完成一幅杰作的构思,更是我对他的某种敬意。但他像是明白我的企图,一直躲在身后,而且是那么自然,完全不像故意。

拍完了,我想我出色完成了这次入山拍摄的任务,紧紧拥住老高宣泄着我的兴奋。黑子扑上来,爪子搭在我们肩头,鲜红的舌头一扇一扇地抖。

返回是多么愉快啊,我惬意地吹起了口哨。

忽然,老高把我猛地一推,"上山!"斗笠因为用力过猛而掉脱,向脚下滚落。

我愣怔了一下。一阵蛇滑动枝叶的声音传来,继而是轰然的吼叫滚滚而来,枝干折断的噼啪声和山石碰撞的沉闷声响朝我们压来。

"山洪!"老高吼着,推着我向上攀抓,黑子蹦跳着朝山坡爬跃,脚下腾起一股股泥沙。

霎时,枯枝败叶簇拥抱团,山崩一样倾泻下来,它后面是浊泥滚石,

排山倒海摧枯拉朽。

雨水被泥土落叶挡住，越积越多，再也承受不了压力，终于毁堤溃坝向下游冲击而来。而我们不知不觉踏入了它下泻的当口。

斗笠和蓑衣瞬间没入浊流。

老高推着我，我刚扯住一棵小树，一把刺，手一疼，掉下去陷进泥流。来不及拔腿，一个滚浪把我扑翻过去，我失去重心，浊泥灌进口中。说时迟那时快，老高猛力蹬踏，一下子从我头上鱼跃过去，扑到我的前面，一手抓住藤条，一手掏进我的衣领，生生把我拔离出来，扔在了坡上。

那巨大的反作用力把他陷进泥流中央，眨眼间他就被冲击向下游而去。

老高被湍急奔涌的泥石流卷走了！

"老高！"我想回手去救，泥石流涌到了腿间，石块敲打在腿上又是一阵剧痛。

"老高！"

老高在即将翻身的瞬间，向我挥了一下手，"走！"他裹在浊流里，向下急遽翻滚。

我奋力攀上去脱离泥石流，随着流体向下游奔跑，顺手扯过一根枯枝试图递过去。

老高在浪头中翻滚，他挣扎着。可是人在大自然的暴虐面前又能怎样呢？眼看着我赶不上了，他被深深裹挟进洪流中去了。

一道黑影呼啸而过。它脚下的泥沙向后飞泻着，溅打在树干上砰砰作响。

黑子箭一样射向洪流！

空中划出一道黑色刚猛的弧线。

它跳到老高面前，伸展开四肢在洪流中铺陈出一块可以落脚的着力点。

老高踩上黑子的腰背倾力向上跃起——在滚滚浊流中，这一条腰背却宽厚得足以承载起另一条生命！

借助这一跃，老高抓住了旁边的藤条，把自己拽了上去。

"老高！"我喊叫着，跌跌撞撞地冲过去。他终于抓住了我递过去的树枝。

而黑子，却被卷入了泥石流中。

我们向下游奔跑。

一浪紧过一浪的泥石流拍打着狭窄的谷道，发出可怕的沉闷的轰鸣。地动山摇，滔滔奔涌！

"黑子！"老高喊叫着。

"黑子！"老高嘶吼着。

再也赶不上泥流，我们疲惫地跌坐下来。

"我不该带它，我……"老高捶打着自己，他脸上血泥模糊，泪水把泥浆冲开犁出两道惨白，"我不该踩着它求生，该死的是我。"老高仰天长啸，声震山岳，继而，伏地而泣，瘫软成泥。

我终于要走了。我拍到了自己想要的照片，但我想，自己的收获远不至此。

老高夹着塑料布，我背着摄像器材。我们走在泥泞的路上，泥浆在脚下咕叽咕叽。

"老高，我们说说话吧。"我说。

老高把塑料布抖开披上。

"今天不会有雨。"

"谁说得准呢。"他说。

到了来时宿营的那个屋子，老高套好了车，我们可以坐车了，但我却希望没有这毫不咿呀的牛车，就这样和老高走在草丛覆盖的泥路上。

这屋子在阳光里唯美而念旧。

"也没什么可送，我的照片，留个纪念吧。"路尽头，他把一个手机

塞进我包里。

我舍不得走,看着他牵着牛调转了车头向来时的路逶迤而去。我一直注视着。他坐在车辕上,塑料布忽起忽落,一次头都没有回过。牛车悄无声息地消失在树影里,像来接我时一样。一刹那,我眼里涌满了泪水。

回到单位,一如既往的忙,写毫无意义的材料,没有周末地加班,假大空的会议,莫名其妙的猜忌,没有怜悯的挤兑。稍有闲暇,入山之行就像一个梦境浮现出来,那么美好,和行走城市的俗与烦对比鲜明。但也是匆匆而过,时间一久,记忆就要磨平了。

这天我正在浏览新闻,已经划过去了,又返回来。是一条通缉令:三人结伙抢劫,过程中围殴高某,高某夺过斧头挥砍,砍死一人,砍伤一人,自己额头受伤,逃逸……

看着照片我惊叫出来:老高!我不相信,可是仔细对比,没错,虽然照片上的老高比接待我的老高年轻,可是岁月给脸上增添的皱纹,改变不了脸的轮廓和棱角,尤其是他额头的那道疤痕。

一幅画面陡然跃进脑海:老高又饥又渴,他仓皇而来精疲力竭,怎么进入深山,怎么跑到了刘老汉的屋前是他没有料到的。他想填饱肚子。他看到有一架木车停顿在泥场上,一头黄牛散漫地在场边反刍。他摸了摸腰间的斧头,轻轻地推开门。

黑狗匍匐在地上。刘老汉在床上,一床破棉絮盖在身上,干枯变形的脸露在外面,微若蚊虫地呻吟着。他的影子晃醒了刘老汉。刘老汉给他点点头,但他看到的只是刘老汉的头稍微颤抖了那么一下。他想退出去,眼前的景象骇住了他,这和他所经历的迥乎天上地下。刘老汉又呻吟了一声。老高看见黑狗摆动了一下脑袋,它似乎想站起来,去叼面前的一只满是污垢的水瓶,那是它主人正需要的。可它只是动了那么一下,又匍匐在地动不了了。

他们快死了。老高心里说。他突然心软了。他把瓶子捡起来,拧开盖子递到刘老汉嘴边。刘老汉嘴嗫嚅着,像久旱的土地猛然遇到了雨呛出了声,嘴唇的干皮挂得瓶口发出微响。

老高抽出斧头,去剁灶头的柴。他煮了一锅粥。

老高给刘老汉喂完,又给狗喂。喂着喂着,不知为什么眼睛湿了,泪珠子掉进碗里。他不明白这是恍然大悟还是突然的醍醐灌顶。

他给自己打扫出一间屋子住了下来。这里深入山林。这里有三条濒临死亡的生命。他把斧子放在灶间,一下一下地劈柴,劈一下就抽噎一阵子。

这画面久久盘旋在我的脑海。

我急忙去翻摄影包。

这是一个苹果手机。如果我没记错的话,应该是十年前苹果最高端的机子,现在也不过时。

"也没什么可送,我的照片,留个纪念吧。"

老高的话言犹在耳。

我插上充电线,迫不及待又忐忑不安地打开手机。

里面没有老高,只有一张接一张的照片,山、水、树、鸟、云、雾。构图大都简单,或淡远,或凝重,或肃穆,或俏皮,这些照片让我这个所谓的摄影家也深感汗颜。这才是摄影,真正的艺术,大彻大悟的意境。

是的,艺术不是技巧,是在色彩与光影下那颗扑通扑通跳动的心,那种对生活爱至灵魂的感动与欣赏。

如果没有这个通缉令,也许他就是一个伟大的摄影家。或者,因为被通缉,他成了摄影家,就像他成为厨师一样。

泥屋只灯,远山孤影,雾锁重林,隔离红尘。回想那些日子,我早应该想到的。

"或许也说不定呢!"给我介绍老高的朋友说。

"我不管,我要见他。"

我借了越野车,买了电线、药品,以及我能想到有用的东西,载着朋

友去寻找老高。可是在那座山前转了几天，再也找不到那条牛车泥路。

"我也是一次远游偶然碰见了老高。"朋友无奈地说。

之后，我一次又一次在不眠的夜里打开那部手机。我常想起老高的话："他们教会了我沉默。"那些春夏秋冬的照片时时在激励着我，催促着我。群山寂静无语地喧闹着，仿佛牛车回来了，黑子在跟前摇着尾巴。

未竟的审判

门口是两棵桃树，与其说像卫兵一样把守大门，毋宁说像礼仪小姐般迎宾，它们亭亭玉立，艳丽动人。进门有照壁，青砖灰顶，浮雕栩栩如生，左龙乘风盘旋，脚踩祥云直冲霄空；右凤栖梧桐，彩翎垂挂金冠挺立。龙头偶有回顾，凤首仰望，呈顾盼之势。两边的路在照壁中轴汇合，呈心形，延伸到厅堂门廊正中。厅堂两丈深，越往里越暗，最里头神案依墙而立。两边各有两间偏卧，东头的一间半是主卧，一间有床，半间里置茶几桌凳，小门把剩余的半间联通；里面是书房，现在只剩下大书案一张。西头的两间呈横切姿态，后半间是过道，前面的部分是两个卧室；宽阔的过道里有一排花架，回房休息时可以沿途观花看草。房东山墙搭有偏厦，是灶房。房后有园，现在荒芜，不知原先是养花还是种菜，小路曲折，与厅堂后面的小门相通。整个院落前面不远有坡，植被覆盖，后面一公里有条小河，四季流水。

我对主人说："房子我要了，房款一把结清。"房主人高兴地说："这最好不过。"房主人在东北工作，这片祖产他在父母亡故后十年来，除了每年扫墓暂住两天，平时实在没有余暇跑千百公里回来照顾，眼见越来越

破败了。

我看中的是它的位置：离城市一个小时车程，说近吧，有客来需要安排半天时间；说远吧，真要聚会，也只需要半天时间。来了客，前面有土坡，上面建有凉亭，茂林修竹很有雅趣；后有小河潺潺，流水漂觞倒也不失风雅。写作紧张时谢绝宾客埋头著作，累了，田园野景与大自然相融相谐，春季有绿苗铺满地垄，夏季有浓荫房前屋后，秋季树叶坡岭红透，都是让人留恋的好光景，冬天屋内红泥小火炉，屋外碎琼叠乱玉，也美得引人入胜。只不过我没有给房主人说明这些，只说我退休了，受不了大城市的雾霾，车水马龙的嘈杂也扰人，在这里可以睡个安稳觉。"你老福气，这下我再也不记挂它了。"房主人呵呵一笑，接钱的手却抖得厉害。"你清明节回来祭奠，这房仍随你住。"我安慰他。

我请工人扫了瓦沟，加固了橡檩立柱，重新粉刷了墙壁。大门油漆成粉色，和桃花相配，照壁的龙凤残破处做了修补。前院种了各种花草，东西两头补栽了两排龙爪槐，齐窗台。后院在原路基础上加铺一条横砖路，前半部分种菜蔬，自给自足；后半部分西面埋毛竹鞭，东边移植了两棵芭蕉。想象得出，不出两年，这里将成为文人雅士聚会的最佳场所，大家自己动手做吃喝，茶歇时，在花园菜圃流连忘返。

房间重做规划。加固横梁后，正厅后墙装旋转玻璃门，玻璃上方镶嵌木质窗棂，勾勒出书本模样，美观且采光效果也大为改善。有雕花桌案，是古玩市场早就看好的，十余只树根凳摆放两边。东面的主卧室重新隔开，成两个独立卧室，一间自住，一间方便来客留宿。西边两间格局不变，花架换成竹编，养梅兰菊，和屋后毛竹遥相呼应。靠东的半间变成书房，最西的半间作陈列室，作家书画家朋友的赠书和字画，都可以放置在里面。根据房间用途，请书法协会美术协会的朋友创作了字画，一一裱好悬挂，一来增加古朴，提升文化氛围，二来也立个标杆，让作家中那些写字画画的半吊子不要随意提笔挥毫，以为老子天下第一。

弄好这些，竹子已经冒头，夜夜啪啪拔节；繁花似锦，蜂蝶弄蕊；芭蕉铺扇展绿，落雨集翠；龙爪槐虬枝盘绕，疏密有致；桃树迎风拍掌，就等开张了——不是吗？还有哪个处所能有我这民居更适合墨客骚人谈笑往来？每天晨曦，起来洒扫庭院，远远听见鸡鸣狗吠，已经让人心旷神怡。

每一间房都布置停当，每一处花木都恰到好处。后来觉得还是缺少点什么，看到粉门才明白了，缺一副对联。思来想去，用清代邓石如先生的那句名诗："春风大雅能容物，秋水文章不染尘"，镌刻了挂在门框。又给宅子起名坡园，请书法家写了，刻好，木底蓝字，悬在门额。这下真齐活了。收拾完了起居，各屋器具，太阳亮晃晃照着。隔窗晒太阳毕竟不畅快，又在后院菜畦间支了遮阳伞，放了月亮桌，围了石凳。还不过瘾，又把躺椅搬出来，喝茶品茗，扪虱读书。

一年过去了。

作协张福主席来过，李江秘书长来过，好几拨朋友也来过，个个艳羡，人人赞叹，好比世外桃源一般，恨不能常住下去。

坡园静是静，久了，晚上也有了寂寞。夏夜，虫子叫得起劲儿，聒噪人耳，蚊子也闯进来骚扰。好不容易在书房搜到客人落下的一盒清凉油，胳膊腿儿抹了，这才安宁一点儿，不想脚下一歪，差点摔倒。

怪了，好好的砖地，不滑不颠怎么会崴脚？脚再试，原来是块青砖松动了。拿来铲子撬开，想把砖底浮土扫净，重新铺排平整。敲击中，哐哐的，却是空洞的声音，想必是这一年多来装修，厅堂被踩踏过多，连底土都虚浮了。又挖，空洞的声响愈发明显。再挖，竟然有木盒子的一角露了出来。

继续刨，木盒子完整呈现在面前。

一把弯刀侧刃向上，半轮月亮寒光下洒，这幅图案浮刻在古朴的木盒盖上。黄色木纹里红漆淡染，发暗，因为年代的缘故，还有了沉重的黑，凝滞得月亮也失去了明亮，弯刀刃口似乎也钝了。整个盒子散发出一股霉味，散去霉味，才隐隐有了原木檀香的气息。薄薄的二指厚的长方形，装不了多少东西的样子，完全不是容纳金银财宝的家具，倒像是某种珍贵药材的容器。盒盖是侧立板上部刻槽，从前端插进去的，也没有平常见到的纽扣和锁头，一抽即可开启。

但我不敢轻易打开，不管怎么说，这是一件古物，还被人藏匿地下。我倒不是怕里面有传说中的种种暗器毒药——它那么薄，压根儿就不可能装置什么机关；也不是怕自己因为发现了宝藏而承受不起——这样的小盒子，能装下什么宝贝呢，几个项圈就塞满了——我是怕自己不经意间发现了某个秘密，或者揭破了别人本要埋没的东西，这不啻是对它主人的冒犯或者亵渎。可是，这盒子确实又让我忘记了蚊虫的叮咬，期望窥探它暗红色里的隐秘。谁不是呢，人大都是窥私的高手和瘾君子，期望看穿别人，即便做不到，也要绞尽脑汁获取别人一些情资，作为谈笑议论的话头，或者借由攻击的目标，很多人甚至为此消耗一生。

盒子里里外外包裹了好多层，那些保护物都已腐烂，手碰成灰，我不是考古学家，不能辨别它们的质地。也许，它早就期望有人发现它打开它，不然怎么能埋得如此之浅？也或许它本来就不值钱，只是有好事者某天突发奇想，故弄玄虚和后人开一个玩笑。但不管怎么说，我是迫切想打开它一窥究竟了。

盒盖有些卡，声音是喑哑的，早没有新盒子的清脆爽利。打开这样的盒子必须是小心翼翼的，我能清晰地听到自己心脏猛烈跳动的声音，因为手臂抖动，显得盒盖愈发湿重迟滞。一沓灰黄的纸。继续往外拉动盒盖，还是纸。那纸因为接触空气的缘故，发出轻微的翘动声响，似乎颜色也在变得更暗，质地变得更为脆弱。

我大失所望，真的只有一沓纸。它或许真是有人拿珠还椟，收走了宝贝，随手扔掉了包装，而这包装不幸被埋进地下而已。

蚊子叮咬的痒袭击上来。我重又抹了清凉油，扔下木盒睡觉。

经受一夜的折腾，第二天我起得很晚。原来门户洞开，蚊虫溜进来了。

我请来木工给门窗装纱。木匠在电锯电锤的帮助下，两天就完工了。"这钱挣得容易。"我和木匠师傅开玩笑。

"你来试试？看看我的手。"木匠手伸出来，一层厚厚发黄的茧子，即便小心，手背上仍然被划开了几个口子，也不包扎，随流血自行结痂。他用微信收了钱。电动车来时载有木料和铁纱，现在只有一包工具，显得空旷轻盈。木匠戴上头盔要走了，掀开面罩说："把厅堂的坑赶紧填平，我几次差点掉进去。"

木匠的话让我又想起了那个木盒。

这是一沓毛边纸，轻轻掀开，每页上都有字。字是毛笔写的小楷，字体清秀，密密麻麻，行距字距却整齐划一。根据墨迹可以推断，写下这些文字的时间并不久远。这些毛边纸张却不是现代工艺，粗略判断年代并不至于近几十年。这让我犯了糊涂。但强烈的窥探欲令我不想纠缠于它的年代，先看内容。

字很小。我取了放大镜。文字大致是这样的：

知缘何拘汝而来？

不知。

思之近行当否？

不知。

果真？

果真。

汝言可宜乎？

宜矣。

汝当刑之而言？

……

初步判断，这应当是一份审讯笔录。因为字体夹杂，我不得不购置了古文字典，一一查证对照，往往为了弄清楚一个字到底是什么，要花费大量时间。这些字和它们所叙述的事情引起我极大兴趣，就像贪玩的孩子碰到一款勾魂游戏，沉溺其中，完全忘记自己是有很多写作任务的作家。

一

"抬起头来！"我威严地说。其实他的头一直高仰着，抓捕时他被摁在地上，他的头把我们倔强地顶开。他被捆绑在审讯椅上，既不挣扎，也不弯腰，而是挺直了背，脖颈像一根木桩，端端正正地安放着那颗怒目而视的头颅，残留着血迹的嘴角挂着冷笑。我对他喊，是审讯的步骤，也是心理威慑。

"叫什么名字？"我问。他不回答，头扭向一边，连余光也不瞧我。这在我预料之中，百分之九十的人进来，都会来这套，因为他们还不知道这里和外面完全不一样。

我从桌后过去把他的下巴抬了抬，他又一次狠狠地把头扭向另一边。我甩了他几巴掌，声音清脆响亮。我能听见他牙齿咬合的咔嚓声，这也正常，多数人都会在头一轮耳光里用牙狠狠地回应以示决不屈服。踱了几步回来，我又抽了第二轮，我的手印在他脸上清晰地浮现出来，他的唇角有一溜儿血水流下来，像一撇红胡子，极具艺术感。

谁说不是呢，审讯本来就是一门艺术：罪犯开始嘴硬，最后使其急于交代的艺术。

他的眼神还是坚硬，似乎以为不畏抽打的态度会使我焦急，因而嘴角的血里流淌着浓烈的冷笑，或者叫嘲讽。其实我一点儿也不急。性子急的人当不了审讯官，更成不了审讯高手。审讯嘛，是拖延的学问，和拔牙完全背道而驰。我可以用自己二十年的审讯成果作证：还没有一个作奸犯科的人能逃脱我的手掌心。我温柔地让他们告诉我需要知道的一切，而最终他们告诉我的更多，连我不想知道的陈芝麻烂谷子都会倒给我。诀窍？慢慢来。

我锁上门出去泡茶。南岭的绿茶真是不错,刚冲了水,绿芽直直立在碗面;第二遍的时候,它们横七竖八地躺在了碗底,跟审讯的犯人一模一样。热水冲泡,茶叶沉得快,今天用的温水,茶叶会漂浮更长时间。我看着茶叶慢慢下坠,直到它们像蜘蛛嵌进琥珀般纹丝不动。泡茶用什么温度的水取决于我的心情,偶尔也取决于任务的多寡和性质。最近案子不多。这个案子是命案,人死已难复活,慢慢审呗。反倒是那些偷盗、奸淫之类的案子需要快速,不然串供、销赃、同伙潜逃等都可能发生。还有,捕到他我就知道是个硬茬,这也需要时间。

两泡茶过天已黑净,拉几个捕快一起喝酒去,醉醺醺地回到家倒头便睡。酒是好东西,酒虫上头言语行止放浪形骸,自由舒展让人忘记一切,包括那个犯人。

我重新进入审讯房的时候犯人正在睡觉,开门声响惊醒了他,他耷拉着的脑袋猛然抬起来,虽然眼睛肿成一线天,可是那条缝隙里还是蔑视天地的神态。头天我的耳光和捕快的拳打脚踢效果不明显。

捕快从刑具架上抽出柳木棍打起来。犯人先是咬牙不吭声,木棍在身上不停落下,他终于喊开了:"呀——呀——"一声长过一声。可惜手抬不起来,脚动不了,不是绳子绑得紧,是昨天那些拳脚让他胳膊腿儿都肿胀起来。他身体扭起麻花来。

"呀——呀——哎呀——"

傲气是打下来的,真的。

犯人想说话了。我把茶碗一端走人;捕快扔了柳木棍,也走人。我们不理他,继续出去品茶喝酒。

第四天。开始审讯。

"我……"看见我进来,犯人张开了嘴。很快,他身下屎尿的味道一下子提醒他,自己已经处于非常狼狈的状态。他抬起下巴在衣领边蹭嘴角

的涎水，然后扭动了一下屁股。那里必定是黏糊糊的，可是他毫无办法，扭动带来的是更猛烈的恶臭。

我静静地看着他。

"你继续坐着。"我说。臭皮囊，每个人都不愿意承认自己的身体是臭的，但现在他必须要面对，而且在我们注视之下。

他说话嗓子嘶哑，我能想象昨天他对着空旷的屋子暴烈嘶吼的愤怒，以及在裤裆里便溺带来的无法忍受的羞耻。现在该我在心里冷笑了，但我脸上平静如水，像沉睡在碗底的茶叶。

他又扭动了一下屁股，臭味一阵一阵翻涌。

"我要……"他嘴张了张，嘴唇干皮翘起来。

我磕了磕茶碗。两个捕快架他出去，把他弄干净重新架回来。

"你可以说了。"

他头又扭到了一边。

"不说我就走。"我并没有站起来，我得给他时间，他需要劝说自己。给他倒碗水，他咕嘟咕嘟喝完了。

"我说了不该说的话。"他微闭着眼睛说。

"继续。"我示意，犯人开口是成功的第一步。

"那天很热闹。"他说。

"这是一个临时聚会。王安和刘放约我聊天。王安在家里煮了茶，我到时，他俩已经茶过三巡。寒暄，文人聚会就是寒暄，挑别人毛病。写文章很难，给文章挑刺最简单。批评别人的时候顺便把自己表扬一番，大抵如此。王安说，'你的文章怎么能这么写呢，抒写性灵才是文章的要义，比如我那篇……'刘放听得心里不美，'你的那篇好是好，但太野，收不拢的文章都是不治病的假药。'两个人面红脖子粗地争吵，谁也说服不了对方，最后看向我，希望我主持公道。'叫杨练来吧。'杨练是文学圈子里的名人，公认水平极高而且说话不虚妄。杨练一招即来，我们四个喝茶论道。王安请杨练评价两篇文章，杨练说了王安文章的不足，又指出刘放文章的缺陷，拿出自己一篇文章说，'看，天下散文，当形散神聚，当有物载道，当放眼苍生……'杨练手舞足蹈，歇口气端茶，刚到嘴边又想起什么，手一挥，半碗茶洒了泼在王安的袍子上。王安文章被批本来心上不悦，正在低头喝闷茶，见自己胸前湿了一片，骂道，'你文章再好也不能随意泼人啊！'杨练正在兴头上，只当是王安玩笑，继续说自己的文章之妙，刚含过水的嘴里，唾沫借着道儿喷出来，溅了王安一脸。王安举碗，一碗茶全泼在杨练面门，茶水滴滴答答从下巴流淌下来。杨练愣了一下，继而回过味儿来，扬手就给了王安一耳光。眼见两个人要扭打，我和刘放忙挡在中间，'君子动口不动手，有话好好说。'王安说，'士可杀不可辱，你语言辱没我，还残茶余唾喷我，你真以为你是圈中老大？你那叫狗屁文章。'杨练扯过王安的文章，呸呸呸唾了几口。刘放架住杨练，我挡住王安。两人却越拉越上火，一个要把另一个生吞活剥。刘放说，'郭为，你说句话。'我怎么能说话呢，王安本是生意人，文学于他只是门面的装潢，但在财气助长下豪气凛凛，捡几句别人的余唾稍作发挥，即认为是人间名句，杨练批他的话句句在理。杨练呢，确是文学高手，文章字字珠玑，字里行间流露出的才情无与伦比，但恃才傲物，从不把别人放在眼里。只读他的文，那是了得；可是见了人，只能呵呵。所以文人相聚多不叫他，背后也对他指指点点，当作调笑谈资。因为常常孑然一人，但凡有邀，正是口若悬河的道场，他跑得兔子般快。可是今天我如何可评？王安是我的好友，杨练是我邀请的嘉宾，我左右不能。刘放说，'平时圈中，就数你郭为兄一言九鼎，你不说话，怎么能收得了场？'王安瞪着我，杨练也盯着我。是的，除了杨练，还有谁能像我一样安场平乱呢？我只好端了茶碗举之齐眉说，'若能听小的微言，我就说了。'刘放催促道，'快说快说。'我说，'今天我请杨兄来，聊天罢了，非生事也，请诸位兄弟品茶。'"

"杨练先是一愣，再是浑身一抖，舌头不再灵活，他举手指着我，却并没有说出什么，一把夺了我的茶碗扔到屋角，拂袖而去。"

"三个人重又坐下，一时面面相觑。刘放说，'好气闷啊。'王安仍陷在恼怒里，我只好劝道，'杨练写得好又能怎样呢，此事为外人知晓，徒增笑话；而你王安，仍是生意场中豪杰，文章圈里好手。'王安转恼为笑说，'是啊，我是生意行最好的写家，写家中最有钱的富人。'刘放给每人斟了新茶，各自抚怀大笑。是的，杨练彻底臭了。"

郭为说着这次聚会，脸色有些羞赧，除了我这样善于察言观色的审讯专家，又有谁能察觉到他的愧疚呢？

"你错了吗？"我问他。

郭为直直地看着我，我也回敬着他的目光。我知道他说了假话。这块硬骨头很会在外围打埋伏，但我一点儿也不介意，人性不仅排斥能干者，而且见了棺材才落泪。目前为止他并不知道自己为何被捕，所犯何罪，我也不会自行告知，直到他交代出我想要的。

我有的是办法。

二

接下来三天，郭为没有招供。他经受住了我鞭打、便溺、搁置的三板斧——一般人在这三板斧下几乎都会垮掉。继续扇耳光、击打胸腹、竹签插指甲缝，但郭为用沉默对抗毒打。

他在摸我的底。这让我非常恼怒。

我不得不使用其他招数。我不再审问，把他关进小黑屋。

这是专门为制服顽固犯人建造的，高三尺，长宽各一尺半。门关上后，仅有一个小孔通风。为了避免光线进来，小孔处做了很好的遮挡。

犯人刚进这个暗屋常常是安静的，没有鞭笞的痛苦，没有被审问的烦躁不安。可是后面呢？多数人熬不过三天。站不直，卧不下，最难受的是没有一丝声音，除了自己的呼吸与心跳；没有一点儿动静，除了渐渐麻木僵死的躯干；没有白天黑夜的分别，除了漆黑还是漆黑，茫茫无际；没有人来问，没有人来审，这种与世隔绝的环境没有任何生的希望，寂寞空虚堪比地狱。多少人后来哭着、喊着、撞击着墙壁要求主动交代，他们宁愿死在毒打下，也忍受不了辽阔到宇宙尽头的黑暗虚静。监狱里什么让人害怕？是失去自由。而暗屋是自由的天敌，任何反抗都收不到丝毫回应，在暗屋里，人的情感就走向死亡。

我静静站在屋外，听求饶声音什么时候传出。

郭为的喊叫是第四天传出来的。先是脚踢肩撞，后来头把屋顶墙壁撞得砰砰作响。他不是喊着"让我出去"，而是哭喊着，"求您了，我要交代"。捕快把他架到我跟前的时候，他双腿盘着无法分开，背后捆手的绳索几乎磨断，手肘衣布已破洞，头上碰撞流血，脸庞面目全非。他花了好久的时间才睁开眼睛，一半是血糊住了，一半是强光刺激得无法睁开。

毫无例外，他身上的屎尿已经冲洗过，只是他仍然处于半癫狂状态，嘴里咕哝着"我要交代，我要交代"。

佩服他挺过了三天，也算是条汉子，我让人把他身上的绳索解掉，给他屁股下垫了褥子。他倒了两次，第三次勉强坐住说："大人，我全说。"

我说："你说。"

因为嘶喊，他声音早哑了，但还是能听清楚字眼。郭为耷拉着头，一张一合的嘴巴从我这边只能看到上半部分。他也力求一次让我听明白，这一点我比较满意。

"我在外面养了一个女人。"他说。我对男人养女人一点儿也不在意，谁不养女人，官吏、商人，还是士人？多少红袖添香被视作传统佳话，多少男人有三妻四妾？男女苟且就像官员贪污，商人逃税，士人夸诗，农人偷鸡，除了带给大家窥私的快感，还有什么好奇怪的呢？

他又是在说假话吗？

"我养了一个特别的女人。"

郭为说："那天一圈的文人侃侃而谈，或者吹嘘自己某篇文章得到官方多少赞许，或者为某个问题而争论不休。他们说话间，都会瞟向一个角落。这个角落不同往日，坐着一个闭月羞花的女人。平素并不多言的刘放今天也眉飞色舞，他大声讲着王安和杨练争执打架的场面，'杨某人把茶碗一扬，一碗汤泼在王兄面门，想我王兄是何等的人物，岂能罢休，挥臂一记耳光，那啪的响声震得我耳鼓发麻，地皮震动中杨某人已翻倒在地，半天爬不起来，额角早已有了血迹，那五根指印子就像如来佛祖压住孙泼猴的五指山，牢牢长在杨某人臭脸之上。王兄还不过瘾，一脚踏上摁住，活脱脱武松打虎一般。'众人哈哈大笑，刘放抹一把额头因激动沁出的汗，从指缝里瞄那个角落。女人用手帕捂了嘴浅浅地笑。刘放本来想继续后面的故事，王安把他按坐在椅子上说，'怎么能这么说杨练兄呢，他好赖也是我等学习的楷模，我只是一时气愤难以自制，惭愧啊惭愧。'王安拱手作揖以表歉疚，仿佛杨练就在前方。王安低头的瞬间，余光电闪般扫过，女人正看向他，他不由得低头作揖久些。"

"刘放说，'王兄有什么内疚的，分明是你在理，众兄弟说是也不是？'众人都说是。刘放话锋一转道，'可是众兄说了不算，今天有美人在侧，她的话才是真理。'众人这才齐刷刷转了头，正大光明地看向角落。女人受不了这么多眼光的抚摸，忙用手帕遮了脸，留一双眼睛在外面，怯怯地回答说，'我只来听，只来听……'帕子后面羞红一片。"

"我悄悄对女人说，'你不该来。'女人低声回应，'我想参加，《士之人》描绘的场景真的让我心旌摇荡。'我笑道，'书是书，人是人。'她不回应，我也不再言语。很多时候，收敛的话语比滔滔不绝更有魅力，让一个人跟你走不需要苦口婆心，懂的人只用三言两语或者一个眼神。而我知道，为了保持在她心目中的神圣与神秘，我更需要谨小慎微，以免言多必失前功尽弃。《士之人》的威力在此，它征服了我，我用它俘虏她。"

"没有人知道她对我如此重要。"

郭为停住了交代，他的眼神里多了杀气。我为之一震。女尸命案到目前为止没有丝毫进展，对面前这个疑犯也只是怀疑而已。一向重视吏声的县郡对该案并不重视，我一半为了完成公务，一半为检验自己办案能力的成色。但郭为现在的目光让我看到了破案的希望：有杀气才有胆量去杀人。

"为什么重要？"我逼问。

"她漂亮，富有，年轻。"郭为说。

这几乎是所有男人追求女人的标准，有的男人为了新奇，甚至以奸淫幼女为乐。

"她并未婚嫁？"

"她是县郡的大小姐。"

郭为哈哈笑起来。我大吃一惊，县郡并没有报案，而他的千金养在深闺，几乎足不出户；即使出门也前呼后拥保护严密，她怎么会抛头露面随郭为参加士人雅集？追求她的可都是各县、郡头面人物的公子哥儿，有权有势，像郭为这样的穷士人怎么可能吸引得了她？他不过是薄有文名而已。

"为什么？"我真的不得其解。

"她爱我。"郭为神态轻松起来。

"你怎么得见她？"

"在县郡府上。"

三

作协换届在即，解读审讯稿的事情被迫放下。秘书长李江来电话请我去帮他整理材料，辅助协调各方人等。我说我退休了，正在收拾老家房子，抽不开身。李江笑道："正是因为退休了才有空闲，你的房子已经接待了多少宾客，还需要修成皇宫不成？不要推辞，老郭，姜太公钓鱼也是为了

出山。"面对人精一样的李江，我还能说什么呢？

我们首先征求张福主席的意见。张福说："现在年轻人厉害，好几个人的作品上了国家级大刊，正所谓后浪推前浪。我算了。"李江不以为然："怎么能这么说呢，就是再上大刊，您老的声名、威望、资历、对作协的贡献谁比得上？"张福说："我意已决，不要再劝，你们赶紧物色其他人选。"出门来我问李江："按说张主席还可以再干几年，是不是有人抢班夺权？"李江说："副主席何涛两年前就在做工作，现在一班人马都跟着他跑。""凭张主席的工作实绩，我就不信选举时会落榜。"李江说："那老郭你等着瞧。"不出一周，张福在网上发表声明，说自己年事已高，精力不济，而作协今后发展需仰仗年轻人，自己无意留任主席职务。我本来还想再劝劝，也只好不再强求。

去和副主席何涛商议，何涛正在练书法。在市里，何涛的书法很有名气，尤其一手楷书，是挂厅堂的上品，许多商店牌匾也出自他的手笔，一个字两千元不打价。何副主席没有起身，嘴里招呼我们坐下，让佣人上茶。李江放下带来的水果和茶叶，看何主席正襟危坐在案前书写《正气歌》，写一个字跟着念一个字。何主席落了款，李江把案头的印章着了印泥，在嘴前哈了几哈，递给何主席钤章。

何主席说："李秘书长，这幅怎么样？"李江忙不迭说："端庄朴质，厚重雅洁，好极好极。"何主席说："一直没有给李兄送拙书，那这张我裱好送你。"李江摆手说："何主席送过我两幅，我挂在客厅里的，您忘了？"何主席说："上次去你家没见啊？"李江说："打扫卫生我怕弄脏，移到书房去了。"何主席呵呵两声道："喝茶喝茶。"李江忙又说："我真是有福了，这幅墨宝我这就收了，以后主席开了纪念馆，我捐出来，可就是文物了。"

言归正传，李江说了来意。何主席说："你说我写书能挣多少钱？"李江嘿嘿一笑。何主席说："一辈子的稿费，不如我一年书法的润笔费。

我当个主席，能挣多少钱？"李江说："是不挣钱，但我和老郭都认为作协需要您举旗帜。"何主席看着李江说："我看你合适，历练得也够了。"李江从沙发上嚯地站起，义正词严地说："我还是学生，不敢有丝毫非分之想，我愿意给主席您提包奉茶。"何主席笑呵呵地拍拍李江肩膀："坐，坐，不过呢，最近我确实有两篇作品要发国刊了。"

出来，我给李江说："何副主席果然有做主席的准备。"李江笑道："老郭你是不知道，争的人多了，都在做工作，拉人头。"我说："拉人头再多，宣传部不点头一切归零。"李江嘿嘿一笑。

大家都在提供资料，有的装订了册子，有的只提供几张零纸碎章，我在办公室一会儿打电话要资料，一会儿规整档案核实信息，忙得鬼吹火。也有作家闯进办公室，对作协的工作指桑骂槐牢骚满腹，还有一个我不认识的作家，缠着让把他的名字写进推荐名单。我只能一一解释，解释不了就让他们找李江。"李江在哪儿？""我也不知道。"

真的，李江不见人，他要协调各方意见达成共识，还要不时去宣传部汇报请示，我也是好几天不见他人。

眼见得换届日子越来越近。

这天办公室进来一个人，鬼头鬼脑地在门口探望。我招呼他进来，他却不坐，只是忐忑不安地环视着办公室。

"办公室没鬼，你紧张什么啊？"

他嘿嘿笑了："你就是作协负责人吧？原来作家和我也是一样的啊。"

"都是人能两样吗，不然我真成鬼了，你有什么事直说。"

"我来递材料。"

"放这儿就行。"

"要是那样我就邮寄了，我得交到负责人手里。"

"您就当我是负责人好了。"我无奈地说。

他又环视了办公室，确定桌下没有藏人，从怀里掏出一封信塞到我手

里："这个一定要亲手交到你手上，我受人之托不能失信。"

我拆开一看大吃一惊。

这是封检举信。

检举何涛贪污作协会费，用公款吃喝，有具体地点时间，有陪吃人员，有报销凭证复印件，在何处因何事贪污，贪污钱数也一一在列。

"你从哪里……"抬头，那人已经不见了。

我把信给了李江，李江说这不是小事，得上报。"走，你陪我去宣传部。"

"说不定是诬告，何主席不缺那点钱。"我说。

"现在的人谁能相信？你还说自己在老家收拾房子呢。"

"叫你胡说。"我捶了李江一拳。

换届选举日，作协会员坐满了礼堂，大家看着都轻轻松松，又都说话心不在焉，支棱着耳朵。主席台上，宣传部部长宣读了换届文件，强调了选举要放弃私心杂念，公心为上，大局为重。主持人李江宣布了主席团成员，简要说明了为什么是这些人，最后说："因为众所周知的原因，我迫不得已临时担任主席团主席，选举完毕，主席团即告解散。"大家鼓掌通过。

选举结果出来，李江高票排名第一。

宣传部当即展开单独谈话，谈完，拟定了作协主席、副主席、秘书长推荐名单，张贴在会场后面，全体参会人再次回座投票。李江当选主席。

这天，张福和何涛都没有出席会议。不过，他们的名字一同出现在作协顾问名单中。

"为什么没有处理何主席？"我问李江。

"不该问的不要问。"李江严肃地说。

"我房子装了，想求幅他的字。"

"我的那三幅，你随便挑。"李江欢快地回答。

我从李江家柜子厚厚的字画堆里找出那三幅字,选了《正气歌》拿走,他砰地踢上了柜门。

回家,我把字挂在陈列室,后来又挪到书房,觉得书房太满,又悬在卧室墙上,晨昏都能看到。

坐在这幅字下,照着白炽灯,我继续研究古木盒里的审讯。

四

得给郭为上重刑了,他的抗压能力远远超出我的想象。他的交代可以说和案子毫无关联,就是有蛛丝马迹的牵涉,也把自己抖得干干净净。我挥了挥手,捕快把一名如花似玉的女子带进来。

"女儿!"郭为惊叫起来。

"爹,爹——"女子挣扎着朝郭为扑过去,父女俩抱头痛哭。

"够了吗?哭够了就交代,不然……"我看着郭为,手指着她女儿。

"你要是动她一根汗毛,我跟你拼命!"郭为把女儿紧紧搂住。

我笑了,挥挥手,两个捕快把女孩扯出来。郭为扑过去,被一拳打倒,绑在柱子上。女孩被死死按住,眼看着郭为乱喊乱骂的嘴被破布堵上。

"好戏就要开始了。"我纹丝不动。

捕快扯女孩的衣服,女孩子挣扎着,厮打着,怒骂着,可是,在两个捕快手里,女孩子就像鹰爪下的小鸡。她的上衣没了,裹胸没了,捕快扯开她捂着胸口的手。

随着扭动,两只跳动的兔子乱晃。郭为紧紧闭上眼睛:"我说,我说。"

郭为哭了,我看得出,这次他真的哭了。

"我在写一本书,主人公既不为五斗米折腰,也不为一箪食屈膝。他是我们士人的榜样。"郭为说,"我大门不出二门不迈,伏案而作《士之人》整整三年,稿子写成,一口气读罢,绝对的杰作,这是可以让我扬名

立万的枕棺之作，笑谈鸿儒的巨制。可是转眼之间我又愁上眉头：书籍要雇人刻板，要买纸付印，还要缴纳印行税。而我只是一个穷人，既需要我的书发行为天下人所知，也需要养家糊口。尽管臭倒杨练之后我在圈中已经一言九鼎，可是生活中我是如此卑微。我需要找一个人帮助我。王安非常肯定地拒绝了我的求助，让我失望至极；刘放只是一介农夫，自身度日尚且难保。"

"我费尽心力让书付梓，书籍堆放在床头，工人时时催要工钱的时候，'找一个贵人'这个需要更为迫切。"

"思忖再三，我决定去求一个人。他是当地的长官，管理着县郡十八乡间。这倒是其次，主要是他结交广泛，势力通达，周围几个县郡长官与他交好，何况文化管理、疏浚言路也是他分内的事，只要他肯出面美言，我的小书不愁销路。可是我不认识他，一次看见，也是他骑马从街头锣鼓喧天地走过，我挤在人群里眼巴巴看着他走远了。可就是那远远一眼，更坚定了我要拜求他的愿望——如果我能轻易近身，他又能帮我多少呢？"

"筹谋该怎么接近他，这让我大费脑筋。我是卑微的人，写作让我看起来高人一等，实际上文人自古货与帝王，我们都是依附权贵而生，或是依赖富豪而活。有什么办法呢，文字再华美也变不成衣服粮食，只能在夜月风华里吟诵娱己，或是面对浮华而歌，或是独对哀愁牢骚。权贵用你歌功颂德，附庸风雅，用毕即弃如敝履。我们享受着空泛的虚名，做着迫不得已的文章，有几个人是发自内心地歌唱？倒是那些郁郁寡欢的哀叹才是肺腑之言，独抒性灵而被千古传诵。可惜，又有几人能得到现世的福报？他们多半是社会的底层，到死也是潦倒，只在后世被人不痛不痒偶尔记起。"

"我想自己不能坐以待毙，我需要即时可得的酬劳。我必须去求助那高头大马的贵人。"

"我去了，我背了秦朝的古砖和汉代的琉璃，那是我用所有积蓄换来的美物。我打听得那高头大马的人属狗，又请巧匠用和田玉雕刻了白狗，配了我的小书。打点了看门的老奴，颤颤巍巍地送到县郡府上。"

"那县郡的屋子堆满了珠宝财货，对我拿的又笨又重的砖瓦一点儿兴趣也没有。他拿着那只狗雕瞧了一会儿，转手丢在旁边的篮子里去了，那本书他自始至终都不曾扫上一眼。"

"回来我家夫人好好抱怨了我一回。因为家财一空，吃饭活命都成问题，她差点一把火烧了堆积在床头的书稿。可是看着恼怒的夫人，我忽然大笑起来。人说屋内字画不能超过三幅，可我明明看到县郡府上悬挂着多幅字画，而且这些字画多以仕女为题，或吟月赏花，或搔首弄姿。"

"这说明什么？"

"眼前的夫人虽然貌不沉鱼落雁，但也细腻耐看，正值绮罗少妇好年华，何不送进府里一试？可是，自己那同枕之妻，又怎能送入虎口，推进豺狼窝？这岂不是禽兽行为？念及此我搓手蹙眉彻夜难眠，一边是娇妻，一边是杰作，我该如何抉择如何向夫人开口？但是我必须一试，万死不辞。"

"'你爱我吗？'我郑重地问夫人。"

"'爱啊，不然怎么会嫁你？'夫人笑着，以为我气昏了头拿她开心。"

"'你知道什么是爱吗？'我严肃地问夫人。"

"'就是跟你生，随你死。不对吗？'她看我皱着眉，以为我对她的回答不满意。"

"'那你愿意为我而死吗？'我看着她的眼睛。夫人点点头。"

"'我不要你死，只要你把我的书送到县郡府上。'"

"夫人突然明白了我的意思，脸色煞白，肩头剧烈哆嗦起来。她把脸埋进双手，继而全身颤抖，牙齿咔咔作响。"

"我吓坏了，揽住夫人说，'我是开玩笑的，只是试探一下你。'"

"过了好久，夫人伸开臂膀，把书紧紧搂住说，'我去。'"

"夫人真的去了，她去了整整一个晚上。"

"我的小书很快在全郡流行开来，在周围的县郡也流行开来，认识的人在读我的书，不认识的人也能大段大段地背诵书中的章节。我一夜之间成了名人，著名的作家、学问家。县郡里蒙童班在用我的书，秀才考试也用我的文章做考题。凡是我参加的活动，我都高高地坐在前排最中间，凡是没有我参加的活动，主办的人也因我未参加而感到遗憾。"

"我成功了！一夜间成功了！"

"县郡经常邀请我去府里，我知道他不是邀请我，因为我去不去县郡并不在意，而夫人不去，县郡会大发雷霆，会有捕快在我家房前屋后转悠，他们牵着大狗在前檐后墙嗅来嗅去，夫人去了他们才鸣锣收兵。"

郭为说完，头耷拉下来。我知道，我用子女要挟的厉害招数谁也不能招架，对所有父母来说，子女都比自己值钱。

但郭为不知道，捕快在他交代的时候拉女孩出去，并不是为了给她穿上衣服。

五

我想我该去汇报了。案子已基本明晰，那个女人死了，得有人为她负责。

看门老奴早早挺直了驼背致意，我还没有走近屋檐，他已迎了上来："巡捕大人，老爷正好在府……"我对他摆摆手，丢下他的后半句，径直跨进大门去。

县郡刚饮过酒，脸膛酡红，既没有戴官帽，也没有穿官服，一身贴身的皂布衣，衬得脸色更红，和脖子红成一堆酱。他闭着眼养神，听见脚步声，挥手让捶腿的仆人退下。我在他面前站定。

"如果是汇报治安事体就免了。"他说。这个我知道，老爷酒量不大，场面要应酬，喝完酒本要卧床休息，只是我连连求见，他不能不见。

"有个女人死了。"我说。人命案子是必须汇报的内容。

"这个我知道。"

"疑犯抓获，审讯过半，但疑犯拒不承认。"

"谁？"

"死者的丈夫。"

"断案是你的责任。"县郡把头偏了偏，酒劲儿有些上头。

"可是，疑犯交代，死者和郡府有来往……"我小心翼翼地盯着县郡。

"什么来往？"县郡微微睁开眼睛，血丝在眼球上，把瞳孔几乎挤没了。我偷偷瞄一眼就低下头。"你和郡府也有来往。"

"是，在下和同僚都在郡府行走听差。可是……疑犯交代，死者常来郡府……"我更加谨慎。

"还有呢？"县郡把身体挪了挪，脊背抵近椅背一些，腰挺直了。

"在下不敢说。"

"说。"县郡的声音不高，但很有力气，浓重的酒气。

"疑犯说，他和死者分开已有半月，死者回娘家去了，可是有证人看见她死之前来了郡府。"

"是郡府里的人作案？"

"在下没有这么说。"

"那你怎么说？"

"疑犯向在下交代，大小姐和他有往来……"我又偷瞄了一眼，县郡双手抓紧椅把，头颅从脖子窝里伸出来，那坨酱拉长了。

"混蛋！"

"在下错了，请县郡恕罪。"我赶忙弯腰向前作揖，眼睛藏在指缝后面。

"你是怀疑大小姐？"

"怎么会是大小姐呢？死者是被多人用乱石砸死的，不是弱女子能干的。"

"那是谁？"

"在下查过，疑犯没有作案时间，死者死的时候，疑犯正在和士人聚

会唱和，大小姐在场可以作证。"

"你是什么意思？"县郡脸膛有些发紫，而且扭曲起来，眉毛打皱，鼻翼扇动。可是我必须说完。

"在下意思是，大小姐出现的真不是时候。"

"你要我去审讯犯人吗？"这下县郡把眼睛全睁开了，闪射出阴鸷的光。

"不，在下是来讨个主意，这毕竟牵扯到县……郡府。"我差点说漏嘴，但也必须说漏嘴。

"你是要治我……郡府的罪了？"县郡把座椅拍一巴掌，站起来，又缓缓坐下去，紧紧盯着我，眼中布满血丝，一点儿眼白都看不见。

我也盯着他。机会很多时候是争取来的，我常年在血腥之间奔波，到不惑之年，正是走上坡路的当口。

"你好好办案吧，我年底可能迁往旺县了。"旺县是更大更富的县，到旺县做县郡，无疑是更上层楼，县郡若走了，将有一个上升的链条转动起来，这个消息我知道。

"恭喜县郡荣升，在下告辞。"

我退出去的时候，瞥见县郡把仕女图撕得粉碎。

审讯继续。我决定带郭为看看他的夫人。没有结案之前，尸体用冰块覆盖着。

女人身体硬邦邦的，已经冻得变形，后穿上去的衣服遮盖了身上的伤口，但脸、脖颈、手上的破溃依然触目惊心。

"我的妻啊……"郭为手摸着那半塌的颅骨哭了两声就晕厥过去。

捕快掐郭为的人中，给他泼水。郭为醒来，又趴在尸体上，冰块凉凉的，他扑上去又滑下来，最后他瘫坐在地上，鼻涕抹在衣襟上。

他被架回审讯室。

"谁杀的她？"郭为的眼眶又肿成了一条缝，里面透出和县郡眼睛一样的红。

"你。"我平静地说。

"你血口喷人！"郭为唾了我一口，捕快几拳落在他肋腹部，他又瘫倒了。

我喝茶，南岭绿茶真他妈的香，香味丝丝缕缕钻进鼻腔，钻进头发，整个脑壳都是香的。

"那天她说要回娘家，弟弟又添了儿子，她是高高兴兴走的。可是她真就走了啊，啊——啊——"郭为止不住哭，捶打自己。

一个捕快进来附耳说，县郡派人送了银两，犒劳命案告破，问赏金怎么办。

"兄弟们辛苦，分了。"我又低声吩咐，"给她一份，放了。"捕快淫邪地笑笑，兴高采烈地出去了。

"从我们怀疑你的那一刻，你已经完了。"我告诉郭为。

"我没杀人，她是我夫人。"

"多少丈夫残害妻子，你不知道吗？"

"我已经交代过，她是我的妻子，更是我的恩人。"

"恩将仇报，亏你还是士人，连这个词都不知道。"我得意地笑。

"不，你诬陷我。"

"诱奸少女，逼良为娼，这不是你的作为？"我反唇相讥。

"你个狗官！"他朝我啐了一口。

"夫人通奸郡府，你早就怀恨在心，迫于郡府权威迟迟未敢动手。她弟弟添丁，你认为时机已到，杀人于旷野，人不知鬼不觉，这就是你的谋划。"

"呸，我本一介草民，无非爱好文学甘愿为之献身，那本《士之人》是我心迹所系，天地可鉴，我何罪之有？可是这吃人的世道哪里有一块儿净土，我这小小心愿也得付出辱妻之痛。我那荆妻虽然无能无力，但平素

随我吃糠咽菜毫无怨言，我需要之时又挺身而出，甘愿为我弃置一世清白，爱我之情撼天动地，她何罪之有？倒是你们这些狗官，骑大马吞人骨，不顾百姓死活，草菅人命，钳制声口，踩躏民意，早致民怨沸腾，人人得而诛之。你说得对，若说是怀恨，我只想将那小贱人勾引到手，让她的狗官父亲知道夺人所爱的痛苦。这是上天赐我反击的微薄法力，是老天给我报仇雪恨的些许良机。"

"你也有女儿，你不为她想想吗？"我呷口茶，轻轻把茶碗放下。

"我……我……你们这些丧天良的，我和你们拼命。"郭为爬将起来向我扑来，捕快一脚飞踹，他门牙掉了两颗。

我指着郭为，递给捕快一张纸吩咐："每天你念十遍，他念一百遍。"

"他要是不服呢？"捕快看着我拟好的悔罪书。

"找王安、刘放、杨练来唾骂他，拉他女儿来羞辱他。"这是我的绝招，就像猫不教老虎爬树一样，平素秘不示人：熟人亲戚割袍，知己情人反目，让人陷于情感信仰瓦解的孤岛，我叫它"诛心法"。

"王安、刘放、杨练？"

"否则，一起法办。"

"有用吗？"

"放心，他们会大声称颂我的。"我哈哈大笑，"异日请县郡坐堂公审这厮。"

六

在坡园住得久了，葱郁的花草似乎已不那么吸精引髓。独上凉亭，蝉鸣聒噪，马蜂飞舞，不得不时时小心。因涨水，河边的石头没入河流，那一溜儿白沙滩早无踪影，徒留一圈淤泥散发出层层臭气。恰巧李江主席召唤雅集，就去城里一聚。

茶楼已经热闹非凡，一圈作家或坐或靠，窝在软软的沙发里，如一堆堆泥一般。有的抽着烟，有的抿着茶，茶香与烟臭搅和在一起。不知谁脱了鞋，悠荡出袜子的恶臭，茶楼点的线香也被埋没。进得屋子，一时间眼睛难以适应，把纱窗也推开。李江拍拍手说："老郭回来了。"也没有人站起，有的对我点点头算是招呼。短暂的安静之后，声音又哗地起来。我捡一个角落坐下。

"这次评奖肯定有猫腻，H那么有名竟然没有入围。"A愤愤不平地说，他指的是省上刚刚搞的散文大奖。

"我看还行，至少L获得了二等奖，他可是我心目中的神，虽然他应该拿一等奖的。"B反驳。

"你才不知道，L是谁？主席的座上宾。"A的话引起大家浓烈的兴趣，都催他快说如何"座上"法。

A摆摆手："还是不说吧，人多嘴杂。"

"你要说就说，葫芦里卖什么迷药，这里你不放心谁？"C把烟灰缸刺啦拉到自己跟前，烟灰弹得飞到烟缸外。

"那我说吧。你们知道主席是华安人，L是安里人，可是L实际也是华安人。为啥？她妈是华安人，还和主席是一个村的。"

"L今年近六十，他妈多大了？嫁到安里多少年了，能有关联吗？"C从逻辑上反驳。

"怎么这么胡乱判断呢？你能知道L回华安碰不见主席？两家不在一个县，就成不了朋友？有人就看见他们在一起喝过酒。"

"我和你也一起喝过酒，但我们还是不熟。"

"你这话说的，你怎么不为H鸣不平，就因为L是你的偶像？你问问大家，咱们里面肯定有人投稿了，咋没有人获奖？"A头转了一圈，没有人附和，他又坚定地说，"肯定有的！不好意思说。"

"评奖要提前打招呼，还得送礼。你看年年有扶持作品，咱们这些人

谁也没得到过，是咱们水平不行吗？没人送礼嘛。"B说完，也用眼神扫一圈周围。

"老郭，你现在置身事外，你说说，你上次那个奖找人了吗？"C指的是我去年获的外省一个小说奖。

我忙摆摆手："我的不算奖，都是个人网络平台用评奖作噱头拉票赚流量的。"

"对，现在哪是评奖啊，动辄网上投票看谁票多，既然这样，要评委要个屌啊？"

"不关评委，关乎名气。你名气大，烂成绒的文章也能上大刊，读不下去的文字也能获大奖。知道H怎么总结吗？——编辑交换发稿子，名家排队吃果果。"

"错了，名作家看名字，女作者看脸。"

窗外的知了扎堆，窝在树杈上不停鸣叫，我的脑壳嗡嗡响，又顾念山庄的清净了。有女作家喊，快把窗子关上，吵死人了。窗户关上，烟又熏得睁不开眼睛，女作家咳嗽连连，又嚷着开窗开窗。

话题自然聚焦在女人身上。

我望向李江，李主席脸阴沉着似乎睡着了。女作家架不住男作家们荤素齐上的段子，摇他："主席你也不管管，看他们要剥了人家衣裳。"

李江揉揉红红的眼睛，咳嗽一声，手拨拨空气中的烟雾说："咱们哪，不管东西南北风，搞好自己的创作是关键。作家嘛，拿作品说话，不拿脸蛋哄人。你诗外的功夫到了，还愁获不了奖？你看今年我也参赛了，没有获奖，我回去思考的是'为什么'。不是我不认识省主席，是我自己水平不够，文章质量不高，这样想心里就平复了，干劲儿就上来了。埋头创作，还怕出不了头？我最近就在写一个长篇。"

"李主席是在创作那部《伤逝》吗？我五年前听您说过。"A说。

"不是，那个写废了，现在写的另一部。"李江又揉了揉眼，眼睛更红了。大家都举起茶杯，祝贺李主席又有佳作将出。李江挡开大家的敬茶说："今天到此为止吧，作协还有些事，我和老郭商量一下。"大家轰的散了。

李江把窗户打开，空调调到放风强档。"你不抽烟，看把你呛得。"我说习惯了，主席你交代事就好。李江又把窗户闭严，窗帘遮上，给服务员说："不叫不要进来，我们安静说说话。"服务员关了茶屋门，李江才说，"老郭，我有事请你老帮忙。"

李江说他去安里讲课，本来说好的讲课费五千，可半天讲完，组织方却只给了三千，他和组织方争了几句，那边说他是讹诈。"怎么能是讹诈呢？知识也是钱，他们应该给我报酬。"李江给我摊开双手，"你知道，我立志要让知识值钱的。"

"不要了，朱自清还不为三斗米折腰呢，权当做了一次公益。"我劝。

"那他得先有三斗米——不是这么简单，他们已经把我告下了。"

"告到哪儿了？"

"市委宣传部，还是实名的。"

我大呼不好，这真的有些麻烦，钱是小事，名声可就坏了。

"你说咋办？"我问李江。他这人我了解，能说出来的事，基本上也有了处理办法。

"我想这样，把三千块钱退了，再给他五千，叫他把告状信撤了。臊人脸皮啊！"李江说。

"可是信已经到宣传部了啊！"

"让他说把人告错了，讲座请的不是我。"

"这不是打自己嘴巴吗？宣传部的人也不是傻瓜。"

"民不告官不究嘛。"

"那你把钱给他不就完了？"

"这个我抹不开脸。"李江说完，又揉眼睛，这下我知道他为什么红

眼睛了。

李江拿出手机，里面有告状人的地址电话，还有一张照片。

我看照片，很眼熟，却想不起来是谁，华贵安这个名字也很陌生。

李江拿出一万元塞给我。

"不是五千吗？"

"你就按一万办，让他撤告。"李江紧紧握住我的手。

下午打电话接通华贵安，说了几句话我听出来，他就是作协换届时检举何涛的那个人，那个声音我印象深刻。这让我更加吃惊。

"我不要钱，他和我翻脸，我就旧账新账一起算。"华贵安笑嘻嘻的声音。

"您看，现在坐车要钱，请客要钱，讲课要钱，当然撤告也要钱。您开个价？"

"说过我不要钱。"

"三千退了，再给三千可以吗？"我给自己留了台阶，对难缠的人不能一步到位。

"三千？哈哈，我给了他五千，我不缺钱。"

"那为什么？"我糊涂了，李江要的是五千，五千给了，怎么还会有纠纷呢？

"他没有兑现他的诺言。"

"什么诺言？"我意识到事情可能并不简单。

"我替他告何涛时就说好的。"

我身上冒冷汗了。

"我只要作协一个理事，现在过去快两年了，一点儿动静都没有，有这么敷衍我的吗？"

原来如此！

我也不想参与这件事了。那天拜访何涛副主席的情形历历在目。

"他主席当得可是优哉游哉,要名有名,要利有利。"

"您可以拒绝给他钱的。"我不明白,既然有这层"关系",华贵安完全可以"要求"李江。

"在没有实现目标之前,谁不是抱着侥幸的期望?可是他矢口否认我们之间的君子协定。"

"您确实没有任何证据。"我被逗笑了。

"但我可以以彼之道还施彼身。"华贵安又嘻嘻笑起来,电话里他的语气很轻松。

我觉得我得换种策略。

"告倒他您有什么好处?"

"解气啊!"

"解完气呢?"

"……"电话那头不笑了。

"如果您信任我,我可以说服他,满足您的愿望。"

"我为什么要信任你?"

"您当然可以不信,您是聪明人。"我挂了电话。

果然,不多时华贵安回拨了电话。

"我答应你。"

"谢谢您的信任。撤告的条件是什么?"我相信他不会仅仅因一句口头承诺就对我信任。

"外加一万元。"这次华贵安很干脆。

"我先给五千,事成后再付五千。"

"行,事成之后再付五千。"他又重复了一遍。我相信他电话在录音,就像我正在做的事一样。

两天后,我又手机支付了五千。

不几天,李江兴奋地电话告诉我,华贵安撤告了,被宣传部狠狠教训

了一顿，当然，下次作协会议他会兑现自己的承诺。

"老郭，我总能逢凶化吉，你是我的福星啊。那一万块钱就当封口费，你留着，把庄园收拾得好好的，我要来喝酒。"

"哪个一万块？"我问。

"华贵安说，钱他不要，只要作协理事。"

七

才不过在城里逗留了几天，回到庄园，大门上的对联不知道让哪个熊孩子破坏了，"不染尘"被刀子割得五麻六道，"能容物"也涂满了泥浆。这当然是小孩子的调皮成果，他们只能够到下面这个地方。

厅堂里的坑早已填平，我日夜埋首于那堆毛边纸。偏偏那些生僻的古字好生难辨，我要看一行，查半天的字典。好几本字典摊在案头，一会儿翻这本，一会儿翻那本，最终把这些字拼成行，翻译成现在的语言，这种繁琐枯燥甚至乏味的重复让我几欲放弃，但毛边纸里的内容却牢牢吸引着我，让我欲罢不能，急切想知道审讯官的手段和郭为的下场。

狠毒的审讯啊！可怜的郭为啊！看着翻译出的内容，我为前者发狠，为后者哀叹。其实他们都是多么不易啊，就像我庄园门上挂的这一副对联，木刻了漆染了高高悬起，仍然免不了野孩子的糟蹋。

他们的命运真是天定的吗？

我仔细研究着这份笔录，想搞清楚到底是什么年代的事，从"稍早"那些词语看，似乎发生在一夫一妻制确立之后，但很快，"穿长衫、连坐、毛边纸"，许多字的古怪写法，又提醒我它像是发生在很久以前。而郭为身上的那些事体，似乎又是在眼前。这样的疑问如同审讯双方的命运一样令我难以解释，弄得我头晕脑胀。

审讯的内容并没有"戛然而止"，后面还有一厚沓，但我不断地翻动，即便是小心翼翼，毛边纸却风化得如此之快，它们已经碎烂成泥。我用镊子屡次三番想把它们复原，但哪里做得到呢，它们像一堆沙粒般躺在面前，最终我只能放弃。我不知道郭为的结局，也不知道审讯官的后事。他们是清晰的谜，谜底就在眼前，却粉碎了无从解开。

日子像水一样，缓慢而坚定地流走，我在庄园里几经努力，最终无功而返，即就是已经翻译过的那些毛边纸，在我想塑封成册时，也一并碎烂了，我只能把它们塞回盒子。

盒子怎么办？埋回厅堂吗？那里已经填平了。放在其他地方吗？可是它本有来处，这让我左右为难。

每天进出门口，那副木刻对联日益难看。某日，我把它们卸下，截掉了下面被野孩子弄坏的三个字。重新挂上，对联上边满满当当，下面空空荡荡，难看极了，只好重又卸下。可是这么漂亮的庄园，文人雅士聚集的胜地，又怎能没有对联呢？我把剩下的字一个个锯开，选择了还算鲜艳的两个，一边一字悬挂起来。新挂的对联在风中叮当作响。

剩下的残字剩牍拢在一起，用那毛边纸碎屑点燃付之一炬。审讯稿袅袅成烟消失在茫茫空里。我想，这是它们应该的归宿吧，我一点儿也不为此祈祷。

生天

要不是老娘突然瘫痪，华贵安会一如既往地过着安享晚年的悠闲生活。早晨起来，给自己煮两颗鸡蛋，热三两牛奶，就着小菜吃完，提一笼鸟往树枝上一挂，去城墙根儿打打太极，偶尔被一群老太太拉住，跳几圈广场舞。女人们跳完，或坐或立，拉家常谝闲传。看看时间不早，散摊买菜去，一个早晨也就打发了。

华贵安已经习惯了西安的生活。省会城市里有太多的热闹去处。古玩市场上各种各样没有见过的玩意儿，走走看看，能消磨掉一天的时间。花鸟市场各种鸟儿叽叽喳喳，比老家林子里的种类多多了，光鸟名儿都要记半天。华贵安刚来的时候不太愿意出门。不是不喜欢，是自己一口小地方的方言，羞臊得不敢。本来就是给女儿看孩子来的，出不出去有什么重要呢？慢慢外孙子大了上学去，他闲了下来。远在中山工作的儿子生了二孩，老伴儿去看娃，他回老家是孤家寡人，加之女儿丽娟一再挽留，他便住了下来。可是尽管女儿家房子大，他也憋得慌，没有老家天地大，脚一迈就是蓝天绿野。

"爸，你出去走走，人家打拳呢，你可以跟着学，人家跳舞呢，你可以看热闹。"女儿说。

华贵安偷偷跟着电视学说普通话，学了一段，觉得差不多了才到城墙根儿去，那里是老年人聚集地。城墙根儿的老人眼尖，一眼瞅出他是"新人"，都招呼他。他很顺利加入了太极拳行列。这边大爷们打拳，那边大妈们跳舞，大妈们不甘寂寞，专门拉几个男人活跃气氛，华贵安零零星星学会了几段广场舞。每天来回，路上寂寞，又买了只画眉，提着笼子说话着来去，情趣多了。

女儿女婿工作忙，怕累着父亲，孩子刚能住校，就办了住校手续，仅周末回来两天。这下华贵安更悠闲了。

"爸，你吃啥告诉我，我买好回来。"

"我都有，不用。"他有大把的时间买东西。

其实有啥买啊，各种吃的家里有，褂子裤子有，现在朋友圈也有了，啥也不缺了。十年过去，华贵安习惯了城里的日子，自己和画眉，优哉游哉。他的生活很规律，早点，洗涮，出门，打拳，说笑，回家做饭，洗涮，睡午觉，看电视，做晚饭……

晚上，丽娟回来，有时看见他闷闷不乐，会问："爸是不是和我们住不习惯？"

"谁没有个心情不好的时候啊，没啥。"

"我们那套新房闲着也是闲着，你要是觉着和我们一起不方便，住那边也行。"女儿安慰道。

"挣钱不容易，新房你们放着还不如租出去收点房租。"

"不缺那点，钱贬值快，一万元放银行，到头来购买力剩不下九千。买了房能升值，买时八千，一年百分之一二十地涨。"

"房不住人旧得快，还遭贼。"

"就那几件家具，能偷个啥？再说，咱也装上了微型摄像头，能监控。"

"咱们住这边，那边房子咋监控？"

"和手机连着呐，随时能看。"

女儿和女婿关上门忙去了，华贵安一个人坐在客厅沙发里看电视，他最爱的是秦腔，花旦唱，他跟着哼哼；花脸吼，他拍着大腿打拍子。没有秦腔的时候，乱翻台。看见不合心意的，也嘟嘟囔囔，免不了第二天和拳友舞友们用自己醋熘的普通话发牢骚。他偶尔和老伴儿通个电话，聊孙子还好，说生活常常会争执，老两口之间没深浅，说着说着就恼了。撂了电话，他又安慰自己，没负担，这不就是幸福的晚年吗，还要求啥？就去逗画眉，收拾笼子里的鸟屎，把笼子擦洗得一尘不染。

华贵安接到老家的电话时正在睡午觉，迷迷糊糊中他不情不愿地接通，里边急吼吼地说："快回来，你妈摔倒了。"华贵安这才意识到，自己半年多没回过老家了。

老娘养了两儿两女，如果不是国家强行计划生育，说不定还会有老五老六。老两口给两个儿子娶了媳妇，两个女儿嫁出去，老四华贵安媳妇过门的第二年，老爹撒手走了。老太太给老大抱孩子，抱大了给两个女儿抱。轮到给华贵安的时候，老太太实在抱不动了。现在四个子女都随自己的子女进了城，老太太一个人留在老家，守着一院房子几亩地。

女儿曾经说："妈，你也进城吧。"

"乡里路平，眼宽。"老太太哪儿也不去。

"这么大年龄，别干活了。"华贵安劝。

"农村人，不种地遭人骂。"

劝不动，大家只好歇了心思。老太太精神好，也能照顾自己。子女们逢年过节回去看看，节完，各回各家。太阳从早到晚来回从门口扫过，老太太的影子拉得越来越长。她偶尔会到城里去，只去儿子家。她认定了女儿是人家的人，儿子才是自己的人。大儿子和大孙子住，四室两厅。华贵安和闺女住，三室两厅。但不论去哪个儿子家，她都住不过一周。没有谁不让她住，但她觉得自己是个过时的人。她的床铺很多余。

说怪不怪，这天一大早老太太特别想看看自己的麦地，麦子黄了，颗粒饱满。还有什么草啊，拔节前都除过薅过，全是麦苗。她托人买了化肥，一把一把撒进去，现在肥力全进了麦穗。灌过的水成了浆长成了粉。天时好，眼看着丰收在望，老太太就想到地头转转。麦芒金晃晃的，手一摸，刺啦刺啦的让人欢喜。看了一圈，往回转的时候屁股上一阵疼，就倒在了垄坎上，倒下去的瞬间腰垫在硬土上，还没有来得及挣扎，就窝进坎下了。

麦子成熟靠太阳，太阳越大，麦穗越结实。这时节地里没有活，人很少到地里去熬太阳，收割季就要来了，睡觉养精神是头等大事。放牛的大早上把牛拴在草料丰美的坡上，回家睡觉，夜幕快下来，天凉些再去牵回。

老太太就是被牵牛的老乡发现的。

"快回家，你妈差点叫大太阳溻死了。"老乡在电话里说。华贵安给画眉装了食，添了水，换了新衣服去赶车，回到家，老太太已经动不了了。

股骨头坏死，腰上神经也伤了。"估计恢复不了了。"医生说，"保守治疗还是动手术，你们决定。"

华贵安给大哥打电话。大哥说："你在跟前，你定。"大哥也在西安，华贵安听出大哥话里有气，想必是自己走时没有先打个电话，赶忙说："一直是大哥当家，还得大哥做主。"大哥说："我明天回来。"

华贵安给老太太买了碗面，放在床头。老太太挂着吊针，一直在昏睡。药水滴答滴答，华贵安坐着无聊，自己去吃饭，又买了些水果。放一天，那碗面成了一团，倒了。

老大回来进了病房，俯身侧耳听，老太太嘶啦嘶啦地呼吸。老大骂道："都要收割了，看啥麦嘛？"坐在床边凳子上，嘴里哂上烟。华贵安说："这里不能抽烟。"老大说："一个人，没啥事，我在强强家从来都不避人的。"强强是他儿子。

"咋办？"华贵安问。

"要不咱到西安治？"

"医生说也可以保守治疗的。"

"就是挂针、吃药？"

"嗯。"

"现在不能走，路上出了事咋办？人不能老在外面。"老大说。

弟兄俩叹了一阵气，决定先在县城医院治疗，等人灵醒了，再把老太太盘到西安去。

"到西安住哪儿啊？"

"丽娟不是有套房空着吗？"

"房是有，但里面是空的。"华贵安本来想说强强家四室两厅来着，没有说出口。

"住在那儿，咱们照顾也方便，就不干扰小的们了。"

"只好这样了。"

华贵安到楼下给丽娟打电话，丽娟倒是满口答应："住啊住啊，你们都可以住里面，省得跑来跑去。"

"那房钱咋算？"华贵安问。

"我婆，要啥钱。"

半个月后，出院，强强开车把老太太拉到了丽娟的空房里。老太太一间，又收拾了另一间给照顾的人住。弟兄俩说好了，一人一个月。

华贵安煮了四颗鸡蛋，热了半斤奶，分成两份，一份端给老太太，一份自己吃。华贵安把老太太抱起来，腰下垫了枕头靠在床头。老太太的胳膊勉强能抬起来，鸡蛋剥了皮，蛋黄颤巍巍的，喝奶，碗也颤巍巍的。蛋黄碎末滚下来，一只手去衣襟里摸，半天找不出来。奶洒了，流进脖子里去。华贵安扯一绺儿卫生纸，给垫在脖子下面。吃完，华贵安去抱，想把老太太溜进被窝，老太太不让。

"我坐坐。"她说，有气没力的。

"坐着不疼吗？"华贵安问。

"疼，还是靠一会儿。"

华贵安出去，嘭嘭磕破鸡蛋，吃自己的那一份，咸菜嚼得嘎嘣嘎嘣的。洗完碗，老太太还坐着，他问："中午你想吃啥？"

"不想吃。"老太太说。

"咋能不吃呢？"

"唉，想着麦收了，磨了面，给你哥一袋，你一袋，强强一袋，丽娟一袋。"

"现在谁缺吃的？"

"买的哪有我种的放心。"

"城里人都吃关中的面，筋道。老家的面是糟的。"

老太太拄着胳膊把自己往起拾了拾。

"你还是躺下吧。"

老太太喘气，嘴一张一合的，唇色有些发紫，起了白皮。

"唉，后悔啊！"

"后悔啥？"

"我没给丽娟看娃。"

"我看了。"

"我给孙娃们缝了衣裳，一人一件。"

"啊？"华贵安扑哧笑了，"他们都是买衣服穿。"

"眼花了，缝得慢，还有两件就好了。"老太太说。

华贵安把手机划开，那里面丽娟给他下载了好多秦腔。点开一个，锣鼓响起来。

"你们小的时候，都是一件褂褂穿到底，穿成烂索索。现在一人一件。"老太太看华贵安玩手机。

"给强强娃的，是黄绸子的；丽娟娃的，是绿绸子的。"

不好听，华贵安点开另一个秦腔折子戏。

"想给你们也缝一件，你哥肯定不要的。"

"我也不要。"

"我给重孙娃们缝，他们不会嫌弃。"

华贵安又笑了。他走出卧室，回自己的房间。躺下，把手机声音调大。这个屋里还没有电视。

他把窗帘拉上，房子暗下来，睡午觉。

一觉醒来，想是晚上了吧，拉开窗帘，外面还亮得很，打开窗户，楼下的嘈杂闯进来，他趴在窗台上听。分明听见了，谁说什么，却一句也听不清。汽车来来往往，阳光很大，阳台上热烘烘的。一只蚊子在飞。他拿了蝇拍追着打，直到墙上出现一团血迹。又拿了小刀，把那点血迹刮了，找了张砂纸把坑打平。

做好饭，端进去，老太太溜进了被窝，呼呼睡着。大热天的，他把被子往上抻抻，汗味没有，倒是一股尿骚味蹿出来。他从床底扯出尿盆，叫："妈，妈。"老太太醒过来。华贵安说："上厕所。"他上床把老太太抱起来，耷拉在床边，老太太哗哗的尿声响起，尿骚味更浓了。

华贵安把窗帘又往两边扯了扯。

老太太趴在床上特意搁着的凳子上吃饭，勺子往嘴里喂，一下不行再来一下。

窗外有鸟儿飞过，华贵安想起了自己的画眉。他顾不得吃饭，给丽娟拨通了电话。丽娟说她正在上班呢，走前给笼里放了食，加了水。正要问鸟想他了没，丽娟说鸟就是有点蔫，精神不旺。

"看，看，鸟想我了，养了两年了，咋能没感情呢。晚上回去，你把它放出来，让它在屋子里飞一飞，你要腾点时间，和它说说话，逗它玩玩。"

"知道啦，鸟儿吃好喝好，不会有事的。"

"咋能没事呢，以前我天天陪着它，突然我不在了，它不适应，会不安的。"

"爸，我知道了，回去就遛它。"丽娟笑着说。

过一会儿，华贵安又给丽娟打电话，说："要不你给我送过来吧，我实在不放心。"

"你别唠叨了，要是它没了，再去买一只。"

华贵安突然有些愤怒："你怎么说话呢，小可怜是有生命有感情的，我养了两年容易吗？它天天陪着我，走街串巷去城墙根儿，我打拳它唱歌，我回家它陪我说话，它是我的魂儿呢，你咋能这么说话？"

"好好，我正上班呢，晚上我陪它好好说话。"丽娟赶忙说。

放下电话，华贵安颇有些伤感，眼圈揉了几下都红了。看着远处，仿佛看见画眉飞了过来，伸手去接——它会停落在他手掌上，一下一下啄他的手指，啄一下，头灵活转动看他一眼——却是一只蚊子。他拿了蝇拍，忽然又把蝇拍放下，盯着蚊子飞。它飞到了窗帘上，它飞到了墙角，它飞到了桌面。飞着飞着，叮在了他手臂上，在一处凸起的血管停下来，腿一蹬一蹬，吸管扎进肉里去。华贵安感觉到一阵痒，忍着，看着蚊子肚子变红，变黑，鼓胀成一个小小的圆球。痒得受不了了，吹一口气。蚊子笨拙地飞起来，飞到一个角落看不见了。

天完全黑下了。

华贵安听到老太太在叫。他下了床却不见了鞋，伏身去找，原来是踢到床底下了，胳膊进去够不着。拿晾衣杆把鞋拨出来。

"我想喝水。"老太太说。

床头柜上的杯子空了。拿了去倒满端回来。老太太伸手碰一下又缩回去。"烫。"她怯怯地看了一眼华贵安。

华贵安拿碗和杯子对倒，水哗啦啦流过来，哗啦啦流过去。凉了递过去。老太太接水，手上尿骚味也飘上来。

"你又尿了？"

"你睡着了。"老太太嗫嚅，眼神飘到一边去。

华贵安从衣架上干布单中扯下来一条，叠了，一手环住老太太的腰，一手往屁股底下塞，老太太则手按着床往上使劲。换好，从床下摸出几条湿尿布，和换下的裤子一起扔进洗衣机。

洗衣机转动起来，轰隆隆，轰隆隆。

"贵安。"华贵安又似乎听见老太太在叫。他过去，老太太已经闭上眼睛了。继续洗衣服，又听见了叫声。过来，老太太真的睡着了。

轰隆隆，轰隆隆。

"贵安，贵安。"

华贵安专心地洗着衣服，每天有好多尿布要洗。

洗完，去阳台搭晾。一股大便的味道出来了。

"哗——"华贵安把窗户狠狠拉开，窗扇重重砸在窗框上。

"大哥，妈又拉了一床。你啥时候来换我啊？"华贵安经常会在收拾中给大哥汇报情况。

"强强叫我给他买一套沙发，我这几天忙得水都顾不上喝。"大哥气喘吁吁的。

"妈好像生褥疮了，气味很难闻。"华贵安说，他给老太太换裤子时看到的。

"换新膏药嘛，不止疼不行的。你再坚持几天，我很快来换你。"

华贵安把老太太翻过身，把旧膏药嗞地撕下来，新膏药贴上去，啪地手掌拍拍实，又把老太太翻回去。

老太太哎哟一声。

"不能不换啊，不然你更要呻唤了。"换完，华贵安回到自己房间，他点开秦腔，或者看丽娟发给他的画眉的视频。

"真是瘦了。"看着蹦蹦跳跳的画眉，华贵安深深叹口气。

老太太是昨天中午殁的，突然就落了气。"放心，我送走了好多人。

老太太走得很安详。"保姆凌燕说。她肯定的语气和安稳的神态,让所有人安心。是啊,七十九岁了,瘫痪了半年,这样走了,是解脱,是老太太的福气。

"老娘脸还肉乎乎的,张老汉死的时候身上都烂了。"老大说,张老汉是街坊,中风半身不遂,卧床三年瘦成了干柴棒,走的时候跟前连条狗都没有。

"谁说不是呢,老娘有吃有喝,还有一月四千块的保姆伺候着,值了。"华贵安把袖子挽起来,露出蚊子曾经叮咬过的胳膊,一边说,一边把嘴角的唾沫抹了抹。

老二把老三推一把:"姐你别伤心了,妈走得安宁,早死早托生。"

本来头耷拉着忍着,听这一说,老三眼泪下来了。大家都看扑哧扑哧吸溜鼻子的老三。老三像犯了错误一般,头埋进胳膊下面去,白孝布遮下来,肩头一下一下地抖。

"老太太留话没?"为缓解有些尴尬的气氛,老二问。

"啥都没说,慢慢气没了。很安详。"凌燕把"安详"两个字咬得很真切,这下大家更安心了,感激地看着保姆,他们经由她完成了母亲最后的时光。

老三在大家轮番安慰下,觉得继续哭有些不合时宜,跪到母亲相片前,焚香烧纸。烟雾里,母亲笑呵呵的,没牙的嘴在彩色相片上像是一个黑洞,黑洞里藏着很多模糊的日子。老三鼻子一酸又哭起来:"妈呀,才九天,你咋说走就走了呀?"

大家听她哭,纷纷到外面去。华贵安把哀乐调大了,老三的哭声被压下去。

保姆是上个月雇的。老大和华贵安已经各自照顾了三个月。

"强强事情缠身,你知道,他是公司总经理,哪件事情都要过手。"老大说,"孙娃马上中考,以前找人都能办上学,现在严了,学籍都进了

电脑，成绩网上公布，找谁都没用，只认成绩。我得给孙娃做饭管生活啊。"

也是，学校一会儿公开课，一会儿家长会，老师的电话打到强强那里，强强走不脱，就给父亲打电话。老大啥都得撂下，赶紧去学校。

"我也是忙啊。丽娟是女儿，泼出去的水，我是寄宿在女婿家。这人在屋檐下，哪有白吃白住的理。他们管我花销，给咱妈新房住，妈在屋里又拉又尿，人家都没说啥，钱一分也不要。但我心里慌啊，我不能占了便宜还要他们给我遛鸟。"

"你怎么不把鸟带到新房？一举两得。"

"哥这你就不知道了。我这鸟叫我惯的，吃要新鲜的活虫，住要干净的笼子，水要一天换三次，像老爷一样。别人伺候不了不说，环境还挑得厉害。有一次挂在树枝上，我打拳回来看它蔫不溜溜的，一问，是有个不懂事的给它喷了口烟。这才喷了一口，要是喷两口不就给熏死了吗？新房子里，老娘又是尿又是拉的，它咋受得了？"

大家都有事，商量来商量去，雇保姆，每月四千，弟兄俩分摊。意见达成，华贵安和老大都很上心地找保姆，托了好多人才找到了凌燕。一见面，人安静不多话，之前还照料过好几个老人，经验丰富，有力气，华贵安和老大很满意。

"工资不低，你要好好料理老太太。"老大叮咛。

"我会尽力的。你们忙去吧。"保姆满口答应。

"老人孤单，要和老太太多说话；一天多给捏捏胳膊抻抻腿，大小便后要擦洗干净；两个小时翻个身；她抓不住筷子了，你给喂；尿布勤换着，不要湿裤子。"华贵安细细嘱咐着。

"放一百个心吧，我很细心，你们肯定会感谢我的。"保姆频频点头，自信满满。

可是谁能料到，才九天，老太太就辞世了。

"我的妈呀——"从南京赶回来的老三扯着嗓子哭。

"妈呀——"老二也哭起来,她也是坐火车赶回来的,"你叫我照顾你几天你再走啊——"

"丽娟,去把你姑们劝劝。"姑娘哭丧是风俗,现代人眼泪少了,有些地方专门请人哭。丽娟哭不出来,看两个姑哭得凄惨,眼圈有些发红。听大伯发令,她便用孝布去捂姑的嘴。

"走,咱们商量红包的事。"

老大、华贵安和凌燕到了房间。

"我照顾了老太太九天。但是行有行规,保姆就是照顾一天也得开一月的钱。"凌燕说。

"那是,我们都知道这活不好干,钱没问题。我是说红包咋给你封?"

老大说的红包,是老太太离世要穿老衣,两个姑娘没在跟前,丽娟又不敢近身,保姆就给老太太洗净,梳了头,穿上了老人早已给自己备好的衣裳。这得答谢。

"这也有行规……"凌燕说。

"我知道,你说数字。"华贵安打断保姆的话头。

"两万。"

"穿个衣服就要两万?"老大瞪大眼睛,不相信自己的耳朵。

"是这样的,老衣是给死人穿的对不,有的事情我们能做,你们却做不了。"凌燕不急不慌。

"是啊。"

"死人的衣裳先得穿我身上对吧?"

是的,老衣是最后的体面,一般有九件或十一件,再穷的人都会给自己凑齐九件。富人肯定是十一件。老太太养了四个儿女,衣食丰足,给自己按最多准备的。给死人穿衣,先要一件件反穿在活人身上,捋顺理好,再穿给死者。

"我穿了老衣,是不是也'死'了一回?"

"这……"

"'死'一回才两万，多吗？"

最后谈妥，一万的红包，加放一挂鞭炮祛邪。"九天时间，挣一万四，不少了。"凌燕答应了。

放过鞭炮，凌燕掸去身上的纸屑，揣了红包。临走又说："谁都有老的时候呢。老人安详走的，无牵无挂，后辈肯定平安富贵。"一大家子人给凌燕行着注目礼，感激地看着她消失在人流里。

第二天就是火化的日子，大家商量好了，村里的地开发了好几波，原先的公用坟地荡然无存，父亲走得早，坟头被平，现在已经找不到具体位置；即便找着，也不可能在开发过的地块凿穴埋人。老家有一条河，村里人生于斯长于斯，是一家人的根脉所系，骨灰就撒到河里，让老太太魂魄留在老伴儿身边。

决定做出，老三又哭开了："娘啊，你活着没有享过一天福，死了都没有半厘容身地……"老大呵斥道："哭，哭，就你事多。你胡说啥哩？老娘我们养活着，是我和贵安缺她吃了，还是缺她穿了？水葬，也是响应国家号召，给娘和父亲团聚的机会。你觉得不好，你拿个主意！"

"少说一句吧，哥和贵安也是费了神了，娘在床上一瘫半年，一把屎一把尿的……"老二劝老三。

这天晚上，大家都睡在丧道里。有的睡了，有的偶尔焚纸。华贵安开了手机，把声音调到静音，看画眉在里面跳来蹦去。

手机一阵一阵地震。是丽娟打来了电话。

"你说啥？"他问，"杀人？你奶不是自然死的？"

呼啦一下子，大家都坐了起来。

"这是丽娟用来监控……"华贵安给大家介绍。

"是我监护奶奶的，当然也用来监控保姆。现在有些保姆虐待老人，我专门装了摄像头，没想到真起作用了。"丽娟抢过话头说。

丽娟把手机调至全屏。

凌燕提着一袋子菜开了门，脚步轻快，看得出来，她应该是哼着曲子进的门。凌燕在自己卧室换了睡衣，进了老太太房间。

丽娟切换了画面。

老太太躺在床上，眼睛看着摄像头的地方。可是，她在这里住了半年，并不知道房间里装了摄像头。凌燕自然更不知道了。凌燕走过去，给老太太喂已经凉了的白粥。

"她挺负责的啊。"老大说。

"别说话，往下看。"华贵安示意。

老太太呛了一下，饭喷出来，溅在了保姆脸上。凌燕把碗扔下，扇老太太。老太太想躲，可是耳光还是重重落在脸上。

"我可怜的娘呀——"老三又哭了。

"憋住，别哭。"老二阻止。

凌燕跑出去，拿了一条毛巾贴上老太太的脸，毛巾显然是湿的，可以清楚看见，老太太把毛巾吸进呼起。老太太的手伸上来想揭掉，凌燕把老太太双手捉住，摁下去，老太太浑身开始抖，挣扎。

"还要看吗？"丽娟点了暂停。

"看，这千刀万剐的保姆！"老二骂。

"看着老老实实，谁知道是这样的蛇蝎心肠。"华贵安也骂。

老太太不动了，凌燕把毛巾揭下来，打电话。

"他给谁打电话？是给同伙吗？"老三问。

"别说话，继续看。"

"她一定有同伙，她毕竟是一个女人。"老三继续说。

"女人就不会杀人了？"老二回。

"人都会。我奶本来可以活下来的。"丽娟意味深长地说。不过大家的情绪都集中在那条毛巾上，没有谁注意她的语气。

有个男人进了门。

"大哥？"老三喊出声来。

老大和保姆交流着什么，完了，走到床前。

"我咋了？我杀了老娘吗？丽娟你是什么意思？"老大要来夺手机。

"谁说你杀人了？"丽娟站起来，把手机背在身后。

"我告诉你们，保姆给我打了电话，说娘病得很厉害，气上不来，叫我去看看，我还看出罪过来了？"

老大看老太太，老太太的被子轻微起伏着，他似乎叫了几声，似乎也没有应答。老大转身走了出去。

"不救人，你要干什么？"华贵安盯着老大。

"我要干什么？我叫医生！我能干什么？你们这都是什么意思？"老大要吃人的样子。

"大哥，我一直以你为榜样。"老三抹掉眼泪，冷冷地说。

"别看了，老娘马上要火化了，入土为安。她都死了，你们还想再折腾吗？"老二说，"丽娟，你把录像销毁了，这是家丑。"

"你给哪个医生打电话了，大哥？当时娘还活着。"华贵安不依不饶。

"我打电话叫了老二。"老大说，"自从娘病了，老二没回来过，我想叫她见娘一面。"

"二姐！"老三叫。老二背身站着。

"我做生意要挣生活费，店铺开门走不脱。离得远，这一来一回都是花销。我知道，我早该回来看看妈，她在难中。"老二哭了。

"谁不是挣生活？你以为自己就是泼出去的水，油水不沾？"老三说。

"我不是吗？你不也是吗？"老二转过身，瞪着眼睛，可是她没有看向任何一个人，眼神空洞得怕人。

老大转回来，把耳朵贴在老太太的嘴唇边，他听着，然后从镜头里消失了。

"娘说话了吗？说了什么？"华贵安问。他想起来，老太太一直种着地，她给自己准备了十一件老衣，临终她总得交代点什么。

"说了，她说自己活够了。"老大说。

老二进了门，她坐在床边，手伸进被窝，很快抽了出来。她把头侧向老太太。

"我婆告诉你什么了？"丽娟问。

"我不想说。"

"快说！"

"她说，一人一件绸褂子，给子孙们的，在箱子里。"

"娘啊，我的娘啊！"老三扯开了嗓子。

"你，大哥，你没有叫医生，你看着娘咽气也不救她！"华贵安咬牙切齿。

"如果保姆把电话打给你，你会怎么做，老四？"老大冷冷地看着华贵安。

"我肯定要救娘，就像我第一个赶回村里一样。"

"是吗？你看过监控吗？这个专门监护老娘病情的监控？"

"当然看，我只是没有看到这一幕。"

"你天天玩手机，你当然看，可是你看的是你的画眉。我没有说错吧？"

"你——"华贵安想发火，但没有发出来，画眉跳得很欢快。

"娘啊！"老三的哭声又起来了。

"三姑，我婆给你孙子也做了绸褂子。"丽娟说，"尽管她不知道你孙子现在多重多高。"

"我孙子好歹去了美国，用不上了。你女儿就没有吗？她可是上了初三的大姑娘了。"老三怼丽娟，她不哭了。

老二从房里出去，她和保姆说着话，保姆送她出了门。

屋子里一片死寂。

老太太动了一下，又动了一下。她甚至挥动了一下手臂。

毛巾滴答着水，保姆走过来，重新把毛巾盖上老太太的脸。她跨到床上去，坐上老太太的胸脯，坐下来的时候，老太太的胸脯一下子塌下去，深陷进床垫里去。老太太深深出了一口气，毛巾鼓起一个包。背坐过了，保姆转过身骑着，在老太太胸膛上来下去地压，压一下，毛巾就鼓一次包。

保姆累了，捡起床边的扇子扇起来。扇着扇着，毛巾再也没有鼓包，永远地塌下来，粘在老太太干瘪的脸上，仿佛她的脸本来就是一片薄薄的毛巾。

保姆拿起了电话，笑着出了房门。

手机还在播放着。房间里半点动静都没有。录像一直在走，画面却似乎是一张照片的屏保，一动不动。

良久，不知谁喊了一声："保姆杀人了，保姆杀人了，告她个杀人犯。"一瞬间，"告她"的声音吼成了一片。

老太太就是保姆杀死的，要她赔钱，要她坐牢，要她偿命。大家争先恐后地表达着对保姆的愤怒，个个义愤填膺，如果面前有刀，肯定会千刀万剐那个人面兽心的凌燕。

骂累了，大家才都疲乏地睡下。

华贵安一觉醒来，太阳掀开了云缝，天马上亮了。哀乐早停了，香灰也已冰冷。看看丧道，大家仍沉沉睡着，嘴脸遮在孝布下。

"起床喽。"他喊道。

变形的别针

  高平常是偶然发现这个秘密的。尽管朋友笑话他,高中就学过,可是在高平常记忆里,这是第一次真切看到。这令他惊异。生活早已改变了模样,记忆模糊得如同塑料膜罩上了雾气。

  高平常盯着这只炉子。妻子麦子说:"你的裤子脏了,头发乱了,身上的气味也发臭了。"而高平常看到麦子脸上脂粉厚了,个子矮了,屁股也不再是蜜桃臀。他们迎着风,头发交织又分开,纷乱成街边法国梧桐的落叶。油盐酱醋的味道乱窜,她的身体穿梭成变形的别针,再也别不住诗样的日子,规整不出她的心思了。

  高平常还窝在床上,麦子已早早起了,水壶坐在插电底座上,打着灶头的火,拧到最小,两袋牛奶扔进锅,夹着布袋出了门。她去买菜,两毛钱一个的袋子有点贵,布袋子耐用又省钱。一个个商贩们吆喝着,问她要什么。她不吱声,眼珠子骨碌碌地扫。青菜湿漉漉的,水洒多了;莲藕净是净,用泥水涮的;花菜包得太紧,显然行距太近化肥也给得过足。这些她一眼就能看出来。

  瞅好了才心不在焉地问价:"三块五吗?那个呢?四块一?好贵啊。

三块三行不？要那个可以四块？好，那就那个。"四块一的菜才是她真正要买的，砍的价钱正合心意。

到家，开水倒满三个杯子，不多不少一滴不剩。家里没有暖水瓶，从不需要。

"起床了，起床了。丽丽你赶紧，免得迟到了又挨老师批。"

"哎哎，看你，还在床上抽烟，早上吸烟对人危害多大不知道吗？"

"水温了，喝水才有益身体健康。"

锅和铲子碰撞出叮叮当当的声音，两个小菜摆上桌，早餐就好了。高平常和丽丽洗漱过，围桌吃饭。卫生间归了她。刷牙洗脸梳头发，牙膏叫黑妹，和她的脸色差不多；毛巾是三纺厂的外贸品，价钱便宜质量还好。头发扎马尾，一根皮筋就成，方便。街上看到美女波浪发漂亮，偶尔也会咬咬牙做一次头，在梳头时，心疼比发型的新颖还多。热水把手掌暖了，雪花膏挤出来涂抹脸上啪啪啪地拍，生怕有一丝儿没有吸收完全。等到出门，厨房里的油烟裹进了风衣。从上班人流里穿过，一股淡淡的廉价雪花膏味儿。

下班，把门口丢乱的鞋拾上鞋架，外衣一挂，套上趿拉板儿拖地。卧室、阳台、客厅、储物间。厨房不用，做饭后会细细地擦，油烟机、洗碗池、灶面板。案板晾上墙，抹布展开在锅盖上。弄完，自己的茶凉了，趁高平常的热茶喝一口。要是周末，她会爬上凳子，身子探到窗外去，刺啦刺啦擦玻璃。抹布不行，洗窗器也不行，揉皱的报纸最厉害，尤其是那种毛边纸，越擦玻璃越亮。几张报纸搞定二十六块玻璃一点儿问题没有。

小件随手洗了。一月总有两天要全天开动洗衣机的。枕巾被罩、坐垫遮布、开关围手，甚至浴巾和浴帽也难逃被洗衣粉水淘洗的命运。最后是擦立柜、桌凳、门扇、床几的抹布和门口的脚垫。

终于在某天，她有了新的发现：平常那片花圃，玫瑰花根烂了，物业把它砍掉了，地儿空了下来。如果种上菜呢？她果真骑着电动车买回菜籽儿撒了进去。天气暖和了，那些菜籽儿一些被鸟吃掉，剩下的都发了芽，到了初夏，更是蓬勃出一片浓郁的绿。菠菜、蒜苗、小青菜、莴苣。那些绿一方一方地各自拼争着旺盛，把她的脸色映得油光光的。她说，我不用化肥农药，你看这虫眼，这是我满院子捡的猫狗粪便壮出来的，有机蔬菜。她炒了各种菜肴端上桌，看高平常和孩子吧唧吧唧有滋有味地嚼。莴苣拔了，撇去黄叶捆成小捆，给楼上楼下的邻居送。在家的她递到他们手上，不在家的她套上塑料袋放在门口。

"谁家的？谁放的？"邻居楼道里莫名喊。

"麦子种的，麦子送的。"麦子隔门听着这简单问答偷偷笑了，高平常撇着嘴，茶水洒了一地。

麦子很享受发工资的日子，那天她可以检阅一个月来自己的收获。整的、零的，她把那一沓钞票数了又数，将自己大衣和裤兜、包包和钱夹都翻开来，得出一个总额。数完，不忘问一句："你的呢？"然后把高平常的工资再做一遍功课。

"这是你的烟钱，这是孩子的课时费，这是停车费，物业费，水电费，生活费。要不把有线电视停了？你喜欢的体育搏击手机就可以解决，我不看，孩子不能看，浪费。余的钱存了吧，是存定期呢还是存活期？"她脸上喜滋滋地泛着光芒，仿佛年终发奖。"确实，等到年终奖发了，我们今年就存到五万了，是先买房呢还是先买车？"后又补充说，"你看抽烟有什么好呢，伤肺，污染空气，报纸上说了，女人的癌症大部分是油烟和二手烟害的。你不要害我了，把烟戒了吧。"

用卡发工资以后，麦子失落了很长时间，仿佛生活缺了一道重要工序。

麦子周末必须外出。她跨上电动车，手戳进长长的皮袖筒载着丽丽去上课。她深信积少成多笨鸟先飞。孩子的学业是孩子的命，也是她的命，学霸不是天生的，是沙粒堆成的丘。孩子上课，她就候在教室外面的台阶上。这时候她不能做什么，便拿出一本书翻着。可是又怎么看得进去呢，孩子的成绩不时闯进脑海，把书中的情节扰乱，把那些精彩的人物涂抹得

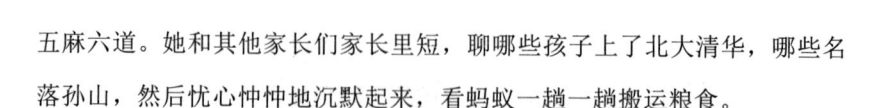

五麻六道。她和其他家长们家长里短，聊哪些孩子上了北大清华，哪些名落孙山，然后忧心忡忡地沉默起来，看蚂蚁一趟一趟搬运粮食。

高平常看着麦子进进出出，像看见自己的掌纹似的清晰却了无印象。他把茶杯放下，味觉涩涩苦苦总觉得少了点什么。街上车水马龙美女成群，偎红依翠卿卿我我你侬我侬。三十岁的麦子脸色黄了衣服淡了。他们之间不再谈简·爱、斯嘉丽和埃及艳后了。他们一个拨拉着手机看拳手你打我我打你，一个弓着背拖把在地板上划来划去。

晚上，好不容易停了下来躺在身边，高平常把她拢住，一股体香通过肢体从膝盖爬向全身。她很不耐烦地说："累了呢，几十岁的人了，明早还要上班，睡吧。"高平常的手加大了力度，她却紧闭了眼睛，懒散地应付差事。高平常兴头正盛，她已响起淡淡的呼噜声，把夜晚吆喝得幽深而忧伤。

少了什么？高平常问自己。

高平常点燃一根烟，在麦子半梦半醒的呓语里想谷粒。

"姐夫，这么晚了唱歌蹦迪，现在又把我领进宾馆，姐姐知道吗？"谷粒紫紫的嘴唇一张一合，夜染得五彩斑斓。收银小姐姐惊奇的目光令高平常脸上发烫。领班也凑过来，高平常更加浑身燥热。谷粒暧昧地盯着高平常，又甜甜地叫了一声姐夫，清晰而亲密。对于恋人的新奇玩笑，高平常心领神会，说："你姐出差了。"他们在小姐姐和领班讶异羡慕抑或鄙夷的注视下款款而去。房间里她说，为什么不拍下来呢？高平常拿出相机，拍她的护士服、薄纱装。高平常听见自己骨骼咔咔作响，红日越烧越旺，然后大地与天空融合为一体。海水湛蓝广阔，澎湃着，淹没了夜晚的斑斓。

"我们去喝咖啡。那边有法国人开的店，哥哥帅，咖啡味道也浓郁。"谷粒说。谷粒的长筒靴把街道踩得凌乱而有诗意。灯笼一样的马裤里兜着风和春色。高平常坐定，一只小盘子摆上来。几瓣橘子和两粒草莓渲染出唐诗般的美丽。她给高平常喂，高平常给她喂。她的嘴唇闭合着，挡不住皓齿切碎草莓的清脆。杯子如凝脂，薄薄的胎上覆着明亮细腻的瓷，维纳斯的断臂恰好够两根手指拿捏。维纳斯面庞里多了个美人。

"拿铁，现磨的。"面上浮沫的一个笑脸对着高平常微笑。

她的是一个爱心，半月似的让人心醉。谷粒荡着勺子，一丁点儿一丁点儿地刮，从周围到中间，生怕勺子碰碎了法国帅哥精妙的手艺。窗外，花丛团团，疏中带密，有蝴蝶翩翩，一只蜜蜂过来落在蕊中，扇动翅膀和蝴蝶斗美。日子是一首歌，慢板的歌，过不尽的绝伦。

他们徜徉在甘南的草原上，大片大片的格桑花点缀在广袤无垠的绿草地上。

"我们好奢侈啊，一人一匹马。"

"你过来。"她命令道。

高平常跨上去贴在她背后。她的身体温热，有股雅致的香。枣红马奔驰起来，她叫着喊着。

"拉紧缰绳，腿夹马肚子。"高平常说。

她的头发缭绕起来，盖过高平常的脸庞，盖住耳边呼呼的风声。格桑碎碎的花和红的黄的颜色，调和成一绺儿一绺儿的彩带，向天边延展。高平常想起国庆天安门上空表演飞机的绚丽拉烟。

"你来试试。"她把车开上草原。

"我不敢。"

"没人，随便开。"高平常握住方向盘，车子在草原上颠簸着飙起来。

"这就叫兜风。"

她的墨镜里有高平常惊慌的表情，但很快无措没有了，只有高平常和她的高声欢呼在草原上回荡。吃草的马儿看过来。洞中的兔子跑出来。老鼠胡乱地逃窜。

"我想写小说。"

"当然你要写，写什么？"

"你是我的主角。"

"如果我不同意呢？"

"那我当主角。"

她趴在桌子上，没日没夜地写。

一厚沓的稿纸递给高平常："你读，会哭吗？"

高平常笑得很灿烂。

小说里是人间四月天，芳菲冬天也不凋零，凄惨的深秋落英缤纷原野萧瑟，但临近黄昏青黛的山后，是浩瀚无际的晚霞，半江瑟瑟半江红，渔舟牧歌，竹笛声声。高平常怎么会哭呢。谷粒伸展四肢，黏着他看青山隐隐，听松涛阵阵。

"我美吗？"她问。

"我想这样一辈子。"高平常答。

高平常不记得自己和谷粒为什么分开，就像不记得自己和麦子为什么结合一样。生活有什么逻辑呢？这种凌乱念想把夜拉得更加悠长难耐。

应该是谷粒嘴角不经意的一丝傲慢？或者是她从来不曾出让的付账权？"为什么不呢，难道你愿意做钱的奴隶？飞机票！"她说。他要买火车票，风景未必在终点，动情的眼眸里，火车奔驰的沿途都是。她却已经买了机票。如家、汉庭为什么不能住，非要住五星级的国际酒店？就因为那里的马桶也配有潺湲的音乐？

"单间，大床，送两份夜宵！"她对着前台服务员一字一顿，嘴角平直紧抿。高平常听出了惯有的霸道，墨镜里映射着他眼睑耷拉下来的无奈。

"我炒股，你也炒吧。"她给他看红红绿绿的股票走势图，摇着他的胳膊像荡秋千。

"没时间，我每天有很多工作。"高平常悄悄扯开胳臂。

袖子上沾了水，一时却甩不干。他知道她有朋友在证券公司做基金经理，她和闺蜜经常约那朋友出去喝咖啡。

"最近我们可能做某某股票。"

"那只股票已经过时了。"

她清晰地抓住基金经理有意无意的话语核心，操作上按图索骥。

"你不是没时间，是没资金吧？"她眼神狡黠看破玄机，给他递过来一张卡，"密码是我的生日，就当是我对你的投资。"

他脸红胀起来，望向远方。一只蜂落在他眼角，又飞走了，似乎蜇了一下，锥刺般疼。他不明白自己怎么忽然就成了她的投资。他不像她，不是官二代富二代，只是个公司小职员。

"不要，不会玩。"他拒绝。

"你傻得可爱，我喜欢。"她戏谑地摸摸他英俊的脸，无尽的温柔。他感觉蜇过的疼更厉害了。

高平常上下班要经过一家花店。一段时间，店主会定期拦住他，捧给他包装精美的玫瑰花。"爱你，抱你，吻你。"花的卡片上这些不容推辞的文字越来越让他喘不过气。那些美丽的花怒放出的不是一层层葳蕤，而是日渐厚实的沉重。

他最终逃离了。

"送你朵百合吧。"某一天，店主微笑着对他说。

"为什么？"

"百合淡淡的，一言不发，就这么白着绿着。茎直立着，圆柱形，紫色斑点隐隐约约，无毛，绿色。漏斗形的白花在这绿的顶端，轮廓分明。"

他注意起这个一直熟视无睹的店主来。休闲的套装，袖口紧扎，裤腿在脚踝收束住，露出和脖颈一样的白皙。她多少次捧给他谷粒定制的玫瑰花束，一直却是毫无印象的存在。那些玫瑰太过强力，遮掩了她的朴素。眼下，百合不喜不悲的内敛和踏实，却赛过了玫瑰的灿烂艳炸。

"你贵姓芳名？"

"麦子。"

刹那间,他的心猛烈跳动起来,把她递过来的百合嗅了又嗅。

"喝杯茶吧,你很疲惫。"她说,话语轻得像百合的花瓣一样。

他真的坐下来。茶叶很恬淡,很悠远。

他们结婚了,生小孩了。但没有几年,麦子隐匿在油盐酱醋中,疲沓在照顾丽丽和丈夫的平庸中。百合似乎也暗淡在日常里,毫无光泽了。真的,生活有什么逻辑呢?你才觉得正常,破碎已然来临。碎片才是最真实的,像那只断臂维纳斯瓷杯。

高平常又念起谷粒了。

直到别针落在电热炉上,高平常才意识到,确实需要回头去看看别针以前的模样。

那本来是一颗拉链的纽,断了,麦子忘了拿去补缀,高平常随手捡枚回形针别上。一用力,回形针撕开了,落在开火的电热炉上。高平常看见别针在火力炙烤下扭曲起来,它扭啊扭啊,一点点地,竟然变回了原来的模样。

高平常大为吃惊。

"一样也别丢,哪样都有用,百宝箱呢?"麦子问。

小钉子、吊扣、螺帽、断铁丝、榔头、钳子,还有胶带、棉布块儿、砂纸。高平常在工具箱里翻,找到一根失去了规则螺旋的坏弹簧。

弹簧在电热炉上扭曲着,慢慢恢复了正常。

金属是有记忆的,高平常忘了自己学过这样的知识。即就是记着,在琐碎的日子又有什么机会能想到这个实验?

高平常忽然脑洞大开,是啊,应该把谷粒放在上面,看记忆里她原本的模样。为什么不呢?

高平常拿出她的照片。谷粒的照片被麦子一股脑地烧了。这是唯一一张谷粒照片了,他秘不示人。

电热炉看不见的火焰围裹住谷粒。谷粒的前世浮现出来。

"怎么又是这样放？"谷粒把炒锅拿起来，啪地墩在煤气灶上。

"为啥要这样放？"婆婆把锅拿起来，啪地墩上垃圾桶。

"你不嫌脏，我还嫌呢！"

"我活了几十年，养活了几儿几女，一辈子就是这样放的，脏了你吗？脏了平常吗？你们还一锅吃饭一床窝觉呢。"公公把婆婆拽走。谷粒把锅扯起来，甩到客厅里去，锅底摩擦出一道火花。

房门砰地合上。谷粒站在窗前抽泣，她望着楼下道路上的人来人往，心中的委屈无法排解。

"你为什么不能让着老人呢？"丈夫说。

"我为什么要让着她呢？我坐月子想让母亲来照顾，她硬要来。说是伺候月子，她是只爱着孙子。一天只做两顿饭，我要喂自己，还有小鬼，我饿她知道吗？天天芹菜白菜两个馒头，就是一头猪也不能这么喂。这是伺候吗？这是虐待！你说得好听，沟通，沟通，沟通了无数次，我照样吃芹菜馒头，照样两顿饭打发，嫁给你我就成了罪人？你哪次帮我说过话？你眼里只有你妈！吃完饭我还要洗锅抹灶，要洗尿布收拾脏单乱床，嫁到你家我是生娃机器，我是任劳任怨任人凌辱的仆人！我整夜整夜睡不着觉，你安慰过一句还是给过我一个好脸？你看我能干能走喘着口气就以为我一切安好？我内心的苦闷伤痛你知道一星半点吗？屁股一拍你上班去了，我们在屋里的冷战热战你体会过吗？你看看外面的车水马龙，我可曾有过他们般一次自由地按喇叭，一次大声地吆喝？牙碎了吞进自己肚子里，我的痛埋在胸腔里，鼓来鼓去地把我时时往楼下推。这叫产后抑郁你知道吗？半夜噩梦醒来，一身的汗，看看旁边的孩子我忍了。白天坐下来，想想天下乌鸦一般黑我又忍了。今天不忍了，你给自己重找个孝顺媳妇，照顾你，照顾你们一家。我走了。"

谷粒拉开窗户，麻利地攀爬上去，喊着"我走了"纵身而起。

丈夫三步并做两步，一个鱼跃去抱，可哪里来得及，只抓住一只臃肿肥短的睡衣袖子。

高平常猛然惊醒，把照片拨向一旁。幻影消失了。眼睛里有泪珠流下来，滑过嘴角，在地板上跌个粉碎。这不是和他谈过恋爱的那个谷粒。她陌生而又遥远。

他为自己窥到的内容震惊战栗。

高平常不知道自己窥探过去是对是错。

可是一旦开了头又哪里收得了手。麦子，麦子是怎样的？她和谷粒有区别吗？我爱她的什么？是什么让我弃了富贵漂亮的谷粒而奔赴她的平淡甚至平庸？他被好奇抓挠着，出去走忘记了方向，坐在凳子上不知身在何处。

高平常把麦子的照片放了上去。

幻象里的八月，正是暑热燎烤的季节。来吧，这里四季如春，比昆明更让人舒适。朋友一个电话接一个电话地邀约。麦子从英国伦敦直飞美国西部，开启了一段凝结无数惊艳震撼与感动的美国国家公园之旅。

去黄石公园徒步是她的旅游梦想之一，因为黄石公园名气实在太大——它是《国家地理》杂志评选出的"一生必去的一百个景点"之一；美片《127小时》羚羊峡谷类奇特地貌让她荡气回肠……念念不忘，必有回响，这次终于有机会得以成行。

几年前的夏天她曾经有过一次美国西海岸之旅，行程为洛杉矶、圣地亚哥、拉斯维加斯、大峡谷一线以及一号公路向北至旧金山，经优胜美地国家公园返回洛杉矶。这次她可以探寻其他国家公园，行程共计二十天，第一程为洛杉矶及附近拉荷亚小镇、大提顿、黄石，八天；第二程为宰恩国家公园、佩吉羚羊峡谷、马蹄湾、拱门国家公园及布莱斯峡谷公园一线，七天。其间在奥兰治县附近休整。

在朋友陪伴下，她踏上《万宝路》里西部牛仔策马扬鞭的红土地，亲临《燃情岁月》里那醉人心弦广袤无垠的落基山脉，见证《2012》里火山喷发的汹涌岩浆……太多太多吸引，让她对此程充满期待——这是一个电影爱好者对于未知土地的认知途径。

黄石诡谲险恶的地下岩流、羚羊峡谷陡然崛起的奇峰崇岭和阔帽牛仔的潇洒驰骋，让她久久沉浸其中难以自拔，以至于后来每次旅行回来都觉得应该写点东西来纪念，才能给一段旅程作一个完美的收尾。

此行结束后，麦子进行了一阵忙乱的工作和社会活动，拖延症又让她在看完里约奥运会后，才终于可以彻底静下心来整理照片、回忆旅程中的细节。码字的过程必然是艰辛的，可是开始动手写游记，旅行途中的点滴立即闪现，她仿佛又感受到阳光洒在肩头的温暖，回想起在沙漠里徒步的汗如雨下……太多的美好瞬间，仿佛身临其境故地重游，于是所有辛苦便通通抛到脑后。

开完新书发布会，各种报刊上她的身姿袅袅娉婷。书畅销全球，很快，BBC的专访来了，《名流》的记者来了，《泰晤士报》上了专版。众多粉丝排着长队只为求得她的签名，走到哪里，她都是瞩目的焦点，闪光灯的宠儿。她长裙曳地风姿绰约，一群一群的人追着她的影子奔走，若果能得到她的一个眼神，或者半弯微笑，凉夜里都会从梦中笑醒。她头发飘逸，追求者络绎不绝，纤纤玉手签字的姿势优雅大方。她在大街上行走，人群先是宛如鱼群碰见巨鲨，划开一道宏大的缺口，然后忽然向中聚拢，巨鲨离开，鱼群归于鱼王的周围，绣成一个庞大的球。麦子就是球心，保镖手拉手大声呵斥着驱赶人群。

高平常没完没了地烤着麦子的照片，随着她的脚步走遍世界，出入各种豪华得超出自己想象的场所，感受着她比肩迈克尔·杰克逊的辉煌。

高平常在麦子周围的人群里看见了秃顶，看到了西装，看到了戈壁，看到了汹汹人流，唯独没有看到自己。他失望地叹气，坐在炉旁沮丧。麦子和谷粒是高平常现实中的女人，烤出的影像里又和他没有半毛钱关系。她们属于她们的世界。

高平常在一台神奇的电热炉边吞云吐雾。我是谁，我从哪里来？烟蒂堆里哲学之问搅扰着他。

他想看看自己。

他抱出影集，挑自己最帅最酷的照片放上炉子。

一座高大巍峨的门楼出现了。穿着马褂的绅士，挂着锃亮的拐杖出门去。绅士的后边是八个仆人，低眉顺眼。前面一条狗欢快地跑跑停停。

"老爷，请上轿。"仆人把轿帘撩起。轿子忽悠起来，忽悠出绅士的怡然自得。那狗跑出去一段，四处嗅着，等轿子跟上，又摇着尾巴向前跑。

有一天，宅院忽然起了大火，仆人们端着水盆慌乱地跑来跑去。大火烧了三天三夜，宅院成了一片废墟，门楼也塌了。绅士的拐杖烧掉了，换成一根稍加处理的木棍。绅士脸上起了深阔的皱纹，夹裹着没有洗净的污垢。毫无光泽的眼睛无聊地四望，周围只有茫茫原野和没有融化的连绵雪堆。儿子烧死了，老婆烧死了，仆人作鸟兽散了，只有那条狗，嘴边蒸腾着白气和他守望落魄的岁月。

高平常看着幻影里自己的前世——绅士，深切感受到无边的绝望，不敢想象他以前的奢华以及日后不可预知的未来。高平常觉得人突然间就老了，快得和这绅士的遭遇一模一样。求什么，得什么，有什么不同呢？高平常为自己悲凉起来。也许自己还有其他未知的温暖，这又有谁知道呢？

高平常迫切地想知道，当下自己过着，之后呢？

他把自己身份证上的照片放上去。

先是远山遥辽，待冰顶退后，是一棵棵雪压的树，再退后，是一座颓废的门楼，歪斜地窝在风雪里。门口，一条毛发蓬乱沾着粪便的狗，瘸腿缩在肚皮底下，耳朵下垂，眼巴巴地向现实中的高平常吐着舌头。

原来如此！自己的前世竟然不是绅士！

高平常把别针捡起来，别回拉链头上。现在，拉链又可以灵活地开合了。

麦子进了门，放下手里的鱼说："你看，以为刮了鳞，去了内脏，鱼就死了，其实它还活着呢，手都被它割破了。"高平常翻出一盒创可贴。他看见麦子进了厨房，里面传出切姜切蒜的声音。高平常知道晚上有松鼠鱼或者酸菜鱼。他能想象到，鱼肉在麦子手下成为段或片，它们先是被腌在大盆里，等到各项准备做完，才会入锅烹饪。

他记起麦子杀鸡。

大公鸡在她的手里扑棱扑棱左冲右突，她去捉它的双翅，刚捉住，鸡爪子铁钩一般又抠进她的手指、手腕。

高平常嘴角斜斜地，看着鸡挣脱出来，在客厅里忽高忽低地跑。

麦子扑过去，把鸡压在身下。她终于捉住了它的双脚，卡住了它的脖子。她看见高平常牙呲起来，说："我到外面杀，把刀给我就行。"递刀过去，她噙着刀背出去了。

麦子烧了水，把鸡烫在桶里，一下一下褪毛。长毛去了，翅膀根下、脖子周围又用镊子拔。翅尖的绒羽，她照着手电挑出来。

他看见麦子手上的皮皱皱的，红里透着黑，几处伤口的肉泛着白。桶里红红的水，也不知道是浸了鸡血还是她的血。热气扑上来，把她的脸撩拨得红彤彤的，泛着津津的汗光。红光和水汽搅和成一团，头发散落遮盖下来，在下巴上一晃一晃，又割成一绺一绺。

"我来吧。"高平常手里拿着创可贴。

"不，脏呢。"她把厨房的门合上，隔离高平常，摁了抽油烟机开关，剖开鸡胸，内脏肠肚一遍一遍冲洗起来。她手上伤口翻开的肉和鸡肉一样苍白，都没有了血色。

骨肉剁开，腌进调料里，麦子才停下来。高平常给她贴了四条创可贴。

"有你真好。"麦子拍拍高平常的肩，笑了，手微微发抖。

"干吗不买鸡肉啊？"

"丽丽吃，不放心。"

"你的手真粗。"高平常说。

"我从来没有杀过鸡呢。"

做饭期间，麦子的手不会停下，她的屁股随着手上的动作轻微扭动着，肥大而瓷实。抽油烟机轰响起来的时候，她就被淡淡烟岚包围，直到洗漱完上床，那味道都在，那身段如是。

那个手捧百合的女子呢？

周末，麦子带丽丽走了，每周一对一的辅导棒打不挪。高平常拿出两张照片，把电热炉打开，开始加热。

一段音乐响起来。高平常辨不出幻象里是《岁月如歌》还是《酒醉的蝴蝶》。音乐袅袅出两个如花的姑娘。

"应该这样弹。"麦子说。

谷粒把手指展开，调整了一下呼吸重新弹起来。

"是这样吗？"

"对，力度再大些。"

曲子像溪流一般流畅起来，这下高平常听明白了，是《春暖花开》。音乐欢快，鸟鸣林涧，花蕊绽放，一如丽人。麦子轻轻掇了凳子，傍谷粒坐下。谷粒弹得动情，麦子听得入迷。

一曲终了，两个人久久不言。

"就它了？"麦子问。

"就这首吧，我喜欢它的平静。"

谷粒起身，把冰箱柜门打开，取一罐饮料撕了拉环，倒一半出来，杯子递给麦子。两人啜着饮料，话题开场。

"艺考结束你干吗？"

"我想去北京。"

"北京有什么好，政治氛围太浓，人才扎堆。"

"你呢？"

"我向往新加坡。"

"爸爸说，妈妈在那边，退休后他也过去，可以有个照应。"

"就要分开了，想想都有些伤感呢。"

"哎哟，都是地球村了，来看我呗，多一个家。我给你当向导，游遍南国，可以赏心；写书，可以悦目。"

"没意思。"

"怎么才有意思？"

"我写，你弹琴。"

"为什么不是你弹琴我写呢？好像我水平不行！"

两个人争论起来。

又是一首圆舞曲。

"是不是曲子里少了什么？"麦子停下，若有所思。

谷粒摇摇头又点点头："是的。"

"少了什么？"

过一会儿，两人同时说："男人。"

红云飞上两人的脸颊，好羞呀！

"奇怪，我们形影不离同学了四年，为什么就没有想起男人呢？其他同学早谈恋爱了呢。"谷粒说。

"快分手了吧，伤感造的。"

这两个字出口，两个人不说话了，四只手捉着，沉默。

陌生的现实中，她们几无交集，可是前世她们竟然是亲亲的闺蜜，是可以合体的好姐妹！我和她们有什么关系？为什么上苍要我在她们之间来回奔波？

高平常把自己的照片加进去。

"姑娘，买书吗？"

宿舍响起一阵敲门声，一个推销员头探进门里去。推销员把背包解了，摊开半床的书，详尽地向姑娘们介绍起来："这是《爱情的密码》，男主谈恋爱时理性，婚后又渴望浪漫激情，因而对妻子不屑一顾，对前女友回味满怀。他因不能跟上女友的情调而分手，不能甘于朴素的现状而郁闷。这是《情人》，人人都喜欢的书，很畅销。"

谷粒问："还有呢？"

他把《生活滋味》捧在手上："生活里每个人都是现实与理想的混血，关键在怎么去欣赏和发现，怎样把准自己生活中的意义并为之奋斗。这是刚出版的，作家是位遁世的僧人，禅味浓郁，卖得很火。"推销员滔滔不绝地介绍着，两个美人眼睛睁得圆圆的。

"你才多大啊，都读了吗？体验过真正的生活吗？"

推销员脸红了："要不要吧？书是看的，生活是过的。"

姑娘们和推销员争辩着书的内容和价钱，高平常点着香烟陷入缭绕的沉思。

他何尝不是那个推销员？

高平常是房地产销售经理，名义上是经理，其实就是推销员。房子销售很烦人，一趟趟带人看房，寻找并讲解各种好处。

"地铁口，有环境，更重要的是，配套完善，孩子上学不发愁，带学位。"

"怎么是骗人呢？虽然有一千米的距离，那也不足一站路，步行几分钟，地铁站就到了。"

"你看这国槐，一棵几千元，山里挪过来的原始木，要不了两年，就能枝丫成盖树下纳凉。旁边的超市已经盖好，就等永辉入驻，听说华润万家也在竞争。您孩子不是三岁吗？别看现在幼儿园还只是框架，明年宝贝上学没有一点儿问题……"

高平常说的，大部分是销售培训师教给他们的固定套词，一部分是他的临场发挥，但大都有凭有据。他不喜欢有些同行，故意地虚高价格，在一次次磨价之后，仍然高卖了还让客户觉得捡了便宜。更不喜欢构造本不存在的幻景引诱客户就范。他像朋友一样介绍着房子，结交着客户，目的只有一个：老老实实尽快卖出去，把每个平方米变成钱。这里面一部分属于自己的酬劳，养家糊口。

销售工作使他烦躁。他想起读过的一篇文章，说一个职场男人，每天下班泊车后，都要坐在车里抽一根烟，因为在单位，他是员工，他不是他。到了家里，他是丈夫、父亲，或者儿子，他还不是他。只有在地下库的车里，他沉浸在烟雾里，短暂地属于自己。

高平常没有车，烦累一天，在回家的公交车上，什么都可以想，什么也可以不想。他有时候会和谷粒为了一次付钱而争执，有时候会为争取一点儿买烟的零钱和麦子辩白。丽丽和同学拌嘴受了批评，他和麦子各抒己见，互相说服不了对方而冷战。在车的摇晃里，一会儿两个女人在他脑子里打架，难解难分，一会儿公司和家里的烦恼也抓挠纠缠乱作一团。更多的时候，脑子里空空荡荡的，仿佛一个没有灵魂的躯壳，清醒又迷糊着，饱满又混沌着，那时他才是自己。这个自己和她们相关，也好像和她们无涉，真实得脑壳发疼。

推销员要什么？或者说我追求什么？高平常看着电热炉烘烤出来的幻境问自己。

把照片收了，别针卸下来放上去。这次，完好的别针慢慢烫了，向四周飞扬着热气，却没有变形。别针之所以是规则的，是因为崭新，还没有经历过生活的风雨。之所以变形，是因为有过记忆。固定庸常而单调，常变刺激而新奇，哪个更成熟更圆满呢？

麦子把花店盘让了，她即将生产。高平常没日没夜地忙，照顾孩子还是经营商店的选择题没有别的解法。好几年的花香氤氲，一旦要没了，麦子流了泪，她把一盆百合紧紧搂在怀里。高平常想起那些日子里谷粒经她的手送出的玫瑰，怕心里的撕扯，也明白失去了生意兴隆的花店，靠他一个人工资支撑年轻的生活意味着什么。

"啥都不要了，免得你感伤。"他劝道。

"不，它白白静静地绿着，像日子一样。"

他夺花盆。

"我有手！"她坚决地推开他，抱着花盆，腆着高高隆起的肚子鸭行回家。

丽丽出生了。麦子把旧衣服剪成尿布，揉啊搓啊，洗得干干净净，绵绵软软。那些尿布在晾衣架上飘拂，万国旗一般。她做了丰盛的菜肴，罕见地开了红酒给丽丽过百日。

"平常，你抱抱宝贝儿，我去去就回。"

她买了一大包磁带、书籍，给牙牙学语的丽丽听音乐读故事。后来，她陪着丽丽做作业，看着灯光映照的那个小小脸庞莫名其妙地笑，自言自语说："咉，百合一样，就有希望呢。"

她忘了我。疲乏地坐在餐桌旁，高平常有些黯然神伤。

"我同事被打了。"高平常挑起话头。

"是骗人了吧？"

"他说房产证两年能办下来，现在三年了也没有个影子，客户急眼了。该！"

麦子把奶箱从厨房搬到客厅，箱盖敞开便于父女俩取拿。苹果梨洗好浅浅切牙摆在果盘，沙发垫布扯下扔进洗衣机，桌子上的瓶瓶罐罐重新规整放置，衣帽架上的衣物叠了收起。冰箱有异味了，她边嘟囔边把里面的菜蔬肉蛋取出，笼屉拿到水龙头下擦洗，洗完一个空一个，擦干再把菜蔬装进去。收拾完钻进卫生间去了。高平常还想说什么，后面的话堵在喉咙里。

"咯吱咯吱，咯吱咯吱。"透过浴帘，擦抹浴缸的声音聒噪得如同夏夜的蛐蛐，耳廓仿佛被砂纸打磨着。

"咯吱咯吱，咯吱咯吱。"

"保险公司同事待我不错，我已经接了好几个单子了。"麦子说。

"咯吱咯吱，咯吱咯吱。"

"晚上约了一个客户，得出去，我感觉能成。"澡盆一直在歌唱。

"水放好了，泡个热水澡消消乏。"麦子甩着手上的水珠，套上工服，软底平跟鞋一点儿声音都没有。

"换洗衣服在架子上。澡巾换了新的，很利，你轻点用。"麦子叮嘱。

"你刚才说什么？被打了？谁要敢动你一根指头，我要他的命！我可是杀过生的。"临关门，她扬着拳头补充。

她似乎又看着了我。这就是生活吗？不咸不淡，一点儿激情和幽默感都没有。高平常扒拉着饭，把自己气笑了。

"我给你卡。"独自的时候，高平常悄悄想起谷粒的话。

"我有手。"看着麦子日渐憔悴的脸，那些慢慢松弛下来的身体部件，每每埋进无休无止永无尽头的日常琐碎时，他也想起她的这句话。

高平常吃着饭，慢慢咀嚼着。

他内心猛然间出现了奇妙的变化。

雨珠子降落下来，嗖嗖地射在地面上，泛起一个个水泡。窗外路灯下人群匆匆而过，都奔某处场景去了，很少有人注意硬化路面的裂缝里有几株草绿了起来；风吹过，树叶打着顺时针的旋儿落在地上；雨滴的加速度把沙窝凿了三寸深；几只蚂蚁在潮湿的洞口探探头又缩回去了。偶尔有那么几个人忽然停下，若有所思地摸摸额头，以为他终于发现了这些秘密，他却沮丧地抹掉溅落在额上的水沫，接着赶路了。

雨越下越大。夜幕已经严严实实，车轮与路面摩擦出轰轰的响声，把雨声淹没了。所有的车都开着灯，灯束如刀，割开层层雨雾，有的转个弯，被雨夜吞没了。有的就这么直直地刺出去，孤单地向远方奔去。

明天，但愿在某个地方有一辆车清新如许，它是从夜幕漫漫里驶过的，经过了凄风冷雨的。高平常想。

高平常把谷粒的照片烧了，麦子的照片收好。百合花在阳台上，静静地倾听雨声，他拣最美的摘了，揣进怀里。他记得麦子走时没有带雨伞。

一个陌生女人的来访

　　杨婉莹到菜市场去，鸟在她前后左右叫得很欢。阳光从云缝里伸出手，无论怎么看，今天都是好日子。

　　挑了乳瓜、豆芽，割了老豆腐，砍了二斤肋排，手里有了分量。

　　"杨老师，要开荤了？"

　　"可不是吗，老梁今天回来了。"杨婉莹扬扬袋子。

　　"怪不得，穿得像新娘子。"

　　杨婉莹头低了低："哪有啊，工装。"

　　"杨老师。"又有人叫。

　　一个男人站在自行车旁，电线杆样地站着，眼珠子望着她一眨不眨。

　　"我是您的学生，八二级的。"

　　杨婉莹脑子回旋了几秒，靠近去瞅了瞅，想起来了。

　　"刘铁，咋头发都没了？还练跳高吗？"

　　刘铁左腿作轴，右腿从后往前跨过车座，又归拢向左腿："老师您看，只能做到这样了。"

　　杨婉莹呵呵笑了："你个鬼小子，四十老几了还能着呢。"

"老师我载你回去。"

"不了，老梁开车在那边等我。"

刘铁把杨婉莹的袋子抢过来挂在车头上并排走。

"我老远一眼就认出您了，还是那样拔拓。老师您没退休吗？"

"没有。头发白了。"

"人活一口气，精神在，上年龄还是拔拓。"

"你现在呢？"

"不是省队没选上嘛，就上了技校。你猜我干啥？"

"哎哟这还考我，知道你做电焊。"

"错，眼下做保安，管了二三十号人。"刘铁扬扬拳头，胳膊上一块一块的腱子肉。

"都是工作。不要乱打人啊。"

"老师你带我六年见我打人了？"

杨婉莹在刘铁背上拍了一巴掌："坏小子。"说笑间，掏出手机喊老梁。身后传来短短一声喇叭，老梁半截身子探出车窗招手。

车子开出去，杨婉莹见刘铁还在后视镜里笔直站着。

"又是学生。"老梁余光里，妻子流光溢彩。

"这个刘铁啊，总比别人高一头，一年级高，一直高到六年级。那时就他跳得高，毕业能跳一米五，不想最早谢了顶。"

"跳得高和秃头没有逻辑关系啊。"老梁纠正她。

"那时他最帅啊，现在才中年，眼见着老汉模样了。"

"你不一样吗？当年他是小屁孩儿，你是亭亭玉立美少女，现在呢，一脑袋棉花。"

"哎哟，好像你没老？看看，头发地中海，褶皱像梨沟，眼袋能当壶。"

"女儿可说我是妥妥的男神，稳重，气质，对象也要找我这样的。"

"她一年半载回来几天，难道不夸你还骂你？"

"我说你别上班了，校长还没当够？顾问就是个虚名，还真天天又顾又问的。让年轻人上，把天下还给他们。"

"穿工服精神、气派，就和你出席会议穿西装打领带一样。今天做你喜欢的芳香排骨。"

梁宏达停好车，一手提了菜，一手扣着杨婉莹五指。电梯上楼，门口坐着一个女人，神态疲沓，看见他们，眼里冒出光来，急于站起来，显然等候多时了。

半椭圆的脸，不宽的脑门，眼睛在鼻梁上端适合的两边，恰好，笑起来应该很好看，但现在有些忧伤，忧伤的眼皮和睫毛，瞳仁里是恼怒，点火就能燃。鼻翼符合悬胆的标准，圆润小巧，刚见的时候急促地翕张，现在平静下来，随呼吸微微起伏。唇线很有棱角，杨婉莹感觉有些像刀锋，等待开刃。下巴收束成略尖的半圆，光照过，一层细细的绒毛，添出亮色。半卷的头发把椭圆的最高处遮住，也把下巴尖两边的空当补满。

"你很漂亮。"杨婉莹说，她的声音在女人说明来意后就有些发抖，让她怀疑今天还是不是个好日子。

"可是有什么用呢，被她破坏了。"女人把胸脯往前挺挺，杨婉莹不自觉地把腰背驼驼。

"我很抱歉。"老梁把眼镜朝鼻梁顶端推，鼻托硌了一下，有些疼。

"抱歉有用的话，要廉耻干什么？"女人嘴唇上的刀闪出寒光。

"我是说，我们可以做工作，甚至可以给你赔偿。"杨婉莹的背够驼了，以至于语气也驼背。

"怎么赔？能赔我青春吗？能赔我家庭吗？"

"如果你说的都是真的，我们会考虑你的各种要求。"老梁把屁股挪了一下，布料和椅面不合时宜地发出声音，不正经的声音让严肃场面产生了尴尬的效果。为了证明不是故意，老梁又挪了挪屁股，弄出更多声音来。

"我不要赔偿，我想告诉你们单位你们的教养。"女人说。现在，她的刀锋开刃了。

"你要清楚,我是搞法律的。"老梁觉得前面两个小时的工作白做了,他的屁股真的坐不住了。

"是吗?你可以告我呀,这是你们的特长。"女人在刀锋挂上冷笑。

"别,别,我也是女人,都不容易,什么都好商量。"杨婉莹浑身哆嗦一下,整个身体窝进沙发里去,"我叫她回来,叫她给你道歉。"

杨婉莹扶着沙发站起来,拨电话,电话不通。她摁了免提,再拨,里面嘟嘟嘟的忙音。"你听,不通,这死丫头,看我不打死她。"

"我的意思是,你别急,我们先批评教育,如果没有效果……怎么会呢,她很听我们话的,也懂道理……"

"懂道理?她这叫搞破鞋!"女人打断老梁的话,她的鼻翼又频繁翕张起来,仿佛看得见鼻孔带着其他窍孔往外喷烟。烟把她的头摇动起来,摇得浑身颤抖。

杨婉莹和老梁听到她牙齿咔咔咔打架的声音。她头发在咔咔咔的声音里跳舞,盖过掩面的手,把指缝背后涌出的水搅和到肩头,那水似乎有魔力,一下子把女人缩小了,小到只留下一团黑,不停剧烈颤动的黑。

杨婉莹走过去,把这团黑搂在怀里,瞬间,她感到黑色的寒冷冻僵了她。

刘　欢

"让我们再次用热烈的掌声感谢高教授精彩生动的演讲,它必将启发我们对植物基因工程的再认识、新探索!"

高翔深鞠一躬谢幕,起身,甩头发的刹那,扫了眼台下,一排照相机摄像机,一件红裙子在人群里挤,抢占最佳位置。高教授,她示意高翔给笑脸。眼睛瞬间被闪光灯耀花了。

"高教授,请坐。"刘欢在台下座位上稍稍欠身。

"讲得怎么样？"高翔问。

"和往常一样，非常棒。"刘欢伸出大拇指，手放下来遮在嘴边。高翔把头偏过来。

"怀特教授希望你下月适当时候能去美国讲学。"

"是吗？"高翔眼睛看着台上，怀特在作报告，扩音器很好，声音嗡嗡地在四壁上撞。

"你还想像在英国一样做访问学者？"

"不好吗？那样才能学到东西。"

"一去就是半年一年！"刘欢嘟了一下嘴，很快补充说。他没有提这个。

"那就拒绝他。"高翔整整西装，把头挺正，瞥见刘欢的手还掩在嘴边，又偏回去。

"校长说会议有你撑着，先走一步，他还有一个会。"

"有我就够了。"高翔嘴角往上弯了一下，又很快恢复，"他没有交代其他事？"

"没有。哎，晚上你干吗？"

"有事。"高翔感觉脚被踢了一下。

"明晚呢？"

"有事。"

"不行，这两天我一个人，你得给我一天。"

"真有事。"高翔肩膀耸了耸，想坐正。

"不管，回去我就造个会议通知。"

"你敢！假通知多了总会露馅儿的。"

"那你说。"刘欢语气里有些嗔怒。

"那就晚上吧。你在十九楼开房子。"

座椅下，一条腿靠过来，高翔躲开，挺直了背听报告，余光里，红裙子又闪了一下。

吃过饭回到房间，被子平平展展的白，沙发枣红一片，一点儿都不协调。他翻开一本书，里面全是红的。灯光从窗玻璃反射过来，映出一张俊朗方正的脸。

"伢子。"他朝镜子吹了声口哨。

九点多的时候，他拉上窗帘，把床头灯打开，想想，又把桌前灯拧到最亮，重新穿了皮鞋西装轻轻碰上门，从消防步梯拽着影子往上走，到一扇门前，食指蜷着敲了两下。

穿睡袍的刘欢在门后立着，热热地钻进他怀里。

毕了，刘欢的手在高翔的胸口画圈圈。

"晚上有什么事？"

"我要写论文。"

"就知道骗人！"刘欢抬巴掌拍了一下，啪的一声。

"校长说，下个月要过会了，不能出任何差错。可能是植保院院长。"

"哇，那你就是最年轻的处级干部了，我真没有错看。"刘欢在他脸上狠狠啄了一下，"你说我是你什么人？"

又来了。高翔想翻身，挣不开。

高翔拧了下刘欢的脸："你是我助理。"

"我白天打理，晚上打理，是不是也该给领导汇报汇报你……的各项工作啊？"刘欢把"各项"俩字咬在牙缝里。

"你呀，我考虑着呢。下月科研经费就到了，买辆车吧。"

"真的？"刘欢睁大眼睛，夜晚的星星都跑了进来。

"用经费解决交通工具，说得过去。"

"咄！其实我啥也不要你的。我只想好好爱你。"

天未亮，高翔离开。睡醒，刘欢扯着裙子在镜子前转，旋到门，又旋到窗子。她快速拨按钮，错了，又重新摁："弟弟……"

楼下，一袭红裙子在追赶一个男人。

梁　倩

　　爬在桌子上急急匆匆地写，圆珠笔不下水，甩，还是不下水；换了铅笔，笔尖按断了，呲呲呲旋出一个尖，又写。

　　"哟，梁倩，怎么不用电脑？誊抄多麻烦啊。"

　　"喜欢。"

　　同事走开，梁倩把纸重新翻过来，揉了，换一张再起头。

　　尊敬的……

　　多么生硬啊。

　　亲爱的……

　　太腻了。

　　她终于不再改了，涨红着脸写下去。感觉烧烫从脸上开始蔓延，袭击了整个脑腔，鼻孔里的气都烧沸了，头颅烧麻木了。一路烧下去，五脏六腑都是滚热，四肢汗涔涔的，空调一点儿用都没有。汗水顺着额头淌下来，滑过鼻尖，滑过嘴角，下巴再也挂不住，滴答一声落在纸上，洇湿了一片，恰巧把"高翔"两个字模糊了。

　　梁倩忙不迭拿抽纸去沾，又一滴落上去，砸出一个洞来。

　　潦潦草草折叠，仿佛办公室每个隔栅里的同事都在盯着她。折叠纸夹进书里，站起来，同事们早已下班，隔栅里空空荡荡只有她自己。空调粘贴的布须呼啦呼啦，出风口吐着白色的雾气，她感觉那是一团团的火，向她扑来，扑来，让她紧张得呼不出气，撑不开红裙子里的身体。

　　三十岁，我真的遇见了爱情吗？梁倩问自己。她跑到空调下面去，扬起脸让冷风迎着灌，还是热，又伸开双臂，把所有的冷气都掬进来，泼洒在头上身上。

　　这下她清醒了。是的！她告诉自己，该去见高翔了。

很巧，她碰见了农林大学校长，校长亲切地开玩笑："来采访我吗？"

"不，我采访高教授。"梁倩昂着头像一头雌狮。校长腆着肚子半张着嘴："我刚从那出来……"他的话还没有说完，她已经噔噔噔走远了。

院子很大，建筑物中间有假山和喷泉相隔。投资了十几个亿，一个学院就有几百亩地。植保学院环境是教授们自己设计的，一圈植物，里层是牡丹、芍药。中层是缠绕类的紫藤、木通、金银花、油麻藤、茑萝、牵牛、何首乌等，夹杂着蔓生类蔷薇、木香、叶子花、藤本月季。外层是樱花，红樱、白樱，还有罕见的紫樱。缠绕类蔓生类的植物或是须，或是蔓，缠绕着樱花枝干，高高低低地挂在樱花树上，有的直接爬出来，延伸到最外层的人工草坪，草坪下是雨水收集处理工艺。这些植物从初春开始绽开花蕾，一直到深秋，延续着璀璨花季。

道路两旁，芍药和牡丹竞赛似的，一朵比一朵葳蕤，花瓣在阳光下闪着白的、粉的、紫的光，蝴蝶和蜜蜂穿梭其间，忙碌地传播花粉采集蜜露。

好美。梁倩心里赞着，却一点儿也不留恋，她快速穿过一垄垄花卉，直奔植保学院办公楼。

那个挂着两个字的铭牌，还有一个基因研究所铭牌的门，才是独一无二。

近在咫尺，她慢了脚步，嘟嘟的鞋跟声敲得心要跳出胸腔，楼道里满是这声音的轰响，她的脸又涨红了，脖子红透，像是刚出蒸锅的红薯。

高先生好，我是怀着满心的崇敬要告诉您一个事实：一个女生失恋了，三十年的等待里，她坠落在那双坚定睿智的眸子里……

高翔读着那封皱皱巴巴的信，眼神先是犹疑，然后是游弋，最后落在梁倩的脸上。她脸上的红晕浸染了他的脸和手。

不知道什么时候，她的手在他掌下，在他手心里了。像两块烧红的烙铁，紧紧黏在一起。

他也呲呲地冒出热气，腾腾起来，把空调的雾气卷开撞向墙壁，咚咚地响。他在热气里压榨，仿若那张皱皱湿湿的情书，薄了，又薄了，深楔进墙里去。现在，报告会上那袭红裙乱在地上。

"这算是勾引吗？"高翔坐回大班椅子，喘着气。

"嗯。"梁倩胸脯起伏，腿软得要塌下去。

"那怎么办？"空调的白气卷了过来，把高翔淹得冷冷的。

"我会乖乖的。"梁倩有气无力地说。

"不能说出去。"

"嗯。"

"不能给我打电话。"

"嗯。"

"不能给我发短信。"

"嗯。"

高翔长叹了一口气，在椅子上伸了个懒腰，椅子沉闷地吱扭一声。

"我怎么见你？"梁倩问。

"听我召唤。"

高翔把梁倩推出房门，碎纸机粉碎了那张纸，和卫生纸扔进垃圾筐。坐一会儿，一手拿杯子，一手拈筐到洗手间，纸屑倒进马桶，看着它们旋转进那个幽深的洞里，咕嘟一声，像是叹息，又像是冷笑。

出了单位门，路上两只鸟，走到跟前它们也不飞走，嘀嘀咕咕叫着啄地上的食，似乎什么危险也没有。

它们在恋爱吧。他想，爱情就是盆洗脑水。

那时，梁倩正给父母汇报，自己在报社又忙又开心，回不了家，却也不用担心。

李 红

  李红擦洗了门，脸贴棱边，像木匠一样地瞅，光滑平整。端了水去窗台，团了报纸擦玻璃，嘶啦嘶啦的声音很好听。一个黑点来来回回几次也擦不掉，蘸水用布抹它，终于消失了。

  桌台上的书，东一本西一本，李红脱了橡胶手套轻轻捡起来，《法律案例精选》《诡辩中的智慧》《婚姻诉讼辩护三十六计》……她一本一本摞，有翻开反扣的，夹了书签合上。擦完桌面，开灯，亮晃晃的，她长吁一口气关了灯。这当口，房门响了。

  "先生回来了？"李红迎上去，接过包。

  梁硕解下领带甩掉皮鞋，一屁股塌在沙发上。李红把领带挂起来，皮鞋放上鞋架，拖鞋放在梁硕脚边。

  "累死人。"梁硕取下眼镜揉眼睛，眼圈揉红了。

  "您休息会儿，我走了。"李红沏了绿茶，拧身向门口走。

  "大姐，和你商量个事。"梁硕示意李红。

  "下周可以吗？我要迟到了。"

  "两分钟。你能不干钟点工吗？"

  "为什么？"李红很诧异，"这是我的工作。"

  "你看我们一天忙得，家里狼藉一片，你收拾过才像个家。你能干专职吗？"

  李红皱起的眉头舒缓下来："不行先生，我每天只有这两个小时。我要走了。"

  "我可以给双倍的价钱，多挣钱为什么不干？"

  "先生您误解了，不是钱的问题，我确实要迟到了。"李红提起垃圾袋和工具包。

"别走。"梁硕站起来,抓住李红的手。

"请您放开。"李红的眉毛立起来。

梁硕手垂下来:"对不起,是我心急了。你看,我妻子上夜班,我们工作不同频,每天回来冰锅冷灶,我又不喜欢在外面吃……"

李红笑了:"先生太辛苦了可以辞去部分工作啊。我确实没有多余时间,对不起。"

梁硕还想争取,李红已出了门。可惜啊。

李红扫了共享单车,工具包往车篮子里一扔,使劲儿蹬,赶到学校,无虑孤零零一个人站在门口,门卫不时盯过来。

"妈妈你迟到啦!"她说。

"对不起宝贝,妈妈跟你道歉,别生气哦。"李红给门卫示意过,把无虑的书包背上肩。

"我没生气,我在想爸爸有车为什么不来接我?"

"爸爸要做实验,爸爸要开会,爸爸要写论文……爸爸是科学家。"

无虑嘟起了嘴,人家都是小汽车接的,小明家是凯迪拉克,小红家的车最漂亮,红色的甲壳虫。

"咱们可不要这样比,我们要比……"

"比学习?就知道比学习,烦。"

"不是吗?你有科学家爸爸,你有爱你的妈妈,你更有勤奋好学……"

"他们也有,他们还有耐克球鞋、阿迪达斯拉杆箱书包。"

"无虑,妈妈也在努力呢。"

"爸爸工资不是很高吗?"

"爸爸从英国游学回来不久,又才买了车……我们会很快好起来的哦。"

到家,无忧也回来了。李红很快做了饭上桌,哥哥给妹妹夹回锅肉,妹妹给哥哥喂了两勺炖鸡汤。

"妈妈你吃菜。"无忧给李红夹着西红柿炒蛋，无虑不甘示弱，一勺子鸡块翻在李红碗里的米饭上。

吃完，交代无忧做作业，李红载着无虑去学琴。

夏夜的风吹起裙摆。路灯把人的影子拉长，缩短，交叉，再拉长。路边长凳上老头老太太摇着扇子闲话，也有情侣腻在树荫里拥抱接吻。

李红车子挨着西边走，无虑看见小广场鬼步舞领舞的姑娘说："妈妈，我要学跳舞。"

李红稳住车把蹬个不停："长大了再学不迟，现在你要学琴。"

"那你学，会了教我。"

"妈妈没有时间。"

"爸爸送我，你就有时间了。"

"爸爸要干事业，我们怎能干扰他？！"

上完课，广场上没有了音乐，一盏盏红灯罩着一辆辆夜宵三轮车，冒菜锅飘着雾气，炸鸡柳的油滋滋地叫，烤肉油汁滴在炉丝上，砂锅咕嘟咕嘟沸煮。桌子边围满了人，伙计把一箱箱的啤酒搬出来，喝酒划拳的声音送出李红老远。

第二天，送完无虑，洗锅刷灶，把一堆脏衣服扔进洗衣机，茶几上的杯子归类放进抽屉，几面擦净，拖了地。阳台上的景天有些发蔫，松过土埋了些肥料。看见沙发上琴盒边缘有破缝的迹象，戴上顶针密密锁了，又绣了朵无虑喜欢的粉色喇叭花。

李红叠了这边床上的被子，抻展那边房子的床单，收拾到书房的时候，发现桌上书页已经落了灰，椅子在桌边好久没有动过了。

她拨出电话。

"你忙完了吗？"她轻轻地问。

"快了。"话筒那边的声音照样不疾不徐。

"啥时候回来呢？"

"会议还有两天。"

"后天能回家吗？"

"我尽量。有事吗？"

李红突然觉得屋子里很空旷，一切太过整齐，整齐得像宾馆，还不如就那样乱着，书扭七歪八，被子东拉西扯。她挂断电话，把窗子打开，阳光哗啦扑进来，热滚的暑气把她呛了个趔趄。泡了杯茶，喝下去烫着嘴又吐出来。倒在床上，枕头似乎没有装棉花，硬得硌肩。她把手机音量调到最大，放在鼻子尖盯着黑黑的屏，可是，屏永远黑着，一直没有铃声。

"等我忙完。"

她不知道他什么时候能忙完。

无忧要交班费，无虑的提琴课时费也不能再拖。李红想起高翔说过，他在英国做访问学者，期满归校，学校是要补发工资的。两年的工资加起来不少，如今一年过去了，这笔钱也该到账了。她再次拨电话，那边已经关机了。

怀　特

国际研讨会将在南京召开。

刘欢扶着车门笑吟吟地，脚尖搭在车里，红色的轿车泛着一片霞光，把她的脸映得山丹丹一样。她看着高翔从车里下来，把皱了的衬衣重新掖进皮带。

"我还是不放心。"刘欢说。

"什么？"高翔迈出去的腿收住。

"车主是我，手续却是你的名字，报销、审计都成问题。"

"放心好了，谁还查这个。"

"校长是很精的老头。"

"我马上就要当院长了,你说他会打自己的脸吗?"

刘欢想想也是,高教授能如日中天可不就是校长器重吗?有能力的教授多的是,最年轻的院长却只有他高翔。"你走吧。"

高翔伸手想摸摸刘欢的脸,半空又缩了回来,整整自己的领带,嘴角浮现出一丝不易察觉的笑,冷冷地进了候机楼。"晚上把我要的资料发过来。"

南京的天气很舒服。白天是和来自各国的专家研讨植物基因编辑问题。怀特认为基因编辑植物是转基因植物,对人类的影响不明,这是基因编辑作物能否顺利进入田间种植的关键所在。他介绍说,美国农业部(USDA)已经确定了基因编辑的作物可免于和转基因作物相同的监管,但是欧盟最高法院最终规定基因编辑的作物应遵守与传统转基因生物相同的严格法规,这一决定对包括科学家在内的基因编辑作物的支持者来说是一个重大挫折。因此,随着基因编辑工具的出现,需要重新考虑转基因生物的当前定义和相应的调控框架,因为通过基因编辑方法实现的基因组修饰与转基因技术的基因组修饰非常不同。

澳大利亚科学家则指出,首先,大多数CRISPR诱导的基因突变是小插入缺失而不是大片段插入或重排。而这种小的插入缺失变异通常也存在于自然条件下生长的植物中,或使用辐射或化学诱变剂大规模诱导的植物中。其次,传统转基因植物中转基因是稳定遗传,而使用CRISPR和其他基因编辑工具构建的性状改良植物可以是无转基因的。也即无转基因编辑的植物应该采用与传统化学或辐射诱变培育的植物相同的方式进行处理,不应受到特殊的管理政策的约束。

中国专家高翔关注的不是法规而是基因本身,他基于之前研究应用全基因组测序来检测了拟南芥、水稻和番茄等植物中的脱靶突变时,发现脱靶效应非常有限。并且随着技术改进,更有可能避免脱靶活性。因而指出与医学应用相比,CRISPR系统在植物育种中应用的脱靶活性应较少受到

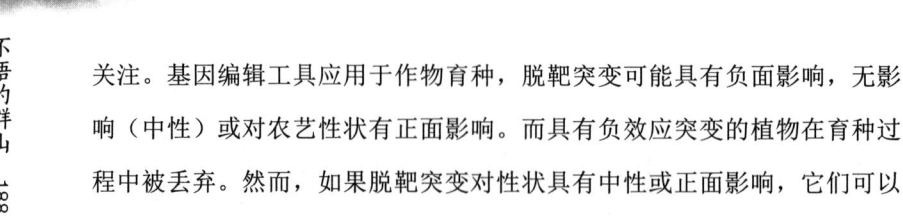

关注。基因编辑工具应用于作物育种，脱靶突变可能具有负面影响，无影响（中性）或对农艺性状有正面影响。而具有负效应突变的植物在育种过程中被丢弃。然而，如果脱靶突变对性状具有中性或正面影响，它们可以保留在新繁殖的品系中。正如使用物理和化学诱变剂的传统育种一样，也不需要关注任何脱靶效应。

高翔的论述一举扭转了科学家们对于转基因植物的伦理关注，使之回归到科学研究本身上来。

研讨会间隙，怀特端着高脚杯走到高翔身边和他碰杯。

"高先生，您以为科学技术可以挣脱伦理束缚吗？"

"不，恰恰相反，技术的发展可以纠正伦理认识的偏差。"

"可是我对修改这种人类积攒的共识很悲观。"

"是吗？"

"虽然我没有证据可以说服您，但我直觉这是对人自身的羞辱，是自戕。"

"那就让研究来证明吧！"高翔举起杯子，怀特已经转身而去。怀特猜测高翔想问问自己到美国访问的事，怀特和其他科学家碰杯，声音并不悦耳，索性放下杯子转身离开。

晚上游览秦淮河，科学家们的脸上被灯影照得斑斑驳驳，桨声背景里播放着软软的歌曲，怀特专注浏览着河景，不时摁动快门拍着照片，偶尔兀自惊叹一句，邻座的高翔厌了两岸射灯下几乎一样的树和楼房，侧脸对着邻座的怀特，怀特却背向他。

"我觉得会议一天就足够了。"上岸的时候，高翔看着别处说。

"南京是座悲怆的城市。"怀特终于开了口，仍然是自言自语式的。

回到酒店，怀特戴上眼镜，打开开关，安置在高翔房内的监视器传过来画面和声音。这是他在国际学术交流活动中经常携带的设备，专门用来"照顾"那些高水平的他国科学家。

房间里被子洁白得耀眼，把床裹得毫无想象力，椅子没精打采地待在案桌边，电视机挂在墙上，死了。这让怀特想起自己的书房。

高翔在拨电话，响了两声挂断。很快，电话又响起来。

"亲爱的你在哪儿？"一个女人的声音。

"开会。"高翔把椅子踢了一脚。

"那我请假过来陪你。"

"不，我想告诉你一件事。"高翔又把桌子踢了一脚。

"想我了吗？"

"不，是。你搬家吧，我给你买了套房子。"

"不用，住单身宿舍一点儿都不麻烦。"

"房是给你的，只是暂时挂在我母亲名下。"高翔加重了语气。

"我不要，有你就很好。像上次一样，坐飞机明天早早就到，我晚上可以订好机票。"

"如果我的专访回去能见报，就和见到你一样。"

"放心吧，我已经写好了。"

"那你来吧。"高翔终于踢掉了皮鞋，把拖鞋换上。

准备睡觉，高翔牙没刷完电话又响了。

无虑病了，发烧三十九度。一个女人的哭声传了过来。

"送医院啊。"高翔嘴里咕哝着牙膏泡沫。

"在医院两天多了，烧退不了。你啥时候回来？"

"还得三四天。叫医生加重针剂，我这么远的。"高翔吐了泡沫咕嘟咕嘟漱口，一口水喷出去，脸上溅了几点。

"要是能挨过去我不会干扰你的，我真撑不住了。"女人的啜泣声。

"好的，会完我就回去。"

"票应该预订好了。"挂了电话，高翔愉快地嘟囔。

竟然是这样的！也许是在外地很放松的缘故吧，高翔的电话用了免提。

怀特的脸上露出鄙夷的神色。

李　红

　　无忧的班费，无虑的课时费，还有住院费，李红借了钱。朋友催款急，高翔电话却关机。去学校跑一趟吧。

　　花圃包围了植保学院，姹紫嫣红的海。樱花正盛，逗引着各路蜂蝶。办公楼里面的空调威力巨大，远远就能感到冷气。门卫认识李红，李红给他打招呼，他给她点点头。李红记得楼道里是瓷砖，现在却铺上了厚厚的地毯，凉鞋踩上去，鞋跟没入半截，悄无声息，整栋楼静悄悄的。这才是专心办公的环境，李红想。

　　她敲高翔办公室的门，里面没有声音。再敲，还是没有动静。李红要转身，门却开了，高翔站在她面前。

　　"给我倒杯水，渴死了。"

　　高翔并没有走向饮水机，他的领口敞开着，脖颈处红红的，汗迹仍在。李红进去，一个女人正从高翔的大班椅子上起身。这个女人她见过。"高教授，我先走了。"女人手抚着裙子走，眉眼低垂。

　　"尽快把论文整理出来。"高翔向女人摆摆手。女人又窥一眼李红。

　　"稍等。"李红看出了异样，弯腰从椅下捏起一条蕾丝内裤，"你的吧？"

　　……女人脸红了，又白了。

　　"你走吧。"高翔说。女人匆匆走了。

　　李红腿软得站不住，扶着桌角，气喘不上来。天突然就黑了，黑得看不清东南西北。她也想喊，嗓子火烧火燎的。抚喉咙，发现疼的不是嗓子，是心脏，一跳一跳地，钻心锥骨的，疼得她浑身哆嗦。高翔架住李红的胳膊，带得他也抖动起来。

"你，回家。"李红拼尽全力挤出几个字。

李红病了，发烧，呕吐。仿佛苦胆破了，吐出的都是黄水，嘴上的干皮撕裂，黄水里加了血水。

高翔请假在家，寸步不离。在她睡着的时候，他坐在床边，捧着一本书。在她醒来的时候，他蘸了棉签水，润她干裂的嘴唇。他把开水用两个杯子倒着降温，加了盐，一勺一勺喂，一遍一遍给她腋窝、肚脐、腿弯涂抹酒精。他开了煤气灶，文火熬了白米粥，清凉黏糊，像能挂杯的白葡萄酒，加了白糖搅得匀匀的，轻柔小心地喂到她口齿间。用温热的毛巾拭去她额头密密的汗珠，翻过她的身子，擦干背部每一处褶皱。他甚至在她睡着期间，烧了热水给她烫脚，把她脚底的茧皮一一磨掉。他斜倚在床头抱着她，把她的头贴在自己胸膛，像抚摸绸缎一样梳拂那些皱乱的头发，剪去她已经有了污垢的指甲。

三天，李红瘦了十斤。

"你一直说要减肥，现在好了。"

"我不想说话。"李红的声音像秋后的蚊子叫。

"以后再不会了。"高翔收起笑容，严肃起来。

"你是读书人。"李红虚弱地靠在床头，觉得胸口压着磨盘。

"过去好吗？"

"我得找校长。"

李红去了植保学院，樱花遮蔽了天日，昨夜的一场雨，花瓣又覆盖了地面，踩在上面绵绵软，软得她没有气力走下去。赏樱的人络绎不绝，有熟人打招呼，李红略略回应，朝一边走去。

高翔远远地跟着，眼见得李红朝行政楼去了，一抬脚，樱花踢飞起来遮住了脸。

"校长……"高翔有些魂不守舍。李红手放在胸口，但还是有些颤颤巍巍。

"嗯？是刚提拔成院长，工作还不太适应吧？"校长很诧异。

"您知道，培养一个人不容易，高翔又是一个天才——您别笑话我，在我和孩子心里，他真的是研究基因的天才科学家。"李红脸绯红，真诚从这红里硬生生挤将出来。

"是啊，所以我才力排众议。一个有才能的人，总归会招致些非议。"

"他最近神情恍惚老做错事情，这是我不允许的，也是两个孩子不能接受的。"

"你是说？"校长桌上叉着的手往前移移，脸靠近李红一些。

"我希望组织上能重新考虑人事安排。尽可能让他独立安静地搞学术。"李红补充道，"这是我的请求。"

"哈哈，科学研究容不得外界干扰，这个我们都考虑了，学校为他配备了单独的实验室，充实了他的办公室。"

"我是说人事安排。对于女同志……校长，我的意思是尽量……基因研究没明没夜，男同志更适合。"

"你能再进一步吗？"

"我想救他。"李红终于哽咽起来，"我不想他在女人身上栽跟头，他是有大前途的……"

校长把手收回去，椅子往后靠，肚皮在衣服下高耸起来。

"我只想您知道，只有您能拉他上岸……"啜泣声里，眼泪滑过李红的脸颊下巴。校长递抽纸给她。

"不像话！"他拍了下桌子，又怕别人听见一样，第二下手轻轻地落下来，"终于还是知道了。你想怎么办？"

"听您的，求您了。"李红给校长鞠了一躬。

"你要和她好好谈谈，不要纠缠了，对谁都不好。"

"是啊。"

"如果她还不收敛，就找她父母谈。"

"他只有母亲在乡下，管不了的。"

"我是说她。我这儿有她父母的电话，单位，地址。"校长拿出便签迅速地写下，折了推到李红面前，"记住，这是私事，不要纠缠。"

李红郑重点点头。

"不要纠缠！"

李红一点儿也不想看那张纸条，不管她父母是谁。助手还要合作，教授还要做科学研究。他不仅是自己的丈夫，更是无忧、无虑的父亲。

李红到家，高翔手指在书房桌面灰上画图案。"这件事到此为止。"李红说。她要打扫卫生了，再脏的地她都能拖洗干净。

"什么？"高翔说，"你把我告到学校，就这么算了？"

"那还要怎样？难道真要我去找她大闹吗？"

"可以啊，你不就是想把我搞臭吗？你以为我臭了你就胜利了？"高翔声音很高，图案抹了，把拖把踢了一脚。

"你！"拖把砸在李红腿上，哐当一声掉在地上。

"你什么也不会得到。"高翔声音降下来，透出阴寒。

"你怎么这样想我呢，你原来这么想我的！要是我想闹，我会去学校？"李红胸口堵得厉害。

"你不是去了吗？"高翔转身要出书房。

"如果我是你这样想的，我会去找她！"李红把纸拍在桌面上。

"你去吧！"高翔把纸弹回来。

纸在李红面前展开：梁倩的母亲杨婉莹……她猛地抓起那张纸，擦了眼泪仔细看，没错，校长是这么写的：梁倩的母亲杨婉莹，父亲梁宏达……

不是助手刘欢！

"你，你，你……"李红昏死过去。

窗台上一排绿植，景天肥厚的叶子斜斜地朝向外面，争先恐后吸食阳光。绿萝垂下来，沿着窗框生长，长的绕窗而走，短的从枝叶间挣扎嫩芽穿出纱网。那盆菖蒲，纤细的叶片在这些绿植空隙里奋进，针一样戳向空中。

醒过来的李红看见窗外那片高大的树木，黄色的不知名的花挂在枝头，大片大片的浓成一块儿霞，遮没了窗内矮小的绿，连那太阳的光亮也阴暗了。李红折断景天，看着挺拔的枝干，竟然脆得像酥糖；两把扯下绿萝，藤蔓死蛇一样躺在地上；菖蒲盆哗啦啦滚下来，松散的石子和土铺散了一地。呆了半晌，又把景天断枝埋进土里，这是长命的植物，过不了多久，又会是一盆蓬勃。绿萝藤蔓只要有水，也会重新生根。只有菖蒲，没有了土壤就会很快枯萎，是经不起折腾的。

李红掂起塑料刷，嘶嘶嘶，声音凛得牙酸。她从墙根往中央刷，这些无数次打扫过的地面，却原来这么肮脏，地面上沾着的不知是奶渍、油渍还是血渍，砖缝里嵌着的不知是瓜子、锅巴还是坚果残渣，窄小缝隙里透出来的灰，这儿一堆那儿一堆。刷过、擦过，回头再看，那些渍影还在，那些渣仍有，她又从中央往四周刷。吱吱吱，声音生硬如刀，割得她心疼如裂。

"刷不净了。"手上起了泡，脚腿酸麻，李红告诉自己。

离婚。

这两个字冒出来的时候，李红吓了一跳。她没有设想过，那是多么遥远的距离。她听说过很多离婚故事，可从来没有料到，它离自己也如此之近，且来得猝不及防。

是的，景天、藤蔓会重新生长，即便拦腰割断；而没有了土壤的菖蒲，只会死亡。自己现在才发现，这是它们的宿命，无从躲避。

"你要什么？"高翔跷着二郎腿，皮鞋的亮光晃得她眼晕。

"我要这个家。"李红说，这是她的真心话，这个家每一寸地方她都熟悉，每一个角落都有她的汗水。

"房子不可能给你。"高翔斩钉截铁，"这是我的书房。"高翔嘴里的家和李红的家相差万里。

"房子是孩子们的乐园。"李红争辩。

"孩子归你。"高翔让步了。

"可孩子们住哪里？你有补偿金、工资，可以再买一套。"

"谁知道学校给不给呢，八字没一撇的事你都能提出来。"高翔笑出声来，满是轻蔑。

"我不想离。"李红也让步了。

"都是你惹的事，你不闹我会把刘欢调离。"

"那梁倩呢？"

"她是单身，不牵涉法律问题，我会处理好。"

"怎么处理？"

"她是真心爱我的。"

"你……"李红觉得这不是离婚谈判，倒是对自己的谴责，"你想怎样？"

"离婚。房子是我的。"高翔夹了包哐哐走出去，李红悬在空旷的回音里。

交谈就这么僵住了。

无忧、无虑上学了，李红赶去工作，正旋钥匙，梁硕从里面开了门。

李红戴上手套打扫卫生，不小心把台灯带翻了，咖啡杯跌碎了。

"大姐怎么了？身体不舒服吗？"梁硕探头过来。

"没有房子，没……实在不好意思。"李红手忙脚乱地收拾，又踩翻了体重秤。梁硕看着李红，递水过来，"歇会儿吧。"李红坐下，眼睛里一片空旷。

"如果可以，我能帮你什么吗？"梁硕试探。

"您是当律师的，您说，离婚的女人能要到房子吗？"李红羞愧得脸通红。

梁硕明白了。

李红大致说了要和丈夫离婚的事情，还有丈夫要求获得房子的坚决态度。"可是，我要给孩子一个好的成长环境。"

"不让孩子掺和进来是对的，要房子也是对的。但是，法律不会只满足一方的要求。"

李红不说话，泪水跌进杯子里。

"你可以吵他闹他，男人受不了女人无休止的纠缠。"梁硕出主意。

"我不想和他吵，心死了，我宁愿去遛狗。"李红把目光从浑浊了的茶水里捞出来，"如果可以，请法律主持公道。"

"法律不是万能的。"梁硕看着这个可怜的女人，摊摊手，不过，你可以找第三者谈判，甚至她的父母。

李红想起校长给她的条子。不是没想过，找她都是知识分子的父母，在心里这场景甚至上演了好几次，怎么哭诉，提什么要求。对他们来说，名誉至关重要，这是巨大的羞辱。可是那又关他们什么事呢？他们是无辜的，和无忧、无虑一样无辜。

"你怜惜他们，谁来可怜你？"梁硕觉得这个女人可爱又可笑。

"我不想求谁。我找过组织……"忆及高翔对自己的怨恨，李红很后悔去找校长，把事情搞得人尽皆知。

"你最深的欲望是什么？"

"我只要一双宝贝。"李红咬着牙，生怕漏掉什么。

"可怜的女人。"梁硕又悄悄叹口气。

梁　硕

太阳炙烤着大地，蝉在疲软的叶下不知疲倦地歌唱，知了，知了。梁硕提着皮包穿过花圃，五颜六色的花和他摩肩擦踵。他心情斑斓，贴着樱花树荫不疾不缓地走。他接触过太多的人和案子，捡破烂的老人；瘫卧在床有几个子女却无人赡养的老人；富甲一方的老板，前妻和续房头破血流争夺资产；几个合伙人，因为股份不均大打出手；村长不经农民同意，和房产商签订土地出让合同……他也为一些被捕的官员做过辩护，争取他们的合法权益，使他们免于过重的惩罚；杀人犯因情反目刺死昔日情人，他引经据典为其争取宽大处理。但和科学家打交道他还是第一次，梁硕因此有些忐忑，在他的律师生涯里，版图再次扩展，可是面对那些严谨而高大的人，没有案例可按图索骥。

"我有婚姻问题需要咨询。"高教授这句话又使他稍稍放心，毕竟，他可是处理婚姻财产分割的专家。

开门的人四方脸，额头宽阔，眉毛浓重，鼻梁挺直，鼻头如两瓣饱满的干蒜。鼻沟方正，直直延伸到薄而宽扁的嘴唇。典型的国字脸，典型的气派人物，猛一看有点像朱时茂。他无法把婚姻纠纷和这张脸联系起来。

高翔递给梁硕一杯咖啡，给自己也倒了一杯。浓郁的香味弥漫，空调打冷的空气立刻有了温暖。

房间宽展，巨大的办公桌上并排放着两台电脑，靠墙而立的侧桌上还有一台笔记本。笔记本旁是一台惠普彩色打印机，侧桌边有个机器，豆浆机一样长着狭长的嘴，他想起来，应该是碎纸机。椅子是大班椅，靠背高耸，上段是颈部按摩手，下段与坐垫连接处突出来，一体化的垫腰。座椅有电源，带动着加热丝蒙在真皮下。四只脚前两个是直的，后两只带转轮，只要前脚稍抬，坐椅就可以轻松前移后挪。进门正面墙上，是一幅毛体书法，写的是为人民服务。左手的墙上也是书法条幅，周恩来名言的前半句，为中华之崛起。右手边，书桌的正面，是一幅山水，流瀑山泉古树森森，几个行者隐匿其间，几乎占了半面墙。后半间屋子由四季屏风隔开，有床，粗布单子铺着，上面叠着两床茶色毯子。

"一般我在这里写论文，行政楼刚给了一间办公室处理政务。实验室在另一栋楼上。"高翔介绍说。

"真是阔气啊，和您人一样。"梁硕抿了口咖啡。

"这是正宗Maxwell，美食家Joe Cheek研制，1985年首次进入中国。是全世界最受欢迎的咖啡品牌之一，气味怡人，口感顺滑。"高翔稍稍触碰杯口，咖啡沾唇即离，咋咋舌，悠长地吸口气。

"我一般喝雀巢。"梁硕回答，他把脚悄悄往回收了收，腹部也随之一紧。

"我和妻子没有了感情，牵涉财产分割。"高翔放下杯子，把手机摁关机，笑了笑，唇上沾着的一线咖啡沫加重了这笑意。

"是的，婚姻，您细讲。"梁硕稍稍放了一点儿胸腹。

"我有一套房子，两个子女。你看，我虽然有两套办公室，有全省最好的实验室，但是住房只有一套。"

"您不想要孩子吗？"

"我有繁重的科研任务。"高翔抿过咖啡，把杯子重重放回桌面。

"存款有多少？"

"没有存款！"高翔突然语速加快。我的工资都花在了家庭里，一家四口都靠我工资活命。

"您有银行卡吗？"

"当然有，现在发工资都在卡上。"

"我是说其他卡，用您名字注册的卡。"梁硕提醒。

"有，不过是空的。"高翔挪挪屁股。

"它以前里面有钱吗？"

"有过。"高翔回忆了一下，手摸了一下额头。

"什么时候，有多少？"

"这很重要吗？"高翔的语气不悦起来。

"当然，您知道，如果以前有，可能会被认为是恶意转移财产。"

"如果买了房呢？"

"房主是您吗?"

"我现在只有一套房,我是给母亲买的。"

"这个……"梁硕有些为难,这里面情况就比较复杂了,"工资是夫妻关系存续期间的,一般属于共同财产。可如果这钱是您借的,只是经过了您的卡……您明白吗?"

"Ok。"高翔把本来前倾的身子靠回去。

"还有其他财产吗?"

"还有两……不……一台车子。这个不重要啦。"高翔兀自笑起来。

"是呢,车子是消耗品。"梁硕也笑了。

"妻子情况呢?"

"全职妈妈。我养活一家人。"高翔又强调了一遍。

"她的诉求是什么?"

"她想要一切,房子,孩子,存款。"

"这个有些麻烦,妻子要这些无可厚非。法律规定,只要孩子愿意,也可以归母亲抚养。"

"那好啊!"高翔又抿一口咖啡,顺手把领带拉松了些。

"可是抚养孩子就需要房子。"梁硕补充道。

"嗯?"高翔把领带又紧回去,"法律不是钻空子吗?"

梁硕把腹部完全放松下来。他喝干了咖啡,空杯子放到桌上。高翔又倒了一杯递到他手上。

"我不会少您咨询费,如果打官司,我请您。"高翔说。

"法律不是钻空子,法律夺人所爱。"梁硕觉得咖啡特别配今天的心情。

"那我要求子女抚养权。"高翔冷笑一声。

有敲门声。

高翔慢吞吞站起来,一脸愠色去开门。

是李红。

"你？"看到梁硕，李红愣住了。

"我请的律师。"高翔坐回椅子，跷起二郎腿。

"好啊。"梁硕把自己的椅子让给李红，想要告辞。

"这就是我丈夫。"李红并不坐，对梁硕说。梁硕眼睛瞪大了。

"你来得刚好，我少跑一趟，让我的律师告诉你我的决定。"高翔又给自己倒了一杯咖啡。

"这个……"梁硕端着杯子不知所措。

"请您告诉我。"李红说。

"大姐，高教授和你想法一样。"

"什么，你们认识？"高翔噌地站起来，椅子被带起，向后滑去。

"她在我家做家政，我不知道你们……"

"你们是合伙来算计我吗？"高翔巴掌重重拍在桌子上，脸成了猪肝色。

"不，我不……认识您。"梁硕解释着，舌头有些不灵便，"我能和您，不，和她单独谈谈吗？事情有些复杂。"

"你滚吧！"

"抚养子女需要收入支撑……"梁硕拉着李红到了门外，耳语了一阵，李红垂头重新进来。

"我要房子。"李红低声说，声音绵软得没有筋骨，也没有血肉。

"不行，你不能要房子！"高翔咆哮起来。

"可是您要抚养权。"梁硕给高翔挤眼色，"刚才您告诉我的。"

"不，我要房子！"高翔把杯子扫落在地上，碎片、咖啡洒了一地。

"好吧。"李红反而高兴起来。

高翔突然醒悟过来，嘴里骂了一句，冲到李红跟前指着李红的鼻子一字一顿地说："我要抚养权，一子一女，一个不能少！"

梁硕躲到墙角去。

李红说:"你要的是房子,你要的是房子。"

"不,我要抚养权,孩子你休想!"

"你杀了我吧!"李红把高翔的手捉住,向自己打来。

梁硕跑过来,抱住高翔往座位上拉。

"我不要房子,我只想和孩子在一起。"李红的眼泪冲下来,可是她并没有哭。

"你休想!"高翔仍然高叫着。

"大姐,我能和他单独谈谈吗?"梁硕问。

李红待在房子里,心又抽动起来,屋里的冷气激得她打冷战,一浪一浪仿佛要把她摁倒。她抖抖身体,牙齿咯嘣嘣响一阵,身体不抖了。

梁硕拉着高翔胳膊重新走进来。

"给我一个,我要房子和无忧。"高翔平静地说,完全没有了刚刚还心情激荡的踪迹。

李红沉默着,她看看梁硕,梁硕目光闪到一边去,嘴里回应道:"大姐,没有工作,法律不会支持您抚养两个孩子的。"

李红看向高翔,高翔点点下颌:"你如果同意,就让梁律师写协议;不同意,就法庭见。"

李红看见无忧、无虑朝她跑来,又跑远了。两个男人,他们交叠着又分开,向墙边退,钻进墙缝里,倏忽探头出来向她龇牙,舌头吐出来几尺长,涎水流了一地,蔓延到脚下,泡住她。她漂浮起来,想抓住什么,手里却是空的。涎水摇晃着她。她猛地踢过去,两堵墙倒了,她终于站上堤岸。

两个男人正等着她回话。李红甩甩手,冷空气像倒放的镜头回收走了,一点儿作用也没有,只有满天满地的热。

一个人影跑进来。

是无虑,一脸的泪。李红一把把女儿搂进怀里。

"走，咱们回家。"李红捂住无虑的眼睛。

"不，我想问你，"小女孩挣脱出来，走到高翔面前，摇着他的手，"爸爸，你为什么不要我？"

李红扑上去，把无虑紧紧箍住。

"你为什么不要我？"

"他还是你爸爸。是妈妈不好，走，咱们回家。"

无虑在李红怀里，揉着肿胀起来的红眼圈，被李红拖着向外去。

"回家看不到你，哥哥也没回来，我就找过来了。"无虑哭着说。她衣服透湿，背上的书包小山一样压着瘦小的身体，"我要和哥哥分开吗？妈妈，为什么爸爸不要我？"

"不哭不哭，妈妈再不离开你了。"李红把书包甩上自己的肩。楼道里除了无虑的哭声，一切都静悄悄的，坟场一般。

高翔和梁硕换了位置，梁硕伏案起草离婚协议。写完，他给高翔念了一遍，高翔点点头。"也只有这样了。"他叹口气。梁硕开打印机打印。

笃笃笃，笃笃笃。又是一阵敲门声。

门口是梁倩，一身的汗，气喘吁吁。

"你怎么了？电话怎么都打不通，以为你出事了，把人吓死了。"来不及阻拦，她抱住他。

"有人……给你说过，我不叫你你不许来。"高翔低声说着，从她臂膀里挣脱出来。

梁硕听着耳熟，转过身，惊叫一声愣怔在原地："妹妹！"

梁倩捂了一下嘴："哥哥？你怎么在这儿？"梁倩把皱了的裙子抚平，脸绯红绯红。

"你怎么会来这儿？"

"好吧，我告诉你，他是我爱人，我本来想过段时间说的。"梁倩平复了下呼吸，向高翔招招手，"给我杯冰水好吗？"

高翔在屏风后面开了冰箱，冰块在杯子里叮铃铃响，加水的时候，杯子掉在地上，又是一次破碎的声音。终于端了一杯冰水出来。

"你开什么玩笑？"梁硕一把夺过杯子。

"我……"高翔跌坐在凳子上，他腹部收紧了。

"不，哥哥，是我。"梁倩上去，挡在高翔前面。

梁硕想把梁倩拨开："你说什么？他是有妇之夫！"

"可是他打开了我的爱情之门。"梁倩说着，把高翔的手握住。高翔紧紧攥住这只热烫的手臂，仿佛一松开它就飞了。

"他怎么就迷惑了你，啊？"梁硕眼里起了刀子，刀子穿过去，直扎妹妹身后的男人。

"他和妻子没有感情了，他已经给我买了房，我们就要结婚了。"

"你这个王八蛋，我妹妹还是黄花闺女！"梁硕一脚踢过去，梁倩去挡，哎哟一声。梁硕俯身托住梁倩，揉她腿伤处。高翔退到屏风后面。

"你是鬼迷了心窍哦，你是鬼迷了心窍哦。"梁硕捶打着自己的胸膛。

"不，哥哥。"梁倩挽住哥哥的胳臂，滚烫的脸颊贴在那只刚刚写完离婚协议的手上。

咚咚咚，咚咚咚，又是一阵急促的敲门声。

"他妈的，今天见鬼了。"梁硕骂着拉开门。

刘欢闯进来。

"高翔，高翔呢，你以为你藏了就什么事都没有了？"

"你是谁？"梁硕冷冷地问。

"你是谁？我找高翔，他骗我说给我一辆车，却是要我坐牢啊！"

"为什么？"梁硕问。

"车是我的名字，钱是他的科研经费。现在好，开始查账了，说是我挪用公款。高翔你滚出来！"

"车是给你的，手续可以改补……"高翔从屏风后面钻出来，嗫嚅着。

刘欢扑打高翔。

"怎么改？怎么补？"刘欢继续捶打。

"他为什么给你买车？"梁倩问。

"为什么？他把我……哟，原来是你啊，我就听说有个哈士奇样的骚货在拆他家，原来真是漂亮年轻啊。"刘欢松了高翔，上去扇了梁倩一耳光。

梁硕抓住刘欢的手，把她甩到墙根去。

"弟弟，有人欺负我。"掏出电话，刘欢哭着喊。挂了，叉着腰盯着高翔，眼瞳里，他的肉一块一块被剜下来。转眼，又剜梁硕梁倩。

不多时，一阵杂沓有力的脚步声，闯进来几个彪形大汉。

"弟弟。"刘欢叫秃头的大个子。

"谁？"刘铁环视着一屋子人，他身后的男人包围上来。

"我是她的……"高翔话音未落，胸口吃了刘铁一拳。

"你敢欺负我姐！还有谁？"刘铁铁塔一样的身躯，铜钵一般的拳头晃着。

"别打他！"梁倩扑上来挡在高翔面前，高翔的手环过来，看见梁硕血红的眼睛又缩回去，把领带正了正。

刘铁的拳头再次高扬。

"是他们！"刘欢哭起来，手抱着头，目光从指缝透过。

"你才是第三者！如果打架能解决问题，你冲我来。"梁硕指指刘欢，掇了凳子，凳子指向刘铁，瞳仁里蹿着火焰。

"谁？"刘铁的拳头依旧在半空。

"多么丢人啊，不要再闹了。"梁倩喊。

"好了。"刘铁终于清楚了，他脸色阴沉下来，一忽儿红一忽儿黑。刘铁带来的人面面相觑，等着刘铁指示。刘铁一巴掌打在刘欢脸上。

"你敢打我！"刘欢哭得更厉害了，"你们等着，我去找校长说理！畜生！骗子！我去你家里说理！破鞋！烂货！"她跑了出去。

"妹妹你真傻啊！"梁硕嘴唇翕动着，凳子从手里掉落。

"不，我爱他。"梁倩回道。

转过一处飞檐，是两排街面房，家家门口竖着花圈，初看都是卖纸扎的，白的黄的纸花在风中飒飒。细看又不相同，花圈有一人高的，有两丈高的，有固定式的，有折叠式的。店铺里的台格，有的两边依墙，有的在铺中央凸起。顾客进店，或老或少，店主都会站起来迎，即使顾客心情沉重，根本就没有看他们任何人。店主们眼巴巴看着客人在进去的那家迅速地挑选和砍价，拿走了灵堂阴纸，才重新窝回破旧的躺椅。这是他们的仪式，保持着对顾客的尊重。

高陈氏每天从这些店铺前经过，伢子长大，这些年店主换了多少茬已记不清，她只知道花圈送走了一茬一茬亡魂。

"伢子，回来呦。"高陈氏往往在饭时喊。

店铺里就有回应："你个哈货，把我花圈拽倒了。"

"咋了，风刮倒的。"

伢子踢着脚，一蹦一蹦地跑。

"哈东西，玉女的飘带都给你扯断了！"

"那点力气，能扯得断吗？"这回是高陈氏的声音。她在狭窄的泥巷子回转身，拍着胳膊肘在墙上蹭到的灰，像拍落店主的抱怨。

"送死人的，你不嫌晦气！"

"好玩，总之要烧掉的。"伢子把高陈氏的裤带隔衣扣住，让她叉开腿，从她腿下爬到前面去。

"死了人，他们为啥不哭？"伢子问。

"他们是买了祭品回去哭。"

伢子把高陈氏踢一脚，表示对回答不满意。

"那他们咋不红眼睛？"伢子两只小拳在眼睛前做揉状。

"他们在棺材前才红眼睛吧？"

高陈氏又挨一脚。

"那你说呢？"

"他们一点儿都不伤心。真哭的人没气力，拿不动花圈。"伢子说。

伢子跑起来，把巷子踢得咚咚响。尽头，是他的家。

到家里坐下，高陈氏摸索出一只红苹果，一圈一圈削皮，清香果味溢出来。

"我要吃。"伢子把饭碗扔到一边。

"好好，我削完。"高陈氏抵挡着伢子的摇晃和拳脚，削完，把刀缝漏掉的一点儿皮小心地剔除，切开。

"你哈你哈，苹果心心都坏了你给我吃。"伢子哭了。

高陈氏惊愕地看着薄薄白肉里面发黑的果心，说："还有一个，还有一个。"又摸索出一个来。

"切开。"伢子打了一下她又要削皮的手。高陈氏把刀轻轻扎进去，却不切。

"快切！"

切下去，两个半圆的白，两坨厚厚的黑。

"你哈你哈，叫你藏好吃的，叫你藏好吃的。"

高陈氏嘎嘎地笑着，干瘪得难看。

伢子确定的确只藏了这两个苹果后，掏出了作业本。

高陈氏用刀尖仔细地旋掉黑心，把薄薄的白塞进伢子嘴里。

"苦的。"伢子说，头埋在作业里。

"喂狗吧。"高陈氏也咬了一口说。

"好啊好啊，毒死了我好给它送花圈。"

某年后的下午，高陈氏手拂过花圈，纸窸窸窣窣脆生生地响。

"又想你伢子了？他好久没有回来了。"有店主问。

"啥伢子？"高陈氏停住脚，眼睛起了棱，她瞪着店里一对纸糊的金童玉女，"读书人能那么闲吗？像你们天天赖在躺椅上？他要做实验，叫什么基因，就是你是男的就只能是男的，狗只会吃屎……"

"为啥不能是女的？"店主故意问，高翔曾几次带着女的回来。

"女的，她也要过了男人的手，所以才叫基因……"

店主惊愣住。高陈氏觉得自己回答得很高明。都是些没文化的，她心里撇了一下嘴，下巴高扬着。

那年大学放假，伢子带回来一个女子。他们早上从纸扎店铺前出去，晚上穿过巷子回家。

"伢子，晚上你怎么睡？"高陈氏悄悄问。

伢子把嘴朝屋里努努。女子在里面。

吃过饭，高陈氏在屋子里焦急地转着圈圈。"伢子，被子我才拆洗了，不够我去店铺借去。哎哟，你看你那个哈叔，他对你又不好，我才不想向他开口呢。你们将就一床被子可以不？"

"谁让你早不拆晚不拆。咱们……"伢子屋子里声音小下去。

"高翔，你叫伢子？伢子！哈哈哈，哈哈哈。"屋子里忽地闹腾起来。

从此，高陈氏不再叫伢子，叫高翔。"高翔，你吃完了吗？我要洗碗。高翔，洗脚水在盆里。高翔，你别看基因了，伤眼睛！"

"高教授又换了女朋友？"再过些年，店主小心翼翼地问。

"他不能换吗？"高陈氏把头昂起来，眼睛瞅向半空，回家，巷道里脚步噔噔噔的。

店主的话提醒了高陈氏。有儿有女，李红这个妖精就知道离婚。她想去看看高翔。

高陈氏换了平时舍不得穿的绸衫，挑出平绒裤子，挎了个包。走过了拐角又想起什么，回家把箱底压着的纸包和借的钱一起包了，塞进裤子腿，一层层往上卷，最后用裤腰裹住，皮筋扎了，又找一截塑料绳捆了三四道，

紧紧捂在腰前去赶车。

到得省城，到得高翔家门口，却敲不开门。

"你找高翔？"一个男人问高陈氏。

"你认识高教授？"高陈氏从门口拐包上挪挪屁股，她要站起来，却还是实实坐在拐包上。

"不认识。我住这边。"那人说，指指边上一道门。

"他是我儿。"高陈氏下巴翘起来，高过了鼻梁，白头发像花圈上那些纸花一样骄傲。

"哦，他可能不会回来了。两个女人吵架，打了一架后又打他，他说你们别想再找到我。"那男人眉梢皱皱又松弛下来，恢复了刚看见她时的样子。

"伤着他了吗，伤着他了吗？"高陈氏手拽住门框，几欲站起，却抓不住光滑的门铁。

"一个叫刘欢，一个叫什么来着？"那人拍了一下脑门，还是没想起来，"她互相吼名字，闹得挺热……挺大的。"

李红！高陈氏心里骂道。

"你给高翔打电话吧。"那人朝自己家走去。

"高院长！高翔是你叫的？李红这个不要儿女的妖精！呸！"这次高陈氏骂出了声。

那人砰的一声关上门，整栋楼都晃动了。

怎么可以上电视

"你要上电视了,你还不走?"国强把土土往外拽。

"上什?我不上。"土土很后悔把儿子的事告诉国强。都是你骚情,儿子是儿子你是你,自个儿乐一下就行,你偏要给他说。土土把自己骂了好几遍,幸亏被机器吼叫声遮住了。

"走走。"国强扯土土的衣服。

国强是师傅,土土来这个单位先认识的他。

"去,靠边站着。"国强头都不抬。机器把地面震得像跳舞,土土忐忑不安地呆站着。

"交给你了。"车间主任说。

"什?我才出师了一个。"

车间主任把土土撇下走了。土土就站着不敢动,他眩晕,车床上的锭子转得。

等到机器停了,国强看见了土土:"你,你咋还站着?"土土赶忙说:"其他人都走了,师傅。"

国强摘下口罩,拍打身上的灰。土土说:"师傅,就咱俩了。"

国强擤鼻涕，纸上一团黑。土土说："师傅，脸盆里我打好了水。"

"倒杯水去。"国强不耐烦地指指桌子上茶油厚厚的搪瓷缸子。

"我倒了三遍了师傅。"土土把发麻的腿脚悄悄活动了一下，又去换了一杯水。

"锭子一定要这么插进去吗？"国强喝水，土土把一只锭子插到钎子上。

"你倒学得快。看你这什样子，估计只有我要你了。"土土把零散的锭子收到筐子里摞整齐，国强扔给他毛巾，"明天还这样弄。"

土土成了国强的徒弟。

国强说："土土，你来厂里多少年了？"土土把指头掐了掐，说十六年了。国强说："一个女娃都要成媳妇了，你还不上电视？你儿都上了。"

儿子上中学呢。都怪自己在师傅跟前显摆。

国强把土土往街上拉。土土说："师傅我真的想把锭子缠完。"国强说："你能还是师傅能？""当然是师傅能啊。"国强说："那你还不听话，把师傅气死啊？"国强只比土土大一岁，可是国强是师傅，土土得听他的。"你知道当初为啥没人带你吗？"土土不知道。"车间主任说了，你是个瓷锤，出个屁都要去厕所放。""那你咋要我了？"国强说："我倒了血霉了，自己出色不了，又来一个。"

街上已经华灯熠熠，饭摊收了，夜摊上了街面。一溜烟的光膀子，如果有个女人在桌上，猜拳的卖弄酒令能把机器声压下去。"师傅，街上比车间吵。"土土想回去。"你骚情的今天回去我就不是你师傅。"土土说："师傅，我都出师五年了。""你知道师傅要叫一辈子吗？你骚情的就是看不起我，和主任一尿样。"土土说："师傅拿了三年的先进，主任咋会看不上你？"国强说："你都五年的先进了咋不上电视？他就是欺负我哩。"土土想反驳，可不知道该说什么，指着烧烤摊说："师傅我请你吃烤肉。"国强说："占时间，一碗面吸溜完咱们去看小姐姐。"

广场上摩肩接踵，汗味、脂粉味、脚臭味轮番往鼻子里钻。土土觉得还是锭子上的棉线味道好，淳朴厚实，天天闻不够。"我进厂就喜欢上了。""你是喜欢那些娘儿们了。"土土说："我都结婚了师傅。""你是男人不，你看哪个狗日的领导不喜欢女人？""我们厂领导是女的。"国强往地上狠狠吐了一口说："所以车间主任都是男的。"土土说："我们也是男的。"国强的痰唾在了逛街女人脚边，土土给女人道歉，国强把眼睛一棱："想咋？"逛街女人想争辩，旁边的男人把女人拽走了。"看见了吗？这狗日的社会。你就是个瓷锤。"

土土挨着骂，就到了小姐姐玩耍的地方。

土土和国强把一口锅搬下车。"这下就能耍了。"土土说："师傅，还得要三角铁。""我都拿回来了。""师傅，你咋拿的厂里的东西？"国强说："我是厂主人不？""是。""那我为什么不能拿自己的东西？"土土说："厂里的和自家的不是一回事。"国强把三角铁往土土怀里一靠："就你屁话多。"土土说："师傅，这个得要电焊机。"国强从屋里拉出电焊机，接上电，把遮光罩扣在土土头上。"师傅你来。""手艺都让你学完了，你倒谦虚开了。我扶角铁。"

土土把角铁先焊了底座，又焊了立柱，拨拉了一下，结实。又拨拉了一下，倒下去能弹回来。"师傅，可以上混凝土了。"国强和了水泥浇筑到里面，齐锅沿抹平叫土土上去。"师傅我抱不住。""去去去，我来。"国强站上小平板抱住立柱叫土土扳他。土土一扳，国强倒下去，又晃悠悠弹起来。"成了。"国强跳下来。土土说："这不叫人笑话吗？""谁笑话你？小姐姐天天摇个扇子，里三层外三层，摇出个屁来了能上电视？""成千成万的人来朝圣哩，兴许是她长得稀？""你这五年的先进不比她先进？"

下班了，土土说："我不想去，脸臊得很。""我费了这么大的神出的主意，你以为是为我啊？赶紧走。"土土就是不关机器。国强把电闸拉了。"师傅，我回去要给娃做饭呢。""做什，我请你吃泡馍。""我腰

不好，十几年都站出毛病了。""这不就对了吗，耍不倒翁是最好的活腰方式，你看小姐姐那腰忽闪得软面一样。"土土只好往广场去。

"人多处才卖母猪肉呢。"国强否决了土土在广场边耍的提议，把不倒翁拉到了小姐姐的对面。小姐姐那边里三层外三层，照相机的闪光灯亮得刺眼。国强把土土绑上立柱，马褂子套上，红鼻子小丑面具拴上说："看哪个货能知道你害臊。"用力一扳，土土就往地上倒去。土土吓得怪叫起来。国强不管他叫，不停喊着："扭起来，扭起来。"弹了好几个来回，土土感觉好些了："师傅我能稳住了。"国强把锭子递上去说："耍起来。""我耍不起来。""你骚情的一分钟布锭九十个，花式收锭一百一，全厂第一，你哄我呢？""我真的耍不起来，脚下是虚的，头晕得厉害。""你先耍两个锭，以后再上三个四个，耍死小姐姐你就上电视了。"国强开始喊，"快来看，快来看，不倒翁哥哥耍锭了！"小姐姐的外围观众听见了，回过头来看土土，张望了一眼说："看，那边又有个不倒翁。"有人说："小丑嘛，跳大神呢，哪有小姐姐好看。你看姐姐那腰，那身段，那水色……"说完又扭回头看小姐姐去了。国强不停地喊，嗓子都喊哑了。给小姐姐拍完视频的记者好不容易挤出了圈子，抹着头上的汗水看见了小丑土土。编导说："给个镜头，搭配一下。"摄像说："丑得一比，这不糟蹋镜头吗？"扛着摄像机走了。国强看着土土东倒西歪的背影骂道："就你骚情的会布锭，你要是早玩这个，还有他们的世事？"

不倒翁被扔在了楼下，土土叫收破烂的拉走。"你敢？我千辛万苦才想的主意，现在嫖娼的能上电视，偷盗的能上电视，逃税的能上电视，吸毒的能上电视，贪污腐败的能上电视，你是先进我就不信不能上电视。""师傅，我就干我的活儿，我不上电视了。"国强骂道："你还是我徒弟？我徒弟的儿子都上电视了，我徒弟能不上电视？"

说归说，国强也没有好办法，眼看不倒翁在楼下生锈了。

吃完饭，儿子问土土："楼下有个不倒翁很好玩，我去玩会儿。"土土说:

"你不好好学习，玩什么玩？"儿子说："抖音上不倒翁小姐姐的视频点击量几个亿，你知道这是什么概念？"土土说："几个亿？我的纱锭要转几十年。""所以咱们也去玩啊。""我不去。"儿子噔噔噔下楼去了，一会儿楼下就传来一阵阵尖叫声叫好声。媳妇锅碗洗刷了一半，也噔噔噔下楼去了。土土给国强打电话："这下不用卖破烂了，孩子喜欢。""这就对了，你是个不成器的。"

土土上班，下班，几天不见国强，问主任，说是请假了。土土继续上班下班。一周了还是没见国强。晚上说起，儿子说楼下的不倒翁不见了。土土赶紧打电话，没人接。次日上班，土土心不在焉，锭子装坏了十几个，棉纱浪费了半布袋。

土土到广场去。广场上人山人海。他跨过唐诗广场，翻过宋词假山，绕过红歌舞坊，转了几个来回，没有。又去音乐喷泉。"万里长城永不倒，千里黄河水滔滔"的歌曲震天地响，喷泉喷出来世界第一的高度。土土心急火燎，汗衫在身上黏着。小姐姐的圈子外面，他瞪大了眼睛。每次小姐姐倒下来的刹那，就有帅哥哥小姑娘恰到好处地拍照合影。一个大爷架着孙子，等在旁边。小姐姐倒下来，向上勾着头，妩媚地笑着，合影里和爷孙的笑脸和谐在一起。电视台的记者跑前跑后地拍着。小姐姐耍不倒翁的镜头抖音里有，头条里有，快手里有，电视、手机里都有。

土土跑累了，在阿Q铜像前坐下擦汗，哪里去了？他问自己。不会出事吧？他又想。对面是一位盔甲大哥，一手錾子，一手拿锤，锤子慢慢砸过来，"咣"，砸在錾子上，人群哈哈笑起来。有妹子喊："哥哥，给笑一个。"盔甲哥不笑。妹子又喊："哥哥，你不笑，我回家先睡了。"錾子大哥笑了，人群笑得更厉害了。猛地，土土觉得他肩头挨了一拍，转过头，什么也没有。刚坐下，又是一拍。偷眼翻上去，妈呀，阿Q活了，正拿毡帽拍他呢。

土土沮丧地回家，晚上，他做了很多噩梦。

土土越发后悔了。他给儿子说:"我不该给国强说。"儿子说:"说什么?""我说有人上电视了。""谁?"土土没说。儿子说:"我也要上电视。"

这天土土正往钎子上布锭,主任说:"你来一下。"土土跟着主任走。土土意识到可能跟国强有关。果然,一进门主任就把门关了。主任问:"你师傅是不是对我有意见?"土土摇摇头说:"我师傅很感谢您,您给了他三次先进,给了我五次先进。"主任说:"我的意思不是这个。""那主任您是什么意思?""我想提拔一个副主任。""那肯定是我师傅啊,他就知道工作。""你考虑还有谁?"土土想了想:"我看就只有他合适。"主任说:"你不要告诉别人。"土土出了主任的门,想把这个好消息告诉国强,可是,电话还是打不通。

晚上,土土一个人吃烤肉喝啤酒,他觉得师傅才是个瓷锤。

土土照样上班。上班,他布锭,偶尔耍着花样装锭,那时会有女工围上来看他耍,或者叫他教她们耍。晚上睡觉,媳妇在旁边呼呼地睡,他睡不着,脑海里不倒翁晃来晃去。再过了一段时间,他把不倒翁忘了,国强还是在他脑子里转。见到国强的时候,他已经把上电视的事忘了。

周末,儿子说,上课累死了,脑前叶是作业,脑回路还是作业,我要去看小姐姐。土土说:"广场上有好多唐诗宋词,有精美的风俗铜雕,看看也好。"

密不透风的人群。小姐姐周围已经围了成千成万的观众,好多人不远万里,从首都、从广州、从上海风尘仆仆而来,拍了视频,看了摇扇子,心满意得地再赶回去。土土扯儿子,儿子不出来。

这时,土土看见了国强。

国强头上包了陕北风格的白头帕,两个帕角像白兔耳朵,脖子上围着一条红丝巾。他赤着上半身,胸脯油光水滑,在夜灯照射下星光乱射。下身半截水桶裤,绿得像法国绒,腿间吊着一把大铜锤。他站在不倒翁上,匍匐，起来，站直，倒下。那只铜锤晃来晃去，随时要把裤子拽下来的样子。

国强看见了土土。"嗨，徒儿。"土土看着那把铜锤，转身想走，国强又喊，"嗨，你别走。"一个人走过来，给他手里塞了一把塑料环。"土土，套。"

土土不明白。儿子夺过土土手里的环，套一只在铜锤上，把国强扳倒，"射！"国强弹起来，塑料环被投出去，落在散开的标着不同价码的各种美女娃娃中间。"你不走运。"国强说，"继续。"儿子又来了第二次。没有中。第三次套住一个日本美女。

媳妇也要来。国强转个身，那边是一群帅哥，穿着汉服，胸脯垫得高高的在跳舞。他又回转了头。

"你咋会？"儿子说抖音上看的。国强在土土耳边说："我们以前丑得不到位。这个挣钱，真的，狗日的。"土土拉了媳妇儿子回家。他心里难受。儿子说，你不看抖音、快手、头条，国强叔叔现在是网红，很大很大的网红，和小姐姐齐名了。土土说："快走，我恶心得厉害。"

国强真的完成了他交给土土的任务，上了电视。那天，学校开家长会，有专家上课。专家说："现在最要紧的是教育家长。"后面专家的话土土没记住，因为专家批评了家长，毫不吝啬词语。土土觉得自己很浮躁，羞愧难当，因而把专家名言警句的教训从耳边都滑了过去。学校为了家长更好地学习，专门为每位家长从专家处购买了教育资料，一套八百元。土土拿回来，郑重地把电视机前的杂物收拾干净，把儿子按在座位上观看。因为学校要求家庭共同学习，"那样才有效果"。看了十几分钟，专家喋喋不休的说辞让儿子很不耐烦。案例出来之后，儿子才把不停把玩的手机放在一边。土土看到了国强。国强在玩不倒翁套圈。这是一家电视台对国强的采访节目。因为国强的流量已经远远超过小姐姐、李子柒、易中天，其带来的经济效益以亿计，他被称为新经济形态的创新者。国强在电视节目里透露，他腿间的铜锤由原来的塑料镀铜换成了真金锻造云纹空心锤，"它

将为新经济带来更巨大的促进。狗……"国强在节目结尾总结，似乎意识到不该说脏话，他补充道，"Go, let's go！"看到这里，儿子说："爸爸，英雄不问出处啊。"土土羞得满面通红。

土土午休的时候，女工们把他围在中间，要他讲师傅耍铜锤的故事。土土说："我不知道。"女工们粉拳乱捶："他是你师傅，你骗谁啊！"土土不说，女工们更加迫切。她们找到主任，让主任逼着土土说。土土只好说："他那只铜锤，我和他……"讲到精彩处，车间爆发出一阵阵欢呼、惊叹。主任为了满足大家的上进心、求知欲，又专门停工开辟了时间，请土土做专题讲座。土土为了讲好，把自己和国强制作不倒翁，怎么从阿Q铜像受到启发创造出空心大铜锤，怎么提炼出套圈游戏等等，做了深入而细致的整理，当然免不了添油加醋。总之，土土成了著名讲师。

因为儿子上学的缘故，学校在家长会的时候，邀请土土做创新性思维专题讲座。他赢得阵阵掌声。好多电视台约不上网红大忙人国强，就约土土采访。"哇，你爸爸原来这么厉害啊！"老师和同学们认识到土土厉害，似乎土土儿子也厉害，为此，儿子座位从后排调到了第一排，也上了一次校园电视。

土土想上电视没做到，可是师傅国强做到了。

土土在电视里常看见国强。

土土又在电视上看到了国强，那时他情绪更加高昂，他畅谈着自己创业的经历。"我们主任说，给你副主任好吧？我才不信呢。我徒儿比我能干踏实十倍，他都没给，为啥会给我？我要创业。"国强对着镜头说。之后，是沉默。

"照顾好儿子。"土土和儿子，以及国强的儿子坐在电视前。看到这里的时候，不知道国强说的是哪个儿子。总之，国强盯着手腕上的手铐，不说。

据说，他是涉嫌用那把空心锤诈骗，诈骗了多少，诈骗的谁，没有报道。

土土向车间主任请了假。"抖什哩？"从车里出来，他就骂自己。他把自己的腿稳了稳，把一大包东西交给狱警，跟着另一个狱警朝前走。他看见了铁丝网、哨楼和枪。阳光很好。秋天一点儿都不凉，他都出汗了。"到了。"狱警说。"到了？"土土回答。

尽管在屋里，国强的头皮还是泛着光，那一头乌黑的发以前藏在陕北毛帕帕里，露出两只兔耳朵。现在被剃了，显现出原先的土壤。半年不见，国强脸上的肉有点长横，隐隐约约可以看见愈合后细微的伤口影子。

"你来干啥？骚情的。"

他给狱警说："我徒弟。"后面的狱警笑着递给他一根烟。

"师傅你白了。"土土说。

"我现在忙得很，经常上电视。"

"车间主任换了，主任升副厂长了。女主任很漂亮。"

"我知道，我吃得好，睡得也很香。"

"师傅，这是我当年见你时的衣服。"

"我和明星、商人、官员、医生、盗贼在一起看太阳，奇怪的是没有强奸犯。"

"儿子都很好，现在天天晚上做作业，没有乱跑。"土土说。

"我发现自己有了新技能，如果我想哭，眼泪立马就下来，下雨一样。如果灯光打开，记者意想不到的效果都能拍出来。"

土土想说"不倒翁卖了废铁"，到嘴边却换成了："你好好的，少抽点烟。"

国强不抽烟。厂里都是女人和纱。墙上有标语。在家里国强也不抽。国强一分钟布锭八十九个，花式收锭一百零九，全厂第二，仅次于自己。

"你去广场不，看喷泉不？"国强问。

土土再没去过。他也不准媳妇儿子们去。

"咱们厂要股份制改革了，厂长和主任们都入了股。"

"我早知道，我问你看喷泉不？"

土土没办法，就说："不看。儿子以前也没上过电视。"

"小姐姐不行，我耍的花样她没有，她脸好看，我姿势妖娆。"

"马上要考试了，作业一摞一摞的。"土土说。

国强把手从底下往上扬，手里的烟上下翻舞。土土不明白。

"瓷锤，喷泉，世界第一的喷泉。"

"我该回去了。"

"你看的喷泉是死的，水上去了，落下来还是一泡水，尿一样。要是人呢？"

"师傅，我真的该道别了。"

"把人喷上去，配上筋斗云，下来有强力弹簧垫再弹上去，男人女人，老的少的，一起弹，那才是真的喷泉，好看。要是不穿……"

"我带了一些吃的喝的穿的，警察会转给你。"

国强转过身，问警察明天有采访任务没，警察又递给他一根烟。

"真的没有强奸犯。"国强冲土土背影说。

国强始终没有问儿子的事。土土也没有告诉国强，儿子在他向师傅吹牛的时候真的没有上电视。

"以后你有什么打算？"

"爸爸，我要上电视。"儿子不知道谁是他的偶像，他每天的任务是做作业，没有几个人给他留有深刻的印象，而那些经常上电视的人，他又说不出来敬佩他们什么。爸爸逼着问，他就顺口答。

土土从车间把师傅那只搪瓷缸子找出来，细细洗刷了交给国强的儿子。

那天晚上，土土哭了好久，好久。

回旋踢

"我该怎么办？"

文一兵看着眼前忧愁满脸的女人。她三十五六岁，额头光洁，耳垂上两粒不大的镶钻耳钉在波浪形发丝中若隐若现，叹着气，神情焦躁，腿并拢稍稍向左侧，放在腿上的双手，下意识地绞着手指，还有些微微发抖。显然，楚楚动人的她真是被吓坏了。那些衣服遮盖之外的皮肉的白，放大着这种恐惧。是啊，对一个即将被提拔为副处长的人来说，让提拔胎死腹中，还有比醉驾这样莫名其妙的行为更差的理由吗？而这个人正是她的丈夫。

"老魏上周才被考察过……"女人的眼泪在眼眶里打转，如果文一兵不答应帮忙，那泪水一定会淌下来，打湿支着交叉手指的短裙。

"我想想。"文一兵把头发往后捋捋，那喷过发胶定型的大背头并没有丝毫变化，因为他的手做出捋的动作，却只是轻轻拂过头发，"昨晚有十一个人，王厅长坐在主位，左边是张处长，江处长，姚局长；右手是李主任，我，刘馆长，郭教授。魏处长是坐在王厅长的对面，其实昨晚他没有喝多少酒，也没有谁故意去灌他。大家轮番给王厅长敬酒。"

"不是问这个，老魏被扣留了……"女人绞手指，能听见细长手指关节的轻微咔吧声。

"确实是这样的，三瓶茅台，王厅长能喝一斤，大家一个个抢着给他敬，刘馆长需要提拔，给王厅长敬了三回，姚局长敬了两次。我和魏处长只敬了一巡，气氛太热烈了……"

"文部长，老魏还不是处长，正要提拔就碰到这种事，一扣留就……"女人的眼泪真的掉了下来，她也不擦，白皮肤里留下两道黯淡的印子。

"是拘留，一般来说是行政拘留。哦，他撞人了吗？"

"没有，可是抽血了。"

"那就问题不大。这一桌都是大人物，拘留嘛，碎碎的事。"

"他的手机关机。除了您，我一个领导都不认识，只能来求您了，我是个家庭主妇，陪读……"

"和这个没关系。王厅长虽然是二级巡视——巡视就是厅级，副处也是处级，就是科长也要升的嘛，提前叫，升得快啊——他的人脉那叫广啊，半个省城都搬得动，可是这么小的事，不能麻烦他：大人物的作用要发挥在刀刃上。张处长是规划办的，我们很熟——他和交警队不熟；江处长是农业厅的，我们经常在一起喝酒——他和公安不打交道；文物局刘馆长和久安大学郭教授就不说了。对了，李主任，"文一兵肯定地点点头，蛮有把握地又把头发往后捋："李主任！"

女人眼含期待地盯着文部长："您快说！"

"李主任是个人物，街道办事处主任。你可别小看，主任和主任是不一样的。有的在街道办当一辈子官也是穷光蛋，清水衙门嘛，除了收税、搞搞卫生、为店铺服务还能干哈？挣钱也是零碎。李主任这个街道办就不同了，拆迁。拆迁知道吧？"文一兵眼睛大瞪，更紧地盯着女人，仿佛要告诉她天大的秘密。

"知道一些。"女人微微点点头，表示明白文部长话中的含义。

"你知道有多少人求他吗？门口的车络绎不绝！宝马，奔驰，霸道……

都是豪车！来来往往的不是实权人物就是富豪，啧啧！"

"怎么联系他？"女人的泪水止了，眼睛放出光来，似乎终于看到了救星。

"那家伙红火啊，好多领导写条子，请他在批地的时候照顾。开发商更是。怎么说呢，你见过腐肉吗，烂了半个月，绿头苍蝇？"

女人点点头，想了一下，有点想呕，强忍住了。

"就找他！我们关系很好，两个弱电商要项目，就是我给牵的线。他一定会把人捞出来。"

"谢谢文部长，还是您有办法。您给他先打个招呼，我这就去拜访他。"女人激动得急于站起身来。

"嗯，我翻翻他的电话，哦，这个不是，这个不是，哦，对了，李光河，就是他。你记下，就说我叫你去的，他绝对认我。怎么会不认识交警队的人呢，他真的是门庭若市！"

女人记下电话，急匆匆往门外走。

"嗨，我倒忘了，他到底撞了什么？"文一兵送女人出门，在后面问。

"马路牙子。"

李主任家房子气派，硕大的鱼缸也气派。别人家的院子大，砌个照壁。他家客厅大，悬只鱼缸。一进门，一缸红的、黄的鱼游来摆去，在一排射灯照耀下，金碧辉煌。水底，几丛鱼草微微摇曳，三五太湖石静卧碧池。鱼群从石孔穿进穿出，织布一般。

最引人注意的是那只琵琶鱼。

"琵琶鱼，就是清道夫。"李主任眼睛斜了斜说，"这种鱼只要有水就能存活。它们经常吸附在水族箱壁或水草上，舔食青苔，是水族箱里最好的清道夫。我刚买鱼缸的时候，还没有投放琵琶鱼，金鱼、海鱼的排泄物，一周就是一层，偌大的鱼缸，换水，清洗，得忙半天。等到清道夫入池，那是风卷残云，池水净了，太湖石重新泛了清辉，那些花花绿绿的鱼

儿，看起来更加鲜艳夺目。"

李主任往缸里投了把鱼食，鱼群瞬间抢光。他转过身来对女人说："喝茶啊，你说哪个文部长？"

"《都市晚报》策划部的文一兵部长。"女人又强调了一遍。

"哦，我想起来了。"李主任抿了口酒，眼睛看着鱼群，"这鱼也能吃。在泰国，有商贩把琵琶鱼剖开，铺上大料，洒了黄酒，架在火上烤，倒也有些滋味。泰国称之为神仙鱼。也有朋友说，这鱼吃东西不择好坏，所以满身长满了斑点，黑不溜秋，多刺少肉，腥臭污秽得很，难以下咽。一般都是晒干粉碎，做禽畜饲料。由于是外来物种，这种半圆桶形的鱼在国内还没有天敌。它在江河中很容易大量繁殖，会威胁本地鱼类的生存，破坏生态链。你看，这鲜嫩的鱼草叫它啃的，过不长时间，就得重新栽种——可是这又有什么关系呢，我的鱼缸清净啦。"

"李主任，我是来请您……"女人把茶杯放回古木茶几，茶水还和端起时一样满，茶叶在杯中枝枝挺立。

"我卧室里还有一缸鱼，你来看。"

女人站起来，随李主任走进卧室。

房间真大，女人暗暗惊叹。有卫生间，有功夫茶桌，有真皮沙发。鱼缸在沙发旁，是大卧室风景的主要装饰，一道帘幕，隔开那些射入水中的光亮，卧室里灯光明灭，别有洞天。可是女人心不在焉。

"认得这是什么鱼吗？"李主任晃晃酒杯，"这是食人鱼。我在原来的鱼群里投入几条食人鱼，不几天，鱼缸里就只游动着这几条食人鱼了，其他的鱼，连个渣渣也没剩下。从此，我喜欢上了这嘴尖身小却天下无敌的小鱼儿。得闲——我真的太忙了，每天都是上门要地要项目的人——我会坐在这只高脚凳子上，一手端了盛有茅台或者法国红酒的杯子，品咂着美酒的味道，一手往缸里投进一点儿吃剩的肉食，看食人鱼们左撕右抢。当然，我最喜欢的还是往缸里投一条两条小金鱼。金鱼拼命地逃，那一刻，仿佛金鱼的鱼鳍都要扭断了,但终究没有逃脱被追上的命运。这条鱼上去啄一下,那条鱼上去啄一下,金鱼很快翻了肚子。金鱼还没有停止身体神经的颤抖,那几条食人鱼已经团团裹住,把它五马分尸,鱼缸里只洇散出一片淡红,呶,就像杯中冲淡的红酒。"

"可是李主任,酒驾的事……"女人手指又在绞。

"不急啊,我有时会想起那个叫罗斯福的人。泰德·罗斯福是个运动员,是他访问亚马逊之后才让食人鱼传播到世界各地的。当地人为了感谢这位热心的运动员,于是安排了一场表演,在亚马逊河里截住了一群饥饿的食人鱼,将一头牛丢进去,很快这头牛就被吃得只剩下骨头了。但是我通过自己的养鱼经验,也同意一些科学家的意见。那些科学家宣称,食人鱼不该有这样的恶名声。它们集体行动只是为了保护自己不被更大的捕食者伤害。怎么能随便怪罪一种动物呢,它们有它们的生存之道。你说呢?"李主任嘴巴撇一撇说。

"老魏昨晚喝酒开车被拘留了,你们一起喝的,您得捞捞他。"女人好不容易逮住空当,如果再有人进来,连这个说话的机会也没有了。

"昨晚?哦,昨晚是我带的茅台酒。王巡视员是我朋友,又是领导,我怎能不带茅台呢!他在我竞选的时候帮过我,人是要懂得感恩的不是?"

"老魏喝多了,他又在要提拔的档口……"

"你是?"

"我是他爱人。"

"老魏?我不认识他啊!"

女人的脑袋嗡的一下子胀大了,呆站在原地。

"文部长,我又得求您了!"女人拨了几次电话,终于通了。

"您是?"

"我是魏处长的爱人。"

"啊,啊,您好您好,知道魏处长刚刚提拔为副区长,我还说这几天专程去祝贺的。有什么需要我效劳的？"

"不是，我是魏天天的爱人。"

"魏天天？呃，魏科长的爱人，你有什么事？"

"老魏前天和你们喝酒喝醉了，被拘留了……"女人只好把事情再复述一遍。

"看我昨晚这顿酒喝的，现在还没有清醒过来。不是说过了吗，去找李主任？"

"找过了，李主任说，"女人话要出口，又拐了个弯，"他说他办不了。"

"这个李主任，我们关系那么好，我又不是不知道他的能力。你继续找他。"

"他真办不了。我是家庭妇女，能不能请您出面……"

"这事女人怎么能解决得了呢，得要大人物！现在醉驾是入刑的。当然，我这圈子的人办不了，还有谁人能办得了？你等等，我给你介绍张处长。"

"您说张处长是规划办的，你们很熟，可他和交警队不熟。"

"我说过吗？张处长怎么能和交警队不熟呢，他爱人就在司法局。"

"啊？都在公检法系统，那太好了！"

"这么小的事，对张处长来说不就是小菜一碟？我告诉你他办公地址和电话号码。"

文一兵把地址说完，就没了声响。女人听见那头哇哇的呕吐声，挂了电话。已经两天了，除了交警队告知她魏天天被留置的电话，丈夫电话关机再无音讯，她心急如焚。

女人按照文一兵给的地址去找张处长，去前买了茶叶和酒，觉得不够，又买了两条烟。看看时间正是上班中途，她便匆匆赶往规划局。

门卫问找谁，并奇怪地打量着手提红彤彤礼品盒的女人。女人报了张处长的名字。

门卫给张处长拨了内线电话。

"张处，有位女士要见您。哦，您贵姓？她说是魏处长的爱人。哦，那就让她进来？好的。"门卫登记了女人的身份证信息和电话号码说，"您请进，张处长在607房间。"

女人出了电梯，走过长长的过道，找到607门牌，两只手占着，她用肩膀撞开了虚掩的门。

"我是魏天天的爱人。"女人把礼品放在脚下，擦了一把汗。

"魏天天？那个教育局的魏科长？"

"是的张处长，你们前天晚上在一起喝酒……"

"你是这样提着东西进来的？"

"是的张处长，一点儿心意，不成敬意。"女人脚把礼品往里轻轻推推，把门恢复原样。张处长从椅子上站起，几步跨过来，把门开大，一脚把礼品踢了出去。

"张处长，我……礼品的确有点轻……"

"出去！"张处长站在女人面前，眼睛冒着火，鼻翼鼓胀着，一手叉着腰，一手食指指向门外，威严不可侵犯地说。

"我是文部长介绍来的，张处。"女人弯腰想把散乱的烟捡起来放回礼品盒上。

"天王老子也不行，这是行贿，行贿！明白吗？"

"可是，我只是想请您……"

"你请谁都可以，请我不行，我不吃人情关系这一套。你马上走！"

"我还没有说事呢。"

"我不想听！你立即离开！"

女人窘迫地站着，脸涨红着哆嗦起来。两边办公室的门纷纷打开，有人探头出来，瞬间又缩回去，门轻轻而迅速地关上。刚才走过时房间里飘向过道里的各种谈话、说笑声刹那间消失了，只有张处长粗重而威严的喘息和训斥，在过道里来回撞击。

"张处……"女人终于从快要窒息的喉咙里挤出两个字。

"不要侮辱我的清白和尊严！你还不走是吧，这是妨碍公务，我叫人了。保卫科，保卫科——"张处长的声音更加大了，整个空旷的大厅也嗡声嗡响。

女人把礼品拾起来，在模糊的视线下，她慢慢朝电梯走，越走越快，到了电梯口，液晶屏红色的字跳动着，等不及，她从步行道跌跌撞撞地下去。身后一声巨大的门撞上门框的声音，让她的脚步更为凌乱踉跄。

"您见完张处长了？"门卫问女人。

女人并不应答，仓皇地往外走。

"神经病！"门卫瞟一眼院内的摄像头，看着女人把礼品盒塞进路边的垃圾桶。

女人走远了。门卫思忖着，手插进口袋，朝垃圾桶若无其事地踱过去，"我去撒泡尿。"他对同伴说。

回到家，女人倒床痛哭，对门邻居过来敲了几次门，她始终没有开门。哭够了，抱着被子睡了一整天。次日，窗外的阳光进来搓醒了她，但她不想起床，红肿着眼圈呆呆看着窗台。窗帘在微风中轻轻摇摆，她就赖在床上，脚伸出被子，让烧气退一退。她一点儿都不觉得饿，就像刚刚从规划局出来时一样，头晕晕的。想起规划局，女人又抽泣起来。这时电话铃响了。

"呃，怎么说呢，这真的不合适。"文一兵的声音。女人想把电话挂了，但那头继续说着。女人手软得拿不动薄薄的手机，打开免提，扔在枕头旁。

"我不知道自己哪里错了？"

"我不是说不找人，是不该去送礼，现在管得太严了，到处都是监控。事情还没成……"

"他是侮辱我……"

"你想啊，关系可能就叫一瓶酒撂倒了……啊，不说这个了。我打听了，张处长的爱人不在司法局，他办不了。但是有个人能办。"

"谁？"女人有气无力地问。

"那天魏处长……"

"不，魏科长。"女人听着"处长"俩字就割耳朵，纠正道。

"好的，魏科长。魏科长那天和孟局长坐在一起……"

"是副局长吧？"

"是，孟副局长，你认识啊？"

"不认识。"

"他们俩谈得可热火啦，我们喝酒，他们也在频频碰杯；我们敬酒，他们在窃窃私语，不时爆发出阵阵笑声。"

"那是逢场作戏吧！"

"怎么是逢场作戏呢，同船渡都是十年的造化，何况同桌共饮，都是朋友！我了解过了，孟局长的内弟是交警队的头儿。"

"酒驾不是本区域交警查的。"

"可都是交警，行亲啊。孟局长内弟那可是能人，几个圈内朋友的违章都是托他销的，有个朋友驾照被吊销了，他硬生生给拿回来了，不仅不用再学习，一分钱罚款都没有。"

女人终于又打起精神，从被窝里坐起，手机举到了耳朵边。"您给他说了吗？"

"怎么能不说就告诉你呢，孟局长说：'朋友嘛，谁没个难处，都得帮。'你听听，这就叫豪爽！"

"谢谢文部长。"女人本来止住的眼泪又下来了，不过这次是重燃希望的眼泪。

女人起床，拿凉水冲洗了脸颊，给眼圈涂了淡淡的眼影稍稍遮盖住红肿。觉得头发也乱，放水洗了头，眼影没了，又补，拎上坤包出门。

和孟局长约在一间咖啡店，那里人少，谈话方便。

"老魏开车撞到了路牙子。"女人说。

"是的，我劝他少喝点，这种场面嘛天天有，没必要放倒自己。"

"他没醉，只是开车了。"

"喝酒怎么能动车呢？真是的，太不负责任了。"

"他没有撞到人。"

"还敢撞到人啊！你说怎么办？那天，我想想，对，十一个人呢。"

"请您捞捞他吧，他马上要提拔了，文部长说您内弟在交警队。"

"别听文部长瞎说。我先打个电话。"孟局长转到咖啡店包间外面去，压低声音打电话。电话具体内容听不清楚，"负责""录音""同责"等字眼隐隐约约飘过来，声音更低下去，完全听不到了。女人握着杯子，咖啡店奇形怪状的杯子一点儿也不趁手，咯得手疼。

过一会儿，孟局长回来了。

"怎么样？"

"那天情形是这样的，张处长、江处长、姚局长先给大家敬了酒，然后我敬了酒；接着李主任、文部长、刘馆长、郭教授也敬酒。魏处长是坐在我旁边，他和大家一样，也是站起来自己先喝一杯，再敬大家一杯。"

"我知道大家都在喝酒，可是老魏酒驾了。"

"是啊，我们是按自己的量喝酒，没有一个人逼迫别人喝，王厅长喝到最后，也是杯子不倒那么满了。"

"我是说……"

"我知道你的意思了。我们都是成年人，自己酒量几斤几两心里有数，没必要逞能争强。魏科长肯定知晓自己的酒量，更应该明白自己喝酒了就不能开车。"

"老魏被拘留了……"

"那又怎么样？我们没有一个人让他开车，我是坐车过去的；郭教授、江处长是打的过去的；姚局长、李主任走时叫的代驾；王厅长司机在外面等着。我可以发誓，我是唯一一个叮咛魏科长不要开车的。"

"可是他真的开车了，被查住了。"

"我可以和魏科长当堂对质！"孟局长斩钉截铁地说，仿佛魏天天就站在他对面。

"他不被查住也不会有事……"

"他知道酒后开车要负责任。我送他出来的时候他清醒得很，我说魏兄魏处，开车不沾酒，沾酒不开车，现在滴滴代驾方便得很。他哈哈大笑地回答我：孟局真会开玩笑，这点酒咋会撂倒我，再来半瓶都没事，再说了，这段路上我还没碰到过查酒驾。你知道他怎么走的吗？他发动车子，降下车窗，大声招呼每个人，没有一个名字叫错，没有一个！"

"孟局长，我是请您捞他出来，一拘留他的前途就毁了！"

"那是他自己做的，你不能说我们一起喝个酒还要为他的前途负责。啊，有这样的道理吗？我一年少说也有百十场……和我又有什么关系呢？"

"你怎么这样说话？这是什么态度？"

"我是实话实说，我不为自己不能负责的事负责。饭局是别人约的，酒是别人带的，我只是去会朋友。"

"我要你负责……"

"我不能负责！我赔不起他无底洞般的前途！"

"我要你负责了吗？"女人站起来，额头上暴起青筋，脖子也粗胀起来。

"车坏了我们可以赔，但我们不为他的不负责任负责。这就是我的态度！"

孟局长额头也暴起青筋，他双手叉在凸起的肚皮两侧，和女人对峙，眼神里是不折不扣的不屈，一只手紧紧攥着手机，那里面正在录音。

魏天天是在喝酒后第六天回到家的，那时五天行政拘留期已满。他痛快而彻底地洗了个热水澡，把脱下的衣服装包，带到绿化林带一把火烧掉。

家里没有香炉，他便倒空一只花盆，在里面烧了买来的花花绿绿的表纸，点了三根香，对着这新做的香炉深沉地磕头，嘴里念念有词好一会儿。然后对女人说："老婆，能不能给我弄口吃的，淡水面条也行。"

女人不说话，也不看他，专注看她的电视。魏天天在屋里转了几圈，出去，在面馆要了一大碗扯面。吃完扫码付过账，又叫老板做了一碗打包。

"老婆，辛苦你啦！"魏天天把袋子摊开在碗里，把碗推到女人面前。

女人呼呼吃面，吃完继续看电视。

"你怎么办？"女人懒散地问。

"我给单位补了假，给医院朋友也说好了，开重感冒的假条。"

"警察局的记录呢？"

"只是酒驾，不是醉驾，我给王厅长汇报过，他会想办法处理，不过得花点钱。真是好朋友啊！"

女人本来想说点什么，嘴唇动了动，还是什么也没有说。过了好一会儿，她才哼出两个字："朋友！"

"是啊，朋友多了路好走。幸亏喝酒认识了王厅长，他答应得很爽快。"

"是吗？有能力很好的人，上任后就变傻变坏了，位子会害人。"

"可是他没有。"

女人不再说话。电视里是跆拳道比赛，着比赛服的两位女选手你来我往地打斗，一位左脚跳起，迅速转身，右脚一摆，一个回旋踢正中对手脖颈，对手应声倒地。比赛结束，胜利的选手又来了一个回旋踢以示庆祝；败者垂头丧气站立着，等待裁判员宣布结果。

"我想去练拳。"女人说。

"才回来，一天就接了这么多祝贺电话，"魏天天给手机插上充电器，又满是疑惑地说，"竟然没有一个是同事打来的。"

"是吗？我说，我想去练拳。"电视里，胜利者又来了个回旋踢。

"几天不见，你说话好像变了，张口闭口'是吗'，让人有点不适应呢。"

"是吗？你慢慢会适应的……"

"别急，又来电话了，文部长的。"

"听听他怎么说！"

魏天天点开免提，文一兵洪亮的声音传了出来。

"老魏，今晚设宴为你洗尘，也算是我的赔礼，地点聚缘阁。你的上级领导也参加，一定要来啊！"文一兵爽朗的笑声震得手机发抖，临挂机，又补充道，"哦，差点忘了，王厅长交代，记得带上你能干漂亮的老婆，大家都想见见呢。"

夜来香

"你谈了没有？"

"谈了，要七万元。"

"这时候还要七万？四万都很贵！"

"他关门半年了，吃饭都是问题呢。"

"咱们不吃饭吗？"

老公还要说，来了客人，我把电话挂了。

我们说的是一间门面。疫情暴发后，所有的店铺关张，很多店再也开不起来。到了2020年秋季，这家店面便高挂转让牌子，但一直没人接手。不是位置不好，而是七万元的转让费的确太高，疫情不确定时期，这是烫手山芋。"我已经和店主接洽了两次，聂店主说，最多再让五千，他已经亏血本了。"老公说，"不行就继续拖拖，每月产生房租，时间在咱们这边。"但眼见疫情好转，找铺面的人逐渐多起来，店主连五千也不让了。

人不能闲着不是？我是考虑女儿已经赋闲一年多，给她盘下来，只要店主稍微再让点价，就接。这家店铺临街又在十字路口，客源肯定不愁，我考察过周围环境，东边是一个新小区，年轻人居多，南边一公里是所学校，有上千学生。北边不远是二环，出入方便，这里各种店都有，独缺个花店。妮子是女孩子嘛，卖花雅致也干净，而且和我的店也只隔两个街区，回家一趟车。

我开的是杂货店，老公记不住价钱，只管进货，我卖。要是忙季，我们都得守在店里。防疫期间人们可以将就，管控放开了，灯泡闪了，水管烂了，锁头坏了，毛巾旧了，都得更换。这半年多过去，防疫渐渐松下来，生产全面展开，冷清的生意重新红火起来。两个月来，杂货店的生意又恢复到正常状态。其他店铺就不一样了，理发店直接倒闭了，十元店接手；兰州拉面馆招牌换成了"陕西扯面"；书店门可罗雀，店主老刘辞退员工，只留下收银员，自己常坐在门口发呆；只有药店还是人来人往——谁离得了药啊，光是卖口罩就足可支撑起来。我杂货店的生意仅次于药店。书店老刘艳羡地说："咱们这排就你生意好。"我则打哈哈："好个啥，工地停工半年了，进的手套一半都堆在仓库里。""这不陆续都开工了吗，有一栋新楼打地基了，那边还新开了洗脚屋。"

的确，杂货店基本上是靠工地养着的。手套、橡胶鞋、廉价工服、被褥、泥瓦刀、塑料制品，这些东西利润可观。一路之隔的工地催生了好几家杂货店，挤挤挨挨在这条短道上，竞争很激烈，我只能一压再压货价，薄利多销。老公在不断寻找更为便宜的货源，发现一个，回来偷偷告诉我，好像发现了新大陆。可是疫情并未完全结束，工地开工了，但不是开足马力，象征意义大于实际，也许开发商也缺钱了吧。总之我的生意还是比以前差。

我一直在瞅机会。女儿不争气，好大学没考上，学了人生护理专业。这个专业是我给她选的。现在中国已经进入老龄化社会，老人越来越多，子女在工作，谁来照顾老人是个大问题，保姆将越来越吃香。人生护理就是当保姆，据说城市越大保姆市场越活跃，保姆工资也水涨船高。女儿毕业后被北京一家家政公司录用，照顾海淀区一名老干部。可是不到半个月，

就辞职跑了回来:"你知道八十岁是啥概念?简直是……""怎么说话呢?谁不会老?"老公训斥她。"犟,犟,固执,不可救药!""这个专业很有前途……"我的话还没说完,就被女儿怼了回来:"你们去试试?不出半年,我就被怄死了!"再劝,女儿干脆锁了房门,把苦口婆心全关在外面。不就业,大专文凭等于白拿,我们有什么办法呢。

"给她也开个店吧,自主创业。"我劝生闷气的老公。

聂师傅开的是灯具店,一间店面,左墙上是各种开关,顶棚吊着灯具,一层比一层高级。可是做生意是要凑堆儿的,这排店铺孤零零一个灯具店,仿佛陷入狼群的羊,一天难得卖出去几个灯泡。聂师傅陆续进了五金挂在右墙,生意稍稍有所好转,不想疫情突然来袭,所有店铺都关了门。虽然房东减免了两个月房租,可是杯水车薪,本来就不挣钱的小生意雪上加霜,眼看债务越欠越多,正常运转也难维持。

"转让费你少要点,早出手,就少点损失。"我劝聂师傅。

"已经亏了十来万,七万是我在别地开店的救命本金啊!"聂师傅又急又恼。我只好不再和他商讨。

街道上稀稀拉拉的人,一个个如蒙面大侠,但这并不影响我认人:穿着褴褛脏兮兮的肯定是工地上的劳力;戴着头盔,衣服缀着荧光布条的是绿化工;穿制服的是大单位的员工;着蓝色西装的要么在银行、要么在学校工作;穿红色大领西装的可能在餐厅上班;衣服随意、头发整齐的则是社区居民。我的杂货店主要接待民工,他们或是一个人来,或是三五一伙地来。"手套给我拿一包。""工服我们一人一件,再便宜点。"他们总是大声地讨价还价,我降价少,他们会把口罩拉到下巴,露出上下嘴唇的胡楂,手套或者衣服向中间的货摊一扔,粗声粗气地说:"啥烂质量嘛,还要这么贵!""总共几十块钱的东西,我就没赚多少钱,现在一碗面都涨到十二块了呢。"我给他们发根烟,他们点上,在窄窄的走道晃来晃去,问这问那,其实那些货价他们早都知道。烟抽完,又接过一根,扫码付钱走人。店里生意好的时候，他们络绎不绝地来；现在，一天有四五拨顾客已经不错了。

"他们壮得跟牛一样，也不得病。"老刘看着他们的背影，悻悻地吐口水。

这种情形一直持续到2020年的秋季，北京、东北陆续出现了境外输入病例，个别省份通过冷链还出现了本地病例。疫情又陡然严峻起来，民工来得更少了。

这天我整理完货物，窝在角落里看电视。这是我打发无聊时间的方式，以前哪有这种闲暇啊。疫情让人既心焦又无奈。"能怎么办呢，只有熬，熬过冬天就好了。"我劝老刘，也宽慰自己。没有一个节目好看，眼睛还看得疼。

这时一阵清脆的皮鞋声由远而近。

"有湿巾吗？"我抬起头来，一双大长腿站在面前。看惯了褴褛衣衫，这双白净细腻的腿让小店蓬荜生辉，也让我眼前一亮。

顾客黑色皮靴，浅蓝短裙，长袖白毛衣，直发。一双眼睛在黑色口罩上边亮着星点。

稀客，我心里说，赶忙站起来。"有，只是放的时间有点长了。"疫情逼我试着进了很多种货物，企图把各种各样的顾客拉进来，湿巾就是其中之一，可惜走货太慢。这让我想起灯具店聂老板，货物"杂"给了他一时的甜头，却让他吃了大亏。

"能便宜不？"

"肯定呀，这条街上我的货最便宜。"对生客我总是这样介绍。

"多少钱？"

"原价八块，时间长了些，你七块拿吧。"这个我说的是实话。

姑娘——能从眼睛看出来，她不会超过二十岁——扫了码，把纸巾装进手提包，哒哒哒地走了。她提着的浅红色小包，在白皙的腿边前后摆动

着，真美，我相信这条街上无聊的店主们都看到了。

这以后，姑娘每天都来我的店，她只买一样东西，湿巾纸。

老公进了一三轮车被褥回来，我们下货，往楼上仓库里搬。我摸着一条感觉不对，抽出来，果然是黑心棉。

"叫你不要进这种的，又进！工地老黑买了两条黑心棉被，没半个月浑身出了疹子。"

"我没进。肯定是老板偷塞进来的，拿去换。"

"他会认账？"

"那我啐他，看谁还敢和他做生意。"

夹带私货的一般都是给头一次取货的客户。老板最怕客户在店里臭他的货，自己做的事心里有数，大概率会给换，但一来一去麻烦。可是又能怎样呢，现在还是有商人不讲"武德"。

卸完车坐定，我们商量盘店的事。

"老聂的店现在盘合适，疫情有反复，人心惶惶，正是压价的时机。"老公说。

"你是没和他沟通过，他死犟死犟，七万转让费咬得死死的。"我叹口气。

"妮子不能再耽搁了，窝在家里不是打扮就是出去逛街，花钱大手大脚，家务事一概不管，把人都愁死了。"

"她不是嚷嚷着要给咱杂货店开网店吗？"

"说得好听，在网上倒是注册了，可她人天天在外面疯，咋能把生意经管好？这么大了，一点儿都不懂事，现在的孩子啊！"

"独生子女都这样，不愁吃不愁穿，他们生活条件太好了。"

"她知道咱们受的啥苦？为多等个顾客，半夜还开着门。"

"我倒有个主意，再和老聂谈一次。他没见过你，你也假装要盘店去和他谈，把价往下砍。叫妮子也去谈谈，再压压价。"

"这不是给老聂坚定信心吗？"

"咋会？你们去是打破锣，专门给他讲目前的严峻形势，开店的风险，咱们店的生意不是明摆着不行吗？现成的例子。"

"老聂又不傻，开不成店还要去盘店？"

"同样的面馆，张家开不行，换李家经营就生意兴隆，这是店主的差别。我去诚心诚意盘店，你去数落老聂的性格缺陷，叫妮子去说经济形势。这一套组合拳下来，肯定能打垮他。"

"哈哈，你想得美。"

"他不是现在还没盘出去嘛，咱不试试咋知道？"

"我嘴巴不行，妮子的嘴倒还利落，兴许可以吧。"老公答应了。

我们依计行事，三个人分头谈完，晾了半个月，老聂给我来了电话，说五万六能要就接手，不要拉倒，这个数字是他东山再起的底线了，电话里老聂的声音强忍着悲戚。我和老公一合计，可以接。消息告诉妮子，妮子说："开花店可以，但我没有钱，你们得给我摊本钱，花店收益是我的。"老公说："养个娃不容易，供吃供住，还得供他们谋生。"我打趣说："你挣的钱还能供别人不成？"

老聂腾空了灯具店，老公找好工匠，妮子负责设计、装修铺面，大家分头忙开了。

杂货店进了湿巾，别店十元一包，我八块一包。不是不想多赚钱，虽然也有人买，但其他人买的很少，白腿姑娘是主力，一天一包棒打不挪。一堆民工进进出出中，姑娘这双白腿格外耀眼，她来买湿巾，去别店的客人也跟了进来，生意反倒好了些。我不禁对姑娘产生了好奇。

这天傍晚，她又来了。

"姑娘你姓啥？"我递湿巾时间。

"王。"她莞尔一笑，把湿巾装进粉色包里。

"大姐您贵姓？"

人就是这样，平素给自己罩了面具，一旦开了口，面具就破了。

"我姓李，你要叫我阿姨，我女儿和你一般大了。"我笑道。

"李阿姨。"王姑娘羞红了脸，"您可以叫我小亮。"

"小亮，你怎么用这么多湿巾？"可不是嘛，夏天出汗用得多能理解，秋天了还用这么多？

"李阿姨您忙，我走了。"

小亮支吾一句，哒哒哒地出了门，脚步有些凌乱。

生意人一般不能盘问顾客，小亮的匆忙让我有些后悔，怕失去一个客户。

她第二天又来了。

"小亮你做什么工作？"我确实好奇，两个月一直这么买湿巾，消费够高的。再说，朋友不都是这么交往起来的吗？我心里已经对她很熟稔了。

"我……"小亮欲言又止。

"这么漂亮，是在宾馆当迎宾吧？"

"没……阿姨，是。"

"哈哈，当迎宾又不丢人，很好的职业。你自食其力，比我妮子强。"妮子晃荡近两年了，现在才稍稍收心，比不上小亮呢。

"妮子？"

"我女儿，二十五了还吃我的喝我的。"我皱了皱眉头。

"是吗？她命真好。"

"什么好呀，上大学花了我十万，现在要开花店，又得我十万。"

"花店？多好啊！"小亮眼神活泛起来。

"我和她爸才盘了个店，正装修呢，打算国庆开业。"

"你们真好。阿姨我要上班去了。"小亮转身离开。

老公进货回来，我还在想着小亮。

"你这么有兴趣，认她做干女儿得了。"老公说。

"切,那不是给你办好事吗?"

"我?"

"我还不知道你们男人,就关心人家的白腿!你看她来的时候,那些民工的眼睛。"

"哈哈哈哈,还有书店老刘。"老公也笑了。

这鬼地方邪,说老刘,老刘就来了。

"连个鬼影都不上门,可咋办呀?"

"现在谁还看书呢?"老公附和,我悄悄碰了一下他。

"咋没人看书,老刘你给我找几本养花的书,我让妮子学习。"

"谢谢谢谢,救命啊,我给你打八折。"

"那你拿几支笔吧,算是我谢你。"

说笑间,老刘转了话题:"你知道那个姑娘吧?"

"谁?"

"还有谁?在洗脚屋上班呢,嘿嘿。"老刘眨巴了几下眼皮,狡黠地笑。

"小亮不是当迎宾?"

"这附近有宾馆吗?"

这我真没注意。但我也不信老刘。

"经济还没复苏,谁洗脚啊?"

"这边好几个工地,就不兴民工歇工了去捏捏脚?"老公说。

"里面带色的,带色的!听说她就是干这个的。"老刘撇撇嘴,一脸的鄙夷。

我大吃一惊,这个我更没想到,这么漂亮的姑娘。

"你胡说些啥!"

"真的,一百元一次,你不相信吧?哼!"

这下我把湿巾和人联系起来了,心扑腾扑腾跳起来。

"真是人不可貌相啊!"老刘说。

"以后进货完就看花店去，你不许乱跑。"我对丈夫说。

"认干女儿可是你说的哦。"老公辩解。

"说个鬼！"我埋头整理货物去。

小亮还是一如既往来买湿巾。我对她不搭理，让她扫码付钱，懒得起立。

"阿姨？"

"咋了？"

"我惹您生气了吗？"她眼里满是疑惑。

"我不想说话。"我整理货物。

"阿姨，如果碰到难处，我可以帮忙的。"她站着不离开。

"我需要你帮忙吗？"我反唇相讥。

"比如妮子姐要进货，我可以帮忙，白天我是空闲的。"

呵呵，这不是不打自招嘛，我心里冷笑。

"真的，我特别喜欢花，看过很多养花插花的书。"

"那你咋不去开花店？"我没好气地怼。

"我要照顾我妈……"

"你还知道你妈？"我的意思是说，你妈知道你在干啥吗？哼！

"我……我上班去了。"她转身出店，我看见她抽出一张湿巾，拉下口罩在脸上抹了一下。

我又有点后悔。人是多么蛮横啊，对不知道的事总是好奇，知道了又对别人的隐私横竖挑剔。

小亮再来，我还是没法说服自己，对她不冷不热。

"阿姨，如果您不乐意，我就去别家买湿巾。"

"赶紧去吧。"

"我知道您是故意给我降的价，您是好人，谢谢您。"小亮给我鞠了一躬。

我忽然不忍心起来。

"我不是……"我不是怼她人，我是怼她的职业，如果这是职业的话。"年轻人现在干什么活不能挣钱？我知道你……"

"我……我要照顾我妈……"小亮瞪大了眼睛，半晌，她的目光黯淡下来，喃喃道。

"你爸爸呢？"

我看见那双漂亮的眼睛湿润起来，忽而，两颗硕大的泪珠从口罩滚落下来，把口罩的黑色画出两道水印。

"阿姨，我是遗腹子……"小亮的声音像蚊虫一样。

我有些气馁，本来我是站在高地上的。

"你坐下。"我打开一包湿巾，想帮她取下口罩，她摆摆手。

"孩子，你不能走那条路啊！"

"妈妈生我时难产导致瘫痪，外爷外婆都走了，现在就我们两个……"小亮无声地抽泣起来。

"还有其他亲戚吗？"我起身倒了杯水，她接过的时候，水洒了。

"我不能再祸害姑姑舅舅了，我大了。"

"可这是条断魂路啊！"

"我没有考上大学，也没有工作，可妈妈的治疗费从哪里来？我不能看着她没了，我就她一个亲人……"

"你可以……"我闭上了嘴。上了大学又能怎样？有工作岗位又能怎样？妮子不照样在啃老？很多时候，说教在现实面前是多么苍白无力。

我想去花店看看，三四万搭进去，也不知道妮子折腾得怎么样了。让老公守杂货店，我到了花店。花店雏形已经出来，法兰绒的绿地板，绿意葱茏；粉色的墙纸，三面是各种造型的格架，能想象出来，如果摆上形态各异的花瓶会是多么吸睛；顶上四周是射灯，屋角埋了喷管，既能打出喷雾增湿，也能给花朵淋水；一排吊架自空垂下，把房子隔成两个空间，又相互瞭望照应；双制空调可以保证屋内四季如春。

"你坐哪里？"整体很满意，我鸡蛋里挑骨头。

"呶，那里放一只躺椅。"妮子示意一个屋角。

"名字想好了吗？"

"如花。"

我哈哈笑起来，这是周星驰电影中的"美女"名字。

"就是要借名人的光嘛。"妮子跺脚抗议我的不屑，又抚掌为自己的创意骄傲。

"就是感觉怪怪的。"

"一点儿都不怪。现在就剩下两件事——注册，进货。"

"不，应该是三件事。"

"还有什么？"

"雇人。"这是我临时想到的，但是脱口而出，又像是考虑了好久的主意。

"屁大的店，我一个人足够应付了。"

"全是我出的钱，你的公司注册还得有一个董事。"我终于找到了一个恰当的名称。

"嘻嘻，挂你的名没问题，但收益是我一个人的。娘，我得为自己出嫁攒点钱。"妮子撒娇。

"不是挂我名，挂王亮的名字，收益你们一人一半。"

"王亮？"

"是的，一个花儿一样的爱花姑娘。"

妮子的脸"唰"地沉了下来。

我的主意受到坚决抵制。老公说，王亮家穷困不是她卖身的理由，国家也有扶贫计划，疫情期间还有更多的优惠政策，她完全可以正经地挣钱，再说天下的穷人多了，你不是上帝，救不完。

妮子又哭又闹，说自己给杂货店开了网店，又花了几个月时间设计装修花店，崭新的生活才要铺开，却被一个素不相识的人毫无理由地夺走一半，她一个亲生独女，竟然不如外人，还有伦理纲常，还有公道吗？

我则毫不退让。这个家的贡献人人有份，我的那份我做主。钱不是万能的，但情感却是无价的，一个人的成长更是无价的，这个王亮需要，妮子也需要。

花店迟迟开不了业。最后我使出了撒手锏：如果不同意，就把杂货店盘了，各过各的，我和王亮组合。

老公逼不得已站在我这边，我知道他内心是赞同我的，只不过拗不过女儿。

"妮子你可以再考虑，如果你能接受，就注册；如果不同意，我明天办仪式，认干女儿。"我下了最后通牒。

妮子又哭了，老公把她搂进怀里。

杂货店还在卖湿巾，只是王亮不再来买。她去花店上班了。

花店元旦开业后，妮子上白班，小亮上夜班。小亮勤快，又懂养花插花技术，花苞进回来，她三倒四弄，一捧捧花翻着花样地好看。客人晚上下的单，王亮收拾得停停当当，次日准时送达。妮子刀子嘴豆腐心，说话利落做事也利索，给花喷水加湿、保持室内恒温，井井有条，把花店经营得很好。两人关系也处得融洽，友谊迅速成长，一个叫姐姐姐姐，一个叫妹妹妹妹，真的跟亲姐妹一样。疫情期间，一束束一盆盆花被送到情人、病人、友人、职员、护士、老师手中，越来越多的人在渐冷的冬季看到花开，闻到花香，荒芜的地方也灿烂开来。

杂货店的生意远不如花店，还是半死不活，冬天，有的工地已经停工，生意更加冷清。人们戴着口罩从门口飘过，却鲜少进店来，为了多等一半个顾客，我经常守到子夜。

店里的业绩又吃了鸭蛋，我垂头丧气地顶着凛冽寒风骑车回家，汽车一辆辆呼啸而过，刮起零星的落叶，湿冷让夜幕深沉，空气黏重得让人蹬

不动车子。栋栋大楼都睡了，只有路灯无精打采地泛着孤独的寒光，我心里诅咒着、盼望着，疫情早点结束吧，春天快点到来吧，让大地重新欢腾起来吧。

到了门口，防盗门猫眼框上别着一支鲜花，一支蝴蝶兰，在过道亮起的灯光中颤颤地扇着翅膀，迎接疲惫的我的归来。

"这个姑娘！"心中登时一热。自从花店开张，小亮每晚总会给家门上别上一枝花。疫情笼罩了往日一切，但有了花，仿佛春天真的回来了。我心里轻轻念着，把它像往常一样放在鼾声中老公的枕旁。

马上就要过年了，一家人一家人走进商场，推着车采购过年物资，他们口罩的缝隙里透露着疫情即将过去的喜悦。花店生意兴隆，两个姑娘白天晚上都不能歇班。我让老公照看杂货店，自己也加入年货采购人群。两个家庭，我准备了两个大框子。

商场里人声嘈杂暖气四溢，呈现出久违的热闹。

采购中，电话响了三遍我才听到。

"你不忙生意，打电话添什么乱？"我对电话里的妮子大声喊。

"妈，妈……"

"什么？你说什么？"

"洗脚店被捣毁了……"

"和你有什么关系？"

"因为容留卖淫……"

我猛然想起什么，颤着声问："小亮呢？"

"妹妹被抓走了！"妮子哭着说。

我蒙在原地，超市里挑着货物的人突然噤声，像黑白默片一般。

"还有书店刘叔，他嫖……"

一支色彩斑斓的蝴蝶兰在风中悠悠地飘过来，它扇着翅膀，扇得我要晕过去。

地摊上的戈多

男子戴着鸭舌帽,下面连领帽的缝隙露出一双眼睛。手插在牛仔裤兜里,上粗下细,中间仿佛没有屁股,只有手的轮廓把空间撑开。

女人着红袄,栗色波浪发把红色割开,延伸到腰际。猛然收束,鼓出一个大包,在膝盖上面戛然而止。蓝色的裤子只一闪就到了黑色的皮靴,两个绒球碰撞着引出铁掌蹬踏地面的咔咔声。

孩子吊着妈妈的手,试图把身子整个挂起来,腿一弯,妈妈的手臂沉下来,她的企图落空了。手臂刚恢复原位,她又开始了同样的游戏。妈妈胳膊沉一下,就咯咯咯笑一串。

老汉双手在后背抄着,像倒挂的一截臃肿水管。耳套绕过下巴在耳朵上绷住,口罩与它垂直,两根白线也攀住耳根,头颅的重量都在这一双红红的耳上。老太太提着半兜蔬菜,茄子青菜和面条的颜色跃出塑料袋,在寒冷里招摇。老头从不回头,他一直往前迈。老太太从不开口,用窸窸窣窣的衣服摩擦声勾连着两人的距离。

瘸子坐在轮椅上,眼睛被缭绕出的白气糊住了,手上遮盖着小棉被,棉袄在棉被下鼓胀着,像高原上的食品袋。棉被的下面,两只脚搁在轮椅

踏板上，仿佛车子一摇就要跌到地面。屁股下垫布也快要坠地，靠一只角拉扯住。一双手攥着轮椅推杆，通红通红的，青色血管密密地在干裂粗糙的红上爬着，蔓延到两截灰色袖管。袖管在肩部耸起两团褶皱，褶皱凹下去的同时，凸起一截泛着汗光的圆柱体，上面的头脸一半是黑色，发丝纠缠着向后飘；一半是酱红色，被嘴里的白气笼罩住。在脖子和褶皱之间有两个绳套，绷直着和后面的左右车辕相连。车是平板车，一床花被子裹着一个脑袋，蓝绿相间的线帽半窝进枕头。线帽里一张脸，像半个隔年的核桃朝向空中。枕头两端有种淡黑金属般的光泽，越往下颜色越深，显然有段时间没有换洗了。轮椅声和平板车声极为安静，中间的脚步声和喘息声搅动着空气，仿佛能看见空气里的旋涡。旋涡里，球鞋帮子缝有柘色袜子，一只后跟里也能瞧见灰色的白。柘色和白色有节奏地一上一下，一前一后。椅与车随之移动。

寒冷瑟缩了砖石、树木，还有一息尚存的人。

无暇顾及旁人，不小心碰了肩背，碰的人懒得理，只防着袖口领口的缝。看不出喜悲，大家都僵着奔某处去了。

出门和不出门有什么区别呢？

蒋婷踢着脚向路边招手，那个姑娘哈哈手套，从后边跑走。

一个发际线很高的中年男人，溜光的头发像磨过的刀，把风劈成两半，鼻尖如冲锋的帆。手里提着橘色的皮包，手套在包上刻出四道黑印。左手前甩出去，那只包后甩出去，像是前边两根线牵着拽，那条金黄的领带紧贴着白衬衣，外层挺括的米黄西装加重了这压迫，也使这白有些瘆人。

蒋婷又招手，男人给她抛个媚眼，风一样不见了。

有车停下来，一只脚试探着伸出门缝，终于落了地，抱住膀子跑过来。蒋婷迎上去。那人对旁边喊："中华有吗？没有？那就芙蓉王。""给。"扔了五十元票子钻进车里，呜地开走了。

"找你钱——"旁边的摊主追了几步。

蒋婷说:"还找钱呐!"她连微信都懒得扫。

是啊,太冷了,不受这罪了,回。

一

人很多。

像往常一样,孩子们接过书包径直走向教室,或者爬上二楼。玻璃门外送行的妈妈朝他们的背影招手,摇两下,赶紧让位给后来者。十分钟后玻璃门关上,各个教室传来讲课声。

蒋婷从一楼开始巡视。门后面一排排的学生,讲台上年轻老师个个精神,嗓门洪亮,表情丰富。从二楼下来,穿过一个隐蔽的小门,她到了家长接待室。

接待室不大,桌前是两把椅子,靠墙。宽大的桌子上立着电脑显示器。左端,是几摞教育类书籍,右端是培训教材和一些讲师的讲义及成绩分析表。接待室后半部分是各教室及培训学校的全景监控。蒋婷常常指着这些监控画面告诉家长:"看,我们这么好的教学秩序,这么优秀的师资团队,这么完善的设施,您还有什么不放心的?"

没人来的时候蒋婷会翻看那些讲义和分析表,寻找讲师某个漏掉的知识点,列出低成绩班级分数提高的分步计划和措施,比如加大刷题量,给垫底的孩子加课,召开家长会要求家庭监督跟上,等等。

有人来的时候她负责接待,介绍学校历史、成绩,安排班级,最后轻描淡写地给出达成各个学习目标所需要的费用。

"一门课十五节就要两万?"

"十五节课换来的可是几十分的提高。几十分!你想想,高考一分就是一操场人,中考半分就决定宝贝上名校还是'落草'普校。一点点钱划分出的是贵贱,决定的是成败,这贵吗?您希望孩子'落草为寇'?"

蒋婷这时候往往激动得嘴唇哆嗦，手指往后指着监控画面，眼睛严厉地盯着家长的眼睛。她从座椅半起立，身体前倾压向家长，仿佛要把家长压到墙缝里去。

靠墙的椅子以前是柔软的沙发，坐上去跷二郎腿刚刚好。顾客是上帝嘛。后来蒋婷建议换成凳子，坐下只能腿垂直于地，脚尖可以着地但全脚不能踏实。位置由办公桌前挪至靠墙。后来为了防止家长前移，凳背固定在墙上，两凳并联。办公桌由以前的窄小换作宽大。这个变动使得家长与学校的讨价还价现象大量减少。老板说："我请你来太正确了。"蒋婷说："我是来做事业的，虽然在你这里落草，但让孩子不输在起跑线上我还是满意的。"

蒋婷以前是公办学校老师，两位老人风烛残年需要人照看，老公上班忙碌，她就辞职了。用她的话说，我青春年华放弃了理想做"保姆"尽人伦，无憾。儿子留学去了英国，也无憾。送走了两位老人，她只有一个教育梦还不圆满。老公说："不就是回学校吗，想去哪个我来办。""我已经应聘好了，到顺华培训学校。"

不到一年，蒋婷做了行政主管，管理所有的老师。

这十年来，她的股份已经加到15%，也已经成为这所培训学校的执行校长。"如果上市，您是千万富翁，不，富婆。"同事开玩笑。蒋婷不以为意。"我只是干点有意义的事。"这是她的真心话。

十年足够把培训学校工作捋顺了。学校放假，顺华招生。的确，除了放假前忙一些，在顺华她基本上没有太多的事。

"人家胜利学校才一万八！"家长说。

蒋婷能看见凳子上飘过来的话里的软弱。

"当然，胜利办得也很好，如果您不能决定，先去那里也没关系。我们顺华每个班只有十五个名额，我可以把名额给您保留一周。"

"能不能少一点儿？"

"哈哈，这就像我对老师要求：能不能给学生少教点？您说呢？"

"好吧。"家长终于不再挣扎了。这种情形最常见，但也不超过三个回合。来前，两回合家长自己都打过了。

最难的是把人留住。

"您好，您需要哪种辅导？"蒋婷问。家长带着孩子从一楼到二楼一个教室一个教室看，仔细瞅墙上的标语和讲师的简介。

"我可以给您详细介绍，也可以帮您分析。"家长还是不说话，搭理都没有。

"李老师。"这时蒋婷会对对讲机柔声呼叫。帅帅的男老师跑上来，蒋婷说，"你瞧瞧这个孩子。"

李老师打量过说："我不能说。"

"嗯？"

李老师摇摇头下楼了，头也不回。

蒋婷给家长说："我们这儿不适合宝贝，您去其他学校吧！"

"为什么？"

"不为什么。"

"凭什么？"

"实话说，我们教不了。"

"为什么？"

"那得问李老师。"

家长问完李老师一般都会重新回来找蒋婷："蒋校长，请收下孩子吧，给她个机会。"

"不。"

"拯救孩子不是学校的使命吗？"

"不。"

"我们现在就把学费交了。"

"那我们试试吧。"蒋婷万般无奈地摊摊手。她又看见了凳子上的臣服。

十年间，顺华培训学校学生从零起步，现在在册学生 999 人。

蒋婷泡了茶。隔壁房间教师的激情或柔媚都渐去渐远，她的心思泡在绿莹莹的茶汤里。这是临近放学的最后宵夜。之后她可以驾车回到那栋高楼，宽阔的空间足够茶碱和茶多酚释放殆尽，直到子夜丈夫的脚步声把门敲开。

抬头，一个女人坐在凳子上。

"您好，您来接孩子吗？"也有家长会误闯进来，他们发现凳子的逼仄之后都会尽快结束小憩匆匆离开。

"我该怎么办？"女人说，眼睛里绿油油的火星闪了一下又熄灭了。

"您的孩子吗？"又是一个中途插班生而已，蒋婷呷了口茶。

"我。"女人说。她身子伏下来把胸腹搁在膝盖上，头发耷拉下来，不停地搓着手，能闻见手指摩擦出的气味。

"我们这是学生培训学校。"蒋婷背后靠完全放松下来。茶香浓郁。

"我真笨，真笨。"女人说，她头发摆动，黑头发里有白丝晃出来。

"您喝口水吧。"

女人支起身，吹了下手。茶水一点儿都不烫。喝干，身子又伏下去，像绳子兜腰挂在梁上的死尸。

"我们要下班了。"蒋婷说。她想，可能碰到了精神病人，如果有必要，她可以即刻呼叫保安。

"我也要下班了。"女人企图把凳子往前挪，但失败了，她起身走到桌前端起蒋婷的茶杯一饮而尽，"骗子！"她说，眼睛盯着蒋婷。蒋婷头一次产生了恐惧。"保安。"她没有喊完，女人就朝外走了。

保安跑进来，女人已经消失在夜幕里。

"校长？"

"门口有家长跑动吗？"

"没有。"

"好吧。"

蒋婷开车出来，灯光在夜色里微弱地闪烁，她把车窗全部关上了。

二

高个子在后面一手扶着上面，一手扣住下面，把画框紧紧夹在胳肢窝。低个子一手抓住画框前缘中间，一手捏住挨着肩膀的一角。龙飞凤舞的"上善若水"四字墨色浓重，八尺，也不知道放它的房子有多大。

三轮车叮叮咣咣地滚过盲道，菜贩子双手抄着，两脚踩住车把，棉帽子耳扇随着车子跳跃。贩子坐得很稳当。车厢里女人和他背靠背坐着，抄手的姿势和他一模一样，只是双腿紧拢着抵在胸前。她在风中睡着了，头歪一下猛然坐直，继而又歪下去，一震动又猛然坐直。

一个人风一样跑过去，短裤汗衫，球鞋护膝。他踢踢踏踏跑着，球鞋跃动一串白色光斑，鞋跟后面的荧光一闪一闪。开始是双臂悬垂两拳紧握，过一会儿臂膀像车轮一样抡开，掀起卷风。再跑一段，一个直拳刺出，收回，另一直拳刺出。直拳完了是摆拳，勾拳。脚步声里有了嘿嘿哈哈的配音，风呼呼起来。

一个学生背着书包，手缩在袖筒里无声无息地走，两个马尾辫硬戳戳地翘在脑袋后边。接着嘈杂声大起来，三三两两的学生走过来，偶尔有学生的胳膊搭上另一个的肩，另一个哼唧一声肩头一沉，胳膊滑下去，缩进袖子不见了。一群学生过来了，急急慌慌地走，脚步杂沓，衣裤窸窣。他们仿佛是克隆的，除了眼镜有区别，衣服，鞋帽，神态，在夜色里模糊成一个样子。偶尔有大人夹杂其中，也不说话，淹没在克隆群里。也有一半个嫌慢，从旁边超过去，走了一段，终归重新融进队伍。街道很快恢复了清冷。

两个汉服美女飘过来。浅蓝色的高髻上缠绕着围巾，发簪穿透而出。藏青色的蹬着布鞋。两人手中各执一把圆扇，边走边摇着，宽大的袍子向身后兜起，腿、胸轮廓毕现。风回旋的时候她们不约而同地扯扯胸襟，摇扇子的动作却一刻也不停下。

一个中年乞丐夹着碗，见到人就把碗递到鼻子尖。一块黑不溜秋的布捂在嘴上。手套是五指翻盖的，收回碗，指套也翻回来把手指裹住。一个男人趔趄一下躲过碗，乞丐朝他背影呸了一口。到蒋婷面前，懒得拿碗，乞丐单单把手伸过来，四个指头一勾一勾。蒋婷摸兜里，摸出十块钱递给他，他装进兜里向下一个人走去。他身上一点儿也不发臭，脖子部位泄露出来的白让脸上的污垢显得脏。

蒋婷想，这个乞丐我见过，某次开车等红绿灯，他拿鸡毛掸给车掸灰。再看他，嘴上的那块儿布，又不敢确定了。

一个年轻女子拖着拉杆箱，一个大妈在后边跟着。

"住店吧？"

摇头。

"我那边便宜，五十一晚，有早餐，公共卫生间。"

"不住。"

"这时候没有其他店了。"

"不住。"

"要是我家姑娘，这么晚都不让她出门，你一个姑娘家多危险啊。"

"不住。"

"有一个高级房间，单床，独立卫生间，热水。"

"多钱？"

"一百。"

"不住。"

"也算你五十好了。"

"好吧。"

"这就对了嘛,来,我给你拉箱子。"

"有你那样卖书的吗?只消一句话的事。"回到家,丈夫不屑地说。

"我不想。"蒋婷回答。

丈夫把门摔上了。

三

"求你了!"女人说着,双手合十差点跪下。

"我要崩溃了,他一点儿都不听话。我没救了。"女人的头发又摇开了。

蒋婷望李老师。李老师说:"他在教室里坐不住,不是给同学讲笑话,就是给自己讲故事,哈哈哈笑。我才说了一句,他就暴跳如雷,书甩了满教室。现在保安看着呢。"

"没有教不好的学生,只有不会教的老师。"蒋婷说,"我见见。"

王卓越被保安扭着胳膊押了进来。

"你们窥探别人隐私啊?"王卓越挣开手,指着监控屏,"学生还有人权吗?"

"这和您学习无关。"蒋婷说。

"你拉屎,希望好多眼睛看着吗?"

"请您文明用语。"蒋婷嘴唇哆嗦了一下。

"我要喝水。"王卓越要去拿杯子。保安抢步上去挡在桌前。蒋婷让保安让开。

王卓越倒了水喝了半口吐了出来:"什么呀这么难喝,为什么不是纯净水?"

"这是矿泉水。您能告诉我您的学习情况吗?"蒋婷把头发捋了捋。

"我凭什么要告诉你?"王卓越拍打起女人,"叫你带我来这个破地

方！破地方！"

"你能听我一句吗？"女人捉住王卓越的手，眼睛里充溢着乞求。

"把手机给我，我要打王者荣耀。"

"你眼睛又增加了二百度……"

"我愿意，给我！"

女人把手背到后面。王卓越抱起女人，墩在椅子上，抢过了手机，盘腿坐上另一只凳子，头埋下来，埋进游戏。

"我们可以聊聊学习。"蒋婷从桌后出来，站在王卓越跟前。王卓越一手前伸，防止她再进一步。

王卓越两手飞快地在手机上移动，兵器划动的声音嘻嘻哈嘿。

"谁也管不了，这就像他死了。"女人拍打着王卓越，看着蒋婷。

王卓越低着头不理睬，脸在游戏画面上不停闪动。

"嘿，嘿，嘿！"蒋婷拨王卓越的肩头。王卓越一会儿冲一会儿杀，一忽儿牙齿咔咔响，一忽儿咧嘴哈哈笑，仿佛屋里只有空气。

"多久了？"蒋婷坐回椅子。

"一年了，越来越严重。"女人泪眼婆娑。

"我们可以提高他的成绩。他学习怎么样？"

"班上前五名。可是没人跟他玩，人人避而远之，老师让他转学。"女人又开始搓手，闻得见皮肤的味道。

蒋婷沉默了。

"我期望他自由发展，这是人的个性。可是……求你了！"女人说。

"陶行知说……"蒋婷想引用一句话，却发现并不适用。

"我一直在和学校沟通，可是老师也没有办法，只能让他转学。"

"呃……有办法。"蒋婷端起茶杯。

"啊？太好了！那就有救了。"女人停住搓手，眼里放出欣喜的光。

"你送他们出去吧。"蒋婷对保安说。

"嘿嘿哈嘿。"王卓越被女人拉起来,推着出门,刀剑碰溅火星噌铃铃一路。

"你有什么办法?"李老师问。

"我也不知道。"蒋婷第一次觉得自己的教育经验不够。

晚上失眠了。蒋婷耳朵里是王卓越的嘶喊声怒吼声叫骂声,仿佛他就在眼前,嘴角咧开,睚眦尖利,眉毛倒竖,豹眼环睁。脸扭曲成酒中水蛭,身体像铁炉中倾泻下来的钢水。他踢踢腾腾地跳,床板在震动,楼房也在震动。稍微迷糊,一声吼叫又把她扯醒,眼看天露出鱼肚白。

"担心什么呢?又不是你的错。"丈夫揉着惺忪睡眼抱怨道。

"她真可怜。"蒋婷回答,她仿佛看见女人在她跟前搓着手,皮肉模糊。

一整天心神不宁。傍晚蒋婷早早到了学校,一间教室一间教室巡查。教室里安安静静的,偶尔有学生交头接耳,很快又恢复了秩序。大门外,有个别家长在守候,他们聚在一起聊天,有说有笑。有的低头玩着手机,和煦安详。

茶一点儿也不香。她放下杯子,一遍遍看门外。

女人没有再来。

"我告诉她孩子成绩很好,没必要上补习班。"李老师说。

"你……好吧。"蒋婷摇摇头。

学校不断收到锦旗。学生数学竞赛拿了高分,物理夺了金奖,英语取得全校第一名。蒋婷把锦旗奖状整整齐齐挂在荣誉室,荣誉室越来越拥挤,中间又竖了格栅,以增加容量。老师对荣誉柔情蜜意,学生和家长对老师毕恭毕敬。

"学校最大的成功是学生有好成绩,能考上名校,咱们顺华是成功的。"蒋婷说。

"所有人都在求成功,挣钱,教育也需要挣钱。"李老师提醒。

"成功了还怕没钱吗?"蒋婷揩把汗,"荣誉室很快要扩建了,你的

工资也会噌噌涨。"

半个月后。

王卓越一头扎进来，进门就问："我妈呢？我妈呢？"

蒋婷正在看各班成绩汇总，她几乎已经忘掉了他们母子。猛然又见，虽然有些吃惊，但却不想理他。

王卓越把她的桌子拍得山响："藏哪儿了？她要跳楼，你说你有办法。藏哪儿了？告诉我！"

"跳楼？"

"开始我跳，现在她要跳。"

蒋婷意识到要出事，站起来说："她没来。"

王卓越一脚把办公桌踢了个趔趄，腾腾腾跑出去了。

蒋婷抹桌面的水，一沓报表湿了，书散落在地上。

女人跑进来，胸脯起伏像飓风中海面上的舟。"王卓越呢？王卓越呢？"

"他，他，说你……"蒋婷结巴了，她从来没如此慌乱过，即使面对教学事故被一群家长围住，她也能应付自如。

"他要跳楼！"女人的嗓子哽住了，口大张着却发不出声。

"你们这是？"蒋婷糊涂了。

"他在哪儿？哪儿？"

"他跑了。"

女人拔腿冲出门去。

蒋婷跟出去，没有几步，女人已经跑进黑夜，不见了。

蒋婷胸口咚咚跳起来，她几次跑到门口去，有几个家长正在看手机，安静专心，头都没抬一下。她想问他们，可是又怀疑起自己来，是自己的幻觉吗？不是。可是门外一片祥和，车在路上奔驰着，路灯悠悠亮着，夜色和往常并无二致。

蒋婷叫李老师查王卓越的登记信息，照着电话号码拨打，可是一遍一遍，都是关机。

这个晚上，她喊着跳楼从梦里惊醒，一身的汗。

第二天再打，还是关机。

她的心提到了半空。

四

循着简单的信息，问过好多人，蒋婷站在一栋楼前。楼道干净，电梯到门口的地板光洁照人。门框上的对联是红色油光纸印刷品，上联"宗传后稷家声远"，下联"学绍濂溪道脉长"，纸的衬花底已经暗淡。防盗门紧锁着，门面上有脚印。

蒋婷摁门铃，门铃却是坏的，她只好敲门。没有应声。也是，正是上班时候，她只想着单身妈妈应该在家。刚要离身，门开了，一个男人伸头出来。

"你找谁？"

"是王卓越家吗？"

"不是！"

蒋婷还想问，门嘭地关上。转身，门又开了。开门的是她要找的女人，王卓越的妈妈。

"蒋校长。"女人给男人介绍。男人白了一眼女人，睡衣飘荡着进了卧室。

房子两室，进门是客厅，左手是厨房，厕所嵌在客厅与厨房之间，正面一个过道，把两间卧室隔开。电视挂在墙上，一个角有些反光，仔细看，是翘起来了，受过伤的模样。电视柜上各种小瓶小罐，地面上几个大箱子里，也是各式各样的瓶罐。笤帚和簸箕横卧地上。四只不配对的拖鞋这儿一只那儿一只。和阳台相对，即厕所墙外放置的餐桌上，一只红酒瓶敞开

着，瓶与杯的酒面已经起皮。抹布有三块，各不一样，乱扔着，围着一碗吃过的方便面桶。

"你没事就好。"蒋婷把屁股底下沙发的隔布扯平。

"什么事？"女人很吃惊，不明白蒋婷的意思。

"跳楼……"蒋婷手指在空里比画。

"嗨，是这个啊。"女人兀自笑了。

嘴角上翘，两个酒窝，她笑起来很好看。蒋婷想。

"我真被吓着了。"

"他把自己挂在楼外几次了。"女人的笑不见了。

"为什么呢？"

"吓我呗。不给买鞋，不给玩手机，不给买基料……随便什么借口。"

"什么基料？"

"做香皂用的。"女人指指那些瓶瓶罐罐，缝隙里依稀可见香皂块儿，"倒腾这些基料，他可以整夜不睡觉，整天不上学。这种基料加进那种基料，那种基料掺杂这种基料，一会儿开火烤，一会儿上笼蒸。他说他在搞艺术，说成品可以挣钱。挣钱倒是好事，可是他已经六年级，明年要升学的——考不上好初中，他能有什么出息？"

"他不是班上前五吗？"

"班上前五算什么？要年级前五！月考算什么？要市上会考！年级前列才能参加会考，会考成绩好才能确保进名校，结交好同学，将来有人脉圈，可以挣大钱做成功人士。"女人一边说一边数指头。

"也是，成绩很重要。"

"怪我吧。人是有遗传的，我不成器，卖衣服店塌了，卖化妆品赔光了，跑保险签不下单子。他遗传了我，都是我的错啊。要是我能重生多好啊，我可以在天上看着，找个高级知识分子，或者漂亮的演员，或者大企业家，再差也找个网红投胎。"女人叹惋地摇头。

"他这成绩会考上名校的，我敢肯定。"

"可是有什么用呢？他天天舞弄他的香皂，天天打游戏，天天要跳楼。我以前希望他能上名校，现在不这么想了。"

"嗯？"

"他别要了我命就好。那天他把自己挂在那儿——"女人指着阳台窗户外的护栏，"一只手挥舞着喊，给我，给我，数着一……二……"

女人头发耷拉下来，这下，像蒋婷第一次见她的样子了。

"他要什么？"

"手机。他不做作业，书本就堆在桌子上。他不做卷子，把卷子撕成碎末。"

"这不是你要的吗？自由生长。"男人头伸出卧室，说完，"嘭"地把自己又关进去。

"那天怎么回事？"蒋婷问。

"他说家里的阳台不够高，摔下去只会内出血，不会开花。三十层不够高？他脑袋一定叫狗啃了！他说，'你不是要我上顺华吗？我去爬那栋楼，让顺华的师生看看，什么叫生命的绚烂——'他是要把自己摔成渣，绽放给你们看啊。他脑袋一定叫狗啃了。"

蒋婷摇摇头。

"他一跳楼我就吓得要死。那么细的胳膊，只消稍微疏忽，轻轻一滑就……他不是跳楼，他是要我命啊！"

"你为什么不让他跳呢？"一出口，蒋婷觉得自己很残忍。

"还能让吗？不让他都爬上去吊着自己了。就这么一个独生子，他不成功就是我的罪，他死……了，不就是要我的命吗？"女人又开始搓手，仿佛自己被锁在一间笼子里，笼子越缩越小。

"和他爸爸一起管啊。"蒋婷指指卧室。

"他？有屁用！奋斗十几年只买了这房子，就以为自己是最成功的，

谁家没房子，这不就是最普通的家庭吗？能叫这样自大的人管吗？你听他说啥：'人生如长河。'啥叫长河？没有源头哪里有河的长？'孩子像土坯。'啥是土坯？夯打的孩子被闷死了！孩子要不断地发现和挖掘，让他的兴趣与潜力……"女人突然不说了，陷入沉默里。

"你可以和他商量啊。"蒋婷建议。

"不，他放弃了。"

"为什么？"蒋婷觉得自己这个疑问句已经重复了无数遍。

"他吐过血。"

"啊？"

"王卓越玩手机，他把手机摔了。王卓越说，'以前你骂我打我我怕你，现在我长大了，你别想威胁我，我不怕你了。'他就解了皮带一下一下地抽，王卓越倒在地上不动了。我扑上去翻过来，王卓越一口血喷了出来。"

"打得王卓越吐血了？"蒋婷眼睛睁大了。

"我扯纸擦了，王卓越又一口血喷了出来。我吓得快死过去。我喊着你还我孩子，还我宝贝。他当时也傻了。我扶着他背着，把儿子送到市第三医院，你知道那是市里最好的医院，做了检查，没有大碍，但孩子昏厥着怎么没有大碍？做了CT，脑部、内脏都好着。医生把手伸到腋窝挠了一把，王卓越又喷了一口血，哈哈笑了。"

"啊？"

"王卓越舌头垫破了，兑了口水喷，吓我们。"

"哈哈哈。"蒋婷笑起来，看见女人眉头紧皱，又觉得不合时宜，便急忙收住。

"他当时就真的喷了一口血，又抽出了皮带，皮带落在我身上，三两下我的一件衣服成了破烂。"

蒋婷又想笑，赶紧手掩住嘴。

"他辞了工作，天天窝在家里。喏，那就是他的世界。"女人嘴向卧室偏了偏，又恢复到低头掩面的状态。

"没意思，没关系。"声音毕了，男人把卧室门又关上了。

蒋婷去敲卧室门，里面再无应答。女人说："就这样，这个家就我一个撑着。"

蒋婷离开时，腿沉重得抬不起来。这是她教书以来碰到的最离奇的家庭，她却无可奈何。此后，她时常从睡梦中被惊醒。翻了许多书，似乎寻找到了办法，却一点儿效果也没有。

她告诉李老师，把王卓越招进学校，单独成班，她亲自教育。

"费用怎么收？"

"这不是钱的问题。"蒋婷说。

王卓越却毫不犹豫地拒绝了。

五

一只鸡被大鹅追着，慌不择路地钻进刺架，大鹅扑扇着翅膀，对着露出的尾羽一嘴一嘴地啄。从另一头钻出去，狗又扑上来，一脚蹬倒，胡乱地拔。鸡咯咯惨叫着却不能起身，眼看背颈的毛纷纷乱飞，白绒的底羽染了血污。眼前男人的头发，就是被鹅犬相欺后的鸡毛。胡子从鼻沟两旁炸出，与下巴的髭须乱蓬蓬包围了嘴唇。偏偏鼻孔里几根乌戳戳的毛挤将出来，和它们搅和在一起。

对着毫无欲望的眼神，蒋婷一时不知从何开口。

"就这样。"男人趿着鞋站起来，宽大的睡裤摇摇欲坠。他把裤腰胡乱提了提，遮住了裤头的红色。

"我还有问题。"蒋婷向他招手，示意他安静下来。

"你真讨厌。我不管。"男人说。蒋婷不得不站起身，把他重新按在沙发上。他的睡衣松垮，露出了肩头，把肩膀一抖，睡衣溜回胛骨。

"他必须到我学校来,学费全免,一个人的教室。你要相信我。"蒋婷几乎是乞求了。

"有什么用呢?你又不是上帝。就是上帝,又有什么用呢?只当我没有这个儿子。"

"你们没有发现他的优点,比如他做香皂……"

"做香皂?你以为他在做香皂?我说,'卓越,你要做作业。'他说,'为什么我要做作业?'我说,'你是学生,不做作业怎么行?'他说,'你是爸爸,爸爸该干啥?''我挣钱供你上学,给家里开销。妈妈专职陪你学习,一家人的衣食住行,都要爸爸。'他说,'你有爸爸的样子吗?你逼我做作业,不就是为了掩盖你的无能,弥补她的弱智?我天天被你们当工具,作业只是遮羞的裤衩。遮住了,你们塞给我更多的卷子;遮不住了,你就用皮带抽我。你说我考个一百你就奖励我一百元,考两个一百就带我出去旅游。你知道谁能考一百?你骗我是一次还是两次?就是我考了一百,你只会给我更多的卷子,让我做更多的题。你们和老师商量好了,合伙整我。你以为你们天衣无缝,你以为就自己聪明?我只是你们的工具罢了,给你们装门面,争荣誉,好让你们在别人面前雄赳赳气昂昂,显得自己是山一样的爸爸,神一样的妈妈。'他天天要做香皂,回来把正煮的饭倒进马桶,把瓶瓶罐罐塞进笼屉,往模具里浇液体。液体干了凝固成香皂也就罢了,又把这些香皂几把捏了,几脚踩了重新再蒸。不要的基料和那些扭七裂八的香皂倒进马桶,扔在碗池,下水管堵了一次又一次。他哪是做香皂,他是在堵我们的心。我眼看着花花绿绿的钱变成乌七八糟的液体,无休无止地流进下水管里。不管你端着饭碗,还是累极了小憩,他张牙舞爪气急败坏地叫你去给他拿快递,刚拖完地又把脏水泼洒上去。毛巾擦了衣服擦,衣服擦了被单擦。洗衣机二十四小时开着,也洗不完他的东西。我们四只手忙着,也顾不过来他的使唤。我说,'卓越,你明天要上课,不要在被窝玩手机了。'他把被子掀了,扔到客厅去,把我们的被子揭了,抛到窗下去，把杯子砸了，碗一摞摞扔到楼道里。窗外有人骂，他给人泼水。他把整栋楼吼起来，他要掘楼了。我哪有脸啊，我的脸皮被他剥尽了扒光了。我哪是爸爸啊，我是他的儿子，是他的孙子。我早就活成了龟孙子！"

男人胡子抖动着，鼻涕糊在上面，他伸手一横，擦在袖子上。蒋婷觉得自己脸上痒，一摸，不知什么时候流泪了。

半晌，两个人就这么坐着，男人望着窗外，起雾了，所有的楼尖漂浮着，绝大部分真相隐没在浓雾里。

"她呢？"蒋婷轻轻问，想换个话题。

"不知道，也不想知道。"男人没有动，眼睛里是巨大的空洞。

"你们受累了。"

"我说，'你去工作吧，我来陪他。'她说，'好歹我还是大学生，你个中专技工就算了吧。你看他英语差的，将来怎么能出国，出国了怎么能适应？'她买了好多英语资料，从 abcd 重新学起，每天送完卓越，就在屋子里转来转去背单词，大声跟读磁带，对着镜子练口语。她订了《英语报》，订了《二十一世纪报》，订了《欧洲日报》，卓越做香皂，她就给他读，讲报纸的内容，讲正在进行时，过去进行时，主动式被动式。晚上睡觉关了灯，她会在床前用手电照着，浅梦里给他补注营养。卓越作文是弱项，一篇文章全乎的句子没有几句。她忧心忡忡，念叨着出国要代表国家，没有硬邦的母语怎么能行呢，丢国格啊！她买了《读者》《意林》，买了诺贝尔文学奖获奖者全套书系，日夜不息地读。又报了蒋勋、康震、余秋雨的文学课，不厌其烦地学。她下载了所有《百家讲坛》老师的讲座，一遍一遍地观看。她买的《作文大全》《提分作文范例》的书可以拿车装。她说，'我要教他，得自己是个作家。'她写了文章一次次给他讲自己的立意用词，结构谋篇，讲作文要怎样讲求开头结尾，怎样传达自己的思想。她说，'作文怎么能想怎么写就怎么乱写呢，高分的作文必然是合乎阅卷老师的爱好的，开门见山开宗明义，七圈八绕得不了高分。'她要求卓越

一类作文一类作文地抄，每类范文要记下几十篇，即使忘了词，套也能有依靠有参考。卓越数学题不会做，她给报了三个奥数班，周一到周日轮流去上课，她说，'把几家培训班的精华全部吸收过来，我就不信这个邪。'她一次一次和老师沟通，卓越有什么缺点，哪里精力不集中，家长要怎么配合……觉得自己辅导有难度，卓越上课，她也坐在教室听，她记了一本又一本笔记，卓越到学校，她就研究那些问题。卓越放学，她饭也不吃就给他细细地讲，她用秃的笔比卓越的瓶瓶罐罐还多。她说，'家长没水平，怎么能辅导好孩子？教师没水平，才会有调皮捣蛋学不会的学生。我不能对不起卓越的名字，他的一生，从妈妈开始。'"

"效果好吗？"蒋婷问，问完又后悔，卓越妈妈的好多办法，不就是顺华学校——确切说，是自己正在顺华实施的方法吗？

"卓越的学习成绩上去了，从倒数进了正数，从正数进了前五。她说，'怎么能满足这点进步呢？卓越是要卓越的，他应该有更广阔的未来。这个学校太普通了，普通得名不见经传，我们必须把他送进名校去，让他在名校里熏陶，进正数，进前五。'她天天打听，谁认识名校的校长，谁管着校长，怎么能进去，转学需要什么手续，哪个名校有空出来的学位……她托了好多人，一趟趟送礼，一趟趟请客吃饭，卓越终于进了名校。她打听哪个老师数学教得好，哪个老师语文教得好。周内每天晚上是培训班的课，周六请他们半天辅导语文，半天辅导数学，周日半天辅导外语。剩余的半天，她请了绘画老师，来给他教素描。她说，'做香皂，那些颜料的搭配，那些造型的设计，不就是绘画吗？'"

"他进步大吗？"

男人手拄在大腿旁，腰弓着，自目光从窗外收回来，便没有抬过一次头，仿佛自己压根儿没有说过话。现在，他的双手深深插进沙发海绵里，两个旋涡般的坑。他说："三年，电动车换了九块电池。卓越把自己吊在窗栏上怒吼，'滚，滚，滚！你们滚得越远越好。'他没有朋友，同学见了他像躲避瘟疫一样绕道走,老师没有办法,让他站到后面去,站到教室外面去。现在学校让他转学,否则就只能开除。"男人停下来,鼻涕又糊在胡子上。

"我想教他。"蒋婷发自内心地一字一句说。

"他就是考上北大清华也是渣滓。"男人说。

蒋婷的心被锥扎得一疼,浑身打了个冷战。

六

虽然看不清衣料,但淡淡光晕下的华美是显然的。前凸后翘的身材袅娜,高跟鞋叮叮咣咣地敲打寒风。紧身大衣领上的绒毛扑粉了半边脸庞,小巧的坤包在肘下安静,她走,香也走。

一个小伙短打牛仔衣敞着,衬衫上硕大的牛头往前顶,衣襟扇开,像牛耳。发白的灯笼裤鼓满了风,如兜了两裤腿嫩豆腐,随时要跌出来。裤端与袜子之间是竹竿样的白腿,戳在球鞋里。耳塞堵住耳朵,线掉搭在胁下。"哈哈哈,哈哈哈,"他笑,嘭一声撞在树上,脚甩开,"哈哈哈,哈哈哈……"走远了。

快递小哥的头盔有些大,车一弹帽子就遮眼,他不得不去扶。前面有人,他猛一扭车把,人躲过了,货包甩下了车,骨碌碌滚了出去。他驻车捡包,头盔又掉落地上。他狠狠扣上去,系紧绳带,晃晃,结实了。把包扔进车里,舱门咣一声关上。

一辆脚控车飘过来,悄无声息。车主人腿夹着操纵杆,手插在衣兜里。衣帽把头捂住,口罩上边只露出眼睛一线。全身的黑,鬼一样藏进夜里。

蒋婷看着眼前的路人,猜想他们的年少时光。

蒋婷在顺华学校召开了会议,要求老师们把班里成绩好但行为举止有问题、思想意识不端正的孩子数据报给她。她的标准只有三条:报了几个培训班？超过两个的算；和同学能友好相处吗？不能记住十个同学特点爱好的算；与父母关系融洽吗？一月在一起吃饭少于十次的算。李老师说："有些学生住校，满打满算也不会有十次。"蒋婷补充说："那就加上和父母体育活动、出外购物游玩。"

让她吃惊的是，顺华999名学生，有281人符合第一项，有303人符合第二项，而符合第三项的高达684人。

"十年里我都干了些什么啊？"蒋婷说，"我从来没有这样吃惊过。"

"因为无人在意。"丈夫回道。

蒋婷从顺华辞职了。整整三年，她跟着卓越，跟着那些"不合格"的孩子。蒋婷给这些孩子建立了档案，列了计划，她每天有跑不完的路，录不完的音，记不完的笔记。她开了咨询室，聘请了秘书，记录咨询过程。

她又用两年的时间请教大学教授、教育专家，整理出版了一本书。

书是自费的，需要自己推销。蒋婷给一些书店放了，一个月过去，那些书还躺在老地方。她进过学校，可是，学校只要卷子和习题。偶尔有学校允许她讲课，但更多的学校拒绝了她。

上街。蒋婷决定。

两个汉服美女飘过来，一刻也不停下摇扇子。

蒋婷想过去，可是这和上课不是一回事，迈不开步子，开不了口，她眼看着她们走远了。

短打牛仔小伙塞着耳塞听音乐，竹竿腿戳在球鞋里。她看着他一头撞在了上树。

商人、快递员、漂亮女人、三轮车夫，一个又一个人走过，没有人停下来。

蒋婷的掌心捏出了汗。她想起了进城的陈焕生或者大观园里的刘姥姥，自己的窘迫一点儿不输他们。

一个学生背着书包，手缩在袖筒里无声无息地走，两个马尾辫硬戳戳地翘在脑袋后边。接着嘈杂声大起来，三三两两的学生走过来，偶尔有学生的胳膊搭上另一个的肩，另一个哼唧一声肩头一沉，胳膊滑下去，缩进袖子不见了。一群学生过来了，急急慌慌地走，脚步杂沓，衣裤窸窣。他们仿佛是克隆的，除了眼镜有区别，衣服，鞋帽，神态，在夜色里模糊成一个样子。偶尔有大人夹杂其中，也不说话，淹没在克隆群里。也有一半个嫌慢，从旁边超过去，走了一段，终归重新融进队伍。

蒋婷终于下定决心，清清嗓子朝他们走过去。学生看看书，摇摇头，随着人流匆匆而前。蒋婷拦住家长。"他们还有作业，我还得给他们弄夜宵，哪有时间看书啊。"家长挽住孩子胳膊，没入克隆队伍里。

一只手拍杆高高举起，杆头打下来一束光，照在戴着庞大耳机的头上。虽然细细刮过，又敷了脂粉，胡楂还是在光下显影。花裙子撑不出女人的骨架，喉结的滑动出卖了真相。"我是在寒冷的街上，有人卖碗，有人烤红薯，他们像我一样在为生活奔波。哦，还有人在卖书，这书摊好奇怪，一模一样的书，名字叫《病相报告》。让我问问她怎么只卖一种书，太少见了，作家都出来练摊了。"

女网红把镜头对准了蒋婷："这是您的书吗？"

"我写的很多妈妈……"

"作家的书不是在书店卖吗？"

"我想调查，引起……"

"您认为它的价值在哪里？"

"我以为……"

"您今天卖了多少本？"

网红炫耀的是语速，蒋婷还没有回答完，镜头早早回到了他自己的脸上。蒋婷不再开口。十本书龟缩在冷风里。

"看到了吗？作家，曾经多么优雅的称呼，现在也流落街头了。让我带你们看看，前面还有什么好玩的。请大家给我打赏哦。"网红在光束牵引下，摇摇摆摆地走了。

"现在仍然是。"蒋婷想起自己给顺华老总说过，我是"落草"的。

回到家，靠在桌边默默流泪。

"交给我吧，只要你……"丈夫再次体贴地说。他手中的权力可以让这本书一夜之间配送一空。

"我不愿意！"蒋婷抹干了泪。

七

站在风里，蒋婷还在等。

男子戴着鸭舌帽，手插在牛仔裤兜里。

"您是爸爸吗？"蒋婷问。

男子歪了歪脖子，缝隙里的眼睛警惕地瞅着她。

"我写了本书，希望对您有用。"

"有手机的人谁不是记者作家，还用得上看你的书？神经！"男人走开了。

女人着红袄，栗色波浪发把红色割开，皮靴在地面踢出咔咔声。

"您是妈妈吗？"蒋婷问。

"我有那么老吗？"女人的脸因为恼怒涨红了。

"我是说，以后您有了孩子，可以用得上这本书。"

"还是你留着自己读吧。"

孩子吊着妈妈的胳膊，一路玩着游戏。

"小朋友。"蒋婷迎上前半蹲下。

孩子从妈妈臂弯里跳下来，好奇地望着。

"我收集了哥哥姐姐们的故事，值得你看呢！"

妈妈拿过书，哗哗翻了几页递回蒋婷手里，有啥看头呀，不是作文书，也不是竞赛书。

孩子恢复了咯咯笑声,攀上了妈妈胳膊。

老汉双手在后背抄着,老太太提着半兜蔬菜。窸窸窣窣的衣服摩擦声勾连着两人。

"大妈大叔,"蒋婷把书塞到老汉手里,"这个适合教育孙子孙女,我们很多家长……"

"我儿子在美国,女儿在澳大利亚。"老太太骄傲地说。

"可是教育是一样的,人的问题是一样的。"蒋婷争辩。

"他们在国外高就,你在这里摆地摊,能一样?岂有此理!"老汉把书差点扔了。

瘸子坐在轮椅上,眼睛被缭绕出的白气糊住了,手上遮盖着小棉被,棉袄在棉被下鼓胀着,像高原上的食品袋。棉被的下面,两只脚搁在轮椅踏板上,仿佛车子一摇就要跌到地面。屁股下垫布也快要坠地,靠一只角拉扯住。一双手攥着轮椅推杆,通红通红的,青色血管密密地在干裂粗糙的红上爬着,蔓延到两截灰色袖管。袖管在肩部耸起两团褶皱,褶皱凹下去的同时,凸起一截泛着汗光的圆柱体,上面的头脸一半是黑色,发丝纠缠着向后飘;一半是酱红色,被嘴里的白气笼罩住。在脖子和褶皱之间有两个绳套,绷直着和后面的左右车辕相连。车是平板车,一床花被子裹着一个脑袋,蓝绿相间的线帽半窝进枕头。线帽里一张脸,像半个隔年的核桃朝向空中。枕头两端有种淡黑金属般的光泽,越往下颜色越深,显然有段时间没有换洗了。轮椅声和平板车声极为安静,中间的脚步声和喘息声搅动着空气,仿佛能看见空气里的旋涡。旋涡里,球鞋帮子缝有柘色袜子,一只后跟里也能瞧见灰色的白。柘色和白色有节奏地一上一下,一前一后。椅与车随之移动。

蒋婷给平板车的枕头下塞了一本书,病人的头稍稍抬高,就可以看到自己脚尖了,只要他愿意。

蒋婷迎向每一个人，她给路人发书，递到他们手上，塞进他们的包包。

寒冷瑟缩了砖石、树木，还有一息尚存的人。此刻，天地阔大，阔大到只剩下一个人，一本书。

蒋婷明天还会来，醒来永远不是闹钟的功劳。她看到树梢在轻轻摇动，传递着某种信息。

镜子里的美人

那个疙瘩方方正正，摞在它下面的也是方方正正，在重压下还有点挤头撞脑，颇为委屈地侧棱着身子。酱红颜色展现出粗砺的肌肉纹理，因为长时间蒸煮，这些纹理相互融为一体，还没有分辨清楚，已被一刀斩断。

"五斤，只多不少。"店主把肉块裹进纸包前，又长长拉了一刀，把薄如蝉翼的肉片蒙在整块儿牛肉上。

杨莹一直在咀嚼那粒牛肉，它碎烂成泥，在齿缝间磨转。香料有点多，遮盖了牛肉本来的淳朴，这倒适合北方大众的重口。

"再买几斤生的。"杨莹说。店主有些疑惑甚至惊讶，自己的店是个网红店，每天排队的人很多，还有人想把生肉送来卤熟拿走呢，她却要生肉？

"要今天刚杀的。"给阿雅吃，就吃至味。杨莹不理睬店主的神色，她知道新鲜牛肉功夫在火上，一点儿盐就足够提味，炖肉的时间她有的是。

"刘家牛肉最好。"阿雅这么给杨莹说。

在超市里，杨莹看见阿雅口袋里掉出半包纸巾，提醒，两人一笑而过。再次碰见，知道彼此住的小区相隔不远，就多聊几句成了熟人。自从杨莹的丈夫2010年去了国外，一年只回来一两次，阿雅逐步升格为她的闺密。

杨莹很清闲，用丈夫的话说，做什么活呢，把自己养漂亮就是工作。出国有国内的工资，还有出国的补贴，丈夫的工资足够她花。

杨莹在家养花。她请工人重新修整露台，棚上玻璃搭成阳光房，把太阳热聚在房内。露台四周放置了若干个花盆，陆续买了几十种花木栽上，俨然一个亚热带花园了。

"冬天会冻死的。"阿雅拨拉着一株羊兰说。

杨莹跺跺脚，"有地热管呢。"又指木槿树后面，"也有空调。花开了再买几只蝴蝶，还有蜜蜂。"话里，仿佛已经蝶恋花枝蜂戏蕊。

不过几个月，杨莹果真伺候出一片灿烂花海。木槿开出了层层粉霞，小叶女贞紫黑苞卵倒挂，香蒲肉穗枝枝挺立，花叶良姜钟鸣炫彩，房对角菩提与石楠各自守候着一团浓荫。羊兰不旺盛，她专门跑了几十里去松树林里揽了腐殖质，敲碎粗砖打磨掉棱角搅拌均匀换盆，让它重拾喜人长势。

"你说这是什么？"杨莹问。

"臭美。"阿雅斜抱着膀子，靠在门上不屑一顾，"一股子腐败气息。"

"云堆翠髻，唇绽樱颗，榴齿含香。"

"才不像你。"

杨莹放下竹刀，洗了手坐下喝茶。"我刚才看着花团锦簇，是说漂亮得像你。"

"切，你比我美。你用什么化妆品？"阿雅站在落地镜前，挺胸凸臀正看侧看。

"最简单的保养，有时根本就不用。"

"怎么可能，天生丽质也要保养。玻尿酸、婴儿露、胎盘素……"

"听这些名字血淋淋的。画眉深浅入时无，自然最好。现在啊，有些姑娘为了美，简直了。"

"你一点儿也不知道新鲜胎盘和婴儿肉的美容功效。"阿雅把脸凑近镜子惊叫起来，"快来快来，我要死了，这么大一颗痘痘！"

杨莹跑过去瞅："哪里？"

"这儿呀！"阿雅纤细的手指按镜子里的额头。

"还没有针眼大呢。"杨莹拿出一管乳膏，挤在指尖。

"不要不要，手上有细菌，用棉签。"

"棉花也是手捻上签子的。"杨莹边在手背抹乳膏边取了棉签出来，小心翼翼地在阿雅额头上涂。

"轻点轻点，疼。"阿雅吸着凉气，好像阳光房里飘过来的热量被痘痘吸完了，全部转化成尖锐的疼痛。

"你别兮兮兮，我手都抖了。"

坐下，杨莹手扇着鼻尖沁出的汗，阿雅盯着她看，目光篦过她脸庞每根汗毛。

"干吗？把我看羞了。"

"我要有你这么漂亮就好了。"

"你也很漂亮啊。"

"人多么不一样啊，下辈子做男人，我一定霸占你。"

"肉麻。"

杨莹把牛肉摊在砧板上，轻轻拍打，像抹了润肤露后拍脸，只是比那劲儿大。这面拍打完，翻转四十五度，再拍。新鲜牛肉在她的拍打下，麻酥下去，瘫软在案板上，肉面渐渐沁出细密的水珠，泛出津津的红光。杨莹拿干毛巾沾过，又翻转四十五度，继续拍。有棱有角的牛肉在她的掌下，舒服的酥软渐次展开。杨莹能看见那块肉深层的毛细血管，它们已经僵硬的身躯重新柔软舒展，细微的空隙在拍打带来的震颤中缓缓通畅，阻滞的管道再次连成纵横交错的网络，淤凝的余血碎开，和血管壁上的水分再次交融，缓慢但坚定地流动起来。流过一段，跳出血管的束缚，穿过毛孔，渗透到肉面。杨莹的手像是魔法棒，轻柔又果断地驱赶着这些细碎的余血，挤压着它们，把它们聚拢成津津的光亮，红红的在肉面奔流。杨莹撮取了雪面似的盐巴，均匀地撒在牛肉上，手指轻轻地抚过，让它们更为均匀地铺开，又开始拍打，好让盐巴融进肉的肌理。它们贪婪地吸吮牛肉里不多的水分，形成细流，在打通的血管里再次流动，带出残余的凝血颗粒。在重力的作用下，这些水流无孔不入，将流过每一处血管，扫走一切可以带动的杂质。翻过来，杨莹把肉的另一面也仔细拍遍。这下，她放心地把肉挂在阴凉处，听盐巴从血管和肌肉缝隙里携出来的水流滴答，直到滴水停止，肉面干爽，干毛巾再也揩不出半丝儿湿润。

　　杨莹啪地打着了火。牛肉躺在水里。火焰猛地舔舐锅底，她听见牛肉舒坦地呻吟了一声。接着，水珠由慢到快奔跑起来，沿着底部向上蹿动，包围着肉块又竭尽所能地穿过肉块。水把肉的每一寸无数次地穿透，血管膨胀开来，每条细微的缝隙被越穿越大。里面的血沫变成暗淡的白色，浮出水面，在油珠子间翻滚汇聚。杨莹拿勺子一下一下地撇，汤汁逐渐清亮，把变白变硬的肉衬托得矜持而坚毅。她把勺子凑近唇边吸了一口，一丝汤汁电弧一般滑进她的口腔，在舌尖打转。不咸，滑爽，清淡里透出悠悠的绵长。

　　杨莹把火拧大，投进小小的料盒。不一会儿，满屋子香，铺天盖地撩拨湿润起来。有人在楼下喊：“谁家煮肉，还让人吃饭不？”

　　"阿雅没吃过我炖的牛肉，怎么能断言刘家的牛肉最好？"杨莹自豪地笑了。

　　太阳挂在屋角，时光尚早，肉香久久不散，沁得人慵懒瞌睡。杨莹揉揉太阳穴，靠在沙发角织起毛线。阿雅的鳄鱼皮包纹路巧妙色泽华美，但光秃秃的，有种动物被展览的突兀与惨烈。它应该有一个包垫，浅浅地裹住底部，消减那些惨烈，也保护它不被磨损。尺寸都已量过，毛线选的是细如发丝的莩黄进口雪尼尔。腹稿打好，织了两次，又觉得不满意，拆了。这是第三次织，还剩尾活，今天见面正好给她。毛线活开头容易收尾难。

坤包的底垫下大上小，口收得太紧会磨损皮面，收得太松又不能严丝合缝还影响观瞻。细密的针脚看起来多一针少一针毫无关系，但在完美主义者眼里却是不可原谅的粗心和失误。何况阿雅对美的追求苛刻至极。杨莹一针一针地挑，手指拿捏着线的松紧，一直把太阳挑落到远山背后。意犹未尽，开了台灯，又织了一个麻花的坠子，两手举着对灯比画，满意了才装包。

"袅袅婷婷，包随人影，饰与美动，这才配得上阿雅的漂亮。"

杨莹调了蘸汁，牛肉打了包，装置妥当。换过鞋，提着两块牛肉出门。初夏的傍晚，虽然没有风，倒也舒适得恰到好处。车上，一看手机已经六点四十，过了约定的六点半，心里不免有些着急。她向来以准时为原则。一个不守时的人，就不要指望他能遵守其他规则。她讨厌让别人等，那既是对人的不尊重，也是其他懒散违约的肇始。

杨莹给阿雅发信息，抱歉自己的迟到。阿雅没有回。杨莹心里检讨，心想阿雅真是等她生气了，不然早就给她回信息，或者直接打电话过来了。又后悔自己没有开车，只想着要逛街，停车找车位不容易，却没有预见公交也堵车厉害，如此严重地延误了时间。请阿雅喝珍珠奶茶，给她赔礼道歉是个不错的主意。又想到约定商场附近没有珍珠奶茶，只好换成冰淇淋，玫瑰味的冰淇淋，只是自己不能吃冰的，怕刺激到肚子里的小家伙。

"你吃一支，消消气。"杨莹想象着自己巴结似的给阿雅递冰淇淋。

"不吃！"阿雅转过脸不理她。

"你闻，你喜欢的玫瑰味道，和你满身的香气很相配。"

"不吃。"阿雅又别转了头。

杨莹悻悻地站着，手举在半空，不知道再怎么劝阿雅接受自己的道歉。周围有人停下脚步看她们，这让她更觉得无地自容。阿雅把手绕过脖颈，伸出两根指头，她赶紧把冰淇淋小心地夹在那两根玉葱之间。阿雅扑哧笑了，她也才如释重负。

下了车，杨莹远远看见阿雅在和一个女子交谈。阿雅把一个信封塞给女子，女子拒绝着，三两个来回，女子松开阿雅，任凭她把信封结结实实塞进包里。

"阿雅，我……"杨莹给阿雅招手，眼里是迟到的悔恨。

阿雅快速把手收回抬起，给杨莹一个拥抱。"瞧你热的，走，请你吃冰淇淋。"

杨莹看旁边的女子。女子眉眼清秀，弯弯的眉毛，弯弯的丹凤眼，弯弯的嘴角上翘着，露出笑容和洁白细密的牙齿。

"尽情玩，再见。"女子温婉又坚定的语气给杨莹留下深刻印象。

杨莹摆摆手，还来不及说再见就被阿雅拉着往冰淇淋店走去。

阿雅要了两个冰淇淋，一个递给杨莹。杨莹一手提着肉包，空着的手拒挡："我不能吃的。"

"快吃，看把你热的。"阿雅不容置疑的语气，把嘴里的凉气吹过来，玫瑰味道里夹杂着初夏的热，还有丝丝薄荷唇膏的清淡。杨莹接过，哈着气，小小地咬了一口，一股冷透过，齿颊瞬间冰凉了。

网购兴起，万达商场实体店虽然没有了摩肩擦踵的繁华，但晚上依然有不少人，时装与饰品店还热闹着。附近有几所大学，一对对的大中专学生在百十元的商品区流连忘返。有的选择了兔耳朵发箍，长长或红或黄的耳朵在头顶跳跃；有的挑拣了耳坠，夹在耳垂上，亮闪闪的高仿宝石迷幻出梦样迷离。她们在镜子里扭头嘟嘴，比画着各种 pose 自拍。一对恋人为一条项链争执起来，女孩喜欢仿蓝宝石镶钻，男孩子偏好翡翠绿那条。女孩子一拧屁股出了店门，坐在门外生气。男孩子追出来，把蓝宝石项链挂在她脖子上，捧起女孩的脸亲吻。终于，女孩子的腿盘上他的腰肢。

"多好呀，说吵就吵，说好就好。"杨莹说。

"青春无敌，可惜我们眨眼就老了。"阿雅嘟起腮帮子，在镜子里也比剪刀手，觉得不像，又双手上环，比心，嘴里嚷着，"快照快照，打开美颜。"

杨莹放下手里的肉包,一弯腰,背包从腰上滑到了头颈。

"笨死了。"阿雅笑着,手继续环着,眉毛挑逗着镜头。

"快六个月了,能不笨吗?不要太露牙齿。"杨莹调整着角度,按动手机快门。

"不能从上往下照,显腿短。"阿雅纠正着。杨莹又吸吸肚子蹲下来,从下往上照,把阿雅拍成大长腿。

边走,阿雅边翻看一路的照片。杨莹说:"你一点儿都不显老,和那些大学生走在一起也分辨不出来。"阿雅把照片快速地划过:"你看,你看,怎么比得上她们呢,眼角有纹了,额头起褶了。"

看到其中一张,阿雅说:"我的头发掉得厉害,我们去看洗发水吧。"杨莹要坐电梯,阿雅说:"旁边一圈的好东西,我们看着上去。"走走逛逛,装着牛肉的包磕碰着杨莹腿脚,上到五楼,淡淡的洗涤液的味道涌过来。阿雅挑得仔细,潘婷、海飞丝、飘柔、舒蕾,竟然一样也没有看中。到进口品牌区,阿雅挑得更仔细。杨莹笑道:"那些外文你看得懂吗?"阿雅说:"看里面的水,清亮程度,颜色,还有闻它们的味道。"阿雅叫了导购小姐,把试用品一款一款地问。产地、历史、特点、香型、功效,她频频点头,又频频拒绝。她不厌其烦地给导购小姐介绍自己的头发,顺着洗会是怎样的表现,揉着洗会怎么折断掉发,焗油完发型又能保持多久。导购小姐说:"您仔细挑,那边还有人咨询。"走了。

杨莹说:"你知道为什么男人不愿意陪女人逛街吗?"阿雅粲然一笑:"他们命苦。"杨莹说:"像你一样,女人拼着命地取悦他们,又拼着命地折腾他们。"阿雅扮个鬼脸:"那你就当回我的男人。"

买了瓶瑞虎,又买了瓶香奈儿。坤包装不下,阿雅要往杨莹的肉包袋子里塞,杨莹说,那是吃的,不能混装,就塞进背后的包里。

杨莹说:"八点半了,我们回吧,我有些累呢。"阿雅好像没有听见。

杨莹又提醒说："肚子里的小宝贝踢腾开了。"阿雅把杨莹已经凸起的肚皮拍拍："孕妇要多锻炼，小家伙才长得茁壮。"

继续往前走，是阿雅最喜欢的地方。各种化妆品像一枚枚精光四射的钻戒，魅惑着阿雅的双眼，让她挪不动双腿。阿雅把试用品打开，指尖蘸了，涂抹在手背上，均匀细致地按摩，然后凑近鼻子闻。不满意，再打开另一瓶，擦上颧骨。又拉了杨莹，给她也抹上，在镜子里把两张脸在一起比照。杨莹说："你要成精了，我还不知道你对化妆品这么着迷。"阿雅说："女人靠脸吃饭，成了黄脸婆，谁还理呢。"杨莹反驳道："谁能不老，年轻有年轻的优势，老了有老了的优雅。漂亮当然好看，庄重也不失风度。"阿雅说："你不懂，就说这导购，她给咱们介绍的就比别人细致。"杨莹说："可是她还不是走开了？"

阿雅不为所动，去洗手间清洗了脸庞，涂了淡紫的口红，又把剩下没有试用过的霜露膏脂往胳臂上抹，手掌拍得啪啪响，仿佛只有试过了所有，才能最终确定哪款最合心意。"只有人的是最好的……"她喃喃自语，可惜谁也没能听见。

杨莹去了两趟厕所，她感觉肚子隐隐地下坠，那个小家伙似乎正在伸展手脚，捶打她的肚皮。

转眼十点了。那包肉越来越沉，休息后要再拿起来，好像不再是十斤，而是三十斤四十斤。像是提了一包会吸水的海绵，走着，它一路把空气里的水分纷纷收集，让自己无限地膨胀起来。背上的包也越来越鼓，阿雅不停地买，里面鼓鼓囊囊，也膨胀了不止一倍。

"最后一站。前几天我看中了一件内衣，帮我参谋一下。"阿雅说。

"我必须要回去了。"杨莹在椅子上抚着肚子，揉着开始发抖的腿。她后悔自己没有开车，也有点后悔来这一趟了。

"这点要求都不能满足吗？友谊的小船说翻就翻？"阿雅拉杨莹起来。

杨莹起来，稳了稳身体，她有点眩晕，有一刹那，大脑里恍惚了那么一下,过电一样。她摇摇头。

"就这一件事了,走嘛。"阿雅摇着杨莹的手臂撒娇。杨莹看着这张美丽的脸心又软了。"我实在拿不动了。"她补充说。

"我拿!"阿雅从杨莹背上懒懒卸下双肩包。

阿雅在前面,蹦蹦跳跳,走一段,回来又拽杨莹。

杨莹看见街灯黯淡下去,车流变得稀疏,刺眼的光嗖地过去,大地在轰轰的车轮摩擦声里一阵震颤。那小宝贝踢腾得更加频繁,受不了车的轰响一般。她一手提着肉包,一手不断往上提自己的裤腰,松紧带仿佛断掉了不再听从指挥约束,一直往下出溜,挂在大腿弯里碍手碍脚。

好不容易到了内衣店,服务员说:"要打烊了你们得快点。"阿雅说:"一定一定。"手一排排地翻过去,却并不能快速决定要哪一件。

杨莹把肉包放下,向服务员要了一个凳子依墙坐下去。她感觉肚子里一点儿也不安宁,不停抚着,也安顿不下小家伙的闹腾。

"姐,您没事吧?脸色好难看的。"服务员给杨莹递了一杯水。杨莹摇摇头,伸手去接抓了个空。她想说自己没事,那几个字在喉咙里转了半圈又跌回去了。肚子下坠得厉害。继而一阵尖锐的疼,疼出她一身汗。

"姐,快来!"服务员给阿雅招手,阿雅过来,杨莹已经溜到了地上。

"见红了,快叫救护车!"服务员惊叫起来。

阿雅把杨莹抱住重新放回凳子。"杨莹,杨莹,你难受吗?你没事吧?我给你叫救护车。"阿雅叫服务员扶住杨莹,自己把杯子递到杨莹唇前,"喝口水,喝点水就没事了。"

"你嘴唇都咬出血了,我快要关门了,叫救护车……"服务员快哭了,手忙脚乱,嘴里颠三倒四,也不知道要说什么。

"对不起……"杨莹对服务员说,可是她的嘴唇因为疼痛发不出声,只是挣扎着含混不清地叮咛,"牛肉……"

"我随口说的,知道啦。"

阿雅叫了救护车。

到得医院，杨莹像水里捞出来的一样，大夫问："你家属呢？"杨莹疼得说不出话，眼睛迟滞地搜寻。阿雅俯下身，听她要说什么。

"我老公……"杨莹说。她想给自己出国的丈夫打电话。

"他离得那么远，怎么解近渴？"阿雅说。

"出血很多，必须马上手术，做手术需要有人签字。"大夫抖着手上的单子。

杨莹无奈地望着阿雅，她现在只有阿雅。

征求过杨莹眼神，阿雅在手术风险单上飞快地签了字。

杨莹被推进手术室，汗水透湿了衣服。麻药注射进她的身体，一群白大褂在身边忙来忙去。在一堆白口罩中，她看见一双眼睛，下午和阿雅见面时见过的那双丹凤眼。杨莹想再仔细地看，那双眼睛躲了过去。

麻醉药力下，杨莹的腹部被掏空了，她沉入梦乡。

杨莹出院回家，她已经能随意走动，打开电视，里面的人物一个一个着红穿绿进进出出，看一整天却不知道他们说了什么、过着怎样的生活。阳光房里，好些花草蔫了败了，香樟的根吸干了水分，大盆里的土裂了缝。羊兰歪歪扭扭，在温热里半死不活。不耐旱的花草枯萎了。杨莹端了脸盆，给花草浇水，端了两盆就满脖子的汗。她想这些花儿草儿，花了那么多精力，不能让它们死在旺季里，又接了水，捏着喷嘴一棵一棵地浇灌，直到水溢出盆面。她把那些枯萎的叶子剪掉，把活着的叶子冲洗得碧绿发翠。木槿花落了一层，打扫起来埋进土里，让它们化作春泥。她兑了防虫的药水，提着喷壶爬上梯子，一层一层细细地洒过。她想，盛夏就要来了，她的确需要去买几只蝴蝶蜜蜂，让花园成为真正的花园，如果可以，还要买几只蝈蝈和萤火虫，让花园的夜晚明快热闹起来，完全和白天媲美。她想给阿雅打个电话，告诉她自己虚弱身体里的想法，想和她分享自己的花园，自己的夏天，分享这些美艳得和她一样的花朵。

她这样想着,和阿雅说着话,心里暖乎乎的,完全遮盖了脸上的虚汗。她也一遍遍告诫自己,不是预谋,是自己想多了,这只是个意外。

十多天后,杨莹基本康复。那些衰败的花重新抖擞精神,有几只蜜蜂循味而来,从敞开的窗户飞进阳光房,在一朵朵鲜花的蕊上攀缘流连。某一天,竟然又有两只蝴蝶飞了进来,它们双栖双息,翩翩起舞,蜜蜂嘤嘤嗡嗡快速飞掠,蝴蝶舞姿优美缓缓起落。风儿拂过,花香阵阵。杨莹突然想起什么,关了电视锁了门。

她到了医院门口。

医院比任何街区都要热闹,长长的队伍折成好多弯儿,如同盘山公路。门的另一侧,看完病的人鱼贯而出,有的脸上挂着如释重负的笑,有的脸上写满愁闷。杨莹拣一处树荫坐下,打开包把婴儿的衣服摊开在膝盖上。

一套是淡黄碎白点衣裤。公公婆婆想要孙子,天天念叨:"你快生,我手头的事都腾了,就等着抱孙子呢。"又说,"亲家你们别管,我是亲孙子,你是外孙子,我们拉扯他是应该的。"他们把"他"特意地强调来强调去,仿佛不生孙子就要和儿子儿媳断绝关系一样。杨莹笑着说:"好,就生孙子。"她给宝宝这一套刚做好,公公婆婆已经送过来四套,都是一针一线手工缝的。"现在购物方便的,为啥不买?"老公视频里说爸妈。老人说:"我缝的孙子穿着贴身。"又叮咛杨莹,"孙子小学前穿的衣服都由我负责。你不要劳累,只管生就好。"一家人乐得哈哈大笑。

一套是绒花布做的冬衣,杨莹计算过,十一月中旬出生,一件单衣防不住冷。绒布既柔软又暖和,里面套上碎花的衬衣裤,在供暖前刚好合适。上衣对襟带扣,裤子开档,方便尿布取拿。这样的衣服做了三套,花色各不相同。怕公公婆婆瞧见闹心,杨莹悄悄做,做完锁在柜子里。

杨莹问老公:"你喜欢哪个?"老公说:"我喜欢女儿,省事贴心。"又问杨莹,"你喜欢哪个?"杨莹说我都喜欢,都是我身上掉下的肉。"你还哄我呢,要是喜欢男孩,你做那些花花绿绿的衣服给谁穿?"问急了杨

莹只好说:"我希望是双胞胎。"老公把双臂张开比个巨大的圆说:"那你的肚子得这么大。"杨莹吓得捂住肚子,好像一松开真的会胀成巨大的圆。老公在屏幕那头看着她说:"不管生几个,大宝贝小宝贝我都养。我不在身边,你要好好的。"

杨莹挑了细软的毛线,织了好多双袜子,红的,白的,浅蓝色的,琥珀色的,有的绣了字,有的绣了花,还有的绣了可爱的小蜜蜂或蝴蝶,某一天拿出来,大大小小竟然堆积了十几双。其中一双感觉太大,比一比自己都能穿了,又拆了重织。这一比,又觉得那些衬衣单调了,在衣角、前襟绣上花朵,绣上胖乎乎肉嫩嫩的小娃娃,直到自己再也挑不出瑕疵和遗憾。

阳光透过叶缝投影下来,膝上花鲜的衣服更加斑驳。几只蚂蚁沿着她的鞋、裤脚爬上来,在衣服上盘桓转圈,接着,一队蚂蚁爬上来,在衣服的褶皱里、缝隙间钻进钻出,和绣的那些蜜蜂蝴蝶玩耍,在胖娃娃的眉宇间走来荡去。蚂蚁溜下去,往一堆堆凸起成圈的土粒上爬,边上,有几块牛肉残渣,干瘪丑陋得不成样子。杨莹感觉到脸上发痒,伸手出去,她摸到了清凉的湿润。

杨莹痴痴看向医院门口,排队的人缓慢移动的脚步里是焦急与愁苦,人群中,她分明看见一个熟悉的袅娜身影,正架拽着一名痛苦不堪的孕妇,急急挤进医院大门里去。

"你一点儿也不知道新鲜胎盘和婴儿肉的美容功用。"杨莹想起阿雅对美容的执着,不禁打了个寒战。

我们在新地相遇

帘垂小阁霜华白

是那个日落时分。

太阳余辉穿透车窗爬在我的脸上。下班高峰,车满为患。城区不让鸣笛,可摩托车电瓶车穿梭,汽车要走,短促喇叭声就会此起彼伏。

堵车的感觉糟糕透了,像行绞刑,等死似的。

魔羽庄是这座北方小城的官名。魔羽庄的路不宽,大都双向四车道。一辆车路边下人,所有车都得减速。为了缓解交通压力,年年修路,遮住一边,拓宽另一边。等两边修好,新增的车辆又拥满了。

公交车从南门走,三拐四扭上到花市街,卡在太阳的金黄与街道的缝隙里。

十字路口被人行斑马线围出个四方形。路口监控装一次坏一次,被石头砸的。路灯高悬头顶,每天看人车挤来挤去的热闹。这边一辆货车在斑马线上停住,司机提了袋面,胳肢窝夹袋米,钻进一家饮食店。一辆红色尼桑轿车在对面熄火,女司机戴着阔檐渔夫帽,罩着墨镜,踩着棕色凉鞋,

站定在一家花店前。很快,四面的车别在道路中央动弹不得。按喇叭不起作用,已经有人落窗骂娘了。

"红车是谁的,红车是谁的?"有人喊。

渔夫帽女人拨拉着花,把玫瑰放下,拿起百合,又在手里抓一把满天星,和店主比画。店主不停地在营养泥上撒下这个换上那个,同时归零计算器上的数字。

一个把衣服卷到膀子的男人赶到十字中间,厉声喊道:"把你的喇叭停了!"他四面瞅瞅,朝西路第四辆车走过去,"退,退,再退。"第四辆车司机退,膀子又指挥第三辆喊,"退,退。"刚挪出一个车位,东边的车往前冲,膀子一拳砸在引擎盖上,"再动?别动!"自己横在车前,指着北边的车,"走,走,右打,走,走。"

车流终于缓缓开动了。

过红车,膀子男人低头瞅里面,喊道:"这是你停车的地方?"

"要你管!"红车里人回敬。

膀子男人也不理睬,抹着汗回到自己车里,轰地一脚油门走了。

六月的天气闷热。二十几分钟的堵,让破旧公交车里显得更热更烦躁。人挤挤挨挨地站在过道,车辆启动,一摇晃,人绷着的心情才稍稍松劲,像是肩上的担子落地。

一辆轿车从后面快速插到公交前面,司机一个急刹。人群一片惊叫,心情又忽地涨起来。

"我碍着你了吗?"有人喊。

"我碍着你了?"有人回应。

是一个大妈和一个姑娘。大妈抱着立柱,姑娘坐着,中间隔着一个大爷。

"我怎么你了,啊?这车是你家的,啊?"大妈喊着,朝姑娘跟前挤。

姑娘不再吭气,脸红了。

"你说呀，你给我说！"大妈把头发撩了一把，花白的头发飞扬起来，身子也更前倾，气势更加壮大火辣。

姑娘看窗外。车已经快速奔驰起来，树影不断划过。

大妈探手，终于抓了一把姑娘。中间的大爷胳膊隔一下，把她隔回立柱。

姑娘整理了一下被扯斜的衬衫，头恢复向窗外。

大妈把手上的布袋绕过脖子，斜挎在胸前，腾空了双手。她猛地一推大爷，闪开半个身子空当，钻过去，一把抓住姑娘的肩："起来，你倒坐得安稳！"

姑娘扣住前排座椅："你一个趔趄坐我身上，我就看了你一眼。你想怎样？"

"别动手嘛，"大爷抱着立柱说，"年轻人上一天班够辛苦的。"

"辛苦？我买菜就不辛苦？花同样的钱凭什么你坐着？"

大妈和姑娘撕扯起来。

"上下班高峰，咱就别添乱了。"大爷抱着立柱，往后退了退。

大妈双手在姑娘身上招呼，姑娘衣服乱了，脸上出现两道血印。

姑娘抗拒着，胳膊推过来，大妈坐在地上。

大妈挣扎了两下，车身一个颠簸，又坐下了，索性抱住姑娘的腿又掐又拧。车转弯猛然一甩，她向后倒去。大爷顿时一阵惊呼："啊，啊！你把人家腿拽断了！"

大妈怀里抱着半截腿。

姑娘的一条裤管空荡荡的，悬挂在座椅边上。

单衣犹未试，觉寒怯

下了公交，正是吃饭的时候。过道长椅上坐着两个人，一个老头，头发全白；一个身材矮胖的女人，波浪烫发，三十多岁的样子。老头双手挂

着拐棍，头搁在交叠的双手上，看着我从街道过了自行车道，过了盲道，进了院子。女人坐在老头对面，也这样目送着我。

我快走完长长两排车，进到树荫深处的时候，身后传来女人的声音：

"呀呀呀，呀呀。"

进屋放下菜，一身的汗，我打算洗澡。

"一直堵着。"母亲在门后说。我吓了一跳。母亲穿布鞋，脚步轻如猫。

"是啊，已经打起来了。有些人不自觉。"

"唉。"母亲叹口气。

"你咋知道的？"我蓦地想起，自己没给母亲说路上的见闻。自从把母亲接过来，我一般会给她说看到听到的有趣的事。但像吵架骂娘争座位这类，就算了吧。

"它一整天就横在那里。"母亲指楼下。

我明白了，她是说有车堵了我的车。今天我车辆限行，车停在花坛水泥围墙边，车前还横着一辆车，半边骑在人行砖道，半边在水泥车路，回家时我看到了。

"不看电视，看那破车干啥？"为了给母亲解闷，我专门拉了网线，买了电视，还下载了好多秦腔，U盘插上就能放。

"挡得死死的，开车咋办？"

"哈哈，车里有电话。"我轻松地说。心里想，但愿啊。

"人家老早就坐在那里占着。有电话能咋样？"

母亲说的也是，像这样的老小区原本没有设计车位。现在车越来越多，只能停在通道上；通道停满了，就上步道。现在步道也满了。晚上一个树缝钻一辆，楼道门口也停。回来晚了，只能跟着别人车屁股，次日早早走。可是也有遇着急事的，车被挡住出不来。上周周末就这样——那辆车的主人陪孩子看电影去了，知道影院跟前不好停车，却不知道院子里挡着别人。怎么说呢？

"妈,你不要总是一个人在家待着,院子里那么多老人,和他们玩去。"

"不去。"

母亲今年七十三。人说七十三八十四,阎王不请自己去。我不迷信,但母亲身体一日日不好,我也看在眼里。父亲走了,母亲还要种那三亩地。我们说种地太不值当,到头来还得贴赔。母亲敲着桌子说:"你们现在吃饱了,有钱了?一场大灾你就知道只有粮食是真的。"母亲把父亲做的大木柜各个老鼠咬豁的边角,用铁皮重新包钉,打的稻子一头,麦子一头,盖子上压上石头,好像专等天灾来验证。神桌上放油灯,请菩萨像,初一十五念念叨叨。

今年过完春节我们刚走,一场雨,母亲脚一滑,跌倒了,股骨头骨折。哥姐请了保姆。母亲一会儿抱怨一会儿骂,说:"我一天花钱,请保姆还要花钱。你们这叫省钱?"

哥姐说:"省钱不是这样省的,我们又走不开。"病好了,母亲腿脚不再便利,不能像以前那样风风火火,要碎步慢走。这下倒好,走路像猫,更护那柜粮食。

我专门租的二楼,抬步就能下去。母亲勉强答应来住一个月。来了也不出门,躲家。先是把厨房卫生间换了天,能动的地方,全部擦洗,下水管都拉出来用刷子刷过;炒锅、壶底拿砂纸打得像新的一样;卧室的两张床也挪了,清洗每一个缝隙,直到纤尘不染。然后是洗衣,只要衣服脱下就得进洗衣机,无一幸免,领口袖口手搓。"娘呀,生活是享受的,不是折腾。""啥叫折腾?日子是一手一手扒的。这样时间过得快!"

现在她又操心我的车。

"白老太厉害,老汉出牌慢,把老汉骂了一下午。"吃饭,母亲给我碗里边夹菜边说。老家把上年龄的妇女叫老太,男人叫老汉。

"蓝老太坐在旁边织毛衣,一句话不说,像我。"母亲径自笑了几声,又给我夹鸡肉。鸡肉炖得烂,汤汁全化进土豆块里。

"黑老太坐在车位里,打着伞,我看钟了,坐了两个钟。"母亲在乡里一直看挂钟,她来后我给客厅也挂了钟。

"原来你是说他们的衣服颜色啊?"

"明天我也去给你坐车位。"

"不行不行,这是夏天,晒死人。就是春天也不行!"我连忙阻止。

"城里不易啊,唉。"母亲叹口气,"你要交到媳妇儿手上,我也歇心了。"

折花欲寄岭头人

院子里停车越来越遭人诟病。

这个小区是铁路职工家属院,属于最早那批铁路建设者的。原屋主人儿女辈也成了大爷大妈,孙辈大都购置新房搬走了。院子里向西竖着四栋六层楼,从空中俯瞰,整体是一个大型的筒子楼,西末端院墙封住。四栋楼中间空出一个横Z形刀把地带,一边装了健身器材,老人们在窄窄的空间锻炼;一边是一块草坪。

我租这里的房子,一个是离工作的学校还算近,更重要的是价格便宜。楼前梧桐有半米直径,蓊蓊郁郁的满地阴凉。有树枝伸到窗口,触手可及。从阳台透过一处缝隙,可窥见横Z形刀把全貌。

一切都好,就是停车难。

物业领导来了几波,对着院子指指画画。他们开始想砍掉一些树,遭到了强烈反对:老人们习惯了这些和他们一样老的朋友,像我一样的年轻人也舍不得浓郁的绿色。物业又打花坛的主意。两个坛里的土板结如铁,里面多是月季,根部糟了,花开得半死不活。但原先的设计图拿出来,发现下面是化粪池,上面承不得重。也放弃了。

最后确定动草坪。草坪里不是公园常见的法国绒,是土生土长的爬犁草。野草冒出，高低不平，形同野场。院子里打扫卫生，一笤帚一笤帚刮，草地边缘像狗啃一样豁齿参差。面积不大，被踩得像中年男人斑秃的头。物业统计过，全院197户人家，48辆车，道旁、树缝可以容纳43辆。把草坪铲掉，恰好可以放五六辆车。

正是多出的这几辆车惹得人们天天要抢车位。

大家都没意见。

施工队只用了一天就平整土地，打好水泥。说也凑巧，天降瑞雨，养护也免了。

我没有急着回家，而是绕着这块新地踱来踱去。水泥好细啊，看不到颗粒，面面的，雨水在地面形成薄薄水膜，丝丝的雨飘下来，轻柔地抚摸着。一时雨点大些，在水膜上溅开水花，荡出花纹，这朵花纹与那朵花纹相碰相融，又生出第三朵花纹，接着又是一滴，瞬间生成无数朵花纹，奇妙的万花筒。

这块地和车道的白、步道的灰截然不同，是淡淡的青：太阳躲进山后，苍松反射出的那种青，翠翠的，莹莹的，凉凉的。又似夏日手里拿了一支冰棍，嘬在唇边，呵口气，冰棍慢慢在唇齿间融化的那种舒爽，解渴，过瘾。

不只是我，很多车主都来欣赏这块新地。大家站在雨里，让雨水落在头上、身上，伸手出去，把雨攥在手心，又展开柔柔抖落在新地朦胧的水膜上。大家都伸出手掌，接起雨水，又缓缓洒下。眼看路灯亮起，灯光在水膜反射，斑驳陆离的光影，让新地焕发出更迷人的色彩和图景。仿若地上泛起繁星，闪闪烁烁夺人眼目。更多的人站在雨中，站在新地边上，也趁着水膜平静的刹那，看看自己的容貌。

门卫只好给新地围了绳，免得不小心被踩踏。

第二天，这围绳多了一圈。

第三天，又多了一圈。

第四天，新地可以进车了，场面上却坐满了老人。

那些平时坐在进院过道长椅上的老人，如今坐在搬来的各式各样的椅子上。他们把屋檐下的麻将桌抬进来，哗啦啦打牌。太阳大的时候，回家睡觉，太阳稍微偏西，房屋遮挡出半片阴影，麻将又开始。

他们不知从哪里拖回来道路隔离尖筒，用各种绳把它们缠绕在一起形成包围圈。

"呀呀呀，呀呀呀。"波浪发女子欢叫着，在新地跑来跑去，尽情庆祝着新局面的开辟。

车主们傻眼了！

我回来得晚。只有"筒子楼"中间车道西楼山墙边空着。我试图贴过去。东头的新地被老年人抢占作新乐园，这硬挤出来的两个车位尤显珍贵。

"嘀嘀嘀。"报警器急邃响起来，踩刹车间，报警声已形同濒死病人的心跳监护仪，拉成直线了。

是两个老人坐在山墙檐下，背靠着车尾，眼看挨上了。刚才还是空的，也不知道他们什么时候、怎么坐过来的。另外几个老人或拄着拐棍，或背着手，直愣愣看着我。

波浪发女子搓手，跺着脚。"呀呀呀，呀呀呀。"觉得还不明确，把我的轮胎隔空踢了两脚，"呀呀呀，啊，呀呀呀！"这下，她胖墩墩肉嘟嘟的手指要戳到我脸上来。她嘹亮高亢的声音，锐利穿透车体，直逼我的耳膜，在脑壳绕过三匝，破空而去。

门卫本来在指挥我倒车，这时却一下子蹲在地上，头窝进裤裆。

我看见母亲急急地、蹒跚地、鸭子一样向我奔来。

影卧清光随我舞

也许是跑得用力过猛，母亲回到家后就觉得大腿疼，骨盆也抽搐酸胀，我请假送她去检查。本来我要背母亲下楼,但母亲不让。我看着她扶墙,攀住楼梯栏杆,手指骨质嶙峋,在扶手上扣出圆圆的指印。一步一个台阶,小心翼翼地下,到车边,满头的汗,背部衣衫湿出半个月亮。坐进车时又哎哟一声。

我关了车门发动车子,车子蜗牛般从树缝倒出。抬头,周围一圈老头老太太,像电线上的一排麻雀,头颈长长,紧盯着母亲。我想,我去上班的时候,母亲也是这般,在阳台的树荫缝隙,用干枯的眼睛,目不转睛地盯着新地的他们吧。

给母亲检查过,医生简单问了情况,说没大事,也许是近日久坐造成。母亲听过神情大悦,走路也不用我扶了。

回到院子,已没有车位。

"黑老太。"母亲说。我顺她指头瞧,一个穿浅色底淡碎花绸衫的老人"坐"着一个车位。

我暗笑,母亲眼尖,记住了人脸,最初的衣服和脸号上了。

车停在空位前,我说:"阿姨我要停车,您让让。"

黑老太竖着的腿伸展开,脸别过去不理我。

"阿姨——"我忍着气又叫了一声。

黑老太嘭地撑开伞,把自己遮没。

"走吧。"母亲拍我的胳膊。

我开车走,前面有老头,拄着拐棍,盲人样敲地板。

我手压着方向盘响音区,没有按。

车悄无声息地跟着,跟着。

门卫赶上来,趴在窗边说:"您把车停了,钥匙给我。"意思是堵了车要挪他来挪。我摆摆手。

路两边全是车。

到第四栋楼前,两个小孩在树荫下滑滑板。他们扔下滑板,观后镜一

边一个冲车里笑，指某个树缝。

"叔叔技术不够，倒不进去。"我苦笑。

"听我指挥。"男孩子自告奋勇，跑进树缝。小女孩把滑板提出来，靠在树背后。

"倒，倒。"

观后镜里，小男孩两脚并拢，腰板笔直，两手平胸折成直角，掌心向内前后呼扇。

"倒，左打方向，倒。"

我贴着树皮一寸寸进。

"倒，方向回位，直倒。"

警报响起，我踩刹车，又不响了。男孩子已经闪到旁边，依然是笔直的身姿，左手前伸，掌心向外，"停。"

车卡在树缝里，不多不少。

我拔出钥匙，门已经打开，小男孩拉着把手，另一只手护住车门框："请下车。"刚好挤出来。我猜想他本来要覆盖在我头部的位置，结果够不着。

"叔叔我专业吧？"小男孩骄傲地问我，调皮地吐舌头。

"专业，不过倒车时不要再站在车后。"我叮嘱。

"妹妹比赛喽。"两个小孩儿踏上滑板呼啸而去。

吃完饭我洗锅，母亲在阳台说："进去了，一个红色半截车。"

"迟早要干一架。"这句话我没给母亲说。

春来依旧生芳草

北方夏季热得干烈，母亲给房子洒水加湿，嘴唇仍然起皮。我水杯不离手，还是舌头苦。

母亲已经在收拾东西。她把我所有衣裤纽扣再钉一遍，包括冬季衣服袖口外面的装饰扣。裤腰参扣更是针线密密。而她自己随身的包裹则盈盈一握。母亲在阳台墙面上画杠记日子，眼见画了二十道杠了。

她是不准备再来了吗？那些她驮到邮局寄来的粮食啊，那些她纳底缝缀的布鞋啊！念及上学、毕业、工作，离家久而陪母亲少，我鼻头泛酸。

我说："妈，咱们出去走走吧。"

母亲难得爽快地答应了。

"筒子楼"中间道上的灯光发暗，总是在暗示小区老旧的历史，让人有些伤感。只是新地热闹非凡。大爷大妈们摇着扇子，或靠或站，兴高采烈地说话。锥形桶被各色绳子连起，围成一个带小小进出口的圆。他们在中间，母亲在外面。

"给你怎么说呢，退休工资一月几千，你舍不得吃舍不得穿，带进墓坑去？东边的葫芦鸡又酥又烂，老刘家的腊牛肉网红都在追捧，哪个你不能吃？"

"你不知道嘛……"

"我不知道？你看你的头发，再看看人家老王；你看看你的眼泡，哟，啧啧。"

"大孙子才上大学，小孙女还在小学，你不知道嘛。"

"你儿呢，儿媳妇呢？人家不会管？你尽操闲心。你一个不是，就是添大乱！"

母亲走在我的影子里，哧哧笑。我问咋了。

母亲说："这个黑老太，数落人不留面子。被训的老汉，跟你爸一模一样的。"

"就是嘛，你以后跟他们玩去。"

"我不会他们那声气说话。"母亲往我影子里躲躲。

"哑子，这件衣服织完了，看合适不？"

"呀呀呀，呀呀呀。"波浪发把衣服套上，竖指头，"呀呀呀。"

母亲扯扯我衣服："有些人一见就亲。这波浪发女子我爱。"

"'人肉'占车位的黑老太呢？"

母亲说："不是人肉，是伞。"

我说"人肉"是网络语言。母亲茫然不置可否。

快到门口，母亲给我呶嘴。是一辆红色长安奔奔。

"这就是你说的半截车？"

母亲点点头："黑老太前一向给黑车占位，这几天给半截车占。"

我是在周三看见假肢姑娘的，如果不仔细瞧，她和正常人走路无二。尽管她穿着雪白的丝袜，我还是分辨出那是条假肢。

公交车上，大妈怀抱假腿倒在过道，大爷疾声惊呼："啊，啊！你把人家腿拽断了！"这骇人的一幕重新浮现眼前。大妈抱着看起来活生生的假腿，差点吓死过去。

现在，这假肢姑娘就走在小区的道上，裙裾飘起，在小腿间缠绕。她从我身边走过，上窄下宽，背影婀娜。不一会儿，她叮叮咣咣的鞋钉声没入某个楼道。

前几天有搬家车辆进入，想必搬进来的是她。

周末，阴天，有风。我推开窗户让风，一根法桐枝条弹进来。夏天的热使得植物疯长，法桐也伸展不少。一团红闯入眼帘。

假肢姑娘提着压气桶在洗那辆半截车。

姑娘给车打了泡沫，红色奔奔像熟透的荔枝。而她擦抹的样子，宛如荔枝树下的仙子，轻启唇齿，待摘下那粒鲜果。

泡沫翻滚着，从车顶流下，溜进下水道。

抹干车身，擦门边，内饰，仪表盘，挡位盖，收纳盒，座椅。

前排，后排。

脚垫也拿下来，滋滋地冲。

"别跑！"那对指挥过我倒车的兄妹踩着滑板冲过来，停在半截车边。

"姐姐，你的车是 E-STAR 吗？"男孩子问。

"哟，你知道啊！"

"家族式设计风格，一体式逐浪前脸，大尺寸封闭式格栅，犀利 LED 大灯组，鲨鱼腮侧饰。"

"还有呢？"假肢姑娘停下手。

"车身 3770×1650×1570mm，轴距 2410mm……"

"哇，不得了！"假肢姑娘由衷赞叹。

"车迷老油条向您报到。"男孩子双脚立正，敬礼。

"姐姐我可以帮您洗车吗？"

"好啊好啊，别弄脏了衣服。"

小男孩压气，小女孩冲水，下面欢乐成一团。我不由得吹了声口哨。假肢姑娘循声望过来，脸红了，赶紧埋头擦抹后备厢盖。

"姐姐，我们不允许任何人划您的车。"小男孩坚决地说。

"可要是谁划了呢？"

"告诉黑奶奶，打屁股！"

有人扯我衣角，我扭头，母亲站在身边。

不出几天，我进出院子，发现老头老太们看我眼神不对，即便凶神恶煞的黑老太眼光也温软下来。

"妈，这是怎么回事？"

"他们要撮合你的婚事。"母亲抿嘴笑，眼角嘴角的皱纹密实起来，挤作一团。

"我天天加班，没空。"

我确实没时间，主要是我没考虑过婚姻，房子还没交钥匙，上百万房贷已经压在肩上，我只有喘气。这是母亲不知道的，我怕她担心。

"她叫美慧。"母亲说。

山头来去雪

母亲在阳台墙画了四十个杠，再也不肯画下去。"妈，你不是要操心我的媳妇儿吗？"母亲说："那是你的事。""你在我就有热饭。""我还有我的粮食。"

七月是稻谷结粒的关键期，我知道我终究挡不住母亲对粮食的执念。我请求母亲再待一天，乡里人越来越少，我想给她买个iPad，可以随手拿着看戏。

这天我买好iPad正要去学校地下车库，同事急匆匆拦住我："赶紧出去，校门口你的车要冲进来了。"

"我的车？"我莫名其妙，我的车在学校车库。

"你的车！"

到校门口，一辆黑色帕萨特冲着门，衣服卷到膀子的健壮司机正在咆哮，门卫竖着防暴叉。

看见我，那司机喊："陈智，陈智，上车！"

"我不认识你。"

"怕你开车走神。"

司机扯住胳膊，一把把我塞进车，车辆轰鸣着原地甩尾，腾起一股烟尘。

"你是谁？你要干吗？"我惶恐不安。

"我是黑老太的儿子。你妈摔了。"我顿时毛发倒立。

车在路上狂飙，平时三十多分钟的路程，二十分钟不到进了院子。

小区门卫正在指挥车辆往树缝倒。一切正常啊。

"人送骨科医院了，等不及救护车。"

话音间，救护车进了院子，刚好停在腾出来的车位。医生问明情况，脸上露出不易察觉的晦气，掉转车头走了。

黑老太儿子也掉头，载着我飙向医院。

到医院，母亲在波浪发女子怀里，疼得哼哼。

一缕深心，百种成牵系

钥匙下来了，我搬新家。精装房，进去就能住。

小区规划很好，楼间绿化植被随坡起舞，草坪与树木高低搭配，步道两旁有花带，人行其间如徜徉花海。最有特色的是物联应用。中心广场有两面大屏幕，每天十八小时不间断播放央视新闻和生活频道内容；楼间绿化道旁有触摸式自助智能处理器，如果有需要可以在呼叫器喊话，家家备有接口。摄像头随处可见，无死角监控，物业和保安二十四小时值班。

就是物业费贵得吓人。

我把这些告诉母亲，希望她来看看我的新房，感受下现代生活。母亲干脆地拒绝了。

但我知道她肯定念叨铁路家属院那些老人，她出院时一直给我絮叨，哪里都有好人，不要争。一个懂得感恩的人总是连小小的给予都不会忘怀，这有什么办法呢，母亲就这秉性。她做了好多布鞋让我转交给新地上打麻将的人。

那天大致是这样的：

母亲本来只打算住一个月，这个月内农活可以稍稍放下。她已经住了四十天，远远超出自己的计划。母亲决意返乡。

她在我上班后把屋子又彻底打扫了一遍，规整好晾衣架上的衣架，厨房的瓶瓶罐罐，茶几上的各等物项，只等我回来。她本来还缝制了七八双布鞋要送给院子里的老人，但她最终决定由我完成这事。

母亲早早吃完午饭，还是觉得无事可做，就往屋子洒水增湿。洒了客厅，洒了我的卧室，又洒了她的卧室。水让她记起什么。总之她拿了盆，

端着水，里面放着毛巾下了楼。

午休时的新地空空荡荡。她把新地里各式各样的坐具一一细心擦抹。擦完，又上楼洗了毛巾，换了一盆水。

她似乎想找某辆特定的车仔细擦擦，终于找到那辆半截车，埋头擦洗起来。

抹过水的引擎盖滑，她忘记了，爬上去擦挡风玻璃，就这么滑下来跌在地上。

这一跌跌出一声惨叫，一群人从午觉中惊醒。

先是波浪发女子跑出来，她看见母亲倒在地上浑身颤抖，俯下身去，同时发挥出自己声音的优势报送险情："呀，呀，呀呀呀！呀，呀！"

波浪发女子不同寻常的尖叫让更多的人惶惶跑出来。

门卫噔噔噔奔来，看见地上的母亲，命令波浪发不许动。然后大声喊"来人"。

黑老太跑出来，下步道坎时绊了一下差点摔倒。她扑到母亲身边，看一眼又折回身，扯出床上毯子垫在母亲身下。正午，地上确实烫。她边扯毯子边数落："你是咋弄的，大日头的你是咋弄的？"

一群老头老太太接着出来了，围住母亲叽叽喳喳。

黑老太看到别人手里的手机才想起要打电话。

他们没有我的号码，着急问。母亲疼得几乎晕死过去，情急中又报错了一个数字，怎么拨打都不对。

黑老太急中生智："儿子！"

她拨她儿子的电话，她儿子懒洋洋地说，我正在午休呢。黑老太咆哮起来："你敢不去，老娘不认你个东西！陈智，育才中学，去接！"

门卫提醒她："叫救护车！"黑老太又手忙脚乱打120。

门卫也火急火燎拨其他车主的电话——路上有两辆车占着半边路，救护车进不来，进来也倒不出去。

看不见救护车，大家急死了，实际才过去了不到十分钟。

有人来挪车。黑老太手一挥："过来，上人！"

母亲被抬到车上，司机看看母亲："陪护的家属呢？"

波浪发"呀"一声钻进去。

这就是当时的情况。

呃，差点忘了，黑老太的儿子特别像我在花市街十字路口看见的那个指挥交通的光膀子男人，到底是不是我没来得及问。

我当然不能说出大家所做的全部。当天我不在场，但我相信母亲肯定能还原所有细节。

这群老人在母亲住院期间轮流照看母亲，他们像守卫亲人一样隆重庄严，一丝不苟。

如今，母亲病好了却再也不能干活，现在一切时间对她来说都是闲季。她说不用操心她，哥姐请的保姆很好，性情、手脚很像波浪发女子，她爱。"就是不会呀呀呀。"我听见母亲在电话里笑。

放学了，在地下车库放好车，我没有乘电梯上楼，今天作业不急改，电视极其无聊，我想在外面走走。这一带新建区域还未好好看过，如果碰到合口的小饭馆，也能大快朵颐。

出小区往东，是电子厂；南面是一片工地，吊车从围墙探出长长细细的头；西面是一片新区，高楼林立，灯火次第打亮。

我选择往北，那面树木遮路，隐隐乎乎有光。

夜风很凉爽，往前走，路边果然有了饭馆。其中一家魔羽庄私房菜的招牌特别扎眼。魔羽庄私房菜简单朴素，闻名四方，当然不能随意放过，何况越简单朴素的东西，越持久。

"嘿，陈智。"坐定，正要动筷子，我听到有人喊。回转头，是假肢女孩，她正笑吟吟地向我招手。

"嗨，美慧。"我也向她挥挥手。

天空是个隐喻

黄英把文件整理归类，用洗杯水浇花，拖把从里拖到门口，抬头，一道两行的门都锁了。过道尽头，街头的灯光映进来，在光溜的地面铺陈出夜晚的喧闹和寂静。

一墙之隔，全然不同。黄英走出位于市中心的机关大楼朝西边走。开车二十分钟回家的路，她宁愿花一个多小时走回去。有时会扫辆共享单车，慢悠悠骑着，能看见影子，又看不清脸庞，路灯的亮刚合适。绿色车道灰暗幽深，在两道白漆线间延伸。她试着骑在漆线上，歪歪扭扭地挣扎。坐一天办公室很累，腰发胀发酸，或走路骑车让她有回归自然的舒爽。

但说到底，她还是喜欢坐在灯下。护眼灯柔和婉转，适合读书。洗掉淡妆，敷上面膜，一手轻轻拍打吸收，一手翻着书页，几个小时刹那而过，仿佛有蝴蝶在飞。

这就是单身女人的日子吧。有很多人给黄英介绍对象，什么离异的处长，丧偶的局长。一般来说，黄英都会婉拒。这些人她每天要见无数个：每一份报告或文件中，都躺着很多处长局长，不胜其烦。后来，她直接告诉关心她终身大事的媒人们：我就是个婚姻恐惧症患者，有工作尽管交给我，对象嘛，让他们去见该见的人。这下果然清静多了。

但还是不能完全挡住。比如昨天王处长就给她介绍人社厅的一个处长。说，人家是车祸殁了妻子，可不是见异思迁而离婚，生前两口子恩爱，绝对称得上伉俪情深，在人社厅是挂得上号的。年龄也合适，四十五。还比画着什么眉毛眼睛鼻子脸型，妥妥的帅哥加暖男。

黄英正在起草一份文件，脑子里转的是怎么评选优秀学生干部，怎么配套升学奖励政策。省厅希望处里尽快拿出办法，开学就实施。顶头上司王处长说："这个报告可以晚几天，你年龄不小了，该考虑考虑个人的事情了，起码回家有人打招呼，拉杂闲话。"黄英不住推脱。"你呐，还是没有走出常河的阴影。"王处长出办公室，黄英一下子痛恨起那个丧偶的处长来，以至于搅扰得她到下班才完工。

王处长说的常河，是黄河灌溉工程管理处的处长。之前是黄河抽灌局下属一家企业的员工。常河说他是接父亲的班，比那些大学毕业分配进入单位的年轻人大几岁。他爸为把他塞进单位，花钱办了个证。黄英问是哪所学校的证，常河说英雄不问出处，总之他年年考核都是先进，比那些大学生能干，也更受领导器重。

"我进机关好几年了，累死累活，没有得过一次先进。"

"你想知道原因吗？"

"当然想啊，利于提高业务能力与水平的建议意见，我都愿意听。"

"叫我师傅我就教你。"

黄英很爽快地叫了声师傅。

"你听认真了，这千金方子我从不外传。"常河附在黄英耳根说，"要得会，和师傅睡。"

这是黄英和常河第二次见面发生的事。后来黄英知道这是个老掉牙的段子，只是她没听过。当时黄英羞得面红耳赤，好一阵厮打。常河的油腔滑调让她觉得两人三观不合，但常河的没正经又让他们迅速拉近距离。人

真是奇妙的动物，说不清。

有空，黄英偶尔给常河拨个电话，常河似乎比她还忙，不是跟她打几句哈哈，就是说等会儿。这一等就没了下文。那时，黄英常常会生闷气，他有什么值得自己心心念念？可是晚上九十点，坐在灯下怄气的黄英接到常河的电话，盈满肚皮的气都泄了。

"泵，离心泵你知道吗？几百斤的铁哥哥，我说撑上坡去，那哥儿们真把水撑得咕咚咚跑到坡那边去了。一群男人脱了衣裤，没羞没臊旁若无人地在铁哥哥的口水里洗肚皮。"

常河电话那头咯咯地笑，黄英好像看见那口白牙一张一合，那对不大的有点像老鼠眼的眼睛挤来弄去，甚至也脱剥了衣裤在水里扑腾。

"黄河是个大口袋，我们是口袋里的小跳蚤。现在跳蚤蹦出来，要把口袋扎住。你说妙不妙？"

黄英的心起起落落，一整天都不安静。她只想尽快把工作处理完，然后倒几班公交车去郊区，看跳蚤扎口袋。

让机关的去看工厂的，让市中心的往郊区跑，常河就有这个能力。

黄英斥责自己，自己当初吃错了什么药，陷进常河编织的情网，心甘情愿越陷越深。

"敬爱的黄处长，我想给您汇报一下工作。"黄英听到手机里短信提示音，打开，是一个没有标注姓名的号码发来的。

副处长。黄英心里冷笑道。为什么大家都喜欢往高了称呼对方？说白了，不只是为了表达尊敬，更多的是有所求。她还是职员的时候，聚会，大家都称她处长，她一脸惊恐地正色纠正，可人家说黄处长太谦虚太低调，机关里的人，哪个不是过几年升一格，逮到好机会，连升两格三格的都有。今年不是处长，明年就是了。

黄英似乎与好机会无缘，她是同年进机关那批人里最晚提拔的。那也是和常河分开几年后的事了。但她并不太注重职务上的变化，工作还是以前的工作，忙碌倒比之前忙碌，要处理的文件、事务更多，会议和讲话多如牛毛。每次讲话她都期望能有新意，不愿像王处长那样，让别人代笔写讲话稿，这十分耗费精力。好在是单身，也没有什么饭局，她有整个晚上。她有个原则，工作之外的应酬一概拒绝。渐渐地，同事们知道黄英这个美人不好邀请，饭局也不再叫她。黄英的朋友不多。女人嘛，到了一定年纪就会渐渐疏远社交圈。四十岁的女人，除了被迫去见介绍过来的"对象"，实在想不出来还有什么与别人共餐的理由。

"亲爱的，我们聊聊常黄河如何？"

还是同一个号码，黄英立刻明白，这是常河的新电话。

封禁常河的号码是老早以前的事，离了婚，就把他号码删除了。既然不是一家人了，就别啰里吧嗦纠缠不清。那天办完手续分手，常河发个短信过来说，离民政局不远有家四川菜，值得一吃。黄英没心思理睬。常河短信继续说，四川刚刚遭水灾，老板把自己半年利润都捐回家乡，就当我们也给灾区做点贡献。黄英烦不胜烦，把常河的号码拉入黑名单，微信、QQ全部删除。手机里的一些照片之前已经清空，手机里彻底没有了他的一点儿痕迹。可是，坐在出租车里，黄英越想把他推远，又似乎永远推不掉，牛皮糖一样黏着。她干脆跳下车，跌跌撞撞走回家，泪水湿了衣裳。

几年里，黄英不停接到常河换卡发来的短信。她一概置之不理。虽然那些短信无非是些笑话、段子，偶尔有从哪儿抄来的励志牙慧，无伤大雅，但离婚就是离婚，一刀两断才是应有的态度，否则还离婚干吗？一切按规矩来，尽管现在的规矩几乎被践踏殆尽。

她不想再看见那张脸，那双贼溜溜的老鼠眼。不想今天又接到了令人厌恶的短信！黄英不想回到过去，但因为儿子常黄河，她不能不去赴约。

常河本来央求在黄英的家里见面，黄英拒绝了。咖啡店就在离家几百米的一条街道上。因为是疫情期间，来喝咖啡的人屈指可数，虽然他们的声音压得很低，但服务台的服务生可以听到。常河给服务生说："我们上

包间去。"黄英坚决不同意，就坐在大厅一角。

常河把脚盘在屁股底下，手里夹着一支烟。

"室内禁烟。"

"咱们现在是上帝，你不反对就行。"

黄英挪开一些，常河声音很低，听不清，只得又坐近些。

坐有坐相，行有行姿。常河回家就脱鞋，穿着袜子在家里转来转去，拖鞋递到手里都不换。在沙发上，看电视或是玩手机，都是葛优躺，一堆泥样。黄英喜欢功夫茶，伴读书。茶几上有整套茶具。烫了茶，斟在晶莹剔透的茶碗里，茶汤如玉，漾人心魄。常河偏不用，把茶壶一掂，茶汤"唰"地倒进玻璃杯，一仰脖子一杯，把功夫茶的仪式感破坏殆尽。晚上黄英读书是要点香的，所谓焚香沐浴，虽未必次次这样，大半时候倒是如此。常河呢，刷抖音，手机里那些千篇一律的背景笑声或音乐，满屋子钻。看得不过瘾，还投屏，声音更大。

"你的做派让我发疯，也会毁掉黄河。"黄英对他的德行手指发抖。

黄英重新规整茶壶茶碗，把自己关进卧室。

"家里是什么？港湾。上班正经了一天，回家还要正襟危坐，累不累？"常河倒尽茶壶，一手捏杯，一手捏手机，叼着烟挤进来，斜卧在床头。

黄英把电视砸了。再过一段时间，常河故态复萌。黄英看书，常河扔掉鞋袜，带着儿子"腾腾腾"赤脚跑进跑出。儿子幼儿园生活一规律，黄英就横下心离婚。

常河说："不吧，我改，再不带儿子在家打篮球、踢足球了。"

黄英说："晚了。如果不是儿子，早离了。"

"如果要离，房子给你，儿子给你，"常河看黄英一脸坚定，说，"我也给你。"

黄英说："我恶心的就是你的嬉皮笑脸，没正经，更没规矩。"

常河黏在黄英屁股后面："要什么都可以，儿子不许带走。"

离婚后,黄英常偷偷跑去学校,隔着栅栏看常黄河做操,后来学校翻修,操场挪到了里面,栅栏还在,就是看不到黄河人影儿。黄河没有手机,她联系不了。心里发急,想给常河打电话,却早没有了他的号码。升任副处长后,工作更忙,检查、出差、处理文件。下班,往往机关人去楼空,更别说学校了。偶尔,她会回到以前住过的地方,绕着楼群溜达,但最终没有冲进那个熟悉的空间。再后来,那套房子租给了别人,常河带着儿子搬了家。她和儿子彻底隔开了。她想这就是命吧,命里有这段婚姻,却没有留下儿子。命是老天爷的规矩。

那几年,常河不知道施了什么魔法,从车间主任升上副厂长、总经理,又很快调入机关做了处长。

现在常处长盘腿坐在黄副处长面前,喝着咖啡,喷着烟雾。

"黄河怎么了?"

"有我这个爸爸罩着他能怎么?亲爱的你更应该关心关心我。"

"我和你油水不沾!他到底怎么了?"

"我给你说啊,带孩子可难了。早上天不亮爬起来做饭,喊他起床,吃过送走。中午接回来,吃饭,午休半小时,送走。下午急匆匆去,接上,回家吃完饭,辅导作业,热水洗脚,讲故事哄睡觉。半夜起来还得盖几次被子。说这个你真该感谢我,你看我脸上这褶子。"

黄英顺着常河手指看,果然额头、眼角都有了皱纹,鬓角也有了灰白头发。那双老鼠眼在眼角纹的侵占下显得更小了。

"你怎么不给他报午托?活该!"

"我的姑奶奶啊,你又不是不知道,如果我能舍得他多离开我一会儿,当年就让你带他走啦!陪伴陪伴,午托是托。"

常河把烟在烟碟里摁灭,挥挥烟雾,手落在黄英的肩膀上。黄英说,有点热。站起来褪下外套,叠成四方块儿放在中间座位,坤包摆在上面。端起咖啡杯,在嘴唇上轻抿。

"上初中了，黄河学习怎么样？"

"你想啊，有啥样的爹就有啥样的儿。我这么优秀，他能差到啥地儿去？要不你也不会嫁给我是吧？"

"切！"黄英把头扭到一边。

天空万里湛蓝，云朵飘动。走在日月星辰中，仿佛置身于庞杂无途的迷宫。其实它们是有序的，某颗星星的背后，开着一扇通往宽阔街衢的门窗。世间大抵如此。

往前看，黄英仿佛看到黄河就坐在某根粗大枝杈上向她招手。常河要带黄河走向哪里？认识人是门未必人人皆知的艺术，如和除草荷锄者谈论米开朗琪罗与吾斯曼·索乌的差异，或者韩德尔与拉威尔的区别，完全不可同日而语。

她想黄河是要往斑斓热闹里去的，人潮汹涌处危与机并存。对于有心的人来说，后者更具致命的诱惑，危险和陷阱都可纵身跃过。麻雀畏途，雄鹰却没必要为此纠缠。一棵树冠华盖的阴影毕竟只是阴影，不管它多么宏大，笼罩了多少枝叶，藏匿了多少鸟雀。

天空是一个隐喻。

常河递给黄英递过来一张纸巾，黄英才意识到自己哭了。她背转身，迅速把泪水擦去。

"你……黄河挺可怜的。"

常河抽出一支烟，在桌面上蹾蹾，扔起来，斜叼进嘴里。"黄河要参评优秀学生干部，你这个当妈的要帮忙。"

"是为这事啊？你说的'优秀'呢？早知道是这事，我就不应该来。"

部分校长、家长、政协委员、人大代表、媒体朋友参加的意见征求会才开过，正式文件还没有下发，消息却已传出，现在还有什么能保密啊？黄英顿时为自己刚才的心神恍惚羞愧难当。

"我是为了双保险。评选名单的最终认定是黄英副处长分管的业务，即使她给某个学校增加几个名额都易如反掌。"

"常河，你知道我们为什么离婚吗？就是因为你总是破坏规矩，规矩！"

"他可是你的儿子，评上了上高中可以加分。"

"就是我的老子也不行！"

"你知道我为什么同意离婚吗？我像鱼儿迷恋水流一样喜欢运用规矩，而你只希望整个世界僵硬地照本宣科。"

黄英气咻咻地摔门而去。

烟蒂在杯里浸了咖啡，点燃，盘在屁股下的腿放下来，常河挺直腰板，"我就是喜欢。"他喃喃的声音轻得只有自己听见。

升学竞争日益激烈。

学生本来有很多加分项，一些人挖空心思加以利用，变成增加升学优势的筹码，甚至形成不法利益链，因而近些年来国家大力削减各种名目的竞赛比赛。学生干部加分是保留下来不多的几项政策之一，市级优秀学生干部可以加 10 分，省级的加 20 分。今年教育厅进一步弥补漏洞，严格程序，以保证评选公平。黄英这几天起草的文件正是这个。

常河的要求给黄英提了个醒，再严格的规定，只要能带来好处，必定会有人来破坏。她把文件底稿拿出来，再次逐项细细思考，期望找出破绽。硬性条件是没有问题的，社会监督是没问题的，最终的选定程序自己全程参与，也没有问题——她对自己有绝对的信任。

最大可能出状况的地方只有一个：学校推荐。学校可以有"预谋"地给某个学生创造条件，经过两三年的"磨练"，让一个并不优秀的学生成为被推荐人选。

黄英坐在一大堆材料面前发呆。常河幽默感带来的愉悦完全丧失之后，黄英很少把情绪带入工作。她陀螺一样地工作，不愿，也不让自己有时间想到常河。

可是对常黄河呢，他才上初一，基本上很难被推荐上来。但他是她身上掉下的肉，几年隔断的时间能割断母子血缘吗？

黄英想给常河打个电话。办公室里还有一位同志，黄英来到机关大楼外面一个僻静的地方。

"黄河够这些条件吗？"

"他学雷锋事迹有，社会实践时间够，组织参与的大型活动不少，就缺被批准和确认的一张证书。"电话那头，常河语气轻松。

"要击败全校十几个班长、团支书，把一个副班长在短短不到一年时间里培养得这么'优秀'，你是怎么做到的？后面至少还有两关……"学校推荐之后还有区级、市级评选，最后到省级。

"你也太小瞧我这个处长了。他现在需要的，是他亲爱的妈妈能在省级评选中有所作为。"常河爽朗地笑起来，"我只要在母亲一栏把你的名字、单位和职务写清楚……现在的人聪明得很。"

"你……这是以权谋私！"黄英气得喊起来。

"怎么谋私？我只不过如实填报表格而已。我们一辈子要填无数表格，表格在有些人看来仅仅是毫无表情的纸，在有些人看来却是一件件可以精雕细刻的艺术品。哈哈哈。"常河挂断了电话。

黄英胸口堵得厉害，没有乘电梯回办公室，她在花坛边坐下来。玉兰花早已谢了，月季拼命绽开花蕊，一大片牡丹和月季参差交错。两只叫不上名字的鸟飞过来，拖着半尺长的尾翎在花枝间跳来跳去，它们能分清月季和牡丹的区别吗？

这次黄英主动约了常河吃饭。听得出来，常河喜悦之情溢于言表。

黄英到的时候，常河早在饭馆了。从黄英进门，常河一直看着她走到桌前坐下。他递过来一杯红茶。

"抱歉，"也难怪，都晚上八点了，"我现在吃饭没有准点。"

常河附和道："奋斗的路上没有平坦。不过弯路也是正途。"

黄英啜口茶，不浓不淡。常河点菜，手里却没有菜单。报一个名，眼光咨询一下黄英。黄英说："藕苗你不吃的。"黄英问："替黄河吃。""莼菜汤你不喝的。""只要你喜欢。"

黄英索性笑起来："你什么时候变得考虑别人了？"

"一直，只是你不愿意承认。"常河向服务员挥手，让下单。

黄英和常河单独吃饭是好早之前的事了，那时他们你侬我侬。常河对出租车司机说，到某某餐馆。到了那里，总是能找到喜欢吃的饭菜。"你怎么吃过这么多地方？"常河说自己是食神，饭菜味道过嘴不忘，那些饭馆名字也烙刻在脑海里，随时可以调取出来。他带她去过很多饭店，让她大开眼界。但有一次露了馅，黄英还想吃沙县的豆芽肉末炒米粉，常河死活记不起来那家店在哪儿。原来每次行动之前，常河都提前做足了功课。这次不要菜单点菜，是他在等她的时段做功课了吗？

婚后，常河几乎没有进过厨房。做饭洗锅刷碗都是黄英的。吃完饭他往沙发上一躺算进餐完毕。那些精心烹调出的食肴，他不置可否不论色香味，好像只要能填饱肚子即可。他随手推开碗筷像随处抽烟一样让她厌恶。偶尔去洗涮，结果锅被坐在垃圾桶上，碗大小不一地歪扭在一起，各种插销也不拔下，湿漉漉的抹布还在餐桌上而不是晾挂起来。这让她屡屡伤感。

"你和同事、领导出去怎么吃饭？"

常河像外交官一样摊手耸肩："无可奉告。"问急了，常河回道，"看脸。"

他们为此吵过好多次，可是吵架又有什么结果呢？常河外出吃饭越来越频繁。吃过回来，抢过黄英带着的儿子，下楼遛弯，或者在家里打闹。在黄英看来，饭局、升迁似乎与常河毫无关系，可是短短几年，常河坐了火箭一般做了机关里最年轻的处长。他在那些场合做的"看脸"事宜，使她越发鄙夷和寒心。

饭菜上来，常河给黄英盛汤。"我给您汇报下这几年的工作吧。"他说。

常河开始说淤沙沉积，调水调沙，引渭河水救济黄河，重修堤坝……

黄英是做教育的，对怎么治理黄河不关心，只是礼貌性地点头。常河说他给领导汇报的是大背景。宏大的事业都是普通老百姓的汗水浇筑出来的。"领导您不想听听我这个小人物做了些什么吗？"

黄英摆摆头。

常河给黄英碟子里夹菜，说："多吃菜少喝茶，晚上能睡好，美白。"

黄英躲过常河火辣辣的目光，低头也给他回夹了一筷子。

"你身居要职，美丽可人，又是玫瑰之龄，为什么不结婚？"常河轻飘飘地问。

黄英说："你真想知道？"

"不说就拉倒。"

"你叫我师傅。"

"有进步。"常河竖起大拇指。

"不能让你糊弄一辈子。你为什么不结婚？"

常河哈哈大笑起来："知道为什么有七年之痒吗？"

"那是说婚后的不适应，而非离婚后。"黄英瞪大了眼睛。

"天道，让人认识自己的天道。"常河答非所问。

"别扯了，说黄河。"

常河看看表说："不早了，客人走完，店铺打烊，咱们不能不让服务员下班。明天再谈。"

黄英没有开车，常河要送，她拒绝了。她想走走。

车辆风驰电掣地从身边驶过，刨得路面轰轰作响。梧桐树开满了花朵，吹喇叭一样努力张开粉嘟嘟的嘴，隔离带中的月季一段一个颜色，前面的楼群灯火阑珊，道路延伸到看不见的地方。

黄英扫了共享单车，风抚动她的头发。她觉得，今晚夜色不错，比往常好看多了。

黄英通过了常河的微信验证，和常河的接触重新多起来。她知道这并不完全是因为常黄河。这种态度让她自己吃惊。

常河发来常黄河很多照片，游玩景区的，坐过山车的，漂流的，做手工的，学习的。照片里，每张都是笑脸，很开心很兴奋的样子。脸庞各个地方都像常河，除了眼睛。黄英问为什么总是黄河的单人照，常河说他是儿子的御用摄影师，如果她想看就发。黄英发个撇嘴的表情。常河发过来一张和儿子爬山间隙左搂右抱的照片。照片上黄河已经长到和常河一般高，甚至高出一指头，只是身体单薄得像根麻秆。常河像知道她的心思："正在抽条，猛地蹿高自然很瘦，不过放心，他吃得比我好。"儿子的名字是出生前几个月常河就起好的，"我这样的穷工人，能娶到大学生老婆不容易，有个儿子更是老天恩赐。就叫常黄河吧，有你我的姓，也期望他将来像我们的爱情一样源远流长，奔腾到海。"

可是谁能想到，婚姻不过持续了几年，连第一个七年之痒都没有挺过去。

黄英发信息说，能不能看看你的新房？常河回，求之不得，还加上一串企鹅跳舞的表情。常河传过来一段视频。可以看到，新房子不大，两室一厅，儿子住主卧，常河在次卧。和房子装修得简单明了、次卧收拾得井井有条相比，主卧简直就是一个体育王国，凌乱而庞杂。一边是书架，横七竖八地堆着黄河的学习用书，另一边是高大的隔架，上面乱七八糟扔着篮球、足球、羽毛球拍、乒乓球拍之类。墙上，犬牙交错地贴着姚明、郎平等一众体育明星照片。地上几个大箱子，残缺不全的作业本和玩具从里面裸露出来。在阳台上，还歪歪扭扭站着一个跑步机和一台拉力器。整个空间满满当当几无插脚之地。

"怎么是这样？"黄英问。

常河说："买不起大房子，黄河已经要了我的命。"各厅局总会团购一些商品房，以远低于市场的价格供领导干部选购，为单位职工解忧愁。

"我问的是黄河的房间。"

"我从底层来，知道身体最重要。"常河又说，"我和黄河过得很好，但不是我们。"

黄英隐隐期望常河能问她问题，比如她住的房子，或者她这几年过得如何，甚至要些她日常记录的照片。但除了上次吃饭问过她为什么不结婚的话，常河绝口不提其他。这与他离婚之前电话短信总是先有"亲爱的"全然不同。

晚上在家，黄英焚香读书，熏香的细细烟雾袅袅上飘，整个世界静谧无声，让她沉入另一个世界。现在她倒期望有些搅扰，使她从梦中惊醒。黄河在眼前翻跟头，常河与以前同与不同的话在耳旁萦绕。他的微信像死了，一点儿动静也没有。睡觉前，黄英有了打个电话或者发条短信的念头。可也只是想想，没有付诸行动。

是常河扯动了另一个七年之痒吗？是常河带给她另外的参悟吗？她不知道。

厅里文件要定稿，黄英在评选程序要求中加了一句：全程匿名评选，评选材料不许出现被推荐人照片和家庭成员信息。她给王处长建议，组织各地市负责人开个培训会，强调评选保密要求，夯实每个环节责任，确保结果公正服众。至于评委，则要临时从人才库中随机抽调，到会再通知评选项目，评选过程中收缴手机。王处长完全赞同。

常河却自此对黄河参评只字不提，黄英主动问起，他也是支吾而过。

学生干部评选的文件已经下发，一场竞争拉开序幕。犹豫再三，黄英还是打电话给常黄河所在学校的校长，他们仅仅在一次会议上见过一面，校长主动加了她微信。

"你们学校是不是有个学生叫常黄河？"

"常黄河？哦，有的，黄处长有什么吩咐？"电话里，校长的语气又紧张又兴奋。

"是这样,他是我朋友的儿子,朋友去疫区当志愿者了,放心不下,叫我问问情况。"话出口的刹那,黄英意识到自己撒谎了,这让她再次吃惊。

"黄处长,这个孩子学习中游,很活跃,各项活动也比较积极。好像他是单亲家庭。性格倒不像那种家庭的孩子孤僻沉闷。"

"哦!今年优秀学生干部……"

"啊这个啊,黄处长放心!"

"我是说,他参评了吗?"

"没……有……"

"到底参加没有?"

"您朋友的儿子……您在办公室吗?我立即过去当面向您汇报。"

黄英狠狠点了电话挂断的红色按钮。

黄英觉得这件事疑点重重。从电话判断,黄河的信息统计表中,母亲那一栏压根儿就是空白。常黄河所在学校校长并不知道她是黄河的妈妈,黄河也没有在优秀学生干部推荐之列。

那常河为什么要说谎,要请她帮忙呢?她急切需要搞清楚常河葫芦里卖的什么药。

回家途中,天空挂着月亮,上面的环形山清晰可见,银色的亮光在洒过水的白漆线上滚动,黄英骑的共享单车的车轮也在滚动。

黄英又看见常黄河坐在月亮的桂树枝丫上向她摆脚招手,又仿佛是她先向他仰头挥动了手臂。

无论白天还是夜晚,天空是个巨大的隐喻。黄英在夜风里呢喃,她不知道自己属于隐喻的哪个部分。

失落的方舟

若男咬一口菜夹馍,仿佛吞下了整个世界。她慢慢地把各种滋味咀嚼着。这种惬意滑进肚肠,也溜过面前的绿植缝隙,在忙碌的马路上穿行。绿植茂密而潮湿,显然保洁员早早洒过水。

慢慢咀嚼,她有的是时间。

摸口袋里的手机,才意识到已经没有了。昨天妈妈高高地扬手,手机四下迸溅。妈妈用脚拼命踩踏那些碎渣,企图将它们踩进地缝里去——如果地板有缝的话。她肯定疯了,若男想。

刚才是酸菜,现在吃到的是辣菜。若男嘶出辣气的时候,一只狗卧在她面前,耷拉着舌头,头一伸一伸地望她。

"你什么时候来的?"她摸着狗头问。

狗嘴里流下一道涎水,羞怯得不住点头。

若男掰块儿馍托在掌心。狗凑过来,叼进嘴里,一下就咽进肚子。又把掉在地上的菜渣舔干净。

狗的一只耳朵不见了,脸颊上有血迹,一条腿蜷着不能着地。

"可怜的孩子。"若男嘟囔了一句。

狗对流血一点儿也不在意，只专注地看着菜夹馍。

若男把馍块儿仔细地喂进狗嘴，吩咐它，慢慢吃。

"喵呜！"

猫叫吓了若男一跳。

一只黄黑色的猫弓着腰，毛发竖立，尾巴高翘，嘶吼着向狗横过来。狗恐慌地跳到一边去。

猫呲着尖利的牙齿又向前横了几步，嘴上愤怒的皮快扯到了耳后。狗极速躲进绿植里。

猫放下尾巴，头在若男小腿上蹭，圆溜溜的眼睛瞪着她手。

若男扯出一根青菜，吊在猫头上。猫叼住一下一下吞进嘴里。若男托给它一块儿馍，她感觉到猫牙在她掌心快速地划过，馍块儿眨眼消失了。

她看清了，猫是白猫，身上黄的是土，黑的是泥。

"洗净了肯定雪绒绒的。"她又嘟囔了一句，"漂亮的小家伙。"

狗伸着舌头，羡慕又紧张地看着若男喂猫。

若男听见一声响亮的口哨从马路那边传过来。她站起来，向吹口哨的少年招招手。

"郝帅，我没有吃早点。"她喊。

郝帅又吹声口哨折身走了。

若男蹲下对对峙的猫狗说："别打架，等等啦。"

不一会儿，郝帅拿着个肉夹馍隔着绿化带递给若男："还有豆腐脑。"

绿植外的郝帅看不见猫和狗。

若男把肉夹馍掰成两半分给猫狗。走出来。

"去网吧。"

古城炫网吧没有开门，皮门帘没精打采地悬垂着，右边抬手的部位烂了一个洞，里面的棉絮抖抖索索探出来，黑黢黢的。洞后面的门把手锃亮，好像一只贼眼。

"太早了,九点才开。"郝帅拢着牛仔夹克说。

若男把挂在郝帅袖口纽扣上的塑料袋拿下来,张开:"你吃饭,要凉了。"

郝帅舀一勺喂若男。若男说:"不好吃,你吃吧。"郝帅三两口把豆腐脑吸完了。

"去环城公园转会儿。"

郝帅又跟着若男往环城公园去。

晨练的人很多,一群老头在打太极拳,老太太们穿着绸衣在跳扇子舞。还有人在转空竹,嗡嗡嗡地响。若男见有人打乒乓球,想过去,被郝帅拉住了。"就看空竹。"

大爷在两棵树上一高一低绑了绳索,空竹欢实转动。空竹被抖到半空,落下来稳稳站上绳索,慢慢爬到高的那端去。空竹力竭,大爷手中的竹竿一抖,揽过来,空竹在竹竿间又飞转起来,在大爷腿间钻来钻去。

"玩得真好。"郝帅说。

"那只画眉。"若男指西边一溜儿鸟笼。他们来到鸟笼子下,却不认识那些形态、颜色、叫声各异的鸟。遛鸟人不大说话,偶尔相互交流,说的行话若男、郝帅听不懂。若男逗画眉,手指轻轻戳碰鸟笼。画眉在笼子里跳上跳下,飞起来啄一下若男手指,旋即又飞离,一点儿不怕人。

"到时间了。"郝帅看看手机。

他们又到了网吧那个皮门帘前。

郝帅进去,门帘垂下来,若男看见锃亮的"贼眼珠子"闪了一下不见了。

"把门关上。"郝帅把若男拉进门去。

灯光并不很亮,若男看见有人趴在电脑前,呼噜声扯得像高速旋转的风扇一般。也有刚刚坐上电脑桌的客人。

郝帅走到网吧深处,找了台看起来比较新的电脑,让若男坐下,自己去办卡。回来,熟练地打开机子。

"你想玩什么？红警、英雄联盟、魔兽世界、穿越火线、逆战、失落的方舟？"

"魔兽世界吧，我听同学说起过。"

郝帅打开游戏界面，哼哼哈哈的音乐顿时响起来，刀枪碰撞，火花四溅，一群怪物打来打去。若男拿鼠标乱点，完全不得要领。

"你没玩过？"

"没。"若男不好意思地说。

"真 low。"

鼠标到了郝帅手里，那些胡乱跑的怪物瞬间组队，对打起来。嗷，嗷，哒哒哒，哒哒哒，轰，轰。

郝帅戴着耳机，完全沉浸在游戏里，不时喊着："你打他，打他，过来了，小心左翼！后边上来了，你掩护，我先灭了这个魔头！"若男玩了一会儿郝帅的手机，隐隐听见肚子在叫。

网吧里人越来越多，乱糟糟的，人喊马嘶。烟草的味道乱窜，有人脱了鞋，有人带着吃食，气味混杂得没有一点儿头绪，两个硕大的换气扇也不起作用。

若男有些头晕，她慢慢睡着了。

醒来的时候，若男感到明显的饥饿，锐利的饥饿感随着盖在她身上的郝帅的夹克掉落，把地板砸得脆嚓嚓响。她环顾网吧，人又少了。

"你肚子叫了。"

"我也听见你的了。"若男脸红了一下。

"你待着，我去弄吃的。"

"我想回家。"若男要站起来。她想自己藏在绿化带里的书包，即使夜露不打湿，保洁员洒水也会把它打湿。

"等我，谁叫你走都不要理。"郝帅说。若男知道他指的是网吧管理员。"拿着手机，有事给你打电话。"郝帅出去了。

管理员果然来清场。看见管理员走过来，若男趴在桌子上，一声声打起呼噜来。

郝帅拿着几块面包和一把火腿肠回来，问管理员要了纸杯，和若男用面包夹着火腿，喝着开水吃饭。火腿肠的味道穿透力极强，很快弥漫了整个网吧。

"扛住，过了今晚你就自由了。"郝帅鼓励若男。若男看见郝帅腮上一块儿皮不见了，渗出些血丝来，是擦的还是摔的，她没有问。

若男身上盖着郝帅的夹克，被班主任从迷迷糊糊中摇醒过来，已是第二天凌晨了。

若男被班主任牵回了办公室。办公室被隔成若干个空间，老师们有的从隔间伸头看若男，有的又埋下头去，有的站起来，到教室去盯早自习。

妈妈打过耳光的脸颊还在隐隐作痛，若男一直没有伸手去触碰。

"你跑，你跑！"妈妈说。若男妈妈挥动手臂左右开弓。若男不说话，脖子挺得直直的。

"你带她回去，还是你出去？"班主任问。

"交给你了。"妈妈踢了一脚椅子，仿佛那是若男的腿。

班主任冷冷看着若男妈妈走出办公室，没入已经透出曦光的、黎明前的黑暗。

"你想吃什么？"班主任问。

若男摇摇头，她觉得桌子在摇晃，办公室在摇晃，班主任浅浅掩住白皙脖子的短发也在摇晃。这时，她开始流眼泪。

班主任给她递了纸巾。

班主任出去买了早餐。豆浆，油条，鸡蛋，还有两个油糕。

"你咋知道我喜欢吃油糕？"若男已经停止了抽噎，问。

"一天一块儿，甜了嘴，还不发胖。"

两个人都笑了。吃完，班主任变戏法似的拿出一支牙刷递给若男：

"我常加班，晚了就睡办公室，这是常备品。"班主任办公桌上散乱着一些表格，露出"扶贫、反诈、禁毒、消防、卫生、反邪教、防溺水"等字眼。

若男给两支牙刷都挤上牙膏，和班主任一起去洗手间。刷到一半，若男吃吃笑起来："老师你不化妆也很好看。白嘴唇也好看。"

"你傻还是我傻？"班主任一口白沫喷出来。

老师们陆陆续续进了办公室。

上课铃响了。若男迟疑地望着班主任水汪汪的眼睛。

"去吧，用同桌的书。"

若男脚步轻快起来。

"把手机放下。"

隔间里的老师又纷纷抬起头来。若男攥住裤兜里的手机，又展开，仿佛那样可以遮住老师们剜过来的目光。

早上一节语文，一节英语，还有两节是物理和化学。后两节课若男睡着了。睡着之前她隐约看见班主任在教室窗外闪过，还对她翘了一下嘴角，但她还是睡着了。

若男拿起手机给郝帅打了个电话，告诉他她在上课。班主任在网吧摇醒她的时候郝帅也惊醒了，他嗖地弹跳起来，双手握紧了拳头。若男怯怯叫了声老师，郝帅扭头跑出了网吧，边跑边说给我打电话。

若男给郝帅打电话，告诉他不化妆的班主任很好看。还说你不要扛了。

"去上技校吧。"

放学铃声敲破了若男的梦，同学们蜂群一样挤出教室，住校的冲向食堂，不住校的往家奔去。若男悄悄擦掉嘴角流下的口水，揉揉惺忪的眼。她现在又觉得饿，好像老师买的豆浆、油条、鸡蛋和油糕，都被深沉的梦吞噬一空。嘴里酸酸的，涎水快速而汹涌地充满口腔。最近她一直觉得饿。

她打了一份土豆丝，一份红烧肉。又记起什么，匆匆返回教室，从桌兜里摸出一只烟盒，纸烟扔进垃圾桶，把红烧肉装进去。

烟是她从郝帅手里夺来的。

"哟，这么有钱啊，贱学渣！"有人冲若男喊。

是刘莎莎。刘莎莎有个圈子，吃饭在一起，出去玩在一起。她们几次约若男去游乐场，若男都没去。刘莎莎成绩靠前，坐在前排，和坐后排角落的若男隔着千山万水。

若男把烟盒揣进裤兜。

"给姐来一根儿。"其实刘莎莎比若男小，若男在班主任那儿看到过花名册，刘莎莎比她小三个月。

若男朝垃圾桶努努嘴。

"还骗人。"刘莎莎的跟班张蕊搡了若男一把。

若男把垃圾桶里的烟捡出来，放在课桌上。张蕊一把抓在手里。

"走。"张蕊拽若男。

到了操场边的厕所，外面有人把住厕所门口，若男被刘莎莎和张蕊前后夹住。

"抽。"刘莎莎说。张蕊点着烟，塞进若男嘴里。若男吐了。张蕊捡起来，再次塞进去。

若男抽了一口，咳嗽起来。外面有口哨声，意思是说有人走过，不用担心。

若男也听见了，和她熟悉的口哨声一点儿不一样。她把纸烟吐到张蕊身上。

刘莎莎一腿扫倒了她。若男想爬起来，拳脚雨点般落在她身上头上，若男看见自己肚子上杂乱的皮鞋印子。她抱住头，蜷缩成一团。

门口的口哨又响了。刘莎莎和张蕊几个人迅速闪出了厕所。

一个上厕所的女孩跑进来，看见若男正从地上爬起来。

"你摔倒了？"女孩问。

若男摇摇头，又点点头，拍打身上的灰土。

"你鼻子流血了。"女孩给她递过来纸。

若男擦鼻子，一纸的血，殷红殷红的。她团了两个纸团塞住鼻孔，把脏了的纸扔进厕槽。

出了厕所，外面空荡荡的。若男吐了一口，一团红色嵌入草丛。

下午放学的时候，若男找到张蕊，想和她谈谈。

"她打破过你的头，你为什么要跟她？"

"要你管？"

"我知道她问你要钱。我给你钱，你跟她散了。"

"你穷得连饭都买不起，还给我钱？"张蕊哈哈大笑起来。

若男想，自己的手机被砸了，张蕊说得千真万确。

刘莎莎过来了。

"这个傻瓜说给我钱。"张蕊摸后腰，摸出一部苹果手机，夸张地举着，摆动着宽大的胯部给刘莎莎汇报。

"给我。"刘莎莎一拳攮到若男下巴，若男后退了好几步。

若男掏不出钱。

"明天不给，继续打！"

刘莎莎带着张蕊几个人走了。边走，张蕊说："看，我录的视频。"

若男洗了脸上的血迹，去找班主任。老师有的下班走了，有的在校门口维护秩序，送别学生，办公室空荡荡的。若男轻轻拉开班主任的抽屉，把手机揣进兜里。看见还有钱，在临关上抽屉的刹那，抽出来几张。以前班主任说没钱给她说，若男从没要过。

她朝那片绿化带赶去。钻进那个角落，她吓了一跳。

郝帅抱着书包坐在那里。

"我找过咱们走过的所有路。别说，找东西可真累人。"郝帅笑容满面，眼睛有些惺忪，显然他刚刚在这里睡过一觉。

"你呀!"若男坐下来。郝帅去摸她脸上的伤痕。

"我给你变个魔术。"

若男掏出烟盒。郝帅把烟盒一巴掌扫落在地上。

"不让我抽,你却抽!"

若男捡起烟盒,汪汪汪地叫。单耳狗一瘸一拐地跑过来,看到郝帅远远站住了。若男又喷喷喷地叫狗,瘸狗一点儿一点儿挪过来。若男捏出一块红烧肉扔给它。瘸狗快速地吞进嘴里,急切的吞咽让那只单耳上下跳跃着。

"真丑。"郝帅也扔过去一块肉。

"我再变一个。"若男喵喵喵地叫。一只猫飞奔而来。狗懂事地躲开了。

猫蹭若男的腿,又去蹭郝帅的腿。

"花猫你好。"郝帅招呼道。

"纯白猫。"若男纠正。

若男倒出剩下的红烧肉,猫急急地吃起来。

天色很快暗下来。手机里不停有铃声,还有短信提示音。

"在找你。"若男说。

郝帅把手机塞进裤兜。手机还是响,他狠狠按住电源键,关机。

"家里人会担心的。"

"有老师的,有同学的,有我爸妈的。烦死了。"

"你应该回去。"

"不。"郝帅看着猫去追赶瘸狗了,又说,"爸爸说,像你这样,流落街头都不会有人可怜你。"郝帅露出一排洁白的牙齿,路灯在上面打出几星寒光。

"妈妈呢?"

"爸爸和妈妈约法三章,如果在他博士毕业前妈妈还没有考取研究生,他们就分手。如果妈妈三十岁前没有拿到博士文凭，他们不要孩子。爸爸说，不般配的出双入对是丢人。"

"第三个约定呢？"

"他们几乎获得了想要的一切，除了我。我是他们骄傲人生的意外。"郝帅揪了一把绿植叶子扔在猫面前，"哪家主人这么残忍，遗弃了它们？"

"动物和人一样。"

郝帅背着书包带若男去他的住处。

"一斤书本能卖多少钱？"若男问。

几辆车从后面冲过来，郝帅一把把若男拽到自己身前。

"不许卖！用钱我给。"郝帅说。那几辆车疾速跑远了，郝帅还死死掐着若男的胳膊。

"昨晚买吃的你没拿手机，我就知道你也……"若男撇嘴。

"不关你的事。"郝帅恼怒起来。

郝帅和若男在一个夜摊前坐下，要了两份米线。郝帅又买了一串卤鹌鹑蛋，下到若男碗里。若男给他拨，他不要。

吃完，若男掏出钱付账。郝帅瞪大了眼睛看着她手里的钞票。他猛然把她的手打开，钱掉到了地上。

"你当贼吗？"

若男弯腰捡钱，郝帅一脚踢飞。

"当一回贼，永远是贼了。"郝帅付了账，从另外一个兜里掏出几张钱塞给若男，再次强调，"用钱问我要。"

他们朝住处走，身后传来摊主的哈哈笑声。

他们拐了两条街，钻进一个僻背巷子。一排衰败的房屋默默站立在昏暗路灯的稀疏远光里。

"这里拆了一半撂下了，鬼都没有一个。"

恰巧一阵风吹过，地上的垃圾和窗户上吊挂着的已经烂成条索的窗帘窸窣作响，仿佛真的有鬼，若男颤抖了一下。

郝帅推开其中一间的门。门框上扑簌簌掉下尘土。郝帅手里多了只手电，电光里，若男看见半屋子的砖块儿，另半边有张沙发，一条腿下垫着砖。

"不会塌吧？"若男一迈步，砖头乱响。

"上面楼层拆得差不多了。听说是拆迁安置不满意，业主闹得厉害。"

"那他们住哪里？"

"反正不是网吧。"

郝帅把书包放在沙发一头，手电竖立在砖堆上。他们坐下来。

若男看见郝帅的脸在手电光里发着惨白，露出层层叠叠的阴影。

"扛住，他们会来求你的。这个我有经验。"郝帅摇晃着自己的手机，那是父母为了解他的行踪做的妥协。他开机，回了其中一条信息，又关机。

有很长时间他们坐在沙发上，都不说话。风越来越大，把门窗拍得咔咔嘭嘭。若男似乎要倒下去，眼中郝帅的身影越来越高大，像山一样占据了整个屋子。这令她想起父亲，不知道他在遥远的南方打工怎么样。妈妈说："初三了，考不上好高中，我打不死你，你爸也要打死你。"她期望自己最好快点被打死，死在爸妈手里总比死在刘莎莎手里强。

若男看见郝帅的脸由惨白变得红润，呼吸也变得粗重。

"我也给你变个魔术吧。"郝帅平息一下呼吸说。

郝帅从屋角扯出一个箱子，打开，端出一个船模。

"这是巡洋舰。穿云破雾，踏波远航。"

若男在电视里见过战舰，在郝帅打的游戏里也见过。但她还是被眼前的巡洋舰模震撼了。

"真漂亮！"她摸着战舰的船壁，数着一根根细如毛发的铁丝粘连起来的围栏。船模高高的桅杆恰好把郝帅的脸从鼻子分成两半。

"整整做了一个月。"郝帅说。

"你爸妈迟早会承认你是对的。"若男轻柔地抚摸着甲板两侧雄赳赳的武器发射管，发射管上的炮衣褶皱清晰逼真。

"我从小喜欢组装，听说有学校开设了这个专业。我爸说，活在人下一辈子不能翻身是下贱的，要想过他那样的生活，就得上名牌大学，考研究生。"

"和我妈一样。她说和爸爸当工人，改不了打工伺候人的命。可我偏偏学不进去。"

"不一样。我爸用他的方式指桑骂槐含沙射影，你妈就知道打人。一个冷战，一个热战。"郝帅朝若男撇撇嘴，扮鬼脸。

郝帅放下巡洋舰，又捧出一个花园模型。这是一座有着亭台楼阁的苏州园林。只有巡洋舰三分之一大，却小桥流水，圆门泮池，一样不缺，仔细看，花园花枝上，还有蜜蜂嗡嗡，蝴蝶翩翩。

若男看见这间破旧的屋子突然间金碧辉煌，光彩照人。

"可怜的孩子。"她叹口气。

夜来了。郝帅和若男都困了。

郝帅把若男按倒在沙发上。

"你怎么办？"

"那里。"郝帅指门后空着的地板。

郝帅给若男盖上夹克，又加了几块烂窗帘。然后铺一堆报纸在地板上，躺上去。

"郝帅。"若男轻声叫，"那里脏。"

"傻瓜，就脏我一个吧。"郝帅关了手电。

若男听见雨点打在地面的声音。雨水又打上窗台。雨水又打上房门。

她仰躺着，瞅着看不见的顶棚。

她听见郝帅翻来翻去破纸的响动。她故意打出呼噜，一长一短，渐渐把自己哄睡着了。

天大亮，雨一直在下，若男背上书包去学校，远远望见校门笼罩在蒙

蒙烟雨中。她低着伞遮住脸往前走,直到和另一把伞碰上。

"妈!"若男惊叫出来。

"你,你,你死哪儿去了?"妈妈合了伞,一下一下抽打过来。

伞掉落在地上,若男站在雨里。她看见妈妈眼圈浮肿,眼白上布满血丝。

伞携带着雨水,硬硬的像木棒。妈妈的眼白更红了,脖子都红透了。

门卫挺着防卫叉冲过来。"不许打人!"他紧紧捏着叉柄,盯住打学生的女人,那柄钢叉随时会叉向她。

"我妈妈,我逃学……"若男挡在两人中间。若男捡起地上的伞,撑开打在母亲头上,"我不跑了,你回去吧,我保证。"

"把她关进去!"母亲对门卫说,推开若男的伞又吼道,"我一小时给老师打个电话,你要是不在,我剥了你的皮。我就不信,我辞职守着还看不住你!"

若男走进教室,班主任正怔怔坐在她的座位上。若男嘴张了张,班主任拍拍她的肩:"先上课。"走了。

若男看见班主任眼圈是黑的,眼白和妈妈的一样,布满血丝。

放学,若男没有去班主任那儿,她背着书包走出校门,朝家的方向走。雨已经停了,路面的水积在低凹处,一滩一滩地朝她眨眼。

她又一次被挡住了。

是刘莎莎和张蕊几个人,她们向她伸着手。

若男手探进兜里,半天没有拿出来。

"敢赖账!"有人喊。张蕊嘻嘻笑着,左边低一下,右边高一下,退后几步又靠前几步。她在录像。

若男手还是没拿出来。她挨了一耳光,接着是几脚。她跌坐在泥水里。

她想爬起来。一个矫健的身影扑过来,一脚把刘莎莎踹出去。几个女孩子向人影扑上去。

"郝帅。"若男唤。

郝帅抡拳把几个人打倒在地。

"孬种，揍他！"刘莎莎喊。

郝帅冲着刘莎莎的脸就是一脚，若男看见刘莎莎鼻血滴答下来，洇红了身前的路面。

"你再敢？"

"你嘴硬！"

郝帅继续打着。几个女孩子爬到一边去。

若男扑到刘莎莎身上，紧紧抱住她，把刘莎莎的头埋在自己腋下。

"你打我，我打她！"刘莎莎挣扎着说。

郝帅扯开若男。若男又扑到刘莎莎身上。

若男被叫了家长。刘莎莎头上缠着一圈绷带，在班主任面前哭得梨花带雨，一张接一张纸地擦眼泪擤鼻涕，嘴里不停嚷着："我考了年级第三，还要挨打？"

"你的脸怎么烂的？"妈妈问若男。若男不说话。

"她自己摔的。"刘莎莎说。

"没有问你。"班主任说。

"谁打的你？"妈妈急切地把若男的胳膊揽在怀里。

若男哭了，说："对不起。"向刘莎莎鞠躬。

"她偷我钱，还带外面的社会人殴打我，我哪还有心思为班争光？"刘莎莎指着若男的鼻子，话一落地，又大哭起来，使劲儿摇班主任的胳膊。

"是这样吗？"班主任微仰着头问。

"张蕊可以作证。"

"对不起！"若男向班主任鞠躬。

妈妈手举到半空。

"我给你说过好多次了，打骂解决不了问题。"班主任对妈妈说。

妈妈手收回来，打了自己一耳光，清脆响亮。

"没一个好东西，都该给处分。"办公室有老师说。

"要处分处分我吧，是我辞职晚了。我命好苦啊！"妈妈双手护住若男，摩挲着若男肿胀的脸颊，转身给班主任鞠躬。若男看见妈妈的眼泪砸在地板上，溅开一朵朵小花。

"每人写一份检查，说明具体情况。"班主任气哼哼地说。

受到处分的是郝帅。刘莎莎的父母搞清楚了打伤刘莎莎的人是另一所学校的初三学生。他们找到学校，要郝帅赔偿医药费。

"我没问爸爸要钱。"郝帅说，"我卖了那艘巡洋舰。"

若男心里一震。"处分要背一辈子的。"

"总之我又没想着上大学。"郝帅的脚轻松搭上破房子里沙发前的砖头。

若男看见郝帅眼睛里也布满了血丝。她不知道它和妈妈、班主任眼中的血丝差别在哪里。

"我想到一个主意，给你开个手工店，我做助手。"若男故作兴奋。

郝帅哈哈大笑起来，房子都摇动了："傻瓜，每个人生来不同，你不能走我的路。"郝帅停住笑声，扳住若男肩头说。

主题班会是在周六的最后一节课召开的，谁也没有料到，这次班会注定令人难以忘怀。

班会的主题是"奋斗的青春"。教室里的桌凳围成一圈，班长站在最中间。液晶屏上播放着励志的短片，音乐激昂。

班长通报了最近班级各项统计情况，对部分同学提出表扬。学习委员比较了中考模考成绩在全年级的排名，提出了即将决战中考的目标和落实措施。

这些内容进行完，班长说："而今，青春正在我们手中，我们不能容忍青春白白流逝，不能在不及格中虚度光阴，更不能在自暴自弃里浪费生命，老师期待我们奋争第一，家长要求我们出人头地，亲戚朋友盼望着我们金榜题名。那就让我们在青春时节奋发吧！书写一卷永不退缩的人生！"

下面是自由发言和演讲，这才是班会的核心。

有同学站起来高声演讲："青春虽然只是一小段，但当你白发苍苍回首时，你会发现曾经拥有的青春依然会在记忆中闪烁着动人的光彩。青春无悔该是我们每个人的追求，只有把握好青春的每一天，在激流勇进中不断拼搏，我们才可以骄傲地说，'我的青春是无悔的！'"

有同学接着说："奋斗的青春，应有认真的态度。态度决定了高度。正值青春的我们更应该以认真的态度对待自己的学业。奋斗的青春，应有坚定的信念。穿过浩瀚人海，听过褒贬之音，坚定不移地走自己的道路。奋斗的青春，应有广阔的胸怀……"

有同学在讲史铁生的故事："在人生最狂妄的季节不能行走，病痛夺去了他的双腿，却没有束缚住他的灵魂。《我的地坛》是对生命的理解，《病隙随笔》是对内心的剖析，本以为他是苦难的受害者，但我发现我错了，我仿佛透过他干净透明的镜片看到了他眼中迸发的拼搏奋斗的力量。"

若男觉得浑身燥热，她眼前徐徐展开一幅画，就像郝帅那精美的城市花园。她记得有篇课文，主人公在桌上刻了一个"早"字。她去摸自己的书本，摸出来一把卷笔刀，懊恼地扔进桌兜。

若男摸出修正带，在课桌角粘贴，贴歪了，又撕掉。她重新贴了两排修正带，规规矩矩写下两个字：不晚。

"奋斗的青春最美丽，史铁生用他奋斗的笔杆写出了人生的绚彩华章。"那位同学以高昂的声音结束了激动人心的演讲。若男和同学们使劲儿鼓掌。

若男朝班主任坐着的方向看，班主任也正看着她。若男盯班主任的眼

睛，班主任点点头。若男举手向班长示意。

"我有一位朋友，"她站起来，缓慢低沉地说，"他学习很差，经常考倒数第一第二，没有人瞧得起他。但他一点儿都不以为意。他想，生活总会给他一条路，让他活下去。他会做船模，做乐高积木，做比迪士尼还漂亮的迪士尼乐园，他做的带有雅典娜风味的苏州花园，是我见过的最美丽的乌托邦盛景。他期望用自己优秀的手工制作说服同学和老师。可是他的成绩一塌糊涂，拖班级后腿，他一直被安排在教室角落。每次考试公布成绩，他都灰溜溜逃出校园。"

"他的父母是大学教授，他们期望儿子能继承他们的衣钵，过体面的受人尊敬的上层人生活。可是我的朋友一心盼望能上有手工制作专业的技校，发挥自己的特长。他和父母冷战，也期望靠自己精美绝伦的手工作品让父母回心转意，支持他走下去。可是……"

"可是，他是一个地痞流氓，是打人凶手，是四处盗窃的贼，是一个受到留校察看处分的小混混！"刘莎莎啪地拍响桌子，站起来厉声说。

"他是一个想自食其力的劳动者，他是你完全不会理解的正人君子！"若男回敬。

"看看我脸上的伤口，它还没有愈合！这个流氓叫郝帅。你这么吹捧他，怎么不详细介绍下你和他睡觉的事？"刘莎莎摊开双臂，目光巡视一圈教室，然后挑衅地钉在若男双眼之间。

若男推开桌子，跃到刘莎莎面前，抡臂，打了一嘴巴，又打了一嘴巴。刘莎莎抹嘴唇，抹了一手血。

两人厮打起来。桌凳瓣里啪啦乱响。

张蕊从后腰摸出手机，在桌子下悄悄拨电话。

班主任和同学们扯开若男和刘莎莎。两人又往一起扑，手脚乱踢乱打。

两人被同学们"押"去医务室的路上，一个留着寸发、凸着肚腩的彪悍男人冲上来，一脚将若男蹬倒在地，然后拳脚齐下。

保安按住了男人。被压在底下的男人喊道:"谁敢欺负我的宝贝女儿,谁就得死!"

班主任把若男紧紧搂在怀里,浑身发抖。她看见,校门口等待接孩子放学的人群里若男的妈妈,头发飞舞着,怒狮一般跃了过来。

中考在即,义务教育即将完成。从此,同学们有的上普通高中,有的上职业高中,有的要走上社会,结束学生生涯。

这是人生的第一次分野。

班主任在处理学生打架事件过程中,向学校提出辞去班主任职务的申请。

若男听说班主任辞职的理由有这么几条:自己要处理的事务太多,防诈骗、防欺凌、防触电、防火灾、防盗窃、防地震、"扫黄打非"……实在难以细致照顾到每个学生;学生打架事件在校园里造成恶劣影响,自己管理出现问题难辞其咎,应该辞职;家长深度参与学校教育事务,严重干扰了正常教学秩序,超出了自己的管理范围和能力。

学校说已经给予刘莎莎留校察看处分,她的父亲也被公安机关行政拘留,班主任所列理由不成立,申请不予批准。

班主任退而求其次,给来做思想工作的校领导提出可以继续做班主任的条件:不能再以学习成绩判断学生的好坏,对学生的评价必须多元化。

学校领导说:"国家和我们都在努力,慢慢来。"

若男在即将拆除的烂房子里收拾东西,告诉郝帅这些事情。那时她已看过班主任给她推荐的书籍,准备中考的同时,也开始搜集宠物饲养的知识。

"你先动的手,怎么会处理刘莎莎?"

"有张蕊的录像。"

若男神情有些凝重。"刘莎莎的父亲大闹学校,说他女儿在家乖巧可爱,在学校为校争光,在班里却被学生霸凌。发生这么严重的教育事故,学校的师生却偏袒施虐者。他要求严惩凶手，否则就向上级部门投告。"

"那是要投告你和我喽。"

"张蕊主动拿出了那些录像。录像里都是刘莎莎打人的镜头，打我的，打别人的，逼着别人要钱的。"

"有我吗？"郝帅很感兴趣。

"有，你打她，我护她，你的拳脚落在我身上。那些录像里被欺凌者的脸部都被张蕊刻意打上了马赛克，只有刘莎莎的嘴脸清晰无比。张蕊说她受够了，早就等着公开录像这一天。可惜镜头里只看到你的手脚，没有你的脸。"

"对不起。"郝帅握住若男的手。

"一堆破烂。还有什么要收拾的？"若男抽出手，环顾小屋。

房子里确实没东西可以收拾。这更像一种人生道别。

"这个送给你。"郝帅捧出城市花园。

若男把城市花园小心放进带来的新箱子："不，我要更精美的。真需要我去给你爸做工作吗？"

"不啦。"郝帅自嘲地咧嘴笑了，他轻抚着花蕊上振翅欲飞的蜜蜂，然后合上箱盖，"它们累了也要回家的。"

阳光明晃晃地透进来，照在郝帅脸上，若男觉着这张脸精致又俊朗，和城市花园一样美。

"你说常打什么游戏？"若男突然想起什么，问。

"红警？英雄联盟？"

"不是。"

"穿越火线？逆战？"

"不是。"

"失落的方舟？"

"哦，是它。怎么样？"

"这是一款完全开放的游戏，玩家可以体验到诸如钓鱼、采矿、伐木、狩猎、考古的玩法。进入副本可以采集到更高级的资源，还可以体验更多的角色，比如诗人、骑士、督军，比如在陆上旅行、海中冒险。总之，有无数种可能，看你自己怎么把握。"

"真好，有无数种可能！"

若男和郝帅走出小屋，一只白猫和瘸腿的单耳狗追逐着，风一样从他们面前跑远了。

空瞳

太阳即将落山，余霞把李红的脸庞勾勒出轮廓，重重地印在广场的东墙上。再过一半个小时，李红就会下班，有辆面包车来接，送她回郊区居住的隐秘地方。

再过两个小时，再过四个小时，再过六个小时……王美丽这样想着，再过十个小时，李红会再次来广场上班。那时又可以看见她那双明亮的眼睛，在两条卧蚕眉下眨巴。

不论怎么样，人的眼睛不会改变，即使老了浑浊了，或者伤感哭得红肿，或者大笑挤成一条缝，可是睁开的刹那，那亮晶晶的瞳仁不会骗人。

王美丽记得李红两岁刚会走路那会儿，正值家里盖房。二十世纪八十年代，在农村盖一溜儿瓦房是让人津津乐道的本事，要是砖墙能砌到窗台，那更是了不得的成就。王美丽和丈夫起早贪黑地侍弄庄稼，攒粮卖粮，喂猪养羊，买砖买瓦，坐在拖拉机上，突突突往山里跑，拉回来一车车木料，把生产队批的四间地基挖开填平，垒造起那溜儿房屋。上梁那天，乡邻们祝贺的鞭炮响了一个下午，直到宴毕人去，王美丽枕在丈夫的臂弯里沉沉入睡，还有阴捻的鞭炮在拢起的炮纸堆里零星炸裂。

那会儿屋子依然在建,各种建筑材料堆放杂乱。李红被炮声惊醒,懵里懵懂地从王美丽怀里翻身下来,蹒跚过竹席,向火光映照着的那团白石灰靠近。乡村的夜晚除了这冷不丁的炮声,连狗儿也深入梦乡。直到李红跌倒被石灰蜇疼双眼,尖利的哭叫声划破寂静。

王美丽强睁开眼睛的刹那,一个箭步扑到石灰堆旁,一把抓起手脚胡乱扑腾的李红揽进怀里。她接过丈夫递过来的水碗,咕嘟咕嘟漱口,然后掰开李红紧紧闭合的眼皮,将自己柔软坚韧的舌头伸进去搅动起来,撩刮一下,漱口,再次迅速伸入。等到李红哭声止住,瞳孔泪液中石灰生涩发苦、带些火烧的味道从此深深刻进王美丽的脑海。

"去看大夫吧?"电灯下,王美丽问靠墙而偎的丈夫。

"她开始笑了。"丈夫拿奶嘴逗李红,李红胖墩墩的手指握住奶瓶,半眯着眼睛往嘴里塞。嘴角流着奶水,喝奶的间隙还不忘叫声爸爸或者妈妈。

王美丽轻轻摇臂弯,圈成温暖的摇篮。看瓶中奶水缓缓减少,神色稍稍缓和下来。

"还蜇吗?"王美丽问吃完奶的李红。

李红点头,手指去揉红肿的地方。王美丽捉住李红的手,舌头开始再一次的撩刮,这次,她的舌头感觉到了越来越清晰的光滑和甜润。

李红和丈夫睡去多时,王美丽却睡意全无,痴痴看着那渐烧渐暗的火堆。她觉得没有奶水的孩子很可怜,没有奶水的女人很尴尬。修房以来她的奶水就断了,李红使劲咂也吸不出一滴半点。

王美丽看着夕阳里的李红,那双眼睛似乎刚刚被撩刮完石灰,有些浮肿,落日余晖的金色给它们平添了令人心疼的血红。李红的眼皮也有些下耷,把一双明亮的眸子遮出阴影,和广场东墙上她的背影轮廓遥相呼应。

王美丽是极喜欢李红的背影的。李红穿着开裆裤,鸭子一样去捡拾两丈开外的塑料弹球,那个胖墩墩的影子像个随风滚动的花布包袱。三岁的

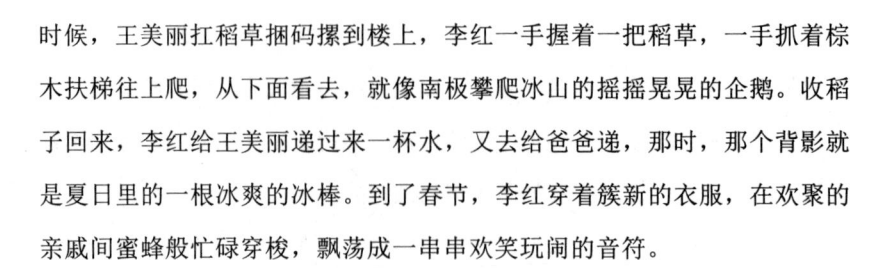

时候，王美丽扛稻草捆码摞到楼上，李红一手握着一把稻草，一手抓着棕木扶梯往上爬，从下面看去，就像南极攀爬冰山的摇摇晃晃的企鹅。收稻子回来，李红给王美丽递过来一杯水，又去给爸爸递，那时，那个背影就是夏日里的一根冰爽的冰棒。到了春节，李红穿着簇新的衣服，在欢聚的亲戚间蜜蜂般忙碌穿梭，飘荡成一串串欢笑玩闹的音符。

"红红，你长大了孝顺爷爷奶奶吗？"

"给爷爷奶奶买糖吃。"

"外爷外婆老了，红红你背外爷外婆吗？"

"我长舅舅这么高这么大，背着你们跑。"

王美丽笑得合不拢嘴，撇着嘴说："就你能。"心想，就是吃不饱穿不暖又有什么呢，新房子有了，小棉袄有了，再生一个儿子，那就是天底下最齐整幸福的事了。

丈夫悄悄问王美丽："你咋不问红红，她给你买糖不？"

"那还用问，我吃了她才吃。"

其实王美丽真的从来没有问过李红爱不爱、孝不孝顺父母的话。她从李红的眼睛里能看到，三岁看老，她相信古人的话。看到李红，王美丽感觉收稻子太阳不毒辣，拉犁耙绳子不勒肩。如果不是盖房欠了一屁股债，她迫切想再要一个儿子了。

现在李红就坐在对面，王美丽想问问："红红，我老了你背我吗？"她看见李红耷拉着的眼皮挑了一下，望望面前走过的年轻人，年轻人目中无人地跨过，斜挎着旅行包急吼吼地走掉了。李红的眼皮重又耷拉下来，陷进越来越浓重的阴影里。

王美丽也曾经问过丈夫："你问过红红吗？"丈夫回说："问过。我说红红，如果爸爸和妈妈掉进河里，你先救谁？你猜她怎么回答？"丈夫卖关子，任王美丽挠他胳肢他，最后才上气不接下气地笑道，"红红说，我啥时候跟弟弟学游泳啊？"

夏天，红红缠着要学游泳。丈夫找到一条拖拉机轮胎内胎套在红红腰间，拉她跳进河里。扑腾了不多久，红红溜出"游泳圈"，像爸爸一样往前扑划，猛然沉入水中呛得咳嗽连连，小脸蛋憋得通红通红。喘息稍定，喊着"妈妈下来，妈妈下来"。再也不肯套那个自制的游泳圈了。在爸爸手臂托浮下，她伸展四肢，不停凫刨着。

"旱鸭子！"王美丽站在岸上，笑得花枝乱颤。

"哼！"红红噘噘嘴，又在水里扑腾开了。

丈夫没有来得及教会李红游泳就死了。这是王美丽压根儿没预料到的。人一辈子要经历什么事是老天爷安排好了的，王美丽曾经设想过各种可能，但从来没有想过丈夫会在一个夜晚就把自己解决掉。

丈夫是在红红九岁还是十岁的时候死的，王美丽已经记不清了。

但王美丽记得特别清楚，那天是在一个叫枫县的县城边上。他们有一张地图，走一个地方就在地图上画一个红心，那一长串红心告诉他们，枫县已经距离家乡七百多公里。巨大的桥墩像一个硕大的雨棚，把连绵不断的梅雨遮挡在外面，桥上偶尔有拉煤卡车轰隆隆跑过，晃得桥面似乎即刻要坍塌下来，压上他们佝偻瘦削的身体。王美丽坐在塑料布上铺的褥子上，看着雨幕被凌厉的雨丝划开，又严丝合缝地合上。眼睛累了，又拿出地图看，那串红心在路灯漏下来的光亮里红得发惨。她看见自己四间砖墙的屋子在雨中伫立不语，红红背着书包，蹦蹦跳跳地钻进大门，大声叫道："妈妈，我回来了。"转身又叫，"爸爸，我考了全班第一！"丈夫把李红架住，一把举过头顶。父女俩的笑声穿透雨雾，传出去很远很远。家长会上，老师告诉丈夫："李红是个苗子，是全班的骄傲。"丈夫告诉王美丽："红红是文曲星，咱们家要出人才了。"王美丽敲了两个鸡蛋，煎了两个荷包蛋，狠狠挖了几勺白砂糖放进去。

雨唰唰地下个没完没了，把王美丽敲得晕乎乎。李红突然跌进石灰堆，两只眼睛里全是石灰。王美丽翻身扑过去，却抓了个空。身旁丈夫的被子塌陷着。她的心一下子悬到半空。王美丽跌跌撞撞爬起来，嘶吼着四下里找，只有扯天扯地的梅雨抽打着她，淋湿她的头发、脖颈、衣裤。

丈夫彻底不见了。画红心的路上，只剩下王美丽一个人。

王美丽知道丈夫为什么死。自从李红跟着他进城后没有回来她就知道。但她没有料到他在远没有完成任务的时候撇下她，还是这样的雨夜，走得无声无息。

他已经在画心的路上走了多年，他是累了，不，是心死了。

王美丽一直在等一个时机。就像丈夫等待一个时机和她再造儿子一样。

丈夫是在李红七岁的时候提出要再生一个儿子，那时他们走在远离故土的邺城偏离热闹区域的背巷街道。他们看到滚铁环的男孩被一男一女塞进面包车，铁环悄无声息地倒进屋檐下的草丛。这种不愿设想的情形在他们心里上演过无数次，但这次是亲眼所见。他们拦了另一辆车，悄悄跟着，看准了那辆车藏匿的位置，然后又匆匆返回城里，报告给了警察。

他们带着警察找到了那个被捆绑了手脚，嘴里塞满破布，被扔在阴暗墙角的孩子。

"你们了不起，要是当街一喊，这孩子估计没命了。"警察说。

"救命恩人呐！"孩子的父母跪在王美丽夫妻面前，硬是塞给他们五百块钱。王美丽不要钱，家里值钱的东西已经售卖一空，身上的钱还可以支撑他们再搜寻几个城市。

"帮我发发传单吧！"王美丽把印有李红图像的纸捧给警察和被拐孩子的父母。

那天晚上，作为真诚的感谢，王美丽和丈夫被安排进邺城宾馆，丈夫的脸色在明亮的灯光下恢复了长久未见的红润，他们一前一后洗了热水澡，刮去身上的脏臭。被解救孩子家长请客答谢的饭菜，让他们暂时忘记了愁苦。

那天晚上之后不久，王美丽怀孕了。

王美丽要落月的时候不能再奔波，她和丈夫回到了家里。

生了，果然是个男孩，王美丽给他取名火火。

照例没有奶水，甚至比李红小时更为拮据，奶头耷拉着，和蔫气球一模一样。

王美丽抱着火火就想起李红。姐弟俩眼睛像，眉毛像，身板儿像，简直是一个模子刻出来的。这让丈夫满意，却让王美丽痛彻心扉。

房子里除了床板，已经没有像样的家具，小声说话会让空荡荡的房间起嗡声。但王美丽心里满满当当，火火一哭是李红，火火一闹还是李红。想起那个被捆绑扔在墙角的孩子，王美丽更觉得那不是别人，那是被捆绑而可怜无助的李红。

"不要再费神找了，都瘦成了柴棍。又生一个，就又有了希望。"乡邻劝王美丽。

"这种现象太普遍，孩子碰到了好人家也说不定。"妇联主任尽量轻描淡写，拿带来的糖果和玩具逗着火火。

王美丽掩着心底滔天的巨浪问丈夫："你说咋办？"

丈夫把火火抱起，转到屋外去了。大地白雪皑皑，一片苍茫。

火火九个月大，能自己抱住奶瓶了。王美丽卖了喂得半大的两头猪和羊，把火火塞给丈夫，背起包袱出了门。第二天，丈夫撵上她。

王美丽赶丈夫回去，丈夫抖着地图说："这个还是我画得准。"

王美丽一路从枫县、料州、沃卡、邺城、姚里、赵河、道口、塔山走过，在这些城市的名字上画红心。有时她看到有县城名字上已经画过红心，隐约意识到可能走了来回路，又不管不顾继续往前奔去。她翻找着自己认为可能藏匿李红的任何地方，垃圾箱都不放过。她找到了十几个像李红一样被拐的孩子、妇女，唯独没有找到李红。

某个早晨，王美丽感到丈夫从梅雨里走出来，从河水里冒出来，给她展着地图，画着红心，又和她一路同行了。

某个夜晚，王美丽分明看见，李红欢笑着，背着书包，抱着火火，向她奔跑过来。她张开怀抱，把他们簇拥在怀里。

翻遍了乐果县的工地和山间，一无所获。王美丽到客运站搭车往下一个县城去，在广场她看到了李红。

只需要一瞥，她就知道是那双她给舔过石灰的眼睛。

李红坐在乐果客运站广场的一角。1995年春节刚过，春天远未到来，寒冷的风在肆意切割着乐果贫瘠的皮肤。李红耷拉着眼皮，坐在冰冷的水泥地面上，旅客从面前走过，她会抬起浮肿的眼皮。有中年男人从公文包里摸出几枚钢镚丢进她的碗里。脸皮如核桃一样皱缩的老婆婆用拐杖敲敲李红污秽的洋瓷碗，艰难弯腰把一张毛票放进去。

广场上穿着制服的人在巡视，叉着腰踢踢李红的屁股："独眼虫往边上坐坐，别挡道。"

也有一个更小点的折腿乞丐滑着自制的钢珠车，趁无人经过的空当悄悄问李红："有大票吗？没有你就惨了，你要吆喝。"

李红摇摇头，猛然惊睁的左眼里闪过恐惧，浑身微微颤抖。小乞丐滑走了。

王美丽看见太阳一点点沉下，阴影快要掩盖广场。她摸摸自己冰凉的脸颊，但上面干燥粗砺，并没有眼泪的痕迹。她的眼泪在丈夫跳河以后已经挤干了。她的舌尖泛起舔石灰时那种生涩燥苦的味道。

"火火，"王美丽轻声叫起来。当她呼唤起丈夫名字的时候，太阳彻底沉落，黑夜降临，完全笼罩住李红，右眼黑洞之外，是无尽无穷的黑。

王美丽看见一辆面包车颠簸着虚弱的灯光，正驶向这边。

火火发高烧，贴着胸口的额头散发着阵阵热气。王美丽浸了湿毛巾覆盖在火火头上。医疗所大夫给他打过柴胡，又撬开青霉素瓶子，里面注入药水，顶在针管上摇啊摇。

"你看你们，年龄不大，头发白得倒像是爷爷奶奶了。"大夫开玩笑，针扎进火火的屁股，火火哭得撕心裂肺。大夫的手指在针头周围有节奏地轻扣着火火嫩嫩的肌肤。

"钱还得欠着……"丈夫按着火火急于乱踢的腿，声音又轻又弱，好像病入膏肓的临终病人。

"观察半个小时再走。你们还能生，再生几个，日子又红火了。"拔出针头，看惯生死的女大夫洗了毛巾，又给火火敷在额头。

王美丽的眼泪跌在火火身上，很快消失了踪影。

"我也是母亲。日子还长得很。"大夫揉了一下自己的眼睛，给别人看病去了。

几天后，火火烧退病除，又在王美丽的怀里牙牙而笑。王美丽把火火递给丈夫，去田间打了两笼猪草，喂过猪羊。熬了苞谷糁稀饭，就着凉拌浆水菜。不一会儿，买主来拉衣柜。这是王美丽结婚时娘家最值钱的陪嫁。她看见丈夫漠然地把柜里的衣物掏出来扔在床铺上。她别过身，直到买主嗨呀嗨呀把衣柜抬出门去。

"再没的卖了？"王美丽问丈夫。

"缝纫机、手表、摇车、房前屋后的树……没了。"丈夫吸溜着苞谷糁子说。

"还有两只镯子。"王美丽不甘心。

"你现在越来越糊涂了。两年前就卖了。"

王美丽把睡着的火火放进被窝，在一眼可以看完的屋里乱瞅。

"美丽，咱不找了。妇联主任说得也许有道理。"王美丽知道丈夫在试探。生下火火后她催他出去找李红，他已经推脱了几次。的确，王美丽和火火也需要照顾，这是明白无误的眼前事。可是想到生死不明的李红，王美丽心里就堵得慌，寝食难安。火火和红红的脸交替着，时刻在她眼前晃，一会儿笑语盈盈，一会儿涕泗横流。他们都是她身上掉下来的肉。

"大夫说得也对，我们得过日子。"丈夫嗫嚅着坐过来，手拢住王美丽瘦瘦的肩膀。

王美丽把他的手甩开了。

现在，王美丽在李红的面前。她已经近距离观察了三天。确凿无疑。

王美丽听见火火呀呀的声音，看见他胖乎乎的藕节样的手指伸向自己嘴唇。"你说话呀，你说呀！"她一遍一遍地问丈夫。

那辆车越来越近。

天幕四合，半轮残月隐现，面包车的灯光晃得王美丽心颤。

没手没脚的李红就像菜墩子一样墩在王美丽的前面。

我要建个阳光房

李威把被子往身下裹。窗外的风使尽力量摇撼窗户，完全不顾及塑钢框架一次又一次粉碎了自己的图谋。被雨雾模糊的玻璃似乎变作一张要破裂四散的脆纸，在即将跌落的刹那又恢复了坚硬。啪啪哐哐的声音让李威辗转反侧，他一遍又一遍地踢开被子又悄悄把被子重新拢紧。幸好身下的软垫是德国的产品，每一根弹簧各自独立，重量没有触及的部分不会因为人的翻动而摇晃另一个人。他明显听到妻子也腿部蹬动，被子一角耷拉到床的边沿。这让他迅速而坚决地打消了点燃一支烟的念头。

准确地说，除了大风呼号，什么也没有在脑海里划过。从大学毕业走上工作岗位，每天两点一线的轨迹把他的一切画在一个规矩且严格的圈内，同龄人纷纷提拔都让他无动于衷。有人指点说："你要拿上东西，勤去领导处走动。"他不屑一顾，恪守着父亲在他进城时的恳切交代。

"这是底线。"父亲磕掉烟锅里的灰，瞅定他的双眸半天也不眨巴。海水是咸的，太阳是热的，父亲像相信这些真理一般笃定自己的秉持。父亲把他一辈子以及父亲的父亲一辈子知止不争的处世要诀交付到李威手里，这样走向大都市才是令人放心的。父亲手扶着冰冷的铁，抖抖索索把

一捆干菜和半袋子熏肉塞到后备厢，半天不肯关上车厢盖的动作加深了这种肯定。父亲目光仍然炯炯有神，其他已经干透了。

李威下班把车停进车位之后，会在小区里兜兜转转。那时妻子正在厨房叮叮哐哐地切菜或者剁肉，女儿放学归来放下书包恰好饭菜上桌。此刻，狭窄的厨房里他是多余的。多余的他啪地打着打火机叼一根烟在嘴上。公司禁烟的规定让他难受。小区的竹林被嬉戏的孩童笑声撩拨得窸窸窣窣，男孩轮滑的轮子在排成直线的纸杯间穿行，椅子上的老人或笑吟吟地看孙子，或三三两两地交头接耳。等李威纸烟燃尽的时候，场地上会很快被清空，那时候饭菜的香味容不得人久久停留。他远远望见女儿低着头钻进大门，硕大的书包对女儿正在蹿高的身体形成压制。也许在父亲那般年纪，她才会知道她此刻正给家人带来怎样的不安和担心。李威待烟雾完全被竹林抚散吞尽，才仰头看看楼缝残存的斜阳，然后疾步走向电梯间。

楼顶四角的玻璃包孕着一片透明和光芒。光芒被包裹住，太阳晚上暖而妥帖地睡在阳光房里，收敛了白日的灼热和暴躁。阳光是公平的，留下透气的窗口。

李威从早上起床到坐进办公室需要开车四十分钟，那是从他把女儿送至距家六百米的校门口之后算起的。女儿推门下车闷声说再见后，李威会想会儿她，因为坐进办公室后他不会再分神给她。质量、计量、标准化、特种设备安全监察，质量监督局以维护规范和保障人民安全和福祉为己任，丝毫不能马虎。严谨的工作性质让他偶尔想起父亲的交代，而父亲的交代又让他强迫自己把父亲也忘掉。父亲能动弹呢。他这么安慰自己，父亲并没有到生活完全不能自理的地步，实际上拜父亲所赐，他和妻子女儿一年完全不用去市场买肉。

"没有电话就是最好的消息。"父亲说。在他们这一代人心里，报喜不报忧的传统深入骨髓。他们把这种基因完美无瑕地传给了李威。通电话的时候李威和妻子总是躲在女儿身后，听隔代人之间有一搭没一搭地东拉西扯，从不说各自工作里的不顺和女儿的真实情况。李威还是给老家装上了弱电监控并和手机相连，这样在女儿做完作业后，他们一家三口可以悄悄观看父亲做饭、洗衣、打扫卫生，以及和来串门邻居的闲谈。这遭到父亲强烈反对，但不久他就忘了这件事。

一个夜晚，父亲一会儿开门探头出去，一会儿又折身门后，在门后小声地嘀咕，说完一段又转身说另一段。李威听不清楚父亲说的什么，也不知道他同时在扮演的另一个人是谁。他忍不住打开音源开关问："爹您在和谁说话？"父亲显然被黑夜里凭空而来的声音吓得不知所措。他平行巡视四周，在李威再次询问中才想起这个被他视若无睹的监控，抬头指着嵌在屋角的摄像头笑了起来："我没说话，赶紧睡觉吧，明天还要上班。"父亲关了电灯，把摄像头也关进黑暗。那一刻李威觉得装上监控是极其正确的行为，而他也隐隐觉得除此之外还应该做点什么，尽管父亲死犟着不愿离开故土。

风在某个时刻停下拍打门窗。车轮碾过路面的声音猛然敲响耳鼓，就像一块重石从天空坠落地面那样沉重而真切。

声音是跳跃的。平素，夜半年轻人那些醉酒的打闹和汽车的轰鸣明白无误地飞上来，穿透墙壁钻进耳朵。白天街道两边鼎沸的人声模模糊糊，夜半则变得清晰无比。这个原理他在上大学的时候已经验证过无数遍，可是买房的时候他忽视了这条原理而买了顶楼。顶楼好，有露台，阳光普照，普照。

他轻轻披衣下床到了露台。

抬头，满天的星斗在暴雨骤歇后的湛蓝天幕上闪烁。他一度怀疑自己是不是还在梦中，狂风暴雨过后如此的晴朗的确让人恍惚。楼群间的树木停止了挣扎，路灯因为雨水未被蒸发干净而朦朦胧胧，只有星星清晰而明亮地缀着。李威靠近隔墙，轻轻俯身向潮湿沁凉的瓷砖。下面静谧的树丛隐隐约约，淋湿的树叶在星光里泛着点点碎光，中间隔断的茫茫虚空饱含湿润之气。李威身上冒着噩梦带来的微微汗气，他轻轻推推隔墙，仿佛又听到重石坠地的巨响，手掌的湿滑让他再次悚然惊心。

"别靠近！鞋。"妻子不知什么时候站在了身后。他这才意识到自己赤着脚。

妻子转身掂出两只凳子，搬一只小方桌，拉亮露台墙上的电灯，手中的茶壶倒出淡淡的清茶。退回露台中央，点燃一根烟深深吸进肺里，他没有说话。

她是不想睡觉了。他想她知道他也这么想。

李威凝视着露台上那块腊肉一般的石块。那是一块混凝土，周边被切割而露出的钢筋断茬泛着寒光。它像一个远古的灰色扁体动物，钢筋断茬是它的眼睛。李威和它默默对视。

混凝土由沙子和水泥搅拌在一起，浇筑在扎好的钢筋周围。两种无生命的东西被人一折腾就具有了深远的意义。现在，混凝土作为一种有意义的存在而被无限扩张，像是一个池塘里的浮萍，不久把整个池塘覆盖得密不透风，被禁锢在池子中的水本来自由不多，因此更失去了充分呼吸的自由。混凝土之于城市的价值在此。

人呢？恰巧是池子里的水。混凝土化身扁体动物从地面开始吞噬，朝茫茫空间张开无底大口。这种贪婪掩盖在美丽的墙纸和洁白的石灰修饰之下，显得温情脉脉。

它能和天上的星宿连接在一起吗？

这个问题难不倒在地理研究所工作的妻子，她不仅熟知地理，也通晓天文知识。"天空中大部分星星的相对位置是固定的，它们像是用膨胀螺丝固定在大幕上一般。"她说。

上古时期的先贤像李威和妻子一样仰望星空，记录下黄道上那些星星的相对位置并分成若干区域，这就是二十八星宿。古巴比伦十二星座的来历应该也是类似的过程。如果在如今天这样的春夜，可以看到北方七宿依次在东方的地平线上升起，从那楼顶上搭盖的阳光房透出神秘而诱人的光亮。逐渐地，东方七宿在日中沉入另一种星体——太阳的强烈照耀之下。

北方春夜寒意的凉抑制了李威和妻子探讨天体运行的欲望，他试图在这些亮晶晶的天体看似简单的重复之中抬头，寻找和面前被切割的混凝土对接的逻辑，仰望超越它之外的风景。

"我看见一锯一锯锯下来的。"妻子说。

"多希望能是一块儿陨石。"李威回道。

但他从妻子疑惑的眼神里看到妻子显然并没有听清他说的话。

妻子身体不舒服，顺便休了年假，她坐在客厅，看见百米之外对面楼上在做阳光房。硕大的钢锯发出的刺耳的尖啸直冲耳膜。锯子在水的降温下渐渐深入，联结成墙的混凝土被缓慢而坚决地剖肠破肚，化作垂头丧气的扁体动物。等到那些扁体动物爬满地面的时候，达到脖颈的安全墙已经被锯掉大半。妻子兴奋得忘记了身体的疼痛，拉着李威跑向电锯发出声音的地方。

"房子实在漏得不成样子，再不收拾墙都要垮了。"两个胳膊上一嘟噜一嘟噜腱子肉的青年，在津津汗光中从安全墙上小心翼翼搬下混凝土块。装修房子的业主满脸通红，"建筑质量不过关，物业靠不住，我们靠自己。"

李威想起自己两个卧室渗水脱落的墙皮，以及挂在墙上霉烂腐朽的相框和字画。打住进新房子起，维修就从未间断过，物业工作人员小王在连续不断的催逼下，喊来维修工人用油毡在房顶铺来铺去。又在墙壁外面黏上防水材料，在材料上一遍遍涂抹防水胶。这些努力并没有阻止里墙的进一步水锈，连卧室天花板都开始翘皮鼓胀。

"平顶齐，两面墙都能护住。"对楼的业主搓搓手上的灰土，"搭个阳光房，防雨，顺便把视野拓展开。"

五六年来，李威一直在妻子搭建阳光房的催促里抗拒不前。"这是底线。"他一次又一次想起父亲的叮咛。对楼顶层业主的话让妻子再次产生改造屋顶的冲动，李威还是说不要破坏物业不许违建的规定，但经不住妻子再三再四的催促。看着一个个楼角的露台起了玻璃，他终于明白妻子曾经给他在露台上说过的天体运行："天体似乎是被膨胀螺丝钉死在天幕上，可是某一刻有更大的天体分裂而出，它们必然受到外力的诱拉而重新组合。这就是规律之外的规律。"混凝土砌成安全墙，让里面的人不至于因引颈观景而陷于危险，可是当它被电锯切割成片的时候，阳光房重新为它指定了意义。被禁止搭盖的阳光房因此蔚然成林。

可是李威终究不能释怀，这和自己天天搞的标准、质量格格不入。谁的规矩决定了更大的意义？

那几天李威每一回家，妻子都会眉飞色舞地讲，八号楼顶楼的阳光房养了满屋子的花，九号楼的里面有张大茶台，上面摆放着精致细腻的茶杯和玲珑别致的单耳茶壶，十号楼的则是一台自动麻将机，饭后会围上一圈颤颤巍巍但又欢天喜地的老人。

李威瞅着对面楼顶的两个角，北边的是电钻打成一排排的洞，再把分离开来的混凝土取出来，切割线犬牙参差。南边的是用水切刀，把安全墙切割成规规矩矩的小方块儿，切割线整齐划一。妻子对着南边那端正直溜的切割线频频颔首。"父亲年纪大了，不能把他再扔在乡下。"

"你说什么？"李威泼掉杯子凉了的茶，续上热的。站起来，跨过那块被切割下来的混凝土，再次把头从缺口处伸向外面。他被妻子一把抓了回来。

"要是一块陨石该多好。"李威说。这段日子以来，他仿佛时时听见砸向地面的吓人声响，一会儿是混凝土块，一会儿是陨石。妻子听着他的自言自语，也默默裹紧衣服。李威进了女儿的卧室。他的脚步猫一样悄无声息，生怕惊动了美梦中的女儿，他轻轻俯下身来，把脸贴在女儿娇嫩的额头，而他远没有想好，该如何对女儿说清目前所面临的境况。

女儿上小学二年级。比旁边的房屋贵近一倍的新房所带的学位，让她进入别人梦寐以求的学校。她醉心的画画经常使她做不完作业，并让她的学习成绩一直后退。她是被罚站的常客。站在教室后面，她经常把正在上课的图景想象成一幅画，那幅画被自己涂得五麻六道。每天早上她迟迟不愿从父亲的车上下来，那有父亲陪伴的六百米温暖距离太过短暂。"进这所学校，就是为进省上最好的初中打基础。"老师光荣正确的话像一座巨山。不让一名学生掉队是学校的庄严承诺。学校专门给她配备了辅导老师，在别的学生放学后陪她完成作业，给她讲解不会的题目。这额外的照顾，外人羡慕，但在女儿看来自己则像是被贴上了特殊标签的异物，她被压缩在教室的角落动弹不得。和她玩的朋友越来越少。她不再画画，走路总是低着头。她在自己房间的墙壁、天花板上贴满荧光星星，熄灯之后，星星点点，像是遗落天际的珍珠，更像她的声声哀叹。要成绩，学校没有错，家长没有错，是这个爱画画的小女孩错了吗？

妻子把李威终于下定决心搭建阳光房的消息分享给女儿，女儿在露台上撒丫子奔跑。"那一片给爷爷奶奶，他们种辣椒茄子豆角；那一片给妈妈，栽上她最最喜欢的蔷薇。"

"你呢？"

"我要种一棵葡萄，它盘啊盘啊，把所有的架子都爬满，还要养蝴蝶和蜜蜂，让它们自由飞舞，把它们写在周记里，画在画中。"

这段时间少言木讷的女儿不断把同学带回家。那些孩子叽叽喳喳地在露台上又蹦又跳，他们端了凳子趴在墙沿探看楼下的百米虚空。"真高啊！"对于伙伴们的感叹，女儿鄙夷不屑："上面才是真的高，可以连接太阳和月亮。"女儿为能把田野和天空搬进房子而兴奋，她带着伙伴在楼顶四处巡视，对各楼角矗立的阳光房指指点点。他们有的说这个好看，有的说那个好看，并挖空心思寻找支撑自己观点的证据，为此不惜开动脑筋大作想象。女儿重新捡起画笔，画了一幅又一幅，画得好的在视频时给爷爷炫耀。

李威记得第一个搭建阳光房的业主与物业的激烈碰撞。业主抡着八磅铁锤由外而内猛烈锤击安全墙，混凝土在重击之下纷纷酥软碎裂。物业试图夺下铁锤，铁锤便成了业主与他们对峙的武器。最终物业退却了。业主把墙边的下水管道裁掉，凌空安装在阳光房顶，阳光房搭起来，它就像是那个透明房子长了白色的象鼻，无比骄傲地伸向外面。那个半层房高的阳光房完全满足了业主的需求，因为很快，他就在里面摆上硕大的古木茶海。云气蒸腾起来的时刻，远远望去，穿着汉服闲坐品茗的业主，像极了华山之巅棋台对弈的仙人。阳光房一定是把所有烦杂挡在了外面，只留下明目的光、透窗的气和自由悬挂的星月吧。

这是第一批改造露台的人。之后阳光房如雨后春笋在各栋楼角发芽生长。

随着雨水对墙体的蹂躏，房屋不争气的防水功能被多次验证无法靠修缮来弥补，第二批业主改造时开始增加高度，他们的钢架高出屋顶，顶面的玻璃完全把两面墙壁遮盖住。有的业主甚至改成双层，细高的阳光房仿佛透明的炮楼。凭空多出的空间让更多的业主争相效仿。

雨天不能防水、晴天不能遮尘的露台就像一个鸡肋，在上面闲坐看到的是围墙，站起远眺又丧失了休闲的本意。高过脖颈的围墙更是添乱。露台的那二十个平方米看着偌大一块，却什么东西也放不成，只有春秋气温适合之时，可以小坐片刻，听听从马路翻上来的市井之声。但李威依然不愿违背物业的规定，直到对面修造阳光房的锯子开锯。

规矩是一视同仁的。他和妻子都这么庄重地想。

女儿放学回家总是跑向露台，像老练匠人一样舞动尺子："妈妈，墙角搭一架月亮形秋千，旁边放个摇摇椅。你的蔷薇开在左边，我的葡萄挂在右边。爷爷奶奶的菜地绕着我的摇摇椅。"

女儿搬来桌子，趴在上面安静写作业，晚上久久不肯进屋。她憧憬着躺上摇摇椅，在一家人的围护下，摇啊摇啊，搂着满怀的星星。

女儿果真拉着妈妈，去家具店里看椅子，去花市挑选即将种在阳光房里的花卉和植物。她脑子里的阳光房光鲜亮丽，已经被打扮得宛如仙境，值得向所有人推荐，值得伸直腰杆看远方。

妻子问："乖乖，我们都有了自己心仪的植物和位置，那爸爸呢？"

女儿小脑袋歪歪："爸爸嘛，站在窗户边抽烟造云霞，给爷爷捶背捏腿。"

其实李威那时想，兴许他可以放一台电脑，记录一家人的烟火日常。

这是一个家庭的秩序。

居于家庭秩序之巅的女儿现在甜睡在熠熠星光之下，尤其是第一块混凝土被切割下来的时候，她的欢呼响彻楼群。她还不明白规则对于循规蹈矩的人来说有时是桎梏，而对某些掌握它的人来说是肆意挥洒的威权。

"抬下去吧！"妻子征询的目光在李威脸上寻找答案。她扭头看向安全墙，四米长的安全墙已然在熹微的晨光里显露出疲惫不堪的轮廓，高度六十厘米处被横着一切为二。如果继续进行，下端切开的截面将铺上钢板打上铆钉，然后把钢构牢牢竖起，在南、西两面和顶上盖上玻璃，不管刮风下雨，女儿都可以优哉游哉地躺上她的摇摇椅，闻着花香和青菜的新鲜味道酣然入梦。

横线之上，竖高七十厘米的部分被均匀地分割成八份，它们像等待被摸的一溜儿麻将牌。在切割之初，那是漂亮的优美腰线，现在这些整齐划一的线条就是垂死病人身体上的刀痕。

设计师本来要把北面的墙壁做同样的切割，就像他切割对面楼上业主的露台围墙一样，但被李威断然拒绝。西面墙下是宽达五米的绿化带。而北面临街，哪怕一小块儿碎渣溅落下百米高度都可能产生不可预知的灾难。

尽管是最后几家搭建阳光房的业主之一，李威还是事先打问施工师傅，对面的阳光房是否有人阻拦施工。

"物业说，'谁让你们施工的？'不过他在已经泥水一地的露台转了一圈后又说，'你们要弄，尽快完工。'物业揣上业主递的两条烟走了。"

这让李威彻底打消了疑虑。

第一块混凝土被取下来的时候，李威和妻子沉浸在闲置数年的露台将迎来新生的喜悦之中。这时房门踢踢腾腾被拍打得山响。物业小王带着楼下的业主，叉着腰，威严地站在门口。他们没有等待妻子回转身就直奔钢锯师傅："立即停止，否则捆走！"物业安全员甚至从地上捡起一根木条，跃跃欲试地要抡向施工师傅。

"大家都在盖。"李威说。

"人家没锯墙。"

"来，你看对面。"李威拉着安全员的袖子，指着矗立在阳光中的玻璃。它们下面，一个犬牙参差，一个切割整齐。

"你们不能盖！"

"那他们为什么能盖？"

"以前的我管不着，我是新来的。"安全员挥舞着棍子，像一只求偶失败的发狂公狮。

"你给他们说，电锯声要把人的耳朵割掉了，你要清静权。"物业小王把楼下的业主往前推。

"你们有你们的权利，我也有我的权利。"楼下业主说完躲到小王身后去。

妻子认得小王，住过来的时候小王就在物业上班。她们之间打交道的经历远不止对房屋漏水的维修。

"王经理，物业有两套规定吗？"妻子从改造的喜悦情绪中一下子沉入冰冷海水，盯着当年叫小王，现在已经升职的王经理问。

"我不和你说。锯墙是违法的。我马上报警。"王经理掏出手机，麻利地拨电话，电话接通后不厌其烦地重复着："赶紧来赶紧来，这要是砸下去就是天大的事！"

警察来了，王经理摇摆着屁股，双手舞动，绕着警察不住地说："被风刮下去咋办？眼看就是夏天。摇晃下去咋办？发生地震谁说得来？立即恢复原样，立即！"警察冷冷地说："都这样了，恢复也要先取……"他咽回"取下切割的部分"，神情严肃地说，"你们商量解决。"转身而去。

"听到没，立即恢复！"王经理说完，安全员又朝李威和妻子吼。

施工师傅蹲下抽烟，烟雾从割开的墙垛钻出去，朝对面的阳光房飘去。

安全员威胁要收掉师傅的工具，师傅收拾了工具。这一点点空当，王经理又拨打了城管的电话。城管干脆地回答，这不是他们管辖的范围。

王经理又拨执法局的电话。李威相信，如果那天执法局的工作人员要不是说"乱搭乱建治理已经开始，你们不建了还省了钱"这样软绵绵的话，王经理一定会把她所知道的能够执法的部门叫个遍。

"不能再动，听候物业处理。"果然后来，房屋质监局的人对李威说。

还未等质监局的人离开，王经理就高昂着头对楼下的业主说："他们盖不成！听见锯响你就向我报告。"

在停工之后一个月的这个夜晚，天渐渐亮了。刚坐上露台时，妻子看到斗、牛、女、虚、危、室、壁，依次在东方的地平线上升起；东方，从东到西依次排列着角、亢、氐、房、心、尾、箕；南方七宿那时在西方的地平线上，由下往上排列着井、鬼、柳、星、张、翼、轸，并渐次落入地平线以下。

英国主观唯心主义哲学家贝克莱深知物质概念是一切唯物主义和无神论者的基石，因此，他千方百计地攻击唯物主义的物质，不遗余力地否认物质的客观实在性，宣称物质就是"虚无"，观念之外没有任何事物。

聪明的中国人则把这种思想发挥到极致，以为整个宇宙是为气化流行，而人即在其中谋求与天地气化流行成为和谐之整体；或以"天道"或"天理"为一超时空的至健的大秩序，一切道理俱于一心之中。

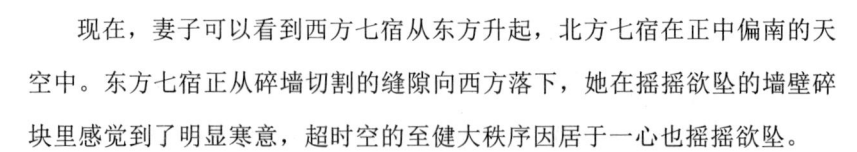

现在，妻子可以看到西方七宿从东方升起，北方七宿在正中偏南的天空中。东方七宿正从碎墙切割的缝隙向西方落下，她在摇摇欲坠的墙壁碎块里感觉到了明显寒意，超时空的至健大秩序因居于一心也摇摇欲坠。

"你早得罪了他们。没关系，有我呢。"李威说。

李威换了一壶开水，泡了新茶，借机消减自己不经意说出的前半句话带来的伤害。妻子却冰冷地说："我不信邪！"

说这话的时候，她的脑海中不可抑制地闪现出小王硕大下垂的屁股。一个位子坐久了肉会下垂，这是很难逆转的事实。是否还有什么下垂？比如星斗里面的流星，比如运行遭到破坏而砸向地面的陨石？

刚搬进小区的时候，小王的丰臀甚至还有点上翘。她负责分管两栋楼的琐碎事务，比如暖气开通前要试水，提醒业主放空管子里的气；解掉楼顶有人晒被子在通气管上拴的绳子；屋顶和墙面漏水，在业主一再催促下填写报修单。天气凉爽的时候，妻子常常会看见小王在空场上打羽毛球，那时她完全可以跳起来，把球杀向对手一方。而夏秋季，雨水浸透墙皮，业主跳脚时节，她站在业主家"咝咝咝"吐着白气的空调旁，远远指挥工人在墙面粘贴防水材料，涂抹防水胶。冬季除了暖气试水那几天，一般难以看见其身影。总之，她以自己认为非常恰当的方式忙碌着，直到业主因为停车费高昂而砸毁了物业公司几张办公桌。不久，业主又拉横幅要求物业公开所有地面、电梯间等公共场所广告收入和物业临时搭建的门面房收入。

那段时间，小王站在列队严阵以待的物业保安和声势浩大、群情激奋的业主之间，举着喇叭不停地解释着物业公司如何人手紧缺且经济紧张，宣传着物业怎样处心积虑地节省经费，当然，她也恰如其分地点出破坏公物要承担的法律责任，并把手中业主信息登记册一次又一次挥舞得哗哗作响。与之呼应的是她摇摆不休的臀部，仿佛那才是真正的大脑。

那些有公职的业主纷纷隐身。作为业主群群主的李威妻子，明显感觉到喧闹的群里失去了往日的激情和愤怒。最后，她率领几个驰而不息的业主把工作证和一张起诉书啪地拍在小王的办公桌上。

毫不意外，小王在两个强壮保安的护送下，镇定自若地坐在地理研究所所长的面前。"一个国家公职人员，带头煽动业主闹事。你们看怎么办？"所长说，既然起诉了，按法律办。

诉讼过程里，小王一次又一次来见所长，通报案件的进度和控辩双方的观点。所长不胜其烦，问："她没有违法，诉讼案件和地理研究所有关系吗？"小王冷峻地反问："一个员工因私请假多少天可以处分或者开除？"

妻子听说，小王也多次向起诉物业的业主代表的单位领导汇报工作，有时在保安护送下，有时只身前往。

公开收支、给业主退费的官司打了半年，物业败诉。年终，妻子名字也出现在单位考核不合格的名单上。

那时，李威对一批进口食品的质量调查接近尾声，因为查处食品安全有功，他已连续数年被评为优秀公务员。同事私下疯传，这次再立功，李威有可能升任监督局有史以来最年轻的处长。

李威对此毫不知情。他只对自己关心的每一个数据倾注精力，质量关乎生命，任何疏忽都可能给某些家庭带来灾难，或者让政府的信誉和形象蒙羞。他数次复查那批进口食材的样品，对检验数据一一比对。他发现在这些数据背后，隐藏着某个进口大企业的巧妙作假，借以疯狂套取国家的补贴资金。当他把自己基于数据的大胆推断汇报给领导的时候，领导也恰好要找他谈话。

"推断要有依据。没有证据就是妄猜。"领导给他面前放了一杯茶，热气腾腾。

"我敢保证，如果我们争取到检验检疫处的配合，查出背后真相并不难。"李威自信满满，语气斩钉截铁。

"我们虽然合为一局，但分管领导不同。既然只是推断，缓缓？"领导语气温和，很有分寸感。

"可是，这关乎千家万户的饮食安全，前些年的那些案例给国家和人民造成了多大损失……"

"是啊，人民，人民！听说你参与小区人民聚众上访事件了？"领导说话间，李威看见茶水的热气扭来歪去。

"我们小区物业欺人太甚！"

"你去吧，我还有会。"领导看也没看李威手上厚厚的材料，锁上门匆匆走了。

不久，李威被调往另一个部门，他的调查搁置了。再之后，李威的徒弟被提拔为处长，成为他的直接领导。

在阳光房停工后，王经理带着安全员还来过几次，她拍门，妻子开门。王经理不言不语径直走向露台，转几圈，手机拍上几张照片扬长而去。电梯间的吊索吱扭吱扭，里面夹杂着畅快淋漓的笑声。

"又起风了，预报说今天有八级大风。"狂风会撼动大楼，摇晃一切。

本来是李威送女儿，但李威硬是要妻子去送而自己留下来。

女儿吃过早点背上书包出门，倚门回首提醒他："爸爸，别当我不知道，你们昨晚上看星星了。我晚上也要看。"

是的，看星星，确切地说，从狂暴的风雨暂停之后，李威就和妻子坐在被大裁八块的墙边看星星，因为今天是物业下达安全墙恢复令的最后期限。

王经理眼眸斜斜向上、嘴角上扬地告诫："立即恢复墙体！"又斩钉截铁地强调，"再动工，你就是违法，物业公司继续找你单位去论理。"

李威手持铁锤，开始往下砸那些命悬一线的混凝土，一探头，下面是百米深渊。而对面，乌黑云层缝隙投射出的一抹霞光已经进入玻璃房，殷红得像血一样。大雨之后的短暂平静很快将被风雨再次肆虐。

"阳光在玻璃之下,星星在天空之上。为什么不是陨石?"李威自问自答,"我在质量监督局欢迎你。"

这时,他确切听到拍门声。"啪啪啪,啪啪啪。"

我是猫

一

离开我不久，秦客就看到了那尊著名的雕塑。

朔风怒吹，铁蹄刨石。锋刃所指，乌云翻滚。衣服被风所破，猎猎寒泣；军旗漫卷，裹住一盔红缨。将军横矛，头后仰，双目斜视苍穹，似有万千疑问，又似笃定无疑。侧转再看，甲胄洞穿，仅有片甲护肩。胸口的洞似深渊，似地狱。"完美主义者的英雄，无不透心之凉。"雕塑者说。

将军的胸底寒凉，瞬间击溃了秦客。他低头走出展览馆，在太阳下瑟瑟发抖。国际贸易专业，头顶这个耀眼光环，却并没有给他带来贸易界的搏云翻浪。上海企业抛出月薪七千元的橄榄枝，对二本毕业生的他来说已经不低。秦客算了笔账，除去房租两千，伙食费一千五，零花一千，车费五百，应酬一千，所剩无几。以上海眼下三万多元每平方米的房价，买一套六十平方米的房子，需要不吃不喝奋斗二十多年。西安也有几家单位愿意接收他，可工资大都五千左右，细算下来，还是房奴的命。还完房贷年届五十，莫说那时知天命，现在就知天命了。同路求职女生说："你应该庆幸自己是男生，好多单位给女生设置了更高的门槛，研究生学历才能和本科男竞争，我们更惨。"出入几次招聘会后，秦客长叹一声。

回家太丢人，秦客在魔羽庄租房住了下来。西安作为西北最大都市，毕竟更易找到机会。他穿上西装，结好领带，整齐头发出门，临走，扯出屋角的鞋盒，拿起刷子，在皮鞋尖头破皮的地方抹上黑油，直到鞋打得发亮，他才提上那只蓝色提包出门。

去哪里，他也不知道。

秦客走进一家企业。"你找谁？"门卫问。"找张主任。和他约好了见王总。""张主任？哪个部门张主任？""他不是在办公室吗？""办公室是李主任，开会去了。组织部是张主任。"门卫将信将疑。"那就对了，你看他给我的留言。"秦客拿手机出来，在屏幕上一下一下地划拉。"我们约好的九点。""张主任在三楼。""好嘞，谢谢您啦！"

秦客不信网络招聘，他们给出的薪酬往往华而不实，说五千，拿到手有多半就不错了。有的企业更损，三个月见习期，没有工资，甚至还要交押金。

秦客去顶楼，一层层往下走，如果看到人力资源部的牌子，那就对了。没有人力资源部的，是办公室。招聘一般由这两个部门管。

"我听说你们前段时间在招人。""我们没有招聘。还有其他事吗？我很忙。"三两句话就弄清楚是来碰瓷，人力资源部的人头都不抬了。"我留一份简历，说不定哪天需要了呢。"一次又一次地碰壁让秦客明白，那些管人事的人比他缺少耐心，也不知道碰到问题他们怎么做同事的思想工作。

一直在魔羽庄流浪，转眼大学毕业已经三年。

秦客提着包走在路上，心里想着那位横矛将军，手一挥，塑料扫把转了一圈。他不知道何时在何地顺走了谁家的扫把。头顶上明晃晃的太阳，扫把上的灰迷了他的眼。"我扫不了天下。"他对自己说，伙食费、交通

费、房租、水电费，吃顿馋嘴的黄辣丁都得攒很久。买衣服和鞋，在淘宝上选来选去，得咬着牙下手。

"一扫把倒可以扫出一兜大学生。"那些摊贩走卒，多少是出了大学门，重进柴米道，为一日三餐熬煎。没有人感觉到秦客的异样，他们自顾不暇。

"他们都扫不了天下。"秦客回到出租屋，翻身上了床。顺着被子褶皱溜下去，刚好睡觉。中午时分，魔羽庄病恹恹的。

天麻黑时，秦客被肚子咕咕叫醒。翻了锅盖，锅底干硬结痂，像一个巨大的伤疤。他换上件黑衬衣，挂上口罩往夜摊而去。脚上的胶鞋让他脚发飘，腿发软。他试着跑了几步，声音不大。把皮带勒紧，挺挺腰，有了气力。

夜摊人头攒动。板车两行，车上亮着电瓶灯。烤肉在炉火上嗞嗞冒烟，铁板豆腐上的芝麻蹦蹦乱跳。小桌子上食客品着毛豆，就着啤酒，划拳猜令声里绽放着坨坨红脸膛。有人剥了衣服，皮肉泛着津津汗光。有几个女孩子支着光圈，扭腰肢。也有几个男人直播小吃或者卖嘴。

秦客从一个个摊前走过，不停挥动手掌，似要挥走那闹人的气味，又似尽情挽留。

已到尽头，秦客停住了。

煎饼果子摊老板娘手中的铲子翻飞，在转动的炉铛上划出嗞嗞声响，一圈圈烟气，笼住老板娘的眉眼。"您要哪种口味？""麻辣。""好嘞，麻辣。""钱付过了，老板。""好嘞，您慢走。"老板娘铲子一刻不停，目光全在手上，不抬头。

"要两个鸡蛋，还要……""多加生菜，还是再加根香肠？"老板娘熟练地舀一勺面糊，木刮绕圈，转匀。铲子上了手。

"都，都要。"秦客说着，把口罩往上拉拉。眼睛盯着铲子，又挪到老板娘的脸上。

"好嘞，两个鸡蛋一根香肠。"

半分钟不到，果子折断摞上鸡蛋，香肠夹在饼里，装袋。秦客接过，手里一烫。

秦客拿出手机对准二维码。他摁了一下录音，却没响。调整了角度再次对准，又摁了一下录音，这次"哔"的一声。

"好了。"秦客粗着声音说。

"好嘞，您走好。"老板娘舀了面问后面的顾客，"您要哪种口味？"

秦客捏着袋子急急往灯阴走，约莫两丈远，他跑起来，越跑越快，直到街道拐角才停下。摸一把脸，口罩里全是水。他拿起饼狼吞虎咽，一下一下往嘴里塞。街边的树摇晃起来，起风了，衣服黏在背上，湿漉漉的凉。

他终于慢下来，细细咀嚼那根香肠，皮已经烤脆，和着面粉的肉，又香又烫嘴。他一小口一小口嚅着，细细品味里面的烟火气息。

一群吃完夜摊的人过来，嬉笑着，你推我一把，我搡你一下，踏着斑驳的树影，偶尔打个饱嗝，漾出一串酒气。裤兜里的手机左右晃荡。

秦客看见后面有个人，正握着把镊子，悄无声息地朝某个裤兜伸去。

二

张山穿过魔羽庄最宽阔的一条街，那儿本来应该人山人海。到了却发现，临街商铺五家有两家店门紧锁，开门的店主也是软塌塌坐着。一成不变的街道，人烟稀散，只有车辆来去匆匆。快递车越来越多，实体店生意越来越难做。无聊。

张山支起架子。开机十几分钟，没有人进来。他讲了一个笑话，直播间还是冷冷清清。鬼影都没一个，他嘟囔自嘲，关了。

张山扎到魔羽庄小吃夜市。以前他想直播点有特色的吃食，可是除了

平素各地都能看到的烤肉、烤鱿鱼、铁板豆腐、麻辣串串，没有什么特别的。一个帅哥向两个美女走去，他支好架子，把镜头拉近。

"好巧啊美女，你们也吃鸡柳。"身材匀称、五官精致的帅哥把红色领带一撒一撒松开，弯腰坐在对面。突然的招呼，着裙装的两个美女愣了片刻，随即恢复正常，继续吃鸡柳，只是停止了交谈。

"那边新来一家上海的青果，我请客。"帅哥不等美女回话，招手呼喊青果，"来一打。翠绿的皮儿，软糯的米，各种味儿的馅儿，美得和你们一样。"

"如果你想钓妞儿就打错了算盘。"红裙女孩儿说，两指间鸡骨头往盘子里一扔，叮当一声。

"缘分呐，这魔羽庄住着几万人，一年三百六十五天，偏偏咱三个今儿坐在一桌。"

"第一次见把搭讪说得这么圆润。我们可不会付钱。"白裙女孩回应道。

"钱？现代社会最不缺的就是钱。缺什么？缺人与人之间的信任和开心哪。老板，来三瓶啤酒，九度。咱们为缘分和信任干一杯。"

"我们不喝酒。"红裙女孩说，"话都不想和陌生人说。"

"这不熟了？再喝一杯，就熟透了。"帅哥从衬衣口袋里抽出一张纸，往上一扬，瓶盖开了。女孩睁大了眼睛。男孩把塑料杯子罩住瓶口，瞬间翻倒，再回翻酒瓶，杯子啤酒满，稳稳浮出一层薄薄的泡沫。女孩眼睛睁得更大了。"为今天的相遇，干！"男孩一人递一杯，碰杯。

"你是啤酒销售吗？"白裙女孩舔舔唇边的啤酒沫。

"职业不重要，重要的是你们接受了我的邀请。知己怎么来的？先相识，再相知。我搭眼一看，我们上辈子就是熟人，说不定还是情……有情人。来，为这份儿美好再干一杯。"

张山紧紧盯着手机屏幕，三人间的对话清晰而源源不断地传递过来。他一边不自主地打着响指，一边小声说："老铁们，上了，上了。"他把手机调了向，掐断声音。画面屏幕上立刻弹出一行行字幕：怎么了？找骂吗？那个妞怎么了？

张山强压着嗓子说："快点啊，花啊，车啊，别墅啊！要搞定了，都喝五瓶啦，你们想不想继续看，想不想知道钓上没？上火箭，上飞机！下来我给老铁们特写，白里透红，粉嫩粉嫩的特写！"一连串夹杂着国骂的打赏飞过屏幕。

张山调回了镜头。

两个女孩儿脸红扑扑地相扶着说笑而去。直播结束。

男孩喷着酒气来到张山面前，双手一伸："给钱。饭钱一百二，工钱一百。"

"工钱免了吧，白吃白喝，还钓了两个妞儿呢。"

"说好的工钱！但凡有点活路，谁给你卖嘴？"

"明天她们要是不来，我再付工钱。你们都加了微信。"

"来不来和我有什么关系？你挣你的钱，我挣我的钱。"

张山给男孩转了账。"明天晚上继续。""谁知道呢。"男孩瞬即点了接收，转身离开了。

张山回到出租屋，把手机里的进账算了一遍又一遍，翻身躺下，开始猜想另外两个房间的住客。

奇怪，多半年了，一个也没有碰上过。肯定一个在上早班，一个在上中班，而我在上夜班，恰好都在来回的路上错过。

"嘿，是这样吗？"张山问我。我四肢朝天躺在三个房间鸡鸣三省的交界处，听到张山的声音，懒洋洋爬起，晃悠悠跳上床去。

三

我跟着老三走。他帽子压得很低，脏兮兮的宽檐遮住大半个脸，一双眼睛在阴影里转动。他踩着点到达废品站，老板正怒睁眼睛盯着他："你看看，都几点啦？好不容易有个工作，还是吊儿郎当的。你是百万富翁，还是百万富翁的儿子？真搞不懂你们这些年轻人！"他扔给老三一双手套，埋头下去，把一堆铁扒拉得咔咔响。

老三不想争辩。与其说是老板赐了他一个工作，不如说是老三自己找上门来的。他好奇每天生产的垃圾到底去了哪儿，看到废品收购站时，一下子明白了，心说就这儿吧。

"干活一天多少钱？"老三问。

"不要人。"

"工钱我只要一半儿。"

"你白得像个娘儿们，不是干这活儿的人，不要。"

"那我先干几天，你看可以我再留下。"

"这可是你说的。"

老三弯下腰，从废电线动手。磨盘大的电线捆好，搭上切料机，一会儿工夫，就能剥出一堆铜丝铜线。先干这个的好处是，跟前很快有了成绩。老板自己不住手，更见不得人闲。晚上别人休息，他还在废品上敲敲打打，经常被投诉扰民。废品站因此搬了几次家。

难搞的是小堆儿的电线，缠绕在一起，理顺都让人头疼。老板看着铜线堆半天没有增长，气急败坏地赶到跟前："你是吃了红薯吗，噎着了？"老三不回嘴。他掰扯那些疙瘩，越使劲儿越解不开头绪。老板扔一把斧头："剁开。"老三把疙瘩剁开，短短的电线简直是戕害切料机。老板又骂："你说现在的年轻人，哪个是能吃苦的？哪个是能干事的？就躲在娘老子翅膀下吃现成。娘老子把你们惯坏了，惯退化了！"老板回到纸箱堆，捏住水管子，水雾像小雨一样。老三扔了斧头，问："纸箱子干干的，为啥要浇水？"老板把几根电线踢到废品堆："干你的活！"老三远远喊："今天的水洒得比昨天多，撂起来不会发霉吧？"老板半截砖头扔了过来。

老三拆一台发动机。铁锤一次一次弹起来，震得他虎口生疼。老板过来夺了他的锤。把发动机架上铁砧，半截悬空，卸掉几个螺丝，起子顶住盖沿，榔头敲几敲，盖子掉了。伸手进去，掏摸几下，从里面拉出机芯，再上起子，外壳一层层取下，露出明晃晃的线圈。"你不学物理吗？高中课本没读过？笨得像只鸟！"老三觉得鸟其实是灵活的，老板这个比喻不恰当。老板知道这个白脸男不多嘴，不等他回答，提起发动机外壳扔进了粉碎机。外壳像塑料一般，转眼被齿轮咬成碎片。"把铜线拆开重包！"老板命令。老三拆开线圈，捡过半截砖，在砖上缠起来，直到看不见一星半点砖头。

老三停下手是因为一个小女孩。她很惊讶地蹲在他面前，等和他的眼睛对上，她说："哥哥，你的手流血了。"老三看见自己左手手套上湿乎乎的红。脱下，果然食指一块皮没有了，血涌出来，滴在地上。他用脚踢，灰盖住了血迹。女孩翻出裤兜，在角落里掏摸出一团棉絮："用这个按住，我奶奶说棉絮能止血。"老三把棉絮按在伤口上，问："你哪儿来的？"女孩说："我来卖纸皮。"她展开另一只手，是几块钱，"刚卖的。我天天捡破烂，攒起来卖，卖的钱买粮食和菜。奶奶捡不动破烂了，躺在床上。这几块钱给你。""为什么要给我？"女孩指老三的裤子："你看，哥哥的裤子都破了几个洞，容易受伤的。"老三低头看自己的裤子，那是故意打磨出来的洞。他握住女孩儿的手，蜷起来推回去。"我知道不够，后面卖了破烂再给你。有好多人也帮我们呢。我奶奶说，要学会感恩，知道帮助别人。""小妹妹，我在这儿打工，我有工资。""可是你的裤子破了。后面卖的钱一定给你，说到做到！"

"你们嘀咕啥呀？活还这么多！"老板喊。小女孩慌慌站起来，放下钱走了。

下班，在老三怀里，我看见他几次擦眼睛，也许被梧桐绒毛迷了眼。回屋躺下，他紧紧搂着我。屋外风声紧了起来。

四

扎着羊角辫子,宽大的黑色圆领衫把半截腿包住,红色裤子下面,是一双裂帮的白球鞋,没有袜子。显然,这双球鞋有些大,走一会儿她不得不蹲下来紧紧鞋带。蹲下,她变作一个黑点。

裤兜露出来,不大,但明显有东西。秦客决定下手。

秦客看见她背着一包东西进了废品站,空着手出来。此刻的魔羽庄空空荡荡的。上班的人走了,没上班的人在睡觉。店铺里的人半醒半睡。

秦客手伸出去。

"哥哥你迷路了吗?"女孩转过头来。

"没,没有,呃……"

"你跟着我走了两条街。你一定是迷路了。"

"你为什么不上学?小朋友都在学校呢。"秦客也蹲下来,他的影子包裹住那个小黑点。

"奶奶说幼儿园太贵了,一个月得一千多块钱。"

"为啥不是'妈妈说'?"

"我没有妈妈,奶奶给我说来着,好像是难产,我没有见过妈妈。没有妈妈会迷路呢。哪里有破烂就去哪里,捡完就迷路了。"

"然后呢?"

"我走啊走啊,走完了魔羽庄。哥哥,我告诉你个办法,可好用了:你记住自己家的街道,记住废品站的名字,问问别人就能走出来。我现在已经知道整个魔羽庄啦。哥哥你家在哪里呢?"

"哥哥在……呃,这个不重要,我只是回家去。"

"你家也在柳铺街吗?"

"不,在浪潮街。"

"那从前面要拐弯了。"

"嗯,再见小朋友。"秦客站起来,他已经摸到了钱。

夜幕降临,街灯像约好似的,唰地同时亮起。魔羽庄的夜晚复活了。

帅哥投喂美女的视频让张山的直播间粉丝剧增,可好景不长,帅哥应聘到一家公司,再也不能出场。张山试着自己搭讪夜摊上的美女,可惜他既不帅,也没有口才。他甚至有些憎恶自己,这个世界太疯狂,实体店眼见衰败下来,挣钱的门路越来越少,连送外卖和跑滴滴都人满为患。他不知道资源去了哪里,被谁霸占了。"要是能像大唐不夜城的不倒翁小姐姐或者房玄龄杜如晦'盛唐密盒'那么火就好了。"他心里嘀咕。

可是他没有不倒翁小姐姐的腰,也没有房杜密盒的才华。他单枪匹马。他是万千网红大军里苦苦挣扎的一个。他背着灯光圈和手机支架从这个热点奔赴那个热点,却总和热点擦肩而过。没有了帅哥撩美女,不几日直播间粉丝已所剩无几。前路渺渺,他觉得自己才是那个需要被投喂的人。

羊角辫的小女孩在夜摊穿行。她收集食客扔掉的塑料瓶,食客离开,她偷偷吃一口他们剩下的残羹,把盘中的鸡柳或者青果装进一只袋子。摊主慢慢看着她装完,再收拾。

小女孩总是对那些故意不回收啤酒瓶的摊主弯腰鞠躬。她背着的那条巨大的黑色袋子,使那件圆领黑衫黯然失色,之后她摇摇晃晃,蹒跚如鸭,隐入暗黑街角。

张山看见小女孩,又有了主意,追上去拦住她。

"嘿,小朋友。"

"嘿,哥哥。"小女孩并不停步,喘着气回答,脸上汗珠子闪烁着微光。

"我帮你背吧?"

"你也背着东西呢。谢谢哥哥。"

"为什么不买个小拉车呢?"

"我问过,一辆车要五十块呢,我总是攒不够钱。"

张山抢过袋子，甩到自己肩上。小女孩夺过张山手里的支架，扛上。

"你爸爸让你捡破烂吗？"

"我有爸爸的照片，他天天在墙上看着我笑。如果爸爸在，爸爸会的吧。因为奶奶治病要花钱。哥哥你怎么挣钱？"

"我当网红。"

"什么是网红？"

"就是跳舞，唱歌，讲故事……"

"当网红几天能挣一个小拉车？"

"我……有的网红一天可以挣一火车小拉车。"

"你能挣几个？"小女孩打破砂锅问到底。

"我不行。当网红要有人打赏：你打赏一辆汽车，他打赏几只火箭，厉害的可以收到好多游艇。要培养榜一大哥。打赏你懂吗？"

小女孩摇摇头，一脸的懵懂："我奶奶说，挣钱得踏踏实实做事情，流着汗水做事情，有时候还得流眼泪。你流过眼泪吗？"

"我不记得了。"

"有一次我看到门口一个酒瓶子，去捡，老板把我训了一顿。看着瓶子被拿进了店里，我伤心流眼泪了。"

"你是好姑娘。"张山本来不想问了，但还是忍不住，"你想当网红不？"

"不知道。"

柳铺街到了。小女孩邀请张山进家去喝水。张山拒绝了。他听见一间屋里有咳嗽声传出。

我从他眼眸中快速闪过，像是一抹抓不住的浮云。

五

这是一套两居室，二十世纪八九十年代的房，两个卧室，主卧带阳台。

南边的空间隔出三块儿，客厅，厕所，北阳台是厨房。房主人退休去了新疆，房子由一房远亲代理。

老三住主卧，秦客在客卧，张山睡客厅，沙发展开就是床。

某一天我爬上窗台，从敞开的窗户跳将进来，看见了躺在床上的张山。张山四仰八叉的睡姿让我放心。他太像我了，连呼噜声都和我一模一样。直到某一刻，他猛地坐起，不住声地喊："怎么了，怎么了，我要迟到了。"他慌乱地冲进洗手间，提溜着裤子哗哗撒尿，拉上裤子拉链，拧开水龙头，往脸上一把一把泼水。梳子蘸上水，使劲往后梳头发，后脑勺旋儿那撮毛还耷着，他手掌接水才泼下去。

张山往身上套汉服。整理好袢扣，他一下子成了飘飘欲飞的兰仙子。低头看脚，球鞋太不相配，踢脱，换上了布鞋。布鞋小，夹脚。我听见他使劲儿蹬进去的噌噌响声。几天后，他才能舒展开脚趾，像穿着球鞋一样走路。当然这是后话。他又戴上一顶软帽，摇摇头，浅蓝色的纶巾忽悠乱颤，颤得他心情不安，脸色羞赧。"有什么办法呢，挣钱嘛。为什么当网红？哈哈，鬼知道。"他自言自语着，在镜子前转了几圈。觉得少了什么，又涂了口红，这才完全满意。

他深深吸气，徐徐吐出，浑身抖擞了几下，仿佛猛然受到了冷空气的袭击，然后跐着脚走向门口——一定是那双鞋子太让他难受啦。

"喵呜。"我叫了一声。

张山似乎吓了一跳，转头看见正在看着他的我。他迅即转身向我奔来，蹲下，双手轻柔抚摸我黑灰色的皮毛："乖乖，你是来给我壮胆的吗？"我能感觉到张山声音的颤抖，他手也微微颤抖着，像电流一般滑过我的身体。现在的他让我不安，我跑开了。他追进卧室，瞅着躲进角落的我，好一阵子，又回到客厅，拉开黑不拉几的茶几的抽屉，摸出一袋饼干打开放在我面前。"你一定饿坏了。"看我吞进半片饼干，他又盛来一碗水。

"我知道你是来给我加油的，伙计，虽然我不知道你是男是女。穿上

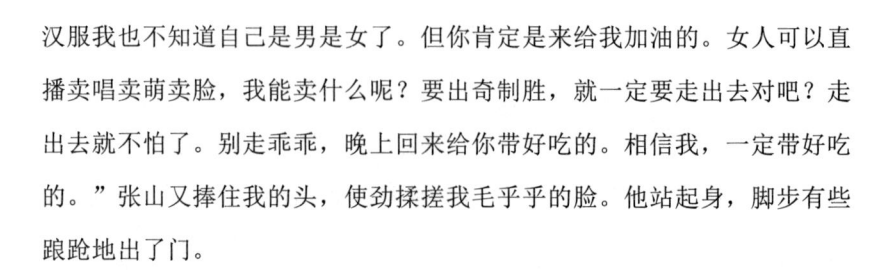

汉服我也不知道自己是男是女了。但你肯定是来给我加油的。女人可以直播卖唱卖萌卖脸，我能卖什么呢？要出奇制胜，就一定要走出去对吧？走出去就不怕了。别走乖乖，晚上回来给你带好吃的。相信我，一定带好吃的。"张山又捧住我的头，使劲揉搓我毛乎乎的脸。他站起身，脚步有些踉跄地出了门。

夜色笼罩住了屋子。我是夜视眼，屋子里的物什清晰可见。吃饱后，我跳上窗台，远处高楼大厦灯光明灭，近处魔羽庄里各种嗡嗡声低沉交杂。我听张山的话，留下来，等他的好吃的。我躺在鸡鸣三省的卧室隔墙前面，便于将三个空间尽收眼底，不论他什么时候回来。

等回来的是秦客。

秦客把袋子里的半截脆肠小心翼翼地放在床头柜上。不放心，又一层层缠上胶带，裹紧，不让半点空气进去。他拿出碗，倒出另一只袋子里的沙子，点燃三根香，深切地鞠躬，作揖，把香肠供上去。

他一点儿都没有注意到我。我看着他做完这一切，然后躺上床去，床垫"吱扭"叫了一声，像一声长长的叹息。

屋灯灭了，可他并没有入睡，我看见他在床上左翻一个身，不一会儿又右翻。他甚至一度坐起，斜靠在床头，拿起手机，似乎想拨出一个电话，手机屏幕的灯光明明灭灭，映照得他的脸有些狰狞，可是他终于什么也没做，又轰然躺倒。

我摸上床去。他悚然从床上弹起。不知是不是我来得突然，他猛然捂住惊叫的嘴巴，恐惧惊异地盯着我，仿佛我是只张着血盆大口的猛兽。

定是黑暗中我那双蓝莹莹的眼睛吓着他了。

"小可怜。"半天，他定下神来，拉亮了灯，"过来，你也是无家可归吗？我想你一定也是受到惊吓。跳进陌生的空间，该要多大的勇气啊！"

"我要拉屎。"我说。吃饱之后，我的消化系统似乎运转得快速而坚定。不需要马桶，我需要一堆沙子。我去刨那只盛沙的碗。

"不，不要。那是我赎罪的供品。面包会有的，黄油会有的。我会加倍还回去。"秦客去翻口袋，摸出来一颗青果，"我明天的早餐，给你啦。"

"我要拉屉屉。"我推开青果，不断蹭秦客的腿。

"哦，原来你要干坏事，哈哈。"

秦客跳下床，开了门跑下楼去，不一会儿带回一只纸箱，里面装着泥土，泥土里飘着花草根须的味道。他朝我拍拍箱子："来，这里。我们总是让别人看见最光鲜的，却把脏屁股藏起来。你知道拉在哪里，我们却不知道。"

他给我洗完澡，用毛巾抹干我身上的水，又拿电吹风吹干我全身。搂着我睡着时，已经是子夜时分了。

六

天亮时，我醒了。但我大吃一惊：主卧和客厅都空空如也。为什么现在躺在床上的只有秦客？我虽然躺在鸡鸣三省的地方，却从来没有同时见到过三个人，同时两个人都见不到。这逻辑不通——如果有逻辑思维的话——三个人早中晚三班倒，我在同一时间内必然会看到房子里有两个人。比如老三去上班，秦客和张山应该在房内；秦客去上班，张山和老三在房内。但是，每天同一时段内我只能见到一个人。也就是说，一个人上班的时候，只有一个人在房内。

第三个人干什么去了？

人真是奇怪的生物。我深为疑惑。

我决心探个究竟。

我首先跟踪的是张山，他直播夜市，而现在正值中午，他应该在室内。可是只有秦客在客卧酣睡。

我从窗户一跃而出。

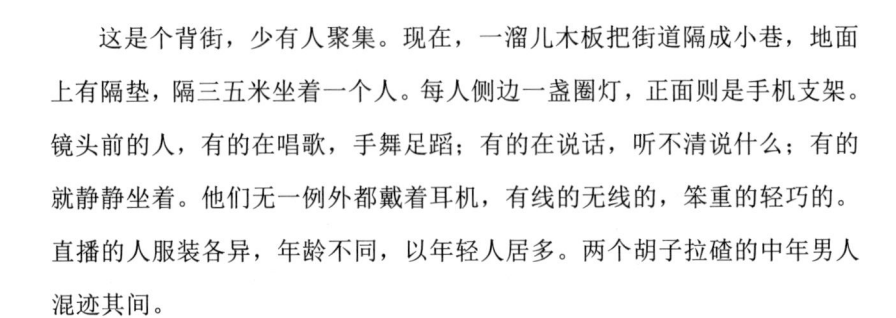

这是个背街，少有人聚集。现在，一溜儿木板把街道隔成小巷，地面上有隔垫，隔三五米坐着一个人。每人侧边一盏圈灯，正面则是手机支架。镜头前的人，有的在唱歌，手舞足蹈；有的在说话，听不清说什么；有的就静静坐着。他们无一例外都戴着耳机，有线的无线的，笨重的轻巧的。直播的人服装各异，年龄不同，以年轻人居多。两个胡子拉碴的中年男人混迹其间。

　　我从南往北找。穿汉服的女孩在跳舞，不是藏舞苗舞民族舞，也不是恰恰鬼步舞，手左边一划右边一划，上面一撩下面一撩，循环往复。穿短袖短裙的女子发髻高悬，脸上傅粉，睫毛高翘，嘴唇朱红，她对着镜头做鬼脸，舌头在口腔里乱顶，像堵着了杏核；又伸出来绕圈，头向前探，要扎进手机里去。披纱女孩手执纱巾两端，一会儿把纱巾缠上脖子，一会儿又绕在指间，露出雪白胸脯，俯身，抬头，镜头前白晃晃的两团。她肆意笑着，在和另一个直播的人PK。胡子男人的屏幕里放着《射雕英雄传》，郭靖和黄蓉奔波江湖，他在镜头外注释着郭靖黄蓉的行为意义。一个二十出头的女孩在劈叉，下不去双腿，膝盖弯曲，僵硬地骑在地上，她使劲晃动上肢，像一株弱草，要被狂风摧折。另一个脸蛋漂亮，五官精致，在镜头里却变形猪八戒，耳肥嘴噘，双眼巨大，如一头虬曲的巨兽，狰狞而可怕。

　　我在最后找到了张山，他也坐在垫子上，斜靠在墙角，却没有开镜头。灯圈是暗的，支架也是斜的。他闭目养神，偶尔看一眼各种姿态的直播同行。头顶太阳打过他的头发睫毛，在鼻梁上闪出惨淡的芒白，嘴唇上方则洇出一团阴黑。若不细看，他像是睡着了，沉浸在美梦之中。但他的确醒着。眼珠在合着的眼皮底下转动，心脏也在扑通扑通地急跳。那个停了直播的"猪八戒"女子靠着他坐下来。

　　"白纱女快成功了呢，昨天直播挣了六百多。她的粉丝已经近十万，有名气了。"

　　"有名气？！有气节吗？有底线吗？有的只是欲望。都是猪，年轻轻的不去劳动,在这里装神弄鬼。别理我,我在睡觉。"

"你这叫睡觉?你不直播,等着神仙给你打赏?"

张山不出声,穿着窄小布鞋的脚蹬了下支架。

"这么大的响动,也不会有任何人注意到你。即使你死在当场,也不会,大家都在讨好榜一大哥。他们只在意自己的收入。至于是靠嘴还是靠胸,靠美还是靠丑,没有人计较。"

张山挪挪屁股,猪八戒女孩挤着让他身体扭曲,很不舒服。

"我说啊,咱们要制造一些噱头,和平年代人是犯贱的,他们需要刺激。"

"比如呢?"张山乜斜着眼问。

"比如制造一场打架,偷窥别人的隐私,创造一次偷抢……"

张山猛然坐直身子,掐住女孩肩膀:"你说什么,你再说一遍?你们只是图轻巧,想靠流量一夜暴富。"

女孩被张山的动作吓得一激灵,挣脱他鹰爪般的双手,把衣领拉拉,遮住胸口。"你耍流氓啊?我说的不对吗?"

张山又蹬了一脚地上的支架,重新靠回墙角,头上的帽翅斜歪下来,脸上的阴影更重了。

"我没给父母说过我在直播。你呢?"女孩问。

"鬼才会说。直播喝酒的死了,直播带货的翻车了。赶场子的那些半死不活,年纪轻轻不去找事做。我爸要是看到眼前这情景,不打死我才怪,他们这个年纪,不在田地里劳作,就在工地上搬砖。"

"是的啊,这是草根不被正视的时代,也是草根大放异彩的时代。直播照样可以实现人生价值。你看前面,她觉得汉服美,就穿汉服直播;她知道身材重要,就尽情展现身材;有些人爱怀旧,就有人播放老片子,帮粉丝找回年代回忆。"

"我不想和他们一样。"张山懒懒地说,"你准备做多久?"

"我纯粹是为了玩。人为什么要有理想呢？又不缺吃不缺穿，自己高兴就好。"女孩手搭上张山肩头，张山抖开了。

慢慢，他们偎在一起睡着了。

一个时辰后，我随张山回到出租屋。秦客却不见了，他应该继续休息的。

我扔下张山，去找秦客。

穿过不少街道，我在一家文化企业看到了秦客，下班时间到，他从直背椅子站起，正要离开。

"紧急通知，所有人马上到四楼开会。"一位女士走进办公室，大声宣布。本来踢踢腾腾挪动凳椅的声音，一下子变成了嘘声。不过很快，人们纷纷拿出笔记本和笔。行动快的已经走向门口。

"为什么？"秦客问宣布开会的女士。

"总结今天工作，讨论下一阶段工作计划。"女士回答时，脸上的严肃已经转换为微笑。她朝秦客点点头，要转身离开。

"我问为什么是下班才开会？"

"这个……研究……工作需要，我说过了。"

"这是第几次了？上班半个月，天天不是加班就是开会，不能在上班时间开吗？为什么总要拖在下班后？什么叫工作需要？工作需要是在工作时间之内！之外那是我们自己的时间，你们预约开会了还是给加班费了？"

"加班是因为工作没干完，开会研究的是今天工作的失误和漏洞……"

"工作没干完？工作能干完要明天干吗？今天干不完明天继续，明天干不完还有后天。干不完的是今天的活？天天干不完，那是你们安排不合理。你们怎么安排今天的活的？安排不合理却要我们加班，凭什么？研究失误和漏洞，下班了发现漏洞和失误了？工作中间你们在哪里？非要下班才指出来？"

"就你事多！"女士声大起来，拍了一下桌子。旁边有同事过来拽秦客。

"怎么事多了？就许你们天天占用我们时间，不许我们指出你们的不合理？你看看这里的人谁愿意被这样折腾？"

"好，就你秦客能！我问别人，谁不想去开会？"女士眼神威严地扫视一圈，没有人应答。她冷笑一声。

"你以为给了工资就可以规划我的一切？做梦！我是来工作的，这次答应你们，下次你们连夜晚也会占用；这次规划我的时间，下次连我的思想也想雕刻。同事们，你们愿意做这样的皮影人吗？"

没有同事回应。

"我看你是要反了！开会的现在去会议室，不愿去的明天不用来上班了！"女士转身出了办公室，高跟鞋把地面敲打得要裂开。停在门口的同事朝外探探头，朝屋内扮个鬼脸，闪身不见了。身边的同事又拉秦客，秦客搡开，木桩一样钉在地上。

秦客面孔扭曲，七窍要喷出火来，周围的空气似乎要燃烧。但是整个办公室很快就安静下来，只有他呼哧呼哧的喘息声。

秦客一把扫开桌上的东西，它们飞出去，重重砸在墙上地上，吓得我弹跳起来。

七

老三下班并没有回租屋。

他去找小女孩。

魔羽庄在二环之外，这是城郊最早的一批房舍，再向北扩展，逐渐形成魔羽庄，和主城区遥遥相望。再后来，东西向也大量建房，这里成为西安最大的棚户区。眼下这类棚户区已所剩不多。这里住着各地来西安务工的年轻人，临近街区的商贩也在此落脚。一居室一月五六百元，房租便宜。每天早上，有人骑上自行车，车头挂上瓦工、修水电的纸牌涌向劳务市场；有的蹬着三轮，走街串巷收破烂、搬家扛家具，贩卖小菜或者支桌卖凉皮、

核桃馍；有的在小微企业做工，带着老婆孩子隐没在出租屋檐下；也有洗发女郎修脚汉子，开着简陋门店。

柳铺街在魔羽庄的南部，说是街，实是一条仅可错身的巷弄。两边房子破旧错杂，巷道像蛇般扭扭曲曲。

路面坑坑洼洼，颠簸厉害。老三跳下自行车，停在一扇铁门前。

门虚掩着，推门时轻微的吱吱声还是惊醒了屋内人。

"谁个？"苍老虚弱的声音从暗黑里飘过来。

"我，老三。"老三答，"我来看看小朋友，奶奶。"

老三看见墙角的床板上有东西在动，窸窸窣窣，半天却起不来。老三跨过去，是老太太阴白虚胀的脸。

"你坐，坐。"老太太轻轻拍打床边，手搁在被子上，嘴唇塌下，眼皮耷拉着。显然，这个动作已经耗尽了她的力气。

"奶奶您别动。小朋友呢？"老三看那手，只有几根细筋把手指串联在一起，干瘦得如鸡爪子。他一把握住，不足半个手掌。

"发烧咯。"老太太努努嘴，眼眸低垂。

老三这才注意到，老太太脚底露着半块毛巾，毛巾底下是小女孩。他伸手过去，额头烫得烧手。

"小朋友，妹妹！"老三摇晃缩成一团的身体。小女孩睁开眼睛，手探向墙壁。灯亮了。

整个屋子，一床一灶，案头放着四只碗。墙两边绷着铁丝，上面挂满布片。一盆水放在床边，那应该是洗毛巾降温用的。

"哥哥！"看清来客，女孩眼中透出喜悦的光来。

这就是那个要捐钱给他买裤子的小女孩。老三的眼泪一下子涌出来。

女孩要爬起来，被老三按住了。

"奶奶要翻身。"女孩说。老三忙去床那头，揽住老太太的腰，轻轻把她侧转过来。两片布湿漉漉掉落下来，一股尿骚味儿。他知道墙上那些布片的作用了。他抽出湿布，换上干布。

"我死咯，死了好了。"老太太嘟囔着，声若蚊虫。

"不呢，奶奶，您不在了，小朋友咋办呢？"

"不咯，动不了咯。"

谁能料到呢？老母亲卧床不起，儿子来西安打工，只能带着母亲和女儿一起来到了魔羽庄。可是一场祸事把这个家庭主梁抽走了。婆孙两个孤苦无依，赔偿款没要来，连老家也回不去了。

初见时，老三觉得家里人真狠心，小女孩到了学龄却不让上学，现在，他觉得自己为她买来的那些学习文具是那么可怜啊！

老三跑出去，蹬上车子在巷弄里飞奔。天已经黑透，蚊虫在微弱路灯的光里乱窜，迷进他的眼，撞进他的鼻孔。他问老天，人生来是平等的吗？如果是，为什么他一出生就有万贯家财，而小女孩连一剂降温贴都没有？他的父亲供养着他走进高等学府学习国际贸易，也为他准备好了宽大房子高级轿车，而小姑娘伸出手来，却只有茫茫虚空。

老三的车子在街巷里冲撞，撞得魔羽庄摇摇晃晃，撞得暴雨倾盆而下。

半个月后，老太太还是走了。除了不能动弹，大小便不能自理，老人没有多少病痛，属于寿终正寝。这让老三多少宽慰一些。

老三挪掉灶头，扯出凳子设了香炉。房东远亲说房子不能当灵堂，晦气。老三和小女孩给磕头。房东远亲扶起他们，默默走了。

老三和小姑娘头缠白布，在出租屋守灵三天。三天后，雇辆三轮车送老太太去火葬场。那天天气很好，阳光明晃晃射下来，穿过老三送的那个孤零零的花圈，洒在老人安详蜡白的脸上。老三拉着小姑娘，走在灵车前，孝布在他们后背起伏。灵车穿过柳铺街，偶尔有人探头出来，车过，头又缩回屋里。

"你为什么不哭？"老三问小女孩。

"为什么要哭？"

"亲人死了要哭的。"

"我奶奶说，我妈妈死了，我爸爸没哭。我爸爸死了，她也没哭。奶奶说，死了好。"

"傻姑娘，死了就再也见不到了。"

"能的。哥哥看见灶头那四只碗了吗？一只是奶奶，两只是爸爸妈妈，还有一只是我。我们一直在一起。"

"奶奶走了，你怕黑吗？"

"坐在柳铺街，天上有很多星星，又明又亮。不下雨的时候，魔羽庄可热闹了。多好啊！"小女孩歪着头，仰视着老三。老三看见小女孩亮晶晶的眼眸，里面缀满了星星。

老三说："我要哭了。"

老三放声号哭起来。天顿时暗了。

八

老三在废品站整整八个小时埋头工作。之后他绝大部分时间和小姑娘待在一起，给出租屋添置东西，带着她一起捡废品，再卖给废品站。夜半，他会猛然惊醒，从床上蹦起，跑向柳铺街，在那扇铁门前久久站立。他工作之余不再赖在床上，他的身影整日穿行在魔羽庄的大街小巷。

这是我期待的场景。

在老三把一捆东西往小姑娘屋子搬动，直起腰的时刻，我想我该现身了。

我站在了他面前。

"爸？"老三只是稍微愣怔了一下，就继续往屋里去，仿佛我们毫不相干。

"我知道你对贸易专业没有兴趣。你小的时候就喜欢挖沙，一个人可以在沙滩上玩一天，把沙滩堆成高高低低的城堡。"

"这是过去时了。"老三不停脚步，小女孩把他搬的东西摆顺摆齐——米、面、油、纸、被褥、凳子，诸如此类——累得满头大汗。我费尽心思翻找出来的玩具挖掘机，老三一眼不看。

"那时我就知道你是个苗子，所以我让你耐着性子学完了大学课程，即使你对我视而不见，但我更加认定，你是个好接班人。你继承了我的坚韧，这是我成功的秘诀。"

"包括算计吗？"老三语带利刃。

"算计？父亲会算计儿子？老三，你这么理解我吗？"

"算计别人。财富有多少是干净的？"

"如果……可是，这是做生意，我的后半辈子是干净的！"我有些恼怒。任何一个人被揭短都会怒不可遏。我想起自己的最初，包括那半截香肠，那些令人厌恶的过去。我咽下一口唾沫。"有谁能一直是清白洁净的？你吗？"

"我？哼！请您不要再费口舌，我搬进出租屋，已经和您的商业帝国永别了。我有自己的打算。"

"为什么？难道你真的要为走投无路而去偷，或者靠直播小吃街当网红？"我看见老三前胸是秦客，后背是张山。

"您，您怎么知道……我的想法？"老三突然间浑身一颤。我看见他眼眸里的慌乱和惊惧奔逃而过。

我在他这个年龄把手伸向别人口袋时就曾设想，有朝一日我能安静而专心地工作就是最好的。我把偷来的那截香肠奉为至宝。贫穷可以改变人的行为，却改变不了人的心志。我们可能为走下去而乞讨，却不会为活下去而一直下跪。我想我抓住了机会。我创办企业大获成功，成了网红：万元户——二十世纪八十年代，一个月十几块钱就足够养活一家人，拥有一万元就是顶级富豪，能买房买车。我国第一个万元户黄新文，在当时是绝对的轰动性人物。我虽然比不上黄新文，90年代才成为万元户，但只要我想，已足够干我想干的一切事情。这是时人眼中真正的网红。

现在我年过七旬，不得不挑选自己的接班人，千思万虑，我选定了老三。我不愿意他再走我的老路，他应该一开始就在正经的路上。我迫切期望能扶他上马。但老三拒绝了，他宁愿用自己的奋斗重新开辟自己的世界，也不接受嗟来之食。

世界的精彩和痛苦在于，无论是浮夸还是高雅，我们只能看到外在；过于爱一个人，也会疏离他的内心。老三与属于他的奢侈与豪华决绝，连公司普通员工的职位也不接受，他走向了废品收购站。老三太过倔强，这让我黯然神伤。我已垂垂老矣，只能化身为猫，卧于出租屋，就是期望看见他的内心。他在小偷、网红与平凡的劳力间挣扎，让我急切而无奈。这是他需要经历的，却不是作为父亲所愿看到的。

老三的惊愕多少让我为自己许久以来的变猫蹲守暗自得意，可是，这是我一个人的秘密，他不知道，我也永远不想让他知道，就像他曾经要去偷小姑娘口袋里那可怜的几块钱，就像他看见网红要去直播时的见异思迁。都是人，我们不比别人长，也不比别人短，我们像虫，像狼，像虎，可能最不像的就是人。我们出生时是这样，但我们死去时仍未知。生命对个体而言是全部的一切，而对其他而言却渺小到尘埃里。我们承受不了所有人的苦难，就像我们也走不完世界上所有的路。

"我曾经和你一样孩子气。"

"爸爸，您派人监视我吗？"

"不，不，我只是在这段时间走遍了魔羽庄，我看到你和这个小姑娘的一举一动。假如你爱护她，为什么不接她回家呢？有我，你可以给她更好的照顾，她已经很惨了不是吗？"

小女孩整理完里面的东西，端了两杯水出来。水杯很烫，她几根手指来回倒着才能端住。老三直接放在了地上。小女孩又掇了两只凳子，那是老三新买的。"哥哥，爷爷，你们坐。"

"你放心她一个人住在这里吗？"我盯着老三。

"我确实骗过卖煎饼果子的老板娘，我抢走了她加蛋加香肠的特大煎饼——说抢一点儿不过分，当面的偷和抢有什么区别？我知道她知道我没有付钱，但她眼皮都没有抬一下。她不是富人，可是她宁愿让我抢走了那个特大煎饼果子；我也差点偷了你，妹妹，"老三摸摸小姑娘孱弱发黄的头发，"手伸进去，我摸到了那几张粗糙得掉在地上都不会有人捡拾的钞票，那是你和奶奶的救命钱，你却要捐给我买裤子，那一刻，我的心再次疼得流血。"

"我行的，爷爷。"小姑娘对我说。她依着老三，他们像父女。这让我想起老三小的时候，他依着我的情景。小女孩困惑地看着默默对峙的我和老三。"奶奶说，老天爷总会奖赏踏实勤劳的好人。那天回家，我发现裤兜里多了十几块钱，那肯定是老天爷奖赏我的。"小女孩愉快地说。她用衣袖揩去老三眼角的水雾。

"是的，老天爷会。"老三把小姑娘搂进怀里。

我还有很多话，可是我说不出，老三也不愿听。

吃过小姑娘和老三笨拙操作出来的晚饭，老三送我走。老三对我说："悲剧往往走向自己的背面，所以人们才对悲剧也抱有宽恕和强烈的期待。"

我知道自己也要做决定了，正如老三的决定。

走出老远，回首，柳铺街已经隐入黑夜，我想起老三看过的那尊雕塑，将军横矛，双目斜视苍穹，似有万千疑问，又似笃定无疑。柳铺街就像是雕塑深不见底的胸口。

透过胸口的洞，灯火明灭，西安璀璨的夜生活开始了。

旅途

一

谁能料到波面下的湍湍涌流呢，就像我们外出旅游。争得脸红脖子粗，也没有达成共识。马少盐决定去东北，那边有雾凇；李慕白开始说去青岛，后来改作厦门，说相比东海，南海更像海。大家商定，晚上九点必须打开手机视频，聊聊所见所闻，报个平安。马少盐和李慕白收拾好东西，很快分头出发。

我最后出门，由中原向西进发。新疆对我有着极强的吸引力，民歌王子王洛宾和三毛的浪漫故事过去了几十年，仍然如磁石。当然还有一个原因我没有对马少盐和李慕白说，难为情。

十一月到底过了旅游旺季，火车上，乘客稀稀拉拉，大家也不按座号，哪里宽敞哪里去，各排倒没闲下的。我对面坐着一个胡楂男人，拉扯着个五六岁大的女孩。女孩眼睛扑闪扑闪的，很胆怯，我看过去，她赶紧垂下眼皮，抚弄手上的毛绒熊。或者侧扑到男人怀里，眼神在爸爸腋下躲闪。

"小朋友几岁啦？它叫什么？"

"点点。"女孩儿扯过爸爸的衣服,把头盖起来。

"哈哈,它叫糖糖。她很像一个人。"我想逗逗她。

"不,点点,一点点的点点。"

"给你说了给它改个名字,叫大大,你和别的孩子一样,高高大大。它和你一样,高高大大。"男人把孩子的手拖过来,放在火车茶台上,"看,它也能看到天封。"

"是天空。"女孩纠正,"它叫点点,咱们老家把爸爸叫大大。"

"你哪里和他们不一样了?一样的衣服,一样的吃食,交一样的钱!"男人眼里的倔强冒出来,挤走了刚才的疲惫和懒散。

"他们的毛绒玩具有的叫西迪,有的叫奶油,还有叫 Soso 和 Brown 的。"男人生气地拍了一把女孩,又愧疚地揉摸刚刚拍过的地方,仿佛那样可以消弭自己不恰当的力气和情感。

"伯伯起的名字怎么样,糖糖?"我赶紧插话说。

"好听。"女孩儿举着绒熊说,"一次它摔在地上,摔哭了,我就是用糖糖把它哄乖的。"

"好吧,那我们就叫它糖糖,糖糖在哪里都是甜蜜的。"

这时跑过来一个男孩儿,拉着女孩一起玩。女孩儿瞅着爸爸。男人挥挥手说,"别跑远。"女孩儿蹦蹦跳跳去了。

不过一会儿有人喊,打起来了,打起来了。孩子的哭声一阵阵的。

大家都站起来伸脖子看,男人也站起来,愣了一下,瞬即反应过来,拔腿朝哭声奔过去。

男孩子正压在女孩身上,抢夺那只毛绒熊。女孩儿护着不给,男孩攥拳击打女孩的脑壳。

男人拨开男孩把女孩拽出来,一把搂进怀里。女孩脸贴着爸爸的衣服,浑身抖动,眼泪沁湿了爸爸的衣衫。"他撕烂了我的糖糖。"

"你怎么打人呢?"女孩爸爸问。

旅途

"就想玩一下，她不给我。"男孩儿撅着嘴，手直直指戳小女孩。

"打人会疼，打脑壳会出事的，你知道吗？你是谁家的孩子？"男人抬头看周围。一个女人双手抱在胸前。

"你的孩子吗？他怎么能打人呢？"男人问女人。

"他还是个孩子。"女人说。

"孩子……孩子，他应该道歉。"男人对男孩说。

"让他们自己解决。"女人冷冷看着男人。

"他是小子，在打人！"

"她说是她的，她能叫答应吗？我还说它是我的呢！"男孩手像妈妈一样抱在胸前，眼睛斜到了天上。

"孩子，这是你的不对了……"我还没说完，女人的手扬到我的鼻子，"你看到我宝宝欺负她了？你管的哪门子闲事？"

"路见不平，不行吗？"我也生气了。

"走，乖儿子。"女人拉着男孩要走。

"不行，得道歉。"男人拦住母子俩。

"打得过打，打不赢认尿。你一个大男人想干什么？要打我吗？"

女孩紧紧拽住男人衣襟，抽泣地叫着："爸爸，爸爸，我不要点点了。"

"好狗不挡道！"女人从男人面前挤过去。

男人"啪"的一个耳光抽在女人脸上。

女人身子一歪倒地，大波浪发在地板上翻腾，哭声凌厉地响起："大家看啊，臭男人非礼我呀，他要打死我呀，警察快来呀……"

男孩扑过来，在男人身上踢，又在女孩身上踢。男人紧紧护住女儿。周围的人扶着椅背，脖子伸得老长，看着女人在地上滚绊，看着男孩不停挥动双脚，没有人动转身子。

乘警过来了，把男人推开。

火车继续在铁轨上飞驰。在宝鸡站，男人被乘警带下车。

女孩扣着爸爸粗大的关节,摆动小手,怯怯地跟我道别。

看着女孩红肿的眼睛,我想告诉她,糖糖是我初中时的好朋友,我这一趟与糖糖密切相关。但她矮小的身影很快消失在车厢尽头。

"生在富家享福,生在穷家受罪,小女孩可怜啊,连个玩具都保护不了。谁敢动我子女,我拿刀和他拼命!"有人卷起袖子,一只脚踩在座椅上,咬牙切齿。

命运就像这个布娃娃,看拿在谁手里。

乘客七嘴八舌。不一会儿吃饭时间到了,大家纷纷拿出吃食。脚踩座椅的乘客麻利地扯出一包饼子,似乎刚才什么都没发生。

和大多数乘客一样,吃过泡面,我也昏昏欲睡。到处是方便面调料味儿。我努力闭上眼睛,可怎么也睡不着,恍惚中,小女孩一直在向我挥手。终于,她趴在课桌上睡着了。老师到身后,给她披上滑落的衣裳,左一下右一下地捏她的肩。她醒过来,吃惊的眼光无处安放。老师拉着她站起来,扭动脖子,左三圈,右三圈,前点头,后点头,然后双手上举,拉腹挺背深呼吸。老师拍拍她的肩,拿起放在我这边的书,又示范着读起来。我悄悄问重新坐下的糖糖:"想当老师不?"糖糖使劲儿点点头,大声跟老师读起课文来。李慕白递过来一部手机,里面有歌星在劲舞。马少盐说:"放下!不好好学习,就知道浪。"浪是关中方言,疯玩的意思。李慕白说:"您老少说几句,我都大学毕业了。""那还啃老?"李慕白撅起嘴巴:"怎么后悔了?我可没要,是你们把陪嫁钱给我让我创业的。"我说:"糖糖,有钱是好事,但也不是好事,不结婚更不是好事。"糖糖啪地打了我一书:"我不稀罕!"书里甩出一个男人,咣地砸在我脑门上。

我猛然惊醒,乘务员正站在身边敲着茶台:别睡了别睡了,中卫站到了。我抬眼望窗外,可不,天擦黑了。我心里喊:沙坡头,我来了。

二

　　吃完早点，打车直奔景区。在我读过的书籍里，黄河是黄沙滚滚，怒涛声声，排空的浪尖，才能看到一丝光亮。但十一月中卫段的黄河，黄是黄，却是静悄悄的，如果不是踏上渡河大船的甲板，都听不到黄河流淌的涛声。马达搅动，才荡起稀碎的尖尖波浪。这让我觉得身上的救生衣纯属多余。一个孩子喊："无聊啊，我要坐快艇。"他朝船下跑去，工作人员拦都拦不住。孩子的父母只好转身从大船下去。爷爷对奶奶嘟囔道："也不知道能不能退票，一张票几十块钱呢。"奶奶扯扯爷爷衣角说："你听他们的，别吱声。"孩子爸爸说："退不了算了，快艇一人两百块钱，也不是太贵。"

　　船到岸，大家剥了救生衣往船头一扔，纷纷挤过接岸的铁板。一堵高数丈的沙墙陡然耸立在面前。这下，尖叫和欢呼声彻底惊醒了数千年来沉睡黄沙的清梦。

　　木板引桥伸向沙坡头沙漠区域，拾级而上，芨芨草越来越少，狼刺越来越矮，偶尔可见暗绿色的沙葱，紧紧扣住流沙，倔强撑起腰身。桥尽，黄沙一望无际。

　　我也脱了旅游鞋，赤脚踏上沙地。沙子细腻柔软，一步一坑。右边，有刺耳的摩托轰鸣，年轻人在骑车冲浪，摩托冒着浓重的黑烟，一次又一次冲击陡峭的沙山。摩托力竭翻倒，人带车滚落下来，跃上坡顶的则引来山呼喝彩。

　　坐快艇过来的小孩，嚷着要骑摩托。他拉着爸爸向那边跑去。孩子的妈妈捡起铁锹，开始挖沙坑，爷爷奶奶把挖出的沙子刨向两边。

　　我向沙漠深处走去。太阳已经升起，沙丘一浪才沉，一浪又起，沙际线一晕淡似一晕，绵延不绝，它们把阳光切割出柔和的明和暗，团团相似，又截然不同。绕过驼队，铃声渐远。不知名的矮树半卧在沙里。一丛一丛的枯枝，泛着光滑干洁的白，被风吹拢，显露出挣扎不过的叹息。

我坐上一处沙丘，那些冲浪、滑沙、骑铁轨自行车的人早没有了踪影，即就是沙上滑翔伞的一影子也难看见。

没有风，没有花香鸟语，蒸发出来的水汽隐隐，若有若无地扭曲着光线。我前所未有的松弛，也感觉到孤独。

坐了半晌，再次起身走向更深处。贝壳，半片的、残缺的，干瘪而消瘦，在丘底静静地躺着。踩踏一脚，沙子流淌起来，把这些若干年前海底的东西轻轻掩住。脚底传来一阵凉寒。

一直坐到午后，乌云把太阳遮没。

雨毫无预兆地下起来，悄无声息，但又坚决彻底地扎进沙粒。我跑起来。

地上一只手镯，是金子的，我捡起来揣进兜里。它曾戴在那个打人男孩的母亲白皙的手腕上，闪耀出黄澄澄的金光，黄和白对比强烈，令我印象深刻。

引桥尽头空无一人，要去黄河漂流羊皮筏子的游客早已出了沙漠，其他玩沙的游客也被猛雨赶出景区。衣服湿透了，在瑟瑟发抖中，我再次感到沙漠般的孤独。

"你没带伞吗？"一个声音传过来。我吃了一惊，环顾四周，就我一人。

"沙漠就这样，雨说来就来，擦擦身上的水吧。"引桥下面探出一颗头，她把雨衣掀开，拿下头顶的手帕递给我。她仿佛看出了我的犹疑，又解释道，"哦，这个毛巾特意准备的，我一般不用。刚才急雨，我有偏头痛的毛病，临时遮遮脑壳。"

她手猛一挥，扔上来一个大黑袋子，弓身附上桥面，一偏腿，整个人闪上桥来。是保洁员，脸上刀刻的皱纹里藏着泥水，额上也有几道泥印，头发披散耷拉着肩头，五六十岁的样子。

我随着她到了保洁室。里面堆着很多塑料瓶子，以及各种食品袋子和

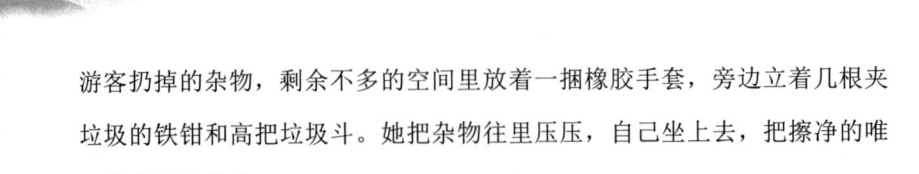

游客扔掉的杂物，剩余不多的空间里放着一捆橡胶手套，旁边立着几根夹垃圾的铁钳和高把垃圾斗。她把杂物往里压压，自己坐上去，把擦净的唯一的凳子让给我。

"就你一个人吗？"我问她。半掩上门，一下子暖和多了。

"三个人，他们都撤了，景区四点下班，你看现在快五点了。"

"那你怎么还没下班？"我好奇起来。

"得感谢他们呢，大半个景区都让给了我。"她笑起来。

我更加好奇，正常的话应该是三个人均分保洁区域。

"这不是能多捡点宝贝吗？"她指指那些垃圾。

"你工资一个月有多少？"我觉得不可思议，捡垃圾是让人瞧不起的职业，何况那些瓶子袋子能换几个钱？今天进了沙漠，真正感受到了远入天际的空旷，捡完景区得花费多么大的工夫啊！

"一千五。垃圾如果多，一个月还能添补几百块。"她笑着说。这时雨停了，夕阳又从云缝露出头来，闪到她的脸上，她的牙齿和沙丘上那些枯枝一样白。

"这是好活路，收入很稳定，你想想我快五十的人了，工作难得呢。下班没人了，就把它们背出去，收购站只有五里地。没人了背，不影响观展，不，领导说叫观瞻。"

"你家呢？"

"过了收购站再走五里地。路顺得很，撑羊皮筏子的都是熟人，过河不收我的钱。"

说话间半个多小时过去了，我站起来告别，虽然景区离住的宾馆并不远，但我毕竟人生地不熟。她搓着手站起来送我，比画着告诉我在哪里过河，过河后坐哪趟公交，到站后朝左还是朝右拐。

"你别急，中卫是个小城市。"她在门外说着，又返回屋里，拿出一个塑料袋递给我，"这是我的晚饭，你肯定饿了，衣服又没干透，晚上冷，吃几口馍馍，能暖和点。"

我把袋子接过来。我也返回屋里，拿过她脱在一边的手套。

"你要这个破烂干啥？"她不解地问。

"我是老师，我觉得可以给学生们讲讲您手套的故事。"

她羞赧得遮嘴笑起来："凡人咯，凡人咯。"

往回走的路上，黄河的水响了起来，哗哗的，偶尔有撑羊皮筏子的船工互相打招呼。我戴上手套，嚼着保洁员送我的饼子，心里暖暖地想，我送了她一场注视，她送了我一张饼。要乐于接受弱者的一餐一巾，这是对无法报恩之人的极大宽慰。

但，我不知道我们谁是弱者。也不知道，我塞进新手套里的镯子和钱，她会不会交公。

三

中卫和西安不一样，天黑净，八点不到，街上人已走尽了。偶尔有车辆驶过，越显得街道空旷。我一路走过去，店铺都关了门，好不容易逮着一家拉面馆亮着灯，正要打烊。老板娘三十出头，看见我，疲惫的脸上绽放出亲切的笑容，重新围上围裙。

啪啪啪几声脆响之后不久，一碗热气腾腾的拉面上了桌，她又盛碗汤放旁边。"要辣椒在小碗里。"她说。

"有生蒜吗？"我问，吃面就蒜，是关中人的标配。

她拿出一头大蒜，到桌前，蒜衣已经剥净了。

拉面很筋道，一点儿不比西安的扯面差。就是牛肉有点少，薄薄两片。

这时门外有摩托声，熄火，进来一个小伙子，西装往椅背上一搭，把面盆撂上柜顶，洗菜的水桶、碗勺、笊篱搬进储物间，清过烧剩的煤块，又扫门外的炉灰。

整理完，坐下和老板娘拉话。

"又和学生谈话了？"老板娘给丈夫面前放上烟灰缸。

"不劝了，不来算了。我看呐，有些孩子没救。"

我放缓吃面的速度，支棱起耳朵。

"一到上学，不是说肚子疼，就是头疼，要不就是恶心发烦，总之一个字，不进校门。"

"四个字。"老板娘扑哧笑了。我也笑了。

"和家长沟通过了？"

"他妈妈说，在家整天就是睡觉，睡醒要饭吃，吃过埋头看电视，抢大人的手机。要是再说，又去睡觉了，窝在被窝一动不动。"

"那咋办？"

丈夫吐出一口烟，不说话。

"你问过同学吗？"我问。

丈夫先是愣了一下，随后又勾下头。

"一看你就是老师。"老板娘回答我，"进门我就看出来了。"

我说："脸上没字，你从哪里看出来的？"

"总之我能看出来，老师都这样，和我家这口子一样。"

我和老板娘丈夫都哈哈一乐。

"我问了其他同学，说他上课不发言，课间也不和同学们玩，不好打交道，上学来，放学走，木桩子似的。任课老师反映，他倒也不惹事，但问死就是不吭气。没办法了。"男人对我说。

"你是当众问的同学？"

是的。

"家访了吗？"

"去过，她妈妈说，她都要气死了，这么个忤逆子。正是读书时候，又是一个崽娃，可不愁死人嘛。"

"见过他爸爸吗？"

"他爸爸上班，妈妈是全职陪读。"

"那就对了。"

丈夫瞪大了眼睛等着我往下说。我说："你可以分头叫几个和他关系不太近的同学问问，是不是有人欺负过他，这欺负不单单指打骂，要看谁故意疏远他，或是鄙夷，或是闹矛盾打冷战，或是……"

"哦，这个我倒没有。可是，为什么不问和他走得近的同学？"

"旁观者清嘛。"

"那我明天就去问。"丈夫给我递过一根烟。我不抽烟，他也不收回，把烟放在我手边。

"你观察她妈妈说话特点了吗？"

"她妈妈说话语速挺快的，失望透了，我能深切感受到她的伤心。"

"这就是问题所在。你和他爸爸谈过吗？是放手让妈妈管孩子，还是自己偶尔参与管理？是不是也和妈妈有争执？"

丈夫挠头，半天不语，继而沮丧地摇了摇头。

"老师，您快教教他，我这口子为这孩子郁闷两周了，回家摔碟子摞碗的，我又帮不上忙。看着着急。"

"做到两点就会好转：一是让爸爸妈妈在教育孩子时先统一立场，只要决定了，不论对错，两人口径一致；二是让妈妈闭上嘴巴，做好饭菜，搞好后勤保障，其他的事由孩子自己去考虑、完成。当然，这孩子肯定学习差，也受了同学的委屈，要解决掉！"

"老师您说的是三点。赶紧记，赶紧记。现在家家都一个宝贝蛋蛋，教育好了大家都好。"老板娘的嘴舌和她拉面一样麻利。

"老师，谢谢您！"丈夫站起来，再次给我敬烟。我又给他说了孩子可能会做出的事情，以及怎么去应对。说完，面汤都凉了。付账时，两口子坚决不收。

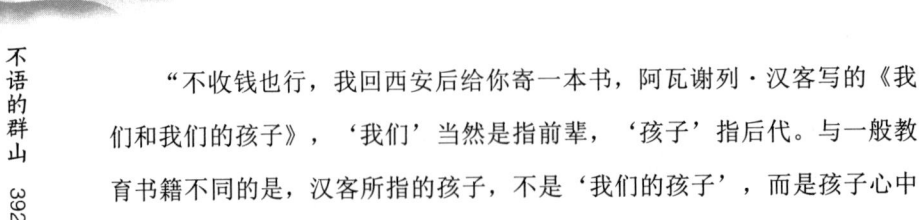

"不收钱也行,我回西安后给你寄一本书,阿瓦谢列·汉客写的《我们和我们的孩子》,'我们'当然是指前辈,'孩子'指后代。与一般教育书籍不同的是,汉客所指的孩子,不是'我们的孩子',而是孩子心中的自己。这正是教育工作者需要切入的正确角度。所谓教育,无非是教师用心去感受孩子心中所思所想,以孩子的心理来决定教育行为。大多教师的失败恰恰是自以为是带来的。"

回到宾馆,稍事休息,到了约定的视频时间。李慕白那张胖嘟嘟的脸出现在屏幕上,一笑,两个浅浅的酒窝,她刚刚洗过澡,头发湿漉漉地冒着水汽。

"我去看了大担小担岛,原来台湾真的离我们很近,似乎一个浪花就能登岸。"李慕白举起几张快照,岛上的白色标语牌在她身后清晰可见。

"可是也遥遥得一眼望不到它。"我感叹道,"乡愁是一枚小小的邮票,我在这头,故乡在那头……"

"也许快了,我相信我能看见。老爸,你有什么可以分享的?"

"我老了,还能有什么新鲜事啊?"

我告诉李慕白,我遇见沙坡头保洁员,被她简单纯粹的幸福深深感染。

李慕白哈哈大笑,说:"就像现在的我。"

"你一点儿都不幸福,大学毕业就是失业,如花漂亮却没有男朋友,一无是处,简直就是个傻白甜。"

李慕白撇嘴:"子非鱼,安知鱼之乐?幸福在于自己。我不求政府给我职位,自己创业解国家之忧;不结婚,给男人们一个继续奋斗的理由。到时候我嫁一个好人,什么都有。"

我鄙夷道:"用创业当借口,不思进取,还说得理直气壮。女孩子过了三十,那就是剩女,哭都没眼泪。趁早谈着,好赖得给自己号一个。"

李慕白转身摸来海产的零嘴,一边嚼一边说:"生活是享受的,不是用来实验的,你们给我准备好了一切,万一我躺赢了呢?像你们这老六老七，只知道受苦。"

李慕白把六七十年代生人叫老六老七。

我反驳道："那是爱。为什么我的眼里常含泪水？因为我对这土地爱得深沉。我今天就碰到一个发愁的老师……"

"得，别说这个。你那爱要是给我们多一些，也不至于连旅游都走不到一搭。"

"这个老师的学生不上学……"

"我说了不说这个！"李慕白突然脸色沉下来，"我本来想给你说一个人，一个男人，不想说了。"

我只好打住，问她碰到了什么男人。李慕白却只顾嚼嘴里的东西，似乎这边也能闻见腥味。

"你应该主动给妈妈发个视频。"她说。

"她报的老年团，吃不愁住不愁，说不定正和老头老太太们跳舞唱歌玩得欢呢。不像我，一个人做计划，一个人挤车，一个人走路看影子。"

"你活该哈，但凡……唉，妈妈的不幸就在于不是你的学生。我坚决不要这样的婚姻。"

"我们可是安然过了四十年，得过多次五好家庭表彰。"

"好吧，我给妈妈打电话。"

过了一会儿，李慕白说妈妈累了睡了，东北的炕已经供暖，脚暖乎乎的，不用你担心。

我想再问问男人的事，李慕白说她也累了，睡吧。关了视频。

放下手机，我想起给年轻老师漏说了一些事情，分几个步骤教育那个学生，有些情况可能会相当复杂，甚至不排除学生以寻死觅活的方式对抗上学。一步踏错，教育将前功尽弃。我找服务员要了纸笔，把这些步骤和注意事项仔细地写下来，打算明天离开之前送到拉面馆。冲完澡又想，明早老师到了学校，老板娘未必能转达清楚我的意思，又在纸的最后写上：

教育最关键的是用心，用全部感情和身心。字外面画上圈，关灯睡觉。

躺在床上，我思忖糖糖也应该睡了。

四

从中卫经武威倒车，再到敦煌，一整天的坐车跋涉，摇得人浑身散架，除了吃饭、换乘，一路上瞌睡时断时续，是醒是梦难以说清。那些久闻大名的飞天画面飘飘忽忽，忽忽悠悠，翩然而来，倏忽而去，敦煌更加使人魂牵梦绕，以至于在昏黄的光线里观看壁画的时候，仍然头脑不清。那些飘逸的线条加重了这种不真实感。

开始刮风，凉风撩动人的衣角，从裤腿、腹部、脖颈的缝隙不断袭扰，缩着脖子也无法抵御西域的暮秋。我转身进屋，穿上枣红的绸衫，戴上父亲从爷爷那里承袭而来的镶金礼帽。相郎（伴郎）适时递上婚礼须持的笏板。父亲说："此去就是人家的人了，非礼勿视，非礼勿听，非礼勿言。"我诺诺连声。外面已经奏响礼乐，马匹也禁不住喜庆氛围的鼓噪，嘚嘚刨蹄，催我上马。

我拜别母亲。母亲没有说话，只是用宽大的衣袖掩面，向我摆动另一只手。我看见她的手臂干枯、粗粝，黑色的斑块和开裂的伤口交织。转身的刹那，眼泪湿了衣襟，我号啕的声音盖住了风吼和马鸣。我跪倒在地，磕了三个响头。

马儿走了一整天，颠得我三顿饭吐了三次。随队的乐班开始还吹吹打打，不大时间就东倒西歪，在马背上堕入梦乡。他们睡得很沉，只在快要跌下的时候，猛然惊醒，坐直了身子，但很快又睡去了。奏乐是他们挣钱的营生，乐曲里的感情，和这个关联不大，和我的离家入赘也毫不相干。

我被送到一座华贵的府邸。那里有一队人数更多、旗帜更加繁密的乐队，演奏的乐曲气势磅礴。在相郎搀引下，经过唢呐手，我的耳膜差点被乐声撕裂。入得厅堂，三木依杖，杖下一对头部用红绸装裹的奠雁，双双依偎相亲。厅堂正中，侍娘（伴娘）着花缀锦，伴着如花美眷。美娇娘发髻高悬，皓目悬鼻，脸若明月，两抹红霞自腮而下，渲染出美丽如樱的一朵嘴唇。她褐锦披肩，兰缎斜襟长衫，三寸金莲躲在裙下，微微露出装饰的莲花朝外窥探。

我不敢多看，俯身而拜。

膝盖着地，寒意自膝而上，让我不禁打个寒战：这一拜，将与生养父母再难聚首，绕膝天伦；这一拜，两个从未谋面的人奠雁合卺，从此同居一屋，不论爱与不爱；这一拜，今后的日月星辰，阴暗晴朗，都同授收永无悔返。我无法抬眼。

立于新人身后的傧相，左人手拿礼盒，右人捧着钿盒，轻轻碰撞着，弄出的响声再次把我从恍惚中拉回婚礼。抬起头，我看见糖糖站直了身子，裙摆覆盖住如莲小脚，双手收于胸前，在作揖行礼。羞赧的香风拂来。我不知道她对何人行礼，扭头，身后所有的宾客也正在漠不关心地笑着，目光看向我，也像看向虚空。

这时有人走来，解下杖下的大雁，奋力扔向张灯结彩的帷帐。刹那间，帷帐里响起大雁翻飞的扑翅声，和一阵惊慌的鸣叫。

大家都爽朗地笑起来，留下我呆呆地跪在糖糖面前。此后，她将是永生的主人高高在上，而入赘的我则将卑微终日。

笏板不见了，我们被簇拥着送进青庐，同牢、去扇、去幞头。这时鼓乐重新喧天喧地地响起，马少盐和我相向而立，一拜天地，二拜高堂，夫妻对拜。我们被送入一间四周围挡周密的房子，门楣上写着两个猩红的大字：洞房。

"他们可真浪漫！"

"浪漫什么时候都有，只是有些人享受得到，有些人享受不到。"

"为什么有些人享受不到？"

"因为自私、狭隘、肤浅，或者神圣。"

"神圣？"

"神圣的人不会怜悯他忽视的角落。"

"那怎么才能浪漫呢？"

"进入生活，去体味。"

"可是，你的话是矛盾的……"

一对父女清晰的对话在空旷的洞窟里回荡，我被惊醒过来。他们从莫高窟第十二窟南边转向北面，继而转出洞窟，向别处去了。

风继续刮着，越刮越大，我看见一群一群的宾客、菩萨、仕女，踩着祥云，飘着彩带，向天上飞去。

也看见马少盐绿裤红褂，发髻高悬，身子倾斜着，缠绕着她颈部、腋下的彩带旋舞着，托着她离开地面，向高高的天宇升腾，升腾，很快消失了。

晚上，我早早就打开了手机，等着三人视频。七点端坐到八点，腿都酸了，到宾馆楼下转一圈，好不容易到了九点。还是李慕白先打来了视频。她哭兮兮地告诉我，也许这次她真的要把自己嫁了。"这是好事，我们都盼着呐。"她说她不想这么早就结果了自己，她对二人世界一点都不期待。"那为什么要嫁呢？"她说同团的一个男人，已经跟了她好几天。"如果不跟，那就不是同团。"她说他一直走在她的后面，帮她背包，帮她系鞋带，她因劳累猝不及防来了大姨妈，他还帮她买来卫生巾。"这说明他很用心。""在不用心的环境里惯了，突然间的无微不至让人感到害怕，不知道有一天，重新回到不用心，会是什么情形。"

正说着，马少盐开了视频。

"马少盐，你的脸色比出发时好多了。"我说。

"难得啊，你能发现我脸色的不同。"

"今天看了敦煌壁画，那里面一个人的脸色和你现在一样红润。"

"老年团就是好，行程宽松，吃住玩都有人管，导游也不强制游客购物，所以走得随意，玩得尽兴。"马少盐说。

"妈妈说的尽是套话，做全职太太一辈子，哪天不是走得随意，玩得尽兴？脸色好，是心情不一样。"

"也对。"

"应该是不必做饭了。平时回家，只要说菜咸菜淡，你就发火。不做饭洗锅刷碗，少了俗事拖累，自然皮肤细了，气血和顺了。"

"不像你，做的都是灵魂摆渡的大事高尚事，我何必要皮肤细气血顺呢！"

李慕白问："是不是团里有帅哥？"

"多着呢，除了女游客，都是。"

"怪不得。"我说。

马少盐啪地关了视频。

"爸爸，你是吃错了哪门子药？"

"咋了，我说错了吗？"

"妈妈这两天都没有上视频，今天主动上来，你抢白的什么？"

"在家里三个人话都不说，各干各事，现在会吵架了，不好吗？"

"我真是见鬼了。"她也关了视频。

窗外，敦煌的夜空亮着不多的星星，可惜很快被乌云遮没了，不知道明天是晴是阴，还能不能把剩下的洞窟细细看完。我眼前一直飘浮着那个与新郎对面而拜的新娘的面容。

五

看完敦煌的第三天，我继续旅行。火车沿着哈密、吐鲁番一路往西。在乌鲁木齐倒车之后，往伊宁奔去。

这是漫长的道路，可是为了一个目标，有什么能阻止人的脚步呢？当年的一个约定，让我踏上讲台，一站就是四十年。这数日火车的哐当噪响，不过长河里的一滴小小水滴。

我很遗憾，过去，想玩的时候有时间没钱；等到钱够花了，课程又紧得走不了；现在有钱有闲了，却发现沿途这么多的历史名城，不能一一登临观览。所谓的计划和理想，有时不过镜中花，水中月。想到课堂上给学生绘声绘色地讲解相关知识，不免汗颜。实际勘探而来的景色，有比那些书上得来的知识更为引人入胜吗？《吐鲁番的葡萄熟了》《达坂城的姑娘》《在那遥远的地方》《都塔尔和玛利亚》《美丽的姑娘》，这些熟烂的歌曲在耳畔响起，旋律里不时泛起三毛和王洛宾的浪漫故事。

一头狼映照在车窗玻璃上。

紧跟着是一群狼。

狼喜冷厌热，新疆居北，气候偏冷，是多狼的地方。狼迹原本分布广泛，但随着生态环境被破坏，狼的活动范围越来越逼仄，很多地区的狼销声匿迹。人工养狼之风开始悄然兴起。在阿勒泰有个野狼谷。和它大致纬度的内蒙古赤峰市，也有个八公山野狼谷。

我辗转搞到阿勒泰和赤峰两地野狼谷的电话，仔细询问，两处都没有一个叫白佳的女人。

白佳，是糖糖的官名。

我看过一个视频，糖糖在养狼。但现在那个视频找不到了。

火车不断西行，越靠近伊宁，车窗上闪现出越来越多的狼。我查过，伊宁还有一个野狼谷。

到达伊宁市，休整了一天，我找到租赁公司，租了一辆车。司机是当地人，他说到昭苏野狼谷有两条路，一条穿越草原森林，不同于琼库石台以及喀拉峻的草原公路，景色很美，但崎岖难行。大家常走的是伊昭公路，省道，是沿着悬崖开凿而成，极其险峻。如果下雪，就会封路，每年开放时间很短。"你再晚些来，就去不了了。"司机说。车开出不久，就开始盘山。在山腰上,路高目极,开阔的草原和森林,已经覆盖上层层昏黄,一派肃杀空旷。

到了中午,到达了野狼谷。

车停好,司机说自己要转悠,不去。我往野狼谷里面走。这是个荒僻山谷里的免费旅游点,这个季节几乎没了游人。我边走边整理着一路也没有整理好的思绪,忐忑不安,毕竟,四十多年过去了。有人说时间可以抹平一切,这个真理似乎对我失效。

里面静悄悄的。铁丝网依山起伏,往顶,铁丝折向网内。隔一段,网上就挂出一个木牌,上面写着"请勿靠近"字样。大约走了半个小时,我看到了网内有了铁丝网笼,再远处,树林掩映中的屋子显露出来。

只听"呜——"一声短促的号叫,一个黑影自远而近,飞速奔驰过来,地面上腾起一阵尘土。

狼!我心里蓦地一惊。

狼四蹄腾起,怒目如炬,嘴巴半张,浑身冒着缕缕白气,眨眼就到了眼前。网挨到鼻子,它并不停步,前爪扣住网眼上跃,后腿向下猛蹬,一下跳上网顶。铁丝网在蹬踏之下,刷啦啦震颤作响,一股冷风挟腥带膻扑面而来。我看见一条红而泛着涎水的舌头在眼前一晃,狼已经从内扣的网顶跳下,威风凛凛地矗在我面前。紧跟着,一群狼呼啸而至。我不由后退了几步。

"咻——"一声口哨吹过来,狼群啸傲而去。

我抚着胸口,朝狼群聚集的地方走。靠近,狼群里传出一串洪亮的笑声。

"嘿,远道的朋友!"

狼群分开,地上木墩上坐着一个矮人。他双臂撑地,棉衣袖子直直的,交替着,一步一步走过来。不,是一手一手走过来。大腿根部以下的裤子盘绕着,和那个木墩子连接在一起。他脸膛黢黑,我再走近些,看到两道长长的疤痕。一条穿过眉心,到达左脸下端,一条横卧在下巴颏。我又往后退了几步。

"你一定是累了,嘴唇起皮了。"

我下意识摸摸,确实。

"我想……"

"如果要喝水,里面有。"男人指指不远处的房子。

等我到了接待处,男人已经坐在一张凳子上等着我了。

我说明了来意。

男人挥动手臂,爽朗地说:"白佳去采购饲料了,明天回来。现在没有游客,房都空着。如果你不嫌窄罅,就住在景区。"

我大喜过望,欣然从命。

我注意到,矮人左臂竟然也是假肢。

六

白佳把煮烂的肉控水,铺在水泥平台,抱出两袋饲料撒在肉上,然后用铁铲翻拌。肉块散开,和饲料黏连在一起。

"肉要尽可能烂,不熟的肉对狼牙磨损很大。完整锐利的狼牙今后可以做成工艺品。搅拌是让肉尽快凉下来,免得烫嘴。"白佳说。热气腾上来,在她齐耳短发里缭绕。头发花白,肉香和饲料的怪味窜和,这情状让我找不到半点糖糖的影子。

白佳把饲料装盆,胳肢窝一夹走向狼圈。到了围栏门口,转过身,扯扯皱起来的围裙,对跟上来的我说:"你就站这儿。"开门进去,锁了门,把锁拍了拍,朝里喊一嗓子,"开饭喽。"

一阵骚动,狼像地下冒出来似的,转眼就围住了白佳。有的抱住她的腿,有的前爪搭上她的肩,舌头在她眼前撩来撩去。更多的是头往盆子里拱。白佳放下盆,一阵狼嚎,盆里的饲料一扫而空,抢着的迅即跑向远处,没抢着的在盆周围捡渣子。有两头狼一直缠着白佳，往她身上爬，推下去，又爬上来。白佳打着骂着："你去抢啊，不抢永远没有。"

白佳走到门前，把狼赶开，开锁，迅即关门锁上，又端来了第二盆。

"我也去试试？"我自告奋勇。

"那你不用端盆。"她嗔我一眼。

"它们和狗差不多啊。"我轻松地笑。

"少了一位优秀教师，我可赔不起。我平时都不锁圈门的。"

"别看它们对我扭屁股撒欢。狼性格凶猛，对所有人都是一副恶狠狠的样子，哺乳期的母狼更不是一般的凶狼。初来时，一次看到几个牧民围着一个铁笼子。我凑上去看热闹，原来笼子里关着一只母狼。在母狼的身边，还有九只小狼崽。我非常生气。都说牧民爱护动物，他们怎么会如此对待一只狼？然而，让我更奇怪的是，母狼明明已经被关进铁笼子里了，居然还被绳子捆住了四条腿。铁笼子缝隙狭小，母狼根本就出不来，为什么还要捆腿呢？牧民说，'看来你不懂狼，真正的野狼是不甘心被关的，它宁肯撞死也不愿待在笼里。捆住四条腿，是防止它撞笼子。'牧民的话让我对狼有了深深的敬畏。"

这是糖糖的声音和样子。

狼又涌上来。

大部分狼叼着食物跑开。糖糖从兜里掏出几块肉，塞给缠着她的两头狼，两头狼嚼了两下就急忙吞咽下去，一头高大的狼已经飞奔过来，两头狼迅即倒地，露出肚皮，四肢抵挡着大狼的嘶吼和威胁。

"狼王没吃饱的时候，低等级的狼是没有吃的的。你看它们身上的伤。"糖糖把头狼赶开，拨开底层狼的毛，果然一处一处的血印。

中午，糖糖做的新疆大盘鸡，土豆炖得面烂，鸡肉劲道，辣味十足。趁糖糖低头，矮人藏了几块鸡肉。我和糖糖出门的时候，看到他拿着鸡肉正在一个小点的圈里喂两只小狼。

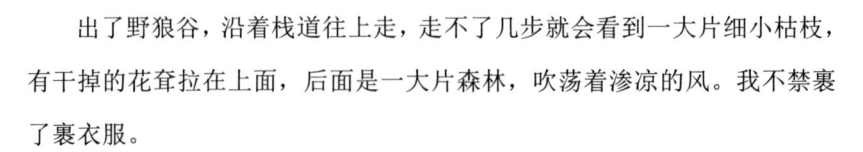

出了野狼谷，沿着栈道往上走，走不了几步就会看到一大片细小枯枝，有干掉的花苞拉在上面，后面是一大片森林，吹荡着渗凉的风。我不禁裹了裹衣服。

"焦树很爱狼。"我说。

"牛肉拉面我拿手。我很少做大盘鸡。你是不是看见他偷肉了？"

"原来你知道。"

"狼崽可是他的命呢，有好吃的就藏，好像我不支持他似的。那两只也不都是狼，一只是狗崽。"

"啊？"

"部队上要培养狼犬。这是他培养的第五批了。"

"那狼不会吃了狗啊？"

"所以要从小一起养。咱们国家的狼犬大多是进口的，执行特种任务的狼犬更是。部队领导说，为什么我们就不能有自己的狼犬？刚接到任务的时候，是想把狼和狗圈在一起配种，结果母狗放进去不到两分钟就被咬死了。再试，又死了，没把人心疼死，那狗可都是精挑细选出来的优良品种啊！后来想到人工授精，可是呢，别看和饲养员玩得亲，可狼毕竟是野兽啊，不配合。老焦说，我养过狗，一个院子长大的鸡，狗还不吃呢，为啥不把狗和狼养一起？部队人说，那得多长时间啊。老焦说，总之我是废人，有的是时间。头一年，老焦养的母狼叫一苇，一苇和老焦很有感情，一见他不仅从窝里出来给他让位置，还在得到老焦的表扬后开心地跑进跑出。一苇生狼崽，期盼着老焦去看她的孩子。可老焦那几天病了，躺在床上起不来。一苇以为老焦不喜欢自己的孩子，第二天就咬死了四只狼崽。此后两年，都没有再生孩子。那次，老焦又多病了半个月。后来老焦同时伺候几只母狼，生的狼崽分别和狗仔混养，就这样，把狗狼同窝搞成了。第一批狼犬交付部队，部队高兴坏了，还给老焦颁了奖。"

"他怎么成这样的？"我实在忍不住了，问。

"老焦是个苦人。当兵那年,新兵蛋子嘛,进了部队啥都好奇,玩了枪,就玩手榴弹,失手了炸的。还好,留了条命。"

"还好?"

"不然我咋办呀?"

树林越来越密,树叶大都掉落了,地上厚厚的一层,踩上去像毯子,柔软得想躺下。我和白佳没有停步,她伸手摘下一颗浆果递给我,用牙咬,干硬得咬不动。她笑弯了腰。"这个要一点点啃,慢慢嚼,越嚼越甜。"

她的笑声把我彻底拉回少年时代。老师在班上朗读我的作文时,她用这种笑声祝贺我;她趴在桌上睡午觉,我脱了外套让她垫胳膊,她推还给我时,也这样笑。

"你记得那次吗?"

"哪次?"

"我们去看渭河涨水。"

"你不提我早忘了,他们都喊我做你媳妇。"

"是啊。"我脸红了。

"那次渭河水真大啊,天稍晴,我悄悄约你去河边。道路还是泥泞不堪,我们舍不得把鞋弄脏踩烂,脱了提在手上,说着一些不着边际的话。突然我的脚下一疼,接着是锐利的疼。你俯下身子看,吓得惊叫起来:'啊,啊,血!'可不是吗,鲜红的血从大拇指和脚掌的连接处玻璃插进去的地方汩汩冒出来,流成线,和泥水搅和在一起,把泥巴染成红褐色。你急得跳着,脚下的泥浆四溅。我忍着疼说:'得止血。'你像如梦初醒,把裤兜翻出来,一把一把地扯,扯出线头毛絮堵住伤口,又把裤兜布撕下,一圈一圈地缠上我的脚趾。你缠一下勒一下,我扶着你的肩膀,感觉不是我在疼,而是那玻璃扎在你手上,你手抖得比我还厉害,你的肩头在抖,浑身都在抖。等缠好扎牢,我已经坐在泥地里站不起来了。我们跑得远了,怎么回去?你说:'上来吧。'我颤抖着声音问干什么,你说:'爬上来,我背你回家。'"

"那是多么漫长的一段路啊，我真的累坏了，背麦子捆都没有那么累过。"

糖糖又笑了，牙齿白白的，亮亮的。

"是啊，那是多么幸福的一段路啊。回到家，大家第一件事不是关心我的脚伤，而是互相使眼色，悄悄说：'这得是多么好的媳妇儿啊！'"

我们都笑起来。

糖糖说："既然你来了，就多住几天。老焦也很喜欢你，我把拿手的饭菜给你们都做一遍。""我花了这么大的周折，可不是来吃饭的，你得告诉我，为什么你放弃了教师职业？""我本来就没有考上师范，连大学都没有上，怎么做教师？""你是有这个志向的，也有这个天分。你看你养狼，那只狼身上有伤，因为他要往上一层级爬，上一层级的不让，就打架，打败了下来，打胜了上去；那只狼在薅自己肚皮的毛，因为她快生了，她要为生产做好准备，方便狼崽吃奶；那只跳来跳去的狼，是准妈妈的丈夫，他俩本来不和，整天斗来斗去，结果成了亲，有了宝宝，他们反而形影不离，现在他是为即将当爸爸高兴呢；那边远远的那只，是世外高狼，它在狼群的位置仅次于狼王，你看他鼻子光亮，眼睛炯炯有神，神态庄严稳重，他喜欢独处，不招惹谁，但有谁打上门来，绝没有好下场；按着黑狼的那只，是狼王。狼王就是想怎么吃就怎么吃，他吃了，别的狼才能吃；他要吃完了，其他狼就没得吃。那只黑狼只是靠近了一下狼王的骨头，就被他一爪按倒了。你给我介绍这些狼，不就是老师在赞叹自己的学生吗？不做教师多么可惜啊！"

糖糖说："你说的也是，你说过，教育是没有围墙的，有人的地方就有教育。我现在觉得呢，有生命的地方就有教育。在不在那个岗位，又有什么关系呢？心在哪里，哪里就是课堂。你说呢？"

"那到底不一样。"

"关键是你很爱学生。"

"你知道我为什么爱学生吗？因为他们每个人的脸上，都有我同桌的影子。"

七

一连几天，都是糖糖炒了菜，我和矮人品菜小酌。"平日里不允许，怕误事，现在都在休假，你们放开喝，有我呢。"糖糖说。

这天傍晚，糖糖陪我们坐了一会儿，去厨房里又弄了几个菜出来。几杯酒下肚，我就晕了，矮人倒是酒量惊人。后来，我喝一杯，他喝三杯，还是不倒。

"在部队，只有放假能喝。不放倒几个人散不了摊。"矮人一仰脖一杯，又极快斟满，"要不是白佳，我也和你喝不上。是吧佳？"

糖糖说："老焦，你不要催他，他是说话都脸红的人。"

我确实感觉到脸皮火辣辣的。新疆的伊力特比陕西的西凤酒厉害多了，几天了还是适应不了。我强撑着说："焦树，我不怕你们夫妻把我灌倒。"

焦树桌子一拍："咋灌你了？看这多半瓶都是我喝掉的。你想灌他吗，佳？"

糖糖拿起面前的酒杯一饮而尽，又去厨房了。

"真是好女人啊！"焦树目光从糖糖背影上收回来，"我随父亲工作变动转学到西安，一进班就看上她了，脸白，腿细，墩墩大——不是我坐的这墩墩，我老家把屁股叫墩墩。我不是个好人啊！"焦树又兀自干了一杯。他的脸也泛红了，那两道疤却白白的，整张脸像是红土地上淌着两条河。

"我这是报应。"

"老焦你喝醉了,咱不喝了,扯闲话。"

焦树拄着胳膊,挪挪木墩子重新坐正。"我盘腿跟你扯闲。我给她一封一封写情书,她不理我,我就不停地写。我说我立志要当兵,那时当兵多么荣耀啊。我果真去当了兵。还是写信,我说自己放假,甘肃的酒又香又辣,甘肃的兵哥哥又帅又暖。我信里给她画了路线,夹了路费,我说你如果不来,就把钱退给我,那是我一天天流汗洒泪训练挣下的。她真的给我退回来了。我知道她的信里夹着钱,但我拒收她的信。邮递员在地址错误那一栏画上勾,又退给她。她寄一回退一回。而我给她的信从不间断,每次都画着路线夹着路费,就像从未收到她的回信一样。她终于上当了。她来了,带着我给的路费找到部队来了。你是个傻女人,是不是,佳?"

焦树扭头,糖糖不在,她在厨房烙馍。

"命运就是要惩罚我,惩罚我对佳使的坏。砰的一声,咋不炸别人?别人都扔得远远的;扔不远也有班长按倒躲过呢,咋就孤零零掉在我脚底下?——那就是老天爷惩罚我呢,这个一点儿都不用怀疑。"焦树接连喝了几杯,挡都挡不住。

"不用说,她是好女人,你们现在很幸福。"我把焦树杯子扔到地上,他又把白佳的杯子拿过去。他拍打着自己的腿,说:"她不念书了,赶到甘肃来,一直陪在我身边。以前我想尽办法要黏着她。退伍之后我死心了,人不能太自私,自私的人老天不会放过你。爱一个人,就是要她幸福。"

"我挣扎到黄河边,她撵到黄河边;我扎到野狼谷,她撵到野狼谷。她不让我死,像我当年一样,她变成黏牙糖了。你是不是傻女人,佳?"

糖糖端了一盘子馍过来,靠在焦树身上。焦树东倒西歪,右手紧紧扣着糖糖沾着面粉的手。

"这是我的福分。我想通了,不论贫穷、低贱,还是孤单,都是心造的。你不想自己是残疾,你就是健康的。我有她。"

"爱是一潭活水，让人浮游，让人自由。"我说。

焦树摇摇晃晃地给我竖大拇指，头一歪，睡着了。

糖糖递给我一个热乎乎的馕。"本来想拉拉面，又烙了馕。这个费火工，也经放。你们睡起来随时可以吃。"

我问："焦树说的都是真的？"

糖糖说："那次我到了部队，他问我，对于战士来说，什么最宝贵？我说生命。他说，不，是手中的武器。武器握紧，才能保护好生命。你就是我对付生活的武器。这句话让我感动。那天晚上，我们度过了难忘的时光。第二天他用头猛烈地撞墙，撞得砰砰响。当时把我吓坏了。我好几次说我是自愿的，他的自责才减缓一些，他给我敬个军礼，指着我，又指向自己胸膛，说，我把武器永远装在心里。"

"炸伤治疗期间，他几次试图自杀，都被救了回来。伤好后，一直往没人的地方跑。我知道他的意思。没手脚了，再也不能冲锋，还是军人吗？这对他的打击太大。他不想连累我。如果他真的要了结了自己，我会陪他一起走的。"

"到了野狼谷，我边打工边照顾他，恰好有了狼犬培养项目，这让他重新振作起来。这些年来，他的伤残金和工资全部投在了养狼上，炸伤使他丧失了生育能力，这些狼成了他的子子孙孙。"

糖糖抱着沉沉而睡的焦树，平静地说着。她斟了满杯酒，和我碰杯。我们都喝得底儿朝天。

"你们要一直待在这里吗？"

糖糖说："帮我把手。"

我和糖糖把焦树抬到屋里，糖糖给他盖好被子。被窝里，一团小小的鼓包一起一伏。

"你曾在橄榄树下等待再等待，我却在遥远的地方徘徊再徘徊……"

不知哪里在放歌，也许是我脑海里的虚幻。

天黑尽了，月亮不见，星星也不见，糖糖打上手电送我回宾馆。到得宾馆，我邀请她上去坐坐。

倒水递给糖糖，我说："冒昧地来，让你忙了这些天。"糖糖搁下馕，把水杯放在床头说："半夜酒闹心，就嚼几口馕。"

"养这些狼干什么？"

"一部分供给景区，一部分让它们回归森林。那是它们最终的家。"

"养狼太危险了，狼群看似风平浪静，实则暗潮汹涌，你们要注意安全。"

"老焦喜欢这里，他说狼好打交道，比人简单。"

"你也喜欢和它们在一起？"

"和你喜欢你的学生一样。"

"你什么时候回故乡？"

糖糖不言。过了一会儿，我问："我们还能坐回'三八线'两端吗？我心里一直有个梦……"

她看着我的眼睛，轻轻摆摆手："你能这么远找过来，我特别高兴，也特别感谢。我们都老了。"

在糖糖短发飘拂过的眼眸里，我看见她追逐着狼群，一会儿狼群又把她扑推到森林，新疆冬季的森林，迷离而空蒙。

"浪漫就是远远想，深深爱一个人。我心里自小藏着一个。我想，你应该和我一样。"我试探着说。

她坚定地摇头说："我们可以做到完美，但圆满是时间和他人帮助塑造的。也正因此，人生总是充满遗憾。老焦培养的狼犬真的又威猛又可爱！"

"浪漫是静静做一件事。"糖糖站起身来，走了。

我从窗子望去，外面下雪了。焦树不知道什么时候来的，坐在宾馆外面的地上，雪花一层层落在他肩上、头上。手里拿的那件棉大衣搁在怀里，那是给糖糖送来的，此刻白白的一团，像是怀抱着一团柔软纯洁的棉花。门里黄亮的灯光射出，打在他身上，那白化作一团火，彤彤跳动着。糖糖蹲下，焦树搭上肩。糖糖双手背后紧紧兜住木墩猛地向上一送。焦树摁亮了手电。随着糖糖高一脚低一脚踩上雪路，那团火焰一步一颠，跳远了，消失在雪雾里。

看着满天飞舞的雪花，我觉得糖糖是真正的老师。

久久，我在心里轻轻叫了一声：白佳！

八

我返回乌鲁木齐，带着白佳送的一颗狼牙。她说，那是她和焦树养的第一批狼的牙。那时他们不懂，给狼喂了好多生肉和骨头，狼牙磨损厉害。"嚼绵软筋道的馕，也比吃兰州拉面磨牙。""磨就磨吧，那样磨出来的狼才真正具有野性。人也一样。"

在宾馆，我给马少盐拨电话，马少盐不耐烦地说："我正在爬山。"

"爬的大兴安岭还是小兴安岭？"

马少盐气喘吁吁地说："小兴安岭。"

"冬天，雪花在空中飞舞。树上积满了白雪。地上的雪厚厚的，又松又软，常常没过膝盖。西北风呼呼地刮过树梢。紫貂和黑熊不得不躲进各自的洞里。紫貂捕到一只野兔当美餐，黑熊只好用舌头舔着自己又肥又厚的脚掌。松鼠靠秋天收藏在树洞里的松子过日子，有时候还到枝头散散步，看看春天是不是快要来临。"

"你又没来过，我也没见到黑熊，只有大片大片的雪。"

"你要是爬大兴安岭，就该是另一番情景了。"

"山与山有什么不同吗？"

"大兴安岭这个'岭'字，跟秦岭的'岭'大不一样。大兴安岭的岭的确很多，高点的，矮点的，长点的，短点的，横着的，顺着的，可是没有一条使人想起'云横秦岭'那种险境。多少条岭啊，在疾驶的火车上看了几个钟头，看也看不完，看也看不厌。每条岭都是那么温柔，虽然下自山脚，上至岭顶，长满了珍贵的林木，可是谁也不孤峰突起，盛气凌人。"

"这些话好像很熟悉。"

"这是老舍的文章，我讲给李慕白的时候，你应该听过。"

"你从来不主动给我打电话，今天好奇怪。"

"你专心爬山吧。"我挂了电话。

刚休息了会儿，李慕白电话过来，劈头盖脸地问："你发什么神经，错了哪根筋？"我莫名其妙。她说："妈妈给我电话，让我注意一下你，说你今天神神叨叨的。"我说我躺在宾馆里，好好的。"那你平白无故地给妈妈背诗？"我大笑起来，说自己只是背诵了一段《美丽的小兴安岭》课文。李慕白哦哦着。"你那边情况怎么样？""什么怎么样？你今天就是不对劲儿。""那个男人。""他就在我旁边。""女孩子在外面，安全是第一位。"李慕白低声道："那我咋办呀，昨晚，昨晚，我们就在一起了。"我大吃一惊："你不是说来例假了吗？"李慕白说："你想哪儿去了，是我们住在一个房子里，但仅仅是住。"我松了口气。

晚上，大家都洗漱完了，视频。我看见李慕白推一个男人出去，然后坐在镜头前。马少盐给我撇撇嘴。

"讨厌得很，你们俩。"

"谁没谈过恋爱啊，想当年……"我笑道。

李慕白一连气的"得得得，打住"！

"听你爸爸说说，说不定对你有启发。"

"说什么？说他对你不冷不热，不闻不问吗？"李慕白突然的变调，让我和马少盐都愣住了，"我原先以为，夫妻就是你们这样的，叫什么来着,对,相敬如宾。可是我在家里也成了宾客。在外面,我们偶尔散步,打羽毛球,别人羡慕着,仿佛这才是家庭该有的样子。可是在家里,你写你的教案,她搞她的卫生,我呢,除了作业,还是作业。你们瞒什么,以为我不知道吗?到了厦门我才明白,这不是我要的家!我们应该是另外一个样子:鞋带松了,有人给系;肚子饿了,有热饭可吃。"

"咱们不是这样的吗?"我说。

"你为什么给我起这个名字,你是期望我过上李白一样的浪漫生活?为什么我不叫李慕马?马谡马超马良也是名人。"

"你放肆!"马少盐打断李慕白。

李慕白呛道:"除了做饭洗衣打扫卫生洗锅刷碗,你还会什么,妈妈?你只有忍受,忍受!我替你不值。你知道这几天我感受到的是什么吗?我想到的,他也想到了;我想做的,他已经做了。他爱你,才会抢先一步。"

"你别瞎想,我和你爸爸很好。"

"哄哄我可以,你还骗自己吗?"

李慕白逼问我:"爸爸你不爱她,为什么要娶她?学生病了,你抱着背着送到医院,没有钱借钱给垫上;学生心里不舒服,你今天开导明天写信,发动同学给玩情景游戏。对妈妈呢?妈妈,爸爸吃完饭碗筷一推,收拾是你的;晚上回来,累了你给放好热水,洗澡搓背,他对你说过一句贴心话吗?你躺在病床上,是我在医院守了半个月,敬爱的李老师一句'学生的课耽搁不得'就交代了。我从来没有听到你们交谈超过十分钟。你们的对话就像机器人,'嗯,啊,嗯,啊,'他给你哪怕一半学生的爱,不,十分之一都是好的。几十年啊妈妈!我为什么不结婚,不是没钱没房,不是没车没人,我怕啊!"

李慕白身后多了个身影,轻轻揽住李慕白的肩头。我看见泪水涌出马少盐的眼眶,她的脸皱成一个疙瘩,已经花白的头发垂下来,战栗不已。

马少盐迅即挂断了视频。

根据原计划，喀什是我此次旅行的转捩点，自此我将折身返回西安。我从乌鲁木齐坐飞机前往喀什。

在飞机上，我再次想起老舍的文章，他写道："兴安岭多么会打扮自己呀：青松做衫，白桦为裙，还穿着绣花鞋。连树与树之间的空隙也不缺乏色彩：在松影下开着各种的小花，招来各色的小蝴蝶——它们很亲热地落在客人的身上。花丛里还隐藏着珊瑚珠似的小红豆，兴安岭中酒厂所造的红豆酒就是用这些小野果酿成的，味道很好。"

明天马少盐要去大兴安岭，那将是另一番景象。明天的景象。

由喀什向东，路线完全不同。它会是我另一场旅途的开始吗？